천상의 선물

THE GIFT
by Julie Garwood

Copyright ⓒ 1991 by Julie Garwood.
All Rights Reserved.
Translation copyright ⓒ 1999 by Hyundai Moonhwa Center
Korean translation rights arranged with Jane Rotrosen Agency, New York, USA
through Eric Yang Agency, Seoul, Korea.

이 책의 한국어판 저작권은 에릭양 에이전시를 통한
Jane Rotrosen Agency와의 독점 계약으로 한국어 판권을 현대문화센타가 소유합니다.
저작권법에 의하여 한국내에서 보호를 받는 저작물이므로 무단전재와 무단복제를 금합니다.

천상의 선물

줄리 가우드 장은영 옮김

현대문화센타

프롤로그

1802년, 영국

 식장에 초대된 하객들 간에 살육전이 벌어지기 일보 직전이었다.
 조지 국왕이 남작의 성(城)을 결혼식장으로 지정한 탓에 올리버 로렌스 남작은 만일을 대비해서 만반의 준비를 해두었다. 국왕이 도착할 때까지 성주로서의 임무를 수행하고 있는 남작은 차라리 사흘 동안 채찍질 고문을 당하는 편이 낫겠다는 생각이 들었다. 하지만 국왕 폐하의 지엄한 명을 거역할 수는 없었다. 윈체스터 가문과 세인트 제임스 가문의 일원들은 국왕의 결정에 맹렬하게 반대했지만 국왕은 요지부동이었다. 불행하게도 이 나라에서 신랑과 신부 양측의 가문과 교류하는 사람은 로렌스 남작뿐이었다. 그런 이유로 국왕은 로렌스 남작의 성에서 예식을 치르기로 결정했다.
 오래지 않아 이 세상과 결별하게 될지도 모른다는 불안감에 휩싸인 남작과는 달리 국왕은 불미스러운 일이 벌어지지 않을 거라고 믿는 눈치였다. 두 집안이 아무리 앙숙지간이라 해도 '중립적인 장소'에서 예식을 치르는데 설마 문제를 일으키겠냐는 계산이었다. 그러나 당장이라도 식장을 뒤집어엎을 기세로 들어선 하객들을 둘러본 로렌스는 생각이 달랐다. 말 한마디, 행동 하나 잘못했다가는 끔찍한 유혈극이 벌어질 게 분명했다.

흰색 예복을 입은 주교가 상석에 앉았다. 그는 윈체스터 가문 사람들이 늘어서 있는 왼편이나 세인트 제임스 가문 사람들이 짐승처럼 으르렁대고 있는 오른편, 어느 쪽으로도 시선을 주지 않은 채 그저 정면만 똑바로 응시했다. 주교의 얼굴에는 썩은 생선을 삼키기라도 한 것처럼 불편한 기색이 역력했다. 손가락으로 의자의 팔걸이를 톡톡 치면서 내쉬는 그의 한숨이 로렌스 남작의 귀에는 늙고 병든 말이 끙끙대며 앓는 소리처럼 들렸다. 홀 안에는 무시무시한 침묵이 흘렀다.

남작은 자포자기한 심정으로 고개를 내저었다. 주교한테 도움 받을 생각은 애당초 접어야할 것 같았다. 이층에 있는 방에서 각자 따로 대기중인 신랑과 신부는 왕이 도착한 후에야 아래층으로 내려올, 아니 질질 끌려올 예정이었다. 부디 신랑 신부 모두 무사하도록 신의 가호를 빌 뿐이었다.

정말 끔찍한 날이었다. 국왕 직속 기사들과 남작의 사병들이 홀 주위를 에워쌌다. 기사들만으로는 안심할 수가 없어서 그들 틈에 사병들을 배치시켰던 것이다. 혼인식을 치르면서 이렇게 삼엄한 조치를 취하기도 전례가 없었을 뿐더러, 완전무장을 한 하객들의 차림새도 이례적이었다. 윈체스터 가(家)의 사람들은 거동조차 불편해 보일 만큼 주렁주렁 무기를 달고 있었다. 오만방자해 보이는 그들에게 국왕에 대한 충성심이 있을까 의심스러웠지만 그렇다고 윈체스터 가문만 탓할 수는 없었다. 솔직히 로렌스 남작 자신도 정신이상자인 국왕의 뜻을 맹목적으로 따라도 좋을지 갈팡질팡했기 때문이었다.

누구도 대놓고 말하지는 않았지만, 영국 전역에 국왕이 제정신이 아니라는 사실을 모르는 사람은 없었다. 설마 국왕이 미치기야 했겠냐고 반신반의하던 사람들도 이번 혼인식의 결정은 미친 짓이라고 수군댔다. 로렌스 남작은 자기가 나서서 신하들을 사이좋게 만들겠다는 왕의 유치한 발상에 어떻게 반응해야 할지 난감했다.

그렇다고 해도 조지 3세는 엄연히 영국의 국왕인데 하객들은 너무나 안하무인의 태도였다. 윈체스터 가문의 두 사람이 노골적으로 검집을 만지작거리자 그에 맞춰 세인트 제임스 가문의 전사들은 한 발 앞으로 나왔다. 세인트 제임스 가(家)의 남자들 대부분은 무기를 소지하지 않았지만 입가에 잔인한 미소가 흘렀다. 얼굴 표정만으로도 보는 이들에게 공포감을 안겨주는 무리가 바로 세인트 제임스 일가였다.

수적으로는 윈체스터가 세인트 제임스보다 6대 1로 단연 앞섰지만, 그렇다고 유리한 입장은 아니었다. 세인트 제임스 가의 남자들은 성질이 고약하기로 유명했을 뿐만 아니라, 그들이 저지른 기괴한 행각들은 가히 전설적이었다. 곁눈질을 했다고 눈을 뽑아버리질 않나, 비명 소리가 재미있다고 상대방의 사타구니를 차질 않나, 그런 자들이고 보니 적을 어떤 식으로 다룰지 상상만 해도 끔찍했다.

바깥에서 시끌벅적한 소리가 들렸다. 국왕의 개인 비서관인 롤랜드 휴고 경이 숨가쁘게 계단을 올라왔다. 새빨간 스타킹과 흰색 튜닉이 가뜩이나 거대한 몸집을 더욱 두드러지게 해서, 로렌스 남작은 살찐 닭을 연상했지만 휴고와의 친분을 생각해서 그런 생각을 입 밖에 내지는 않았다.

재빨리 인사를 나눈 휴고가 한 발 뒤로 물러서며 입을 열었다.

「폐하께서는 몇 분 후에 도착하실 걸세.」

「한시름 놓았네 그려.」

이마에 맺힌 땀방울을 닦아내며 로렌스가 안도하듯 말했다.

휴고는 로렌스의 어깨 너머로 하객들을 둘러보며 고개를 내저었다.

「무덤 속도 이리 조용하진 않겠구먼. 흥이라도 좀 돋구지 않고 뭘 하고 있었나?」

로렌스가 어처구니없다는 표정을 지으며 대꾸했다.
「흥을 돋구라고? 산 사람을 제물로 바치는 의식이라도 보여주란 말인가? 그거 말고는 저자들의 흥을 돋굴 만한 일은 없을 걸세.」
「농담하는 걸 보니 아직 버틸만한가 보군 그래.」
「내가 지금 농담하는 것처럼 보이나? 지금 상황이 얼마나 아슬아슬한지 알게 되면 자네도 더 이상 웃음이 나오진 않을 걸세. 윈체스터가 사람들은 혼인 답례품을 가져오는 대신 완전무장을 하고 왔단 말일세. 무기는 밖에 두고 들어오라고 했지만 들은 척도 안 하더군.」
「왕실 근위병들이 도착하면 곧 저들의 무장을 해제시킬 걸세. 이렇게 살벌한 곳에 폐하께서 발을 들여놓으실 수나 있겠나. 이게 뭔가? 식장인지 전쟁터인지 구분이 안 가는구먼.」

윈체스터 일족은 격노한 왕실 비서관인 휴고의 명에 따라 한쪽 구석에 무기를 쌓아놓았다. 휴고의 뒤에는 40여명의 근위병들이 하객들을 둘러싸고 있었다. 악명 높은 세인트 제임스 가의 사람들은 꿈쩍도 않고 서 있더니, 휴고가 근위병들에게 활시위를 당기라고 명령하자 무기를 내려놓았다.

국왕의 안전을 위해 남작과 휴고가 얼마나 강경한 조치를 취했는지 왕 자신은 까맣게 모르고 있었다.

국왕이 홀 안에 들어서자 근위병들은 화살을 메워 둔 상태로 활시위를 내렸다. 주교는 자리에서 일어나 국왕에게 공손하게 절을 하고 상석을 내주었다. 왕실 변호사 두 사람이 양팔에 문서를 가득 안고 국왕의 뒤를 따랐고, 로렌스 남작은 국왕이 상석에 앉자 그 앞에 무릎을 꿇고서 하객들이 들을 수 있을 만큼 쩌렁쩌렁한 목소리로 국왕에게 충성을 맹세했다.

「로렌스 남작, 짐은 경의 충성에 감복했소 짐은 만 백성의 수호자인즉, 경도 그렇게 생각하시오?」

국왕은 수년 전부터 자신을 '만 백성의 수호자'라고 칭했으며, 툭하면 신하들의 입을 통해 확인하려고 했다.
「그렇습니다. 폐하께서는 만 백성의 수호자이십니다.」
로렌스는 국왕이 원하는 대로 대답했다.
「음, 좋소」
국왕이 로렌스의 벗겨진 머리를 토닥이자 남작은 당황해서 얼굴이 벌겋게 달아올랐다. 국왕은 남작을 어린 종자 다루듯 했고, 끔찍스럽게도 남작 자신이 그런 기분을 느꼈다.
「그만 일어서시게, 로렌스 남작. 짐이 예식을 관장할 수 있도록 옆에서 도와주시오.」
국왕의 얼굴이 가까이 다가오자 로렌스는 혐오감을 감추려 안간힘을 썼다. 국왕의 몰골은 추악 그 자체였다. 젊은 시절에는 잘생겼다는 평을 듣던 왕이었지만, 무정한 세월의 힘으로 그의 턱은 이중으로 축 늘어졌고 주름살이 깊게 패였다. 게다가 양쪽 끝을 살짝 말아 올린 흰색 가발은 그의 얼굴을 한층 더 누렇게 떠 보이게 했다.
국왕이 로렌스 남작에게 미소를 짓자, 그도 미소로 화답했다. 자애로움과 단호함이 깃든 왕의 얼굴을 마주한 남작은 갑자기 자신에게 화가 치밀었다. 병마에 시달리기 전에는 오랫동안 성군으로서의 자질을 보이면서 백성을 친자식 돌보듯 했던 자애로운 군주였다. 그런 국왕이 이런 취급을 받는다는 것은 말이 안 되었다.
남작은 왕의 곁에 서서 하객들을 둘러보았다. 그들이 마치 역적의 무리처럼 여겨졌다.
「무릎을 꿇으시오!」
모두들 남작의 격앙된 목소리에 압도되어 무릎을 꿇었고, 휴고는 놀란 토끼 마냥 눈이 동그래졌다. 로렌스가 저렇게 강압적으로 나올 때도 있었던가. 남작 자신에게도 놀라운 일이었다.
「로렌스 남작, 그대는 신랑과 신부를 데리고 오시게.」
국왕이 자못 만족스러운 목소리로 지시했다. 로렌스 남작은 대답 대신 공손하게 몸을 굽혔다.

국왕은 휴고 경에게 시선을 돌려 물었다.

「왜 남자 하객들뿐인가? 아무리 눈을 씻고 봐도 여자는 없는 걸.」

휴고는 대답을 못 하고 머뭇거렸다. 하객들이 싸움을 벌일 양으로 여자들을 빼놓고 참석했다는 사실을 차마 고할 수 없었다. 마음 약한 국왕이 상처라도 받으면 어떡하란 말인가.

「외람되게도 그런 듯합니다, 폐하.」

「그 이유가 뭐냐고 묻질 않았는가?」

국왕이 고집스럽게 묻자, 적당한 변명거리를 찾지 못한 휴고는 다급하게 로렌스의 도움을 청했다.

「로렌스, 자네는 알겠지?」

친구의 다급한 목소리에 로렌스는 걸음을 멈추어 몸을 돌렸다.

「연약하신 숙녀 분들이 이곳까지 오시기엔…… 너무 벅차지 않을까 생각됩니다만.」

로렌스는 잔뜩 긴장한 목소리로 말했다. 말도 안 되는 거짓말을 하려니 어쩔 수가 없었다. 윈체스터 가의 여자를 만난 적이 있는 사람이라면 그 집안 여자들이 얼마나 뚱뚱하고 드센지 잘 아는 바였다. 하지만 기억력이 신통치 않은 국왕은 그의 대답에 만족한 듯 고개를 끄덕였다.

남작은 윈체스터 일족을 노려보며 분노를 느꼈다. 국왕 폐하한테 거짓말까지 하게 되다니…… 이게 모두 저 작자들 때문이야. 그리고서 이내 그는 신랑과 신부를 데리러 갔다.

키가 크고 호리호리한 신랑 세인트 제임스 후작이 홀 안에 들어서자 하객들은 양쪽으로 물러서며 길을 터 주었다.

신랑은 부하들을 검열하려고 온 힘센 전사처럼 위풍당당하게 걸어 들어왔다. 신랑의 얼굴이 못생겼다면 로렌스는 그가 젊고 거만한 징기즈칸을 닮았다고 생각했을 것이다. 하지만 그는 못생기지 않았다. 짙은 적갈색 머리카락, 투명한 초록색 눈동자, 가늘게 각이 진 얼굴, 언젠가 싸움터에서 얻은 승리의 훈장이라도 되듯 부러진 흔적이 남아 있는 코는 잘생긴 얼굴에 거친 야성미를 두드러지게 했다.

작위를 단 귀족들 중에서도 제일 어린 편에 속하는 네이선은 얼마 전에 열네 살을 맞이했다. 그의 아버지 웨이커스필드 백작은 중대한 임무를 맡아 외국에 나가 있어서 오늘 혼인식에 참석하지 못했다. 성격이 괴팍하기로 유명한 백작이 윈체스터 가의 딸과 자기 아들이 혼인식을 치른 사실을 알면 얼마나 광분할지 안 봐도 훤했다. 화가 나면 악마처럼 포악해지는 그는 세인트 제임스 일족을 몽땅 합쳐놓은 것만큼 비열한 인물이라고 소문나 있었다. 그래서 그런지 세인트 제임스 일족은 중요한 일이 생기면 백작에게 제일 먼저 상의하곤 했다.

로렌스는 웨이커스필드 백작이 싫었지만 그 아들인 네이선은 맘에 쏙 들었다. 몇 번인가 네이선과 자리를 같이 할 기회가 있었는데, 그때마다 네이선은 다른 사람들의 의견을 경청하고 나서 제일 적합하다고 판단되는 방향으로 일을 처리하곤 했다. 로렌스는 어린 나이에 어른의 몫을 감당해내는 네이선이 존경스러웠지만, 한편으로는 웃는 얼굴을 보인 적이 없는 어린 후작이 불쌍하다는 생각도 들었다.

세인트 제임스 가에서는 네이선을 꼬마라고 불렀다. 그들의 눈에 네이선은 아직 어린아이에 불과했다. 하지만 언젠가는 일족을 대표하는 인물이 될 것임을 의심하는 사람은 없었다. 다들 네이선이 천성적으로 지도자의 자질을 갖추고 있다고 믿었다. 또래보다 월등히 커다란 체격만 봐도 그랬다. 세인트 제임스 일족은 네이선이 그 일족의 비열하고 잔인한 기질을 물려받기를 바랬다.

로렌스 남작은 국왕을 똑바로 응시하며 왕 앞에 서 있는 네이선을 지긋이 쳐다보았다. 남작은 좀 전에 네이선의 삼촌들이 어린 후작에게 국왕이 명하기 전에는 무릎을 꿇지 말라고 당부하는 것을 들었다.

네이선은 삼촌들의 당부를 따르지 않았다. 그는 한쪽 무릎을 꿇고 머리를 숙여 또렷한 목소리로 국왕에게 충성을 맹세하는 말을 했다. 왕이 그에게 '짐이 만백성의 수호자인가'라고 묻자 네이선의 입가에 살짝 미소가 어렸다.

「예, 폐하께선 만 백성의 수호자이십니다.」

어린 후작의 공손한 대답을 들은 로렌스 남작은 그에 대한 존경심이 몇 곱절로 부풀었다. 국왕은 만족스러운 미소를 지었지만, 네이선의 친척들은 하나같이 독기를 품은 얼굴이 되었다. 반면 윈체스터 일족은 통쾌하다는 듯 낄낄거렸다.

네이선은 재빨리 몸을 곤추세워 윈체스터 일족을 응시했다. 얼음처럼 차가운 그의 표정에 윈체스터 일족의 오만방자한 태도가 사라졌다. 네이선은 그들이 시선을 떨굴 때까지 그대로 서 있었고, 이를 본 세인트 제임스 일족은 다시 한 번 그의 기백을 인정했다.

친척들을 무시한 채 뒷짐을 지고 떡 하니 다리를 벌리고 서 있는 네이선의 얼굴에는 지루하다는 표정만 드러나 있었다.

로렌스는 네이선 앞으로 걸어가서 고개를 한 번 끄덕여 보였다. 그의 행동이 마음에 들었다는 표시를 하고싶었던 것이다. 네이선도 고개를 한 번 끄덕였다. 로렌스는 웃음이 나오려는 것을 애써 참았다. 친척들이 어떻게 나올지 뻔히 알면서도 고집대로 밀고 나가는 네이선의 오만한 태도가 밉기보다는 오히려 자랑스러웠다. 마치 아버지가 아들에게 뿌듯함을 느끼는 기분이었다. 자식이 없을 뿐더러, 결혼도 안 한 남작이 그런 기분을 느끼다니 이상한 일이었다.

남작은 그런 생각을 접으면서 신부를 데리러 위층으로 올라갔다. 계단을 다 오르기도 전에 신부의 울부짖는 소리가 들렸다. 그 소리는 이내 성난 남자의 목소리에 묻혔다. 두어 번 문을 두드리자 신부의 아버지, 윈체스터 백작이 벌겋게 달아오른 얼굴로 거칠게 문을 열었다.

「왜 이렇게 꾸물거리는 겐가!」

신부의 아버지가 고함을 질렀다.

「국왕 폐하께서 좀 늦게 도착하셨네.」
「로렌스, 이 아일 아래층으로 끌고 내려가게 도와줘야겠어. 내려가기 싫다고 고집을 피우고 있지 뭔가.」
「어리니까 고집을 부리는 것도 당연하지.」
로렌스가 웃음을 참으면서 말했다.
「그런 말은 난생 처음 듣는구먼. 난 지금까지 사라하고 단둘이 있어본 적이 없어. 그래서 사라가 날 못 알아보는 게 아닐까 싶어 내가 누군지 확실히 얘기를 해줬네. 그런데도 저렇게 말을 안 듣고 소리만 질러대니, 저렇게 까다롭게 굴 줄 누가 알았겠나?」
「해럴드, 자넨 사라 위로 딸이 둘이나 더 있지 않은가. 그런데도 어찌 그렇게…….」
「난 그 아이들하고 단둘이 있어본 적이 없어.」
백작은 로렌스가 말을 끝내기도 전에 말했다.
로렌스는 아버지로서 그게 할 소린가, 라고 한마디 해주려다 참고 고개를 내저으며 백작을 따라 방으로 들어갔다. 신부가 창가에 앉아서 밖을 내다보고 있었다.
사라는 로렌스를 보자 울음을 멈췄다. 남작은 이다지도 매력적인 신부가 있을까 싶었다. 금발의 고수머리가 천사 같은 신부의 얼굴을 후광처럼 감쌌고, 머리에는 봄꽃으로 만든 화관이 씌워져 있었다. 하지만 신부의 커다란 눈에서는 쉴 새 없이 눈물이 흘러내렸다. 그녀는 가장자리를 레이스로 장식한 하얀 드레스를 입고 있었는데, 갑자기 일어서는 바람에 자수를 놓은 허리띠가 떨어졌다.
백작이 성을 내며 소리를 지르자, 사라가 질세라 대들었다.
「이제 내려가야 돼, 사라!」
「싫어.」
「집에 가면 두고 보자. 날 이렇게 괴롭히다니, 가만 안 놔둘 거야.」
씩씩거리며 백작이 말했다.

사라는 반항적인 얼굴로 아버지를 힐긋 쳐다보더니 크게 하품을 했다.
「해럴드, 고함친다고 해결될 일이 아니야.」
로렌스 남작이 말했다.
「그럼 한 대 때려줘야 정신을 차리겠군.」
백작이 딸에게 한 걸음 다가서더니 손을 허공으로 들어올렸다.
로렌스가 재빨리 막아서며 성난 목소리로 외쳤다.
「자네 지금 제정신인가?」
「저 아인 내 딸이야. 때려서라도 말을 듣게 해야지 않겠나!」
백작이 고함을 질렀다.
「그럼 내가 대신 해보지.」
로렌스는 사라에게 몸을 돌렸다.
사라는 아빠가 화를 내든 말든 상관없다는 듯 늘어지게 하품을 했다.
「사라야, 식은 금새 끝날 테니까 조금만 참으면 돼.」
남작은 미소를 지으며 사라를 일으켜 세우고는 계속 얼러대면서 허리띠를 둘러주었다. 사라는 하품을 하면서 남작의 손에 이끌려 문가지 갔다가 다시 방으로 뛰어들어가더니 창가에 둔 낡은 담요를 집었다. 아버지를 멀찌감치 돌아서 남작에게 달려간 사라는 어깨에 담요를 두르고서 미끄러지지 않게 담요 끄트머리를 코밑까지 들어올렸.
백작이 손을 내밀어 담요를 잡아채려 하자 딸은 비명을 질렀다.
「해럴드, 제발 부탁이니 그냥 놔두게.」
남작은 지끈거리는 이마를 손으로 누르며 말렸다.
「말도 안 되는 소리! 내 딸이 꼴사나운 짓을 하게 놔두란 말인가?」
「홀 안에 들어갈 때까지만 가지고 있게 내버려 두세.」
남작이 단호하게 말했다.
백작은 딸을 한 번 노려보더니 두 사람 보다 먼저 계단을 내려왔다.

로렌스는 자신을 보고 빙그레 웃는 사라를 보자 마치 딸인 양 꼭 끌어안아 주고싶었다. 하지만 변덕이 심한 사라는 홀 안으로 들어가기 직전, 백작이 다시 담요를 뺏으려 하자 비명을 질렀다.

그 소리를 듣고 고개를 돌린 네이선은 눈앞에서 벌어지는 광경에 놀라고 말았다. 아버지가 돌아오시면 결혼을 무효로 만들 것이 분명하다고 생각한 탓에 그 동안 자신의 신부에 대해 별 관심을 갖지 않았던 그는 망나니처럼 구는 신부의 모습을 보자 지루함이 싹 가셨다.

윈체스터 백작이 고함을 쳐도 아랑곳하지 않은 채 그의 무릎을 물어뜯으려는 사라를 보면서 네이선의 입가에 미소가 어렸다. 신이 난 그의 친척들이 홀이 떠나가라 웃음을 터뜨리는 가운데, 윈체스터 일족에는 무시무시한 침묵이 감돌았다. 가문의 대표 격인 백작은 딸을 다리에서 떼어놓고는 낡아빠진 담요를 사이에 두고 딸과 실랑이를 벌였다.

더 이상 못 참겠다 싶은 로렌스 남작은 사라를 안고서 백작이 잡고 있는 담요를 잡아챈 후, 네이선에게 다가가 신부와 담요를 떠밀었다. 네이선이 신부를 받을까 말까 망설이는 차에 백작이 다가왔다. 그때 사라가 재빨리 네이선의 목에 팔을 감았고, 담요도 같이 휘감겼다.

사라는 네이선의 어깨에 얼굴을 파묻고 아버지를 훔쳐봤다. 잠시 후 안심이 되었는지, 자신을 안은 낯선 남자에게 관심을 돌린 그녀가 한참 동안 그를 뚫어져라 쳐다보았.

꿰다 놓은 보릿자루처럼 뻣뻣하게 서 있는 네이선의 이마에 송글송글 땀방울이 맺혔다. 차마 신부를 바로 쳐다볼 엄두가 나지 않았다. 좀 전에 백작에게 한 것처럼 덤벼들어 깨물면 어쩌나 싶은 탓이었다. 하지만 어린 신부가 무슨 망신을 주든 남자답게 당당하게 견뎌내리라 마음먹었다. 고작해야 꼬맹이 아가씨일 뿐이기에.

네이선이 국왕을 똑바로 쳐다보고 있는데 사라가 그의 뺨을 쓰다듬었다. 그는 비로소 사라에게 시선을 돌렸다. 사라의 눈동자는 짙은 갈

천상의 선물 *15*

색이었다. 그렇게 진한 갈색 눈동자는 처음이었다.

「아빠가 사라 때릴려고 해.」

사라가 얼굴을 찡그리면서 말했다.

네이선은 대꾸하지 않았다. 지쳤는지 눈동자가 반쯤 감긴 사라가 어깨에 몸을 기대며 목에 얼굴을 파묻자 그의 몸이 굳어졌다.

「사라는 아빠한테 맞는 거 시져. 아빠가 사라 때리지 못하게 해주꺼지?」

「그래.」

네이선이 대답했다. 졸지에 사라의 보호자가 된 네이선은 신부를 안고 편안하게 자세를 고쳤다. 이제 그의 얼굴에 지루한 표정은 남아있지 않았다.

오랜 여행과 아버지와의 실랑이로 인해 지칠 대로 지친 사라는 담요로 코밑을 훔치다가 얼마 후 꿈나라로 갔다. 네이선의 목에 침을 뚝뚝 흘리면서.

신랑은 왕실 고문 변호사가 혼인계약서를 낭독하기 전까지도 신부의 나이를 모르고 있었다.

사라는 방년 네 살의 신부였다.

1

1816년, 영국의 런던

 납치라고 해봐야 그다지 복잡할 것도 없었다.
 법원에서도 정당성을 인정해줄 것이 분명했다. 물론 사소한 일탈과 책임 시비가 따르겠지만 그다지 중요한 문제는 아니었다. 세인트 제임스 후작인 네이선 클레이턴 호손 베이커는 목적달성을 위해서라면 무슨 수라도 쓸 작정이었다. 운이 좋다면 납치 대상이 잠들어 있을지도 모르고, 아니라면 입에 재갈을 물리는 수밖에 없다.
 합법이든 불법이든 상관없이 네이선은 신부를 데려와야만 했다. 신사적으로 행동할 필요는 없었다. 신사다운 부드러운 성품이 네이선과는 거리가 멀다는 점을 생각하면 오히려 다행이었다. 시간도 얼마 남아 있지 않았다. 6주 후에는 혼인계약서가 쓸모 없는 종이조각이 되고 말 상황이었다.
 네이선은 14년 전 혼인을 치른 뒤 한 번도 신부를 본 적이 없었다. 마음속에 그려지는 신부의 모습은 그다지 만족스럽지 않았다. 윈체스터 가문의 여자들이 어떤지를 감안하면 아름다운 신부에 대한 환상은 일찌감치 포기가 되었다. 하나같이 용모나 성격이 별난 여자들뿐이었다. 뚱뚱한 몸매에 펑퍼짐한 엉덩이, 게다가 소문대로라면 식탐도 아귀에 버금갈 것이 분명했다. 그런 여자와 살 바에는 상어밥이 되는 편이 나을 것 같다는 생각이 들었지만, 그 정도 고문은 참을 각오가 되어 있었다. 혼인계약서의 조항을 어기지 않으면서도 아내와 떨어져 살 수 있는 방법이 있을지, 그것 또한 모를 일 아닌가.

지금껏 사는 동안 네이선은 어떤 문제든 남의 조언 없이 스스로 결정해왔다. 물론 절친한 친구인 콜린에게만은 예외였지만. 혼인계약서에는 최소한 1년간 사라와 동거를 해야 국왕의 하사품을 받을 수 있다고 되어 있었다. 윈체스터 가문의 여자와 살을 맞대고 사는 고역을 상쇄하고도 남을 만한 보상이었다. 국왕이 약속한 선물만 챙긴다면 작년 여름에 콜린과 함께 시작한 선박업도 제자리를 찾게 될 것이다. 에메랄드 선박회사는 두 사람 모두 태어나서 처음 시도해 보는 합법적인 사업체였다. 얼마 전까지 두 사람은 해적사업에서 수완을 발휘하며 살았지만, 아슬아슬한 곡예 같은 인생에 신물도 나고 위험부담도 점점 커지는 상황이었다. 그간 네이선은 악명 높은 해적 페이건이라는 이름으로 전설적인 인물이 되어 있었다. 해적질을 하는 동안 발에 밟힐 만큼 많은 수의 적을 만들었을 뿐 아니라 그의 목에 걸린 현상금의 액수도 만만치 않았다. 네이선은 자신이 페이건이라는 사실을 숨기기가 점점 어려워졌고, 콜린도 해적질을 계속하면 발각되는 건 시간문제라며 끊임없이 잔소리를 해댔다. 결국 네이선도 해적질에서 손을 털기로 결정을 내렸다.

그후 일주일이 지나 에메랄드 선박회사가 설립되었다. 선착장 중앙에 위치한 사무실 안의 가구는 탁자 둘, 의자 넷, 캐비닛 한 개가 전부였다. 전에 세 들었던 사람이 남기고 간 그 가구들에는 지난 화재 때 그을린 자국이 선명하게 남아 있었다. 선박을 한 대라도 더 보유하는 일이 급선무인 그들에게 새 가구를 들일 여유자금이 없었다.

옥스퍼드 대학 출신인 두 사람은 모두 경제동향에 밝았다. 사실 대학 시절에는 친분이 없었다. 어디를 가나 여러 친구들과 떼지어 다닌 콜린과는 달리 네이선은 늘 혼자였다. 그러다가 정부의 비밀요원으로 함께 활동하면서 유대감이 싹텄다. 1년 남짓 같이 일을 하는 동안 서로를 신뢰하게 된 두 사람은 상대방을 위해, 그리고 국가를 위해 생명의 위협을 무릅쓰고 일했다. 하지만 윗사람들은 그들을 배신했다. 콜린은 그에 대해 분개했지만, 본래 인간에 대한 믿음이 없는 네이선은 별다른 반응을 보이지 않았다. 그는 선천적인 냉소주의자이자, 후천적인 싸움꾼이었다. 네이선이 싸움질을 하고 나면 뒤처리는 콜린이 맡았다.

콜린의 형, 케인우드 백작은 1년 전 네이선의 여동생인 제이드와 결혼했고, 그후 네이선과 콜린의 유대감은 더욱 견고해졌다.

네이선은 후작이었고, 콜린 역시 백작의 동생인지라 사교계에서는 두 사람을 가만 놔두려 하지 않았다. 콜린이 상류사회의 인사들과 쉽게 어울리면서 고객확보의 즐거움을 맛보는데 반해, 네이선은 파티 참석을 기피했다. 그래도 초대장은 계속 날아왔다. 콜린은 어차피 네이선이 참석하지 않을 것을 알기 때문에 부담 없이 보내오는 것이라고 말했다. 네이선은 자신을 탐탁지 않게 여기는 사교계에서 뭐라고 떠들어대든 신경 쓰지 않았다. 점잔만 빼는 파티보다는 선술집에 앉아 맥주를 한 잔 마시는 편이 그에게는 훨씬 편하고 좋았다.

네이선과 콜린은 겉모습도 확연히 달랐다. 네이선은 툭하면 콜린의 예쁘장한 외모를 거론하며 놀려대곤 했다. 엷은 밤색 눈동자, 단단하면서도 우아해 보이는 체격을 지닌 콜린도 네이선처럼 해적 시절의 버릇을 못 버리고 머리를 길게 기르고 있었다. 해적을 연상시키는 용모라고는 해도 상처 하나 없는 잘생긴 얼굴은 여전히 매력적이었다. 키는 네이선과 비슷했지만 훨씬 마른 편인 콜린은 상황에 따라서는 평상시와 달리 굉장히 오만하게 고자세를 취하기도 했다. 사교계의 여성들은 콜린의 외모에 대해 너도나도 칭송을 아끼지 않았다. 사고로 인해 다리를 약간 절었지만, 그로 인해 더 매력적이라는 말까지 듣고 있었다.

용모에 관한 한, 네이선은 콜린만큼 복을 받지는 못했다. 예쁘장한 모습과는 거리가 먼, 마치 로마시대의 투사를 연상시키는 용모였다. 똑같이 긴 머리를 했으면서도 콜린은 끈으로 단정하게 묶고 다닌 반면, 네이선은 항상 갈색 머리를 아무렇게나 늘어뜨리고 다녔다. 군살이라고는 찾아볼 수 없는 장대한 근육질의 몸, 투명한 녹색 눈동자는 뭇 여성들의 이목을 끌기에 부족함이 없었다. 물론 정작 여자들은 네이선의 험상궂은 얼굴과 마주치면 고개를 돌려버리는 바람에 그 아름다운 눈동자를 제대로 들여다보지도 못했지만.

모르는 사람들에게는 두 사람이 낮과 밤처럼 이질적인 존재로 비쳤다. 콜린은 성자로, 네이선은 불량아로 낙인이 찍혔지만, 사실 두 사람의 성격은 닮은 데가 많았다. 둘 다 감정을 드러내지 않는 편이었는데, 네이선은 무뚝뚝한 태도를 방패 삼아 상류사회의 속물들을 피해 다닌 반면, 콜린은 그들에게 예의를 갖추면서도 내심 거리를 두었다. 결국 방식의 차이일 뿐, 두 사람의 태도는 다를 바가 없었다.

사실 콜린은 과거에 배신당했던 쓰디쓴 경험이 있는 탓에, 미소라는 가면을 쓰고 사람들을 대했다. 네이선이나 콜린은 남자와 여자가 사랑에 빠져서 그후로 영원히 행복하게 살았다느니 어쨌느니 하는 말을 들으면 코웃음만 치면서 미련한 작자들이나 그런 어처구니없는 꿈을 꾼다고 생각했다.

네이선은 잔뜩 찌푸린 얼굴로 사무실에 들어갔다. 콜린이 창턱에 양발을 올려놓고 의자에 앉아 있었다.

「짐보가 말을 두 필 준비해 놓았던데, 두 사람이 같이 처리해야 할 일이라도 있는 건가?」

네이선이 콜린에게 물었다.

「알면서 괜히 시치미를 떼는군. 자네 아내를 훔쳐보러 가든파티에 가기로 했잖나. 참석자가 워낙 많다니까 들킬 염려는 없을 게야. 나무 뒤에 숨어 있으면 아무도 우릴 알아보지 못하겠지.」
창밖으로 시선을 한 번 던지고 난 네이선이 입을 열었다.
「싫어.」
「짐보에게 우리 대신 사무실을 지키게 하면 되잖아.」
「콜린, 어차피 오늘밤에 보게 될 텐데 그럴 필요가 뭐 있어?」
「제길, 자기 부인이 어떻게 생겼는지는 알고 있어야지.」
「그건 알아서 뭐 하게?」
네이선이 이해하기 힘들다는 표정으로 묻자, 콜린은 구제불능이라는 듯 고개를 설레설레 내저었다.
「마음의 준비를 해야 할 것 아니냔 말이야.」
「벌써 준비는 다 해놨어. 그 여자 침실로 이어지는 창문이 어떤 건지 확실히 기억해 뒀고, 침실 밖에 있는 나무가 내 체중을 견뎌낼 수 있을지 미리 시험까지 해봤어. 침실 창문에 자물쇠가 없으니까 잠겨 있을까봐 걱정하지 않아도 돼. 마지막으로 출항할 준비도 벌써 다 끝내 놨어. 이만하면 충분하잖아.」
「벌써 모든 걸 계산해 뒀군 그래.」
「당연하지.」
「그렇게 자신 있단 말이지? 혹시라도 자네 부인이 창틀에 끼는 사태가 발생하면 어떡할 건지도 생각해 봤어?」
콜린의 짓궂은 질문에 네이선은 잠시 말문이 막혔지만, 이내 고개를 내저으며 대꾸했다.
「걱정 마. 내 기억으로는 침실 창문이 큰 편이었어.」
「자네 부인 몸이 더 거대할지도 모르지.」
「그럼 계단 아래로 때굴때굴 굴리면 되겠군.」
지지 않고 받아치는 네이선의 말에 콜린은 박장대소했다.
「부인이 어떻게 생겼는지 궁금하지도 않나?」

「응.」
「이걸 어쩌지? 난 굉장히 궁금하거든. 달콤한 밀월여행에 끼여들지도 못하게 됐으니, 미리 내 눈으로 봤으면 좋겠어.」
「자꾸 날 자극하려들지 말고, 그냥 여행이라고 해. 그 여자도 원체 스터 집안 여자야. 제길, 그 여자를 친척들에게서 떼어놓으려고 항해하려는 거 아닌가. 사정을 훤히 알면서 그런 소리가 나와?」
「자네가 견뎌낼 수 있을까? 부인과 잠자리를 같이 해야 상속자를 얻을 수 있을 텐데.」
네이선이 대꾸하기도 전에 콜린은 심각한 얼굴로 말을 이었다.
「국왕 폐하께서 주시기로 한 선물이 없어도 회사는 돌아갈 수 있을 게야. 이젠 조지 국왕 폐하가 공식적으로 물러나셨잖나. 분명히 섭정왕자 전하께서도 계약서를 무효라고 선언하실 거야. 게다가 윈체스터 가문에서는 전하의 마음을 돌리려고 안간힘을 쓰고 있는 판국이고. 그러니 자네도 혼인계약서 따위는 무시해버리라구.」
「안 돼. 계약서에 내가 직접 서명을 한 이상 그럴 수는 없어. 세인트 제임스 가문에서는 한번 맹세는 영원한 맹세야.」
단호한 네이선의 말에 콜린은 코방귀를 뀌며 농담을 던졌다.
「그으래? 세인트 제임스 가문은 본래 기분 내키는 양 약속을 깨기로 유명한 줄 아는데.」
「틀린 말은 아니지.」
마지못한 투로 네이선이 대답했다.
「어찌됐든 혼인계약서를 무시하는 짓은 안 할 거야. 자네도 자네 형님이 보조해주겠다는 자금을 거절하지 않았어. 이건 명예가 걸린 문제야. 제길, 내 맘은 정해졌으니까 이제 그만 왈가왈부하자구.」
네이선은 창틀에 기대어 길게 한숨을 내쉬었다.
「솔직히 말해 보게. 어떻게 해서든 날 가든파티에 끌고 갈 심산이지, 안 그래?」

「당연하지. 사실 자네 부인의 삼촌이 몇 명이나 되는지 알고 싶거든. 그래야 오늘밤에 몇 대 몇으로 싸우게 될지 대충 짐작할 수 있잖나.」
 콜린의 말은 그다지 설득력이 없었다.
「날 막을 수 있는 사람이 있을 것 같은가?」
 차갑게 가라앉은 목소리로 네이선이 말했다.
 콜린은 빙그레 웃었다.
「자네의 천부적인 재질에 대해서는 나도 잘 알고 있다네, 친구. 오늘밤에 혈전이라도 벌어지면 곤란한데…….」
「왜?」
「그런 재미를 놓치면 억울할 테니까.」
「그럼 같이 가면 되잖나.」
「안 돼. 공작부인하고 약속한 게 있거든. 어떻게든 자네 부인을 파티에 참석하게 해 달라고 부탁했더니, 힘 닿는 데까지 애써보겠다며 그 대신 자기 딸하고 음악회에 같이 가 달라는 거야.」
「사라는 참석하지 못할 거야. 애비란 작자가 집밖에 내보내지 않으려고 별수단을 다 쓰고 있거든.」
 네이선이 말했다.
「사라는 참석할 거야. 윈체스터 백작도 공작부인의 명은 거역하지 못할 걸세. 자네 부인을 꼭 데려오라고 백작한테 한마디 하셨다네.」
「윈체스터 백작이 이유가 뭔지 의아했을 텐데, 공작부인께선 뭐라고 핑계를 대셨다지?」
「그건 나도 몰라. 자, 자, 시간 낭비는 이제 그만 하자구.」
「제길, 그럼 할 수 없지.」
 네이선은 투덜거리면서 창가에서 몸을 뗐다. 콜린은 네이선이 마음을 바꾸기 전에 서둘러 움직였다. 얼마 후 두 사람은 말을 타고 공작부인의 연회장으로 향했다.
「어느 여자가 사라인지를 어떻게 가려낼까 궁금하지 않나?」

콜린이 몸을 돌리며 물었다.
「자네가 벌써 방법을 알아냈을 것 아닌가.」
「당연하지. 내 누이 레베카가 오후 내내 자네 부인 옆에 붙어 있겠다고 약속했네. 그리고 만일을 대비해서 차선책을 강구해 놨지.」
콜린은 신이 나서 말했지만, 한참을 기다려도 네이선에게서는 아무런 대꾸가 없었다. 하는 수 없이 콜린이 다시 말을 이었다.
「레베카가 피치 못할 사정이 생겨서 임무를 수행하지 못할 경우에는 다른 누이들이 뒤를 봐주기로 했네. 내겐 레베카 말고도 누이가 셋이나 있잖나. 이봐! 계속 그렇게 인생 다 산 영감처럼 시큰둥하고 있을 거야?」
「자네를 따라 나온 게 잘못이었어. 시간만 낭비하는 꼴이잖나.」
콜린은 네이선에게 한마디 해주려다 꾹 참았다.
두 사람은 동산 위에 말을 세웠다. 빽빽한 나무들이 그들의 모습을 가려주는 가운데, 아래로 공작부인의 정원이 훤히 내려다 보였다.
「제길, 이 친구야. 난 지금 완전히 철부지 어린애가 된 기분이야.」
네이선이 투덜거렸다.
「공작부인도 만만치 않은 걸. 고작 가든파티를 하면서 오케스트라 단원 전체를 부르다니.」
테라스 아래쪽에 군집한 연주가들을 보며 콜린은 입이 딱 벌어졌다.
「콜린, 딱 10분이야. 10분이 지나면 그냥 가버릴 거야.」
「알았네, 알았어. 어쩌면 자네 부인도 자네를 따라가려 하겠지.」
콜린은 그를 달래듯 말했다.
「또 편지를 쓰라는 얘긴가? 자네 말대로 했다가 어떻게 됐는지 잊은 건 아니겠지?」
네이선이 어처구니없다는 듯 말했다.
「잊을 리가 있나. 하지만 이번엔 또 어떻게 될지 모르잖나. 혹 오해가 있었을 지도 모르고.」

「오해? 내 입장을 분명하게 밝힌 편지를 목요일에 보냈는데도?」
「그래, 그 다음주 월요일에 사라를 데려가겠다고 분명히 밝혔지.」
콜린이 말했다.
「사라가 짐을 챙길 수 있도록 시간을 더 줘야 한다고 했던 사람이 누구였더라?」
네이선이 심드렁하게 물었다.
「그거야 물론 나였지. 내가 본래 자타가 공인하는 신사적인 사람 아닌가. 하지만 자네 부인이 그렇게 빨리 도망칠 줄 누가 알았겠어. 정말 보통 잽싼 게 아니더라구, 안 그래?」
「틀린 말은 아니야.」
네이선이 웃음 섞인 목소리로 응수했다.
「자네가 직접 쫓아가서 붙잡아도 됐잖아.」
「그럴 이유가 뭐가 있나? 내 아래 사람들을 딸려보냈으면 됐지. 그 여자가 어디 있는지 알아낸 이상 내가 손해 볼 일은 없어. 잠깐 동안 숨 돌릴 시간을 주는 셈치면 되니까.」
「예정대로 형을 집행하되, 잠깐 미룬다는 얘기로군.」
네이선은 껄껄 웃었다.
「틀린 말은 아니지. 물론 형을 집행한다는 말이 여자에게 과히 어울리는 말은 아니지만.」
「일부러 그런 거지? 자네 곁에 있으면 사라가 위험해질 수도 있으니까. 결국 그녀를 보호할 생각에 가만히 구경만 하고 있었던 거야. 어때, 내 말이 맞지? 물론 자네는 인정하려들지 않겠지만.」
「그래, 그렇게 인정할 마음은 없어. 잘 알면서 묻는 사람이 바보지.」
「부디 신의 가호가 자네와 부인에게 함께 하길. 윈체스터 쪽에서는 자네 부부를 어떻게 해보려고 아귀처럼 달려들 거야.」
콜린이 걱정스러운 얼굴로 말하자 네이선은 상관없다는 듯 어깨를 으쓱했다.
「내가 사라를 보호하면 돼.」
「어련하시겠어.」
네이선은 고개를 설레설레 저으며 말을 이었다.
「나한테서 도망치려고 우리 회사 선박에 표를 끊다니, 정말이지 이런 기막힌 우연도 없을 거야, 안 그런가?」
「사라는 자네가 선박을 소유하고 있다는 사실을 모르고 있잖아. 자네와 내가 동업자라는 사실을 모두에게 비밀로 했으니까.」
「그래야 손님을 끌 것 아닌가. 세인트 제임스 일족이야 원래 사교계에서 미움을 톡톡히 받으니까 어쩔 도리가 없다. 다들 세인트 제임스라면 촌스럽고 무식하고, 게다가 거칠기까지 하다고 싫어하니까.」
네이선은 그렇게 말하면서 씩 웃었다.
「아무리 생각해도 이상한 일이야. 선원들한테 사라를 미행하게 해놓고도 호기심이 안 생기던가? 보통사람 같으면 사라가 어떻게 생겼는지 진작에 물어봤을 거야.」
콜린이 화제를 바꿨다.
「자네도 안 물어봤으면서 뭘 그래?」
「난 자네가 혼인계약서에 적힌 내용을 지킬 맘이 전혀 없는 줄 알았지. 어쨌든…….」
얼핏 누이를 발견한 콜린이 말을 멈췄다. 그녀의 옆에는 다른 여자가 함께 있었다.
「잠깐! 저기 레베카가 있군. 조금만 왼쪽으로 움직일 것이지, 저런 미련한…….」
콜린은 미처 말을 끝내지 못하고 숨을 '헉' 들이켰다.
「세상에, 이게 웬일이래? 저 여자는 자네 부인, 사라 윈체스터야!」
네이선은 기가 막혀 대꾸조차 할 수 없었다.
사라는 정말 매력적이었다. 네이선은 연신 머리를 내저으며 중얼댔다. 저렇게 매혹적인 여자가 내 신부였다니……. 레베카를 보며 살포시 웃는 그녀는 윈체스터 가문의 여자라고 보기에는 너무 예쁘고, 여성적일 뿐 아니라 몸매도 너무 말랐지 않은가!
　네이선은 14년 전 자신의 품에 안겨 졸았던 네 살짜리 꼬마 여자를 떠올렸다. 레베카 옆에 서 있는 여자에게서는 그 꼬마와 비슷한 점이 남아 있긴 했다. 뭐라고 꼬집어 말하긴 힘들었지만 '자신의 신부'가 분명했다. 꿀처럼 윤기가 흐르던 짧은 고수머리의 흔적이 사라지고 성숙한 처녀가 된 사라는 어깨까지 머리를 늘어뜨리고 있었다. 곱슬기가 약간 남아 있는 머리카락은 진한 갈색으로 바뀌었다. 키는 콜린의 여동생과 비슷했고, 여성적인 맵시가 풍기는 몸매였다.
　「저런 건방진 자식들 같으니라구. 다들 굶주린 상어떼처럼 자네 부인 주위를 맴도는 꼴들 보게. 유부녀에게 저게 무슨 짓들이람. 하긴 사라가 저렇게 매력적이니 저 녀석들만 탓할 수도 없는 노릇이지.」
　콜린이 눈을 빛내면서 말하는 동안 네이선은 사라의 주위를 끈질기게 따라다니는 남자들을 지켜보느라 정신이 없었다. 당장이라도 달려가서 음흉하게 웃고 있는 녀석들의 얼굴을 후려갈기고 싶었다. 감히 누구 여자를 넘보려 드는 거야!
　「저기 자네 멋진 장인께서 오시는군. 윈체스터 백작의 다리가 원래 저렇게 휘었던가? 백작 나리께서 자네 부인 뒤를 바짝 쫓아다니시는군. 잠시라도 눈에서 벗어날까봐 안절부절못하시는 걸.」
　네이선은 숨을 크게 들이마셨다.
　「이제 됐어, 콜린. 볼 건 다 봤으니까 가세.」
　「그래서?」
　콜린이 몸을 돌리고 의미심장하게 물었다.
　「그래서라니, 무슨 말이 듣고 싶은 거야?」
　「제길, 네이선, 감상을 말해줘야 될 것 아닌가.」
　「감상은 무슨 감상?」

「자네 부인을 직접 본 감상이 어떠냔 말이야.」
「솔직하게 말해 줄까?」
콜린이 고개를 끄덕이자 네이선은 느긋하게 미소를 지으며 딱 한마디를 던졌다.
「창문 틈에 끼여서 못 나오는 일은 없겠군.」

2

시간이 얼마 없었다.
 사라는 영국을 떠날 계획이었다. 다들 그녀가 또 도망을 쳤다고 생각할 것이다. 비겁하다는 비난을 듣게 될지도 모른다는 생각에 마음이 불편했지만, 이번에는 생각한 바를 밀고 나가겠다고 단단히 결심했다.
 사라에겐 선택의 여지가 없었다. 세인트 제임스 후작에게 도와달라는 편지를 두 통이나 보냈지만, 신랑이라는 남자에게서는 통 답신이 없었다. 차마 다시 연락할 용기가 나지 않을 뿐더러 이제는 시간도 촉박했다. 위험에 처한 노라 이모를 구해줄 사람은 사라뿐이었다. 혼인계약서의 조항을 지키기 싫어서 도망친다고 소문이 나도 어쩔 도리가 없었다.
 지금까지 사라의 생각대로 일이 성사된 적이 없었다. 사건의 발단은 지난 봄, 사라가 엄마 대신 노라 이모를 찾아 뵙기로 하면서 시작됐다.

무려 넉 달 동안이나 노라 이모에게서 소식이 없었다. 이모에 대한 걱정으로 급기야 엄마는 병이 나고 말았다. 사실 사라는 이모도 이모였지만 엄마의 건강이 걱정되었다. 아무래도 이모에게 무슨 일이 생긴 것 같았다. 매달 빠짐 없이 편지 다발을 보내오던 이모였다. 연중행사로 치러지는 윈체스터 일가의 소풍날마다 어김없이 내리는 빗줄기처럼, 이모의 편지는 꼬박꼬박 배달되었다.

사라와 엄마는 이모를 만나러 간다는 사실을 비밀에 부쳤다. 결혼해서 미국에 사는 사라의 언니 릴리안을 만나러 간다고 둘러대면 그만이었다. 사라는 아버지에게 사실대로 말하려다가 그만두었다. 설령 상식이 통하는 사람이라고 해도 그는 어디까지나 윈체스터 가문의 피를 이어받은 남자였다. 그도 삼촌들 못지 않게 노라 이모를 싫어했지만 그저 아내의 체면을 봐서 함구하고 있을 따름이었다.

윈체스터 가문의 남자들은 신분이 낮은 남자와 결혼한 이모에게 등을 돌렸다. 벌써 14년 전의 일이지만 아무도 그녀를 용서해주지 않았다. 윈체스터 일가는 '눈에는 눈, 이에는 이'라는 말을 신봉했다. 성직자들이 계율을 중시하듯 윈체스터 일가는 복수를 신성시했다. 남들 앞에서 가벼운 망신만 당해도 앙갚음하겠다고 끝까지 덤벼드는 사람들이었다. 한 번 당한 모욕은 결코 잊는 법이 없고 용서라는 말이 통하지 않는 족속이 바로 그들이었다.

불행히도 사라는 그 사실을 일찍 깨닫지 못했다. 돌이켜보니 고향 땅을 밟아보겠다는 이모를 만류하지 못한 것이 후회될 따름이었다. 세월이 지났으니 삼촌들의 마음도 풀어졌겠거니 하고 안이하게 생각했는데 막상 닥쳐보니 그들은 조금도 달라진 바가 없었다. 노라는 사라의 엄마조차 만나볼 기회가 없었다. 하선(下船)한 지 한 시간도 채 안 되어 종적을 감추고 말았던 것이다.

사라는 이모 걱정으로 미칠 것만 같았다. 이젠 계획대로 행동을 개시해야 했다. 온몸이 무서움으로 뻣뻣해졌다. 여태까지는 의존적인 자세로 살아왔지만 이젠 사정이 달랐다. 이모를 구할 사람은 달리 아무도 없었다. 사라는 마음속으로 연신 기도했다.
　지난 두 주간은 그녀에게 악몽 같은 시간이었다. 초인종 소리만 들려도 누군가 '이모의 시체가 발견되었다'는 소식을 들고 찾아올 것만 같았다. 다행히 사라의 충실한 종 니컬러스가 이모의 소재를 파악했다. 불쌍하게도 이모는 헨리 삼촌의 저택 다락방에 갇혀 있었다. 윈체스터 가문은 법원이 그들에게 이모의 후견인 자격을 부여하기만을 기다리고 있었다. 그 자격만 확보하면 당장 그녀를 정신병원에 집어넣을 계획이었다. 그리되면 이모 몫의 유산은 윈체스터 가문의 남자들이 나눠먹을 것이 분명했다.
　「탐욕스러운 인간들……」
　중얼거리며 가방을 잠그는 사라의 손이 덜덜 떨렸다. 무서워서 떠는 것이 아니라 화가 나서 그런 거라고 마음을 다잡았다. 이모가 지금 얼마나 두려움에 떨고 있을까 생각하니 화가 치밀었다.
　사라는 숨을 깊게 들이마신 후 가방을 창밖으로 던졌다.
　「이게 마지막이야, 니컬러스. 식구들이 돌아오면 큰일이니까 빨리 움직여야 돼.」
　니컬러스가 가방을 들고 마차를 향해 달려가자, 사라는 창문을 닫고 등불을 끈 뒤 침대에 누웠다.
　자정 무렵 외출했던 부모님과 벨린다가 돌아왔다. 발소리가 들리자 사라는 엎드려 자는 척했다. 얼마 후 '끼익' 하고 문이 열리는 소리가 들렸다. 아버지였다. 사라가 방에 있는지 확인하려는 것이리라. 한참만에 방문이 닫혔다.
　사라는 20분쯤 지나서야 자리에서 일어나, 침대 밑에 숨겨둔 짐을 꺼냈다. 눈에 안 띄려면 검정색 옷이 좋을 듯싶었지만 마땅한 옷이 없었다. 할 수 없이 낡은 군청색 드레스를 입었다. 가슴이 좀 깊게 파인 옷이었지만, 이것저것 따질 틈이 없었다. 망토를 걸쳐 가리면 그만 아닌가. 손이 떨려 머리를 땋기가 어려워 그냥 하나로 묶어버렸다.

엄마 앞으로는 간략하게 사정을 설명한 메모를 남겼다. 화장대 위에 메모를 올려놓고 양산과 흰 장갑과 손가방을 망토로 둘둘 말아서 창밖으로 던진 후, 사라는 창턱에 올라섰다.

나뭇가지는 창턱에서 50센티미터 정도 떨어져 있었지만, 아래로는 1미터 남짓이나 되었다. 사라는 섣불리 뛸 용기가 나지 않아 창턱에 앉아 있다가 한참 후에야 나지막한 비명을 지르며 몸을 날렸다.

눈앞에서 벌어지는 광경에 네이선은 어이가 없었다. 나무 위로 기어올라가는데 갑자기 창문이 열리더니 아래로 물건이 와르르 쏟아져 내렸다. 그 와중에 어깨 위로 양산이 툭 떨어졌다. 다른 물건들이 떨어지는 것을 피해 이리 뛰고 저리 뛰던 그는 나무 뒤로 숨었다. 달이 밝은 덕분에 창턱에 앉아 있는 사라의 모습이 훤하게 보였다. 그만두라고 소리를 지르려는 찰나, 그녀가 몸을 날렸다. 네이선은 반사적으로 사라를 받기 위해 앞으로 달려나갔다.

두꺼운 나뭇가지를 붙잡은 사라는 젖 먹던 힘을 다해 매달렸다. 터져 나오려는 비명을 참으려고 마음속으로 기도를 했다. 나뭇가지가 앞뒤로 사정없이 흔들리자 그녀는 몸부림을 치면서 매달렸다.

「엄마야, 어어어, 엄마야! 어, 엄마야!」

사라는 나무를 타고 내려오면서 끊임없이 되뇌었다. 드레스 자락이 나뭇가지에 걸리는 바람에 땅바닥에 발을 디뎠을 때는 드레스가 뒤집혀서 머리까지 올라가 있었다.

사라는 드레스를 고쳐 입고 길게 한숨을 내쉬었다.

「해냈잖아. 별것도 아니네, 뭐.」

사라는 바닥에 떨어진 물건들을 챙기기 시작했다. 시간이 촉박한 와중에도 장갑을 끼고 망토의 먼지를 털어 내는 여유를 보였다. 그녀는 어깨에 망토를 두르고 손가방의 끈을 손목에 달고서 양산을 겨드랑이에 끼웠다. 그러고 나서 문을 향해 걸어갔다.

얼마쯤 갔을까. 어디선가 들리는 인기척에 사라는 걸음을 멈추었다. 하지만 돌아보니 아무도 없었다. 아무래도 겁을 먹은 탓에 지나친 상상을 했던가, 아니면 심장의 고동소리를 인기척으로 착각했나 싶었다.
「니컬러스는 어디 있는 거지?」
 사라는 주위를 두리번거리면서 중얼거렸다. 계획대로라면 니컬러스가 현관 근처에서 기다리고 있다가 헨리 삼촌의 집까지 그녀를 데려다 주어야 했다. 10분이 지나도 니컬러스는 나타나지 않았다. 기다리다가 발각이라도 되면 큰일이었다. 2주 전, 사라가 런던에 돌아온 뒤부터 아버지는 한밤중에도 침실 문을 열고 사라가 있는지 확인하곤 했다. 밤에 몰래 빠져나갔다는 사실을 알면 아버지가 어떻게 나올지, 불을 보듯 뻔했다. 사라는 저도 모르게 부르르 몸이 떨렸다. 이젠 혼자구나, 라는 생각을 하자 다시 심장이 세차게 고동쳤다. 사라는 어깨를 펴고 앞으로 걸어갔다.
 헨리 삼촌의 집은 세 블록 남짓 떨어진 곳에 있었다. 걸어가도 그다지 오래 걸리지 않으리라. 더구나 한밤중이라 거리에 사람들도 없을 터였다. 나쁜 사람들도 잠은 자야 할 것 아냐, 안 그래? 괜찮을 거야. 마음속으로 그렇게 되뇌이며 사라는 거리를 내달렸다. 누군가 달려들면 양산으로 꾹 찔러버려야지. 노라 이모를 헨리 삼촌네 지붕 밑에서 하룻밤 더 지새게 할 수는 없어.
 사라는 전속력으로 달렸다. 치맛자락이 걸려 속도가 자꾸 느려졌지만 조금 전보다 마음은 느긋했다. 밤거리에 어슬렁거리는 사람이 아무도 없었던 것이다. 그녀는 빙긋 혼자 미소를 지었다.
 네이선은 사라의 뒤를 바짝 뒤쫓았다. 그녀를 붙잡아 항구로 데려가면 간단히 끝나는 일이었지만 호기심이 발동해서 더 지켜보기로 했다. 한편으로는 사라가 또 자신에게서 도망치려는 것 같아 언짢기도 했지만, 그건 바보 같은 생각이었다. 자신이 미리 세운 납치극의 전모를 사라가 알고 있을 리 만무했기 때문이었다.

도대체 어딜 가는 걸까? 네이선은 사라의 뒤를 밟으면서 마음속으로 계속 되뇌었다. 그가 보기에 사라는 윈체스터 가문의 일원이라고 믿기 힘들 정도로 강단 있는 여자였다. 창문을 뛰어내리면서 비명을 지르는 모양이나, 나무를 타고 내려오면서도 연신 뭐라고 중얼거리는 모양을 보면서 네이선의 입가에는 절로 미소가 어렸다. 치마가 뒤집어지면서 사라의 길고 날씬한 다리가 드러나는 순간에는 웃음을 터뜨릴 뻔했다.

사라는 네이선이 뒤따라오는 것을 눈치채지 못했다. 한 번이라도 뒤를 돌아봤다면 발견할 수도 있으련만. 첫 번째 모퉁이를 돌자 그녀는 활기차게 골목길을 걸어갔다. 골목 구석에 누워 있던 건장한 체구의 부랑아 두 명이 뱀처럼 천천히 몸을 일으켰다. 네이선은 그 뒤를 살금살금 따라가서 일부러 인기척을 낸 후, 그들이 고개를 돌리는 순간 두 사람의 머리를 양쪽으로 잡고 박치기를 했다. 그러고 나서 쓰레기를 한쪽으로 집어던지고는 다시 사라의 뒤를 밟았다. 저런 식으로 거리를 활보하고 다니다니, 정말 큰일날 여자군. 네이선은 속으로 중얼거렸다. 저렇게 살짝살짝 유혹적으로 흔들리는 엉덩이를 보고 흑심을 품을 자가 어디 한둘일까. 그때, 앞에서 시꺼먼 그림자가 움직이자 네이선은 재빨리 앞으로 나갔다. 사라가 두 번째 골목으로 들어서는 찰나, 그는 부랑자의 턱에 주먹을 날렸다.

헨리 윈체스터의 집 앞에 당도한 사라는 한참동안 창문을 올려다봤다. 헨리는 윈체스터 일족들 중에서도 최저질에 속하는 인간이었다. 네이선은 사라가 한밤중에 헨리의 집을 찾아온 이유가 뭔지 궁금했다.

그녀가 살금살금 집 주위를 도는 동안, 네이선은 방해꾼이 끼여들지 못하게 문 옆에 기대어 서서 팔짱을 끼고 느긋하게 사라의 움직임을 주시했다. 사라는 관목 사이를 헤집고 가서 창문 앞에 섰다. 저런 서툰 솜씨로 집안에 몰래 들어가겠다니, 무모하기 짝이 없었다.

사라는 창문을 여는 데만 10분을 소비했다. 창턱에 올라가려는 순간 치맛단마저 뜯겨 나갔다. '휴 -'하는 탄식과 함께 몸을 돌려 치맛단을 들여다보는 동안 열어놓았던 창문이 슬슬 다시 아래로 내려왔다.

네이선은 '바늘과 실이 있었으면 아예 주저앉아 치맛단을 꿰맬 형국이군' 하고 중얼거렸다.

양산을 지렛대 삼아 창문 틈에 끼운 사라는 세 번 시도한 끝에 창턱에 올라서긴 했지만 창 틈으로 기어 들어가는 일이 생각처럼 만만치 않았다. 드디어 울리는 '쿵' 하는 소리. 아무래도 사라가 바닥에 머리나 등을 부딪힌 모양이었다. 잠시 후 네이선은 천천히 그녀의 뒤를 밟아 집안으로 들어갔다.

어디선가 요란한 소리가 나더니 차마 숙녀의 입에서 나왔다고는 믿기 어려운 욕설이 들렸다. 정말 시끄러운 여자로군. 네이선이 중얼거리며 홀 안으로 들어서려 할 때 사라가 이층으로 뛰어 올라가는 모습이 보였다.

하인으로 보이는, 키 크고 마른 남자가 네이선의 시야에 들어왔다. 그는 무릎까지 오는 하얀 잠옷을 입고 한 손에는 촛대를, 다른 손에는 빵을 들고 있었다. 네이선은 촛대를 들고 사라를 따라 계단을 올라가는 하인의 뒷덜미를 후려갈긴 후 재빨리 촛대를 가로챘다.

사라는 도둑이 될 자질은 통 없는 여자였다. 문이라도 좀 살살 여닫지 않고서는. 저렇게 소음을 내면 무덤 속 귀신도 벌떡 일어나겠다, 생각하며 네이선은 고개를 설레설레 저었다.

그때 날카로운 비명소리가 들렸다. 네이선은 한숨이 절로 나왔다. 앞으로 나가려는데 사라가 모습을 드러냈다. 그녀의 옆에 누군가가 있었다. 구석에 몸을 숨기고 동정을 살펴보니 사라가 한 여자를 부축하며 천천히 계단을 내려오고 있었다. 여자의 얼굴은 보이지 않았지만 걸음걸이로 봐서 몸이 약한 상태임을 알 수 있었다.

「울지 마세요, 이모. 앞으론 제가 돌봐드릴 테니 안심하세요.」

아래층으로 내려온 사라는 망토를 벗어 노라의 어깨에 둘러주고서 이마에 입을 맞추었다.

「네가 올 줄 알았다, 사라야. 그럴 줄 알았어. 네가 날 도와 줄 방법을 찾아낼 거라고 믿고 있었어.」
 떨리는 목소리로 말하며 노라는 손등으로 눈물을 훔쳤다. 그녀의 손목에 박힌 퍼런 멍 자국이 네이선의 눈에도 보였다. 끈으로 결박당해 있던 흔적임이 분명했다.
「당연하죠. 제가 옆에서 지켜드릴게요.」
 사라가 노라의 머리에 꽂힌 핀을 고쳐주면서 말했다.
「이렇게 꽂으니까 더 예뻐 보여요.」
 노라는 사라의 손을 꼭 붙들었다.
「네가 없었으면 어쩔 뻔했니.」
「그런 생각은 마세요.」
 이모가 평정을 잃기 직전임을 아는 사라는 달래 듯 부드럽게 말했다. 사실 그녀의 상태도 이모와 다를 바 없었다. 이모의 얼굴과 팔에 잔뜩 드러난 멍 자국을 보자 눈물이 터질 것만 같았다.
「저 때문에 영국에 오신 거잖아요. 엄마를 만날 수 있게 해드리려던 것이었는데, 제가 잘못 생각했어요. 저 때문에 이모가 이렇게 고생을 하신 거예요. 그러니까 제가 책임지고 곁에서 도와드릴게요.」
「넌 정말 착한 아이야.」
 사라는 자물쇠를 향해 떨리는 손을 뻗었다.
「어떻게 날 찾아냈니?」
 노라가 뒤에서 물었다.
「그게 뭐 그리 중요하겠어요. 승선하고 나면 수다 떨 시간은 많을 거예요. 제가 꼭 집까지 모셔다 드릴게요.」
 사라는 자물쇠를 끌러 문을 열었다.
「이런, 이렇게 떠날 순 없어.」
 사라는 놀란 표정으로 몸을 돌렸다.
「그게 무슨 말씀이세요? 배표까지 끊어놓고 준비도 다 해놨는데 안 된다고 하시면 어떻게 해요? 오늘밤 당장 떠나야 돼요. 여기 계속 있으면 위험하단 말예요.」

「헨리가 내 결혼반지를 가져갔어. 그걸 놔두고 갈 순 없어. 남편이 죽는 날까지 절대로 손에서 빼지 말라고 신신당부한 반지란다. 그걸 두고 갈 순 없단다, 사라. 내겐 아주 소중한 물건이야.」

「알았어요. 그럼 같이 찾아봐요. 헨리 삼촌이 반지를 어디 숨겼는지 혹시 아세요?」

노라가 울음을 터뜨리는 바람에 사라는 더 만류할 수가 없었다.

숨을 쉬기가 힘든지 노라는 간신히 말을 이었다.

「천벌을 받을 인간! 그걸 자기 손가락에 끼고 있지 뭐니. 승리의 노획물이라도 되는 양 자랑삼아 끼고 다닌단다. 네 삼촌이 오늘밤 어디서 고주망태가 돼 있는지만 알면 될 텐데.」

사라는 고개를 끄덕이면서도 사실은 불안해서 속이 울렁거렸다.

「어디 계신지 알아요. 니컬러스가 삼촌 뒤를 밟았으니까요. 그나저나 걸으실 수 있겠어요? 정문 앞에 마차를 불러놨으면 덜 불편하셨을 테지만 삼촌이 일찍 돌아와 들킬까봐 차마 그렇게는 못 했어요.」

「난 걸을 수 있으니까 걱정 마라.」

노라는 뻣뻣한 걸음걸이로 천천히 문으로 향했다.

「한밤중에 잠옷만 걸치고 거리를 활보하게 된 내 꼴을 보면 네 엄마는 창피스러워 죽고 싶을 거야.」

사라는 빙그레 웃으며 대꾸했다.

「엄마에겐 비밀로 하면 되잖아요. 이모, 왜 그러세요? 많이 편찮으세요?」

노라가 괴로운 듯 얼굴을 찌푸리자 사라가 놀라서 물었다.

「아냐. 벌써 많이 나아진 것 같아. 어서 여길 나가자꾸나.」

노라는 밝은 목소리로 말했다.

「날 끝장내려면 윈체스터 가의 남자들 여럿이 단합해야 할 게다.」

노라는 난간을 붙들고 천천히 계단을 내려갔다.
사라는 문을 닫으려다가 생각을 바꿨다.
「문을 그냥 열어 놓을까봐요. 그럼 누군가 삼촌 집에 들어와서 물건을 훔쳐갈지도 모르잖아요. 오늘밤엔 부랑자들이 한 명도 없는 것 같긴 하지만요. 여기까지 오는 동안 한 사람도 못 봤어요.」
「맙소사, 사라, 여기까지 걸어왔단 말이니?」
「네. 하지만 아무 일 없었으니까, 그렇게 놀라지 마세요. 누가 나쁜 맘을 품고 달려들면 양산으로 찌르려 했는데 그럴 기회가 한 번도 없었다니까요. 어머, 이 일을 어째. 양산을 창문에 두고 왔어요!」
「그냥 두렴. 더 이상 지체했다간 무슨 일이 생길지 몰라. 팔 좀 빌려주겠니? 부축을 좀 받아야 할 것 같구나. 그나저나 너 정말 여기까지 걸어 온 거니?」
사라는 빙그레 웃으며 대답했다.
「사실은 막 뛰어왔어요. 굉장히 겁이 났거든요. 그래도 아무 일 없었어요. 처녀가 혼자 밤길을 다니면 위험하다는 말도 다 과장된 소문인가 봐요.」
두 사람은 천천히 거리를 걸었다. 길모퉁이에 전세 마차가 대기하고 있었다. 이모가 마차에 타는 것을 사라가 거들어주는 동안 부랑자가 덤벼들었다. 때맞춰 네이선이 재빨리 가로막자 부랑자는 그를 힐긋 쳐다보더니 그대로 몸을 돌려 사라졌다.
네이선은 노라가 자신을 봤을 거라고 생각했다. 그가 앞으로 나서는 찰나에 그녀가 이쪽으로 시선을 돌렸던 것이다. 하지만 나이 탓에 밤눈이 안 좋은지 노라는 별 반응 없이 다시 시선을 돌려 버렸다. 사라에게 조심하라고 소리지르지 않은 걸로 봐서는 네이선을 보지 못했음이 분명했다.
사라는 비싸게 요금을 부르는 마부와 실랑이를 벌이고 있었다. 결국 그녀는 턱없이 비싼 요금에서 흥정을 끝내고 마차 안에 몸을 실었다.

네이선은 재빨리 마차 뒤에 올라탔다. 이내 마차가 움직였다.
　사라는 네이선이 계획한 '납치극'에 너무 쉽게 말려들었다. 네이선은 그녀가 이모에게 배를 타서 런던을 떠날 거라고 말하는 것을 들었다. 그렇다면 다음 목적지는 항구임이 분명했다. 그런데 웬일인지 마차는 방향을 틀더니 그 거리에서 제일 평판이 나쁜 술집 앞에 섰다.
　기어이 결혼반지를 되찾겠다는 거군. 네이선은 속으로 이를 뿌드득 갈면서 마차에서 내려 일부러 불빛 아래 몸을 드러냈다. 술집 앞에서 어슬렁거리는 녀석들에게 보란 듯이 싸울 태세를 갖추고, 싸우기 좋게 다리를 약간 벌리고 오른손을 벨트에 끼워 놓은 채찍으로 가져 가 험상궂은 얼굴로 주위를 둘러봤다. 모두들 네이선을 보자 슬금슬금 뒷걸음질을 치더니 술집 안으로 들어가던가 벽에 찰싹 달라붙었다. 하나같이 네이선의 시선을 피해 눈을 아래로 내리깔았다.
　사라의 지시대로 마부는 다급하게 술집 안으로 들어갔다. 얼마 후 밖으로 나온 그는 수고한 대가를 더 받아야 한다고 투덜거리면서 마부석에 앉았다.
　몇 분쯤 지났을까, 술집 문이 벌컥 열리더니 인상이 험악하고 배가 툭 불거진 남자가 나타났다. 잔뜩 구겨지고 지저분한 옷을 입은 그는 마차로 다가오더니 기름이 줄줄 흐르는 머리를 쓸어 올리며 말했다.
　「주인님께서는 술을 과하게 드셔서 나올 수가 없습니다. 마부 말로는 아가씨가 주인님을 찾으신다던데, 저한테 대신 말씀하시지요.」
　남자는 상스럽게 사타구니를 긁으면서 말했다. 역겨운 냄새가 진동했다. 사라는 손수건을 코에 대고 이모에게 몸을 돌렸다.
　「이 사람을 아세요?」
　「물론이지. 클리퍼드 더건이란 작자란다. 네 삼촌과 짜고서 날 납치한 장본인 중의 하나지.」
　「저 작자가 이모를 때렸어요?」
　「그랬지. 몇 대를 맞았는지 기억도 안 나는구나.」

천상의 선물　*39*

클리퍼드 더건은 마차 안을 들여다보려고 몸을 숙였다. 그걸 본 네이선은 불끈했다. 감히 사라를 훔쳐보려고 수작을 부리다니, 뼈도 못 추리게 흠씬 패줘야겠다고 생각하면서 마차로 다가가 남자의 주먹코를 후려갈겼다. 클리퍼드는 비명을 지르며 뒷걸음질치는가 싶더니, 다리를 비틀며 털썩 주저앉았다. 그는 갖은 욕설을 퍼부으면서 일어서려고 기를 썼다.

사라는 재빨리 마차 문을 열어 재껴 문으로 클리퍼드의 배를 후려쳤다. 붕 떠서 날아간 클리퍼드의 몸이 하수구에 처박혔다. 술집 밖에서 서성대며 그 광경을 목격한 남자들이 야유를 퍼부었다. 그들을 무시하고 마차에서 내린 사라는 손가방을 이모에게 건네주고 장갑을 벗었다. 장갑도 건네주고는 바닥에 나가떨어진 남자에게 시선을 돌렸다. 너무 화가 나서 무섭다는 생각도 들지 않았다. 사라는 클리퍼드를 내려다보며 '복수의 천사'처럼 말했다.

「또다시 나약한 여자에게 손대면 가만 안 둔다, 클리퍼드 더건.」

「나약한 여자에게 손을 댔다니, 난 그런 적 없소. 그런데 내 이름은 어디서 들은 거요?」

클리퍼드의 칭얼거림을 들은 노라가 창밖으로 얼굴을 내밀었다.

「뻔뻔스럽게 거짓말을 하다니, 너 같은 녀석은 지옥불에 태워도 시원치 않아!」

노라를 본 클리퍼드는 놀라서 눈이 동그래졌다.

「어떻게 빠져나왔…….」

퍽!

사라가 걷어차는 바람에 클리퍼드의 말꼬리가 흐려졌다.

「뼈만 남은 앙상한 몸으로 걷어차 봤자 아플 거 하나 없수다.」

클리퍼드는 코웃음을 치면서 슬쩍 뒤로 눈을 돌렸다. 사실 사라한테 차여서 아픈 것보다 수치심이 더 앞섰던 것이다. 등뒤에서 들리는 낄낄거리는 소리 때문에 자존심은 상할 대로 상했다.

「주인님 때문에 참는 줄 아슈. 나보다 그분이 먼저 아가씨 버릇을 고쳐놓으시려 할 거요.」

「도무지 사태 파악을 못 하시는군. 내 남편이 오늘 일을 들으면 널 가만히 둘 것 같아? 세인트 제임스 후작이라고 하면 다들 무서워서 벌벌 떤단 말이야. 내가 남편에게 네 버릇없는 처사에 대해 말하면 가만히 있지 않을 거야. 그 사람은 내가 해달라는 대로 다 해주거든.」

사라는 자기가 하는 말이 더 잘 먹혀들도록 손가락을 '탁' 퉁겼다.

「하, 이제야 내 말을 알아듣나 보군.」

잔뜩 겁먹은 클리퍼드의 얼굴을 보며 사라가 승리에 찬 목소리로 내뱉자 그는 일어날 생각도 못 하고 슬금슬금 기어서 뒷걸음질쳤. 의기충천한 사라는 바로 뒤에 기골이 장대한 남자가 버티고 서 있다는 사실은 까맣게 모른 채, 다만 클리퍼드가 세인트 제임스라는 이름에 겁을 집어먹었다고 제 나름의 착각에 빠져 있었다.

「여자를 때리는 남자는 비겁해. 내 남편은 귀찮은 모기를 때려잡듯 비겁자들을 간단하게 처치할 수 있지. 그 사람은 세인트 제임스의 피가 골수까지 박힌 남자라는 사실을 잊지 말란 말이야, 알았어?」

「얘야, 나도 나갈까?」

「아니에요, 이모 금새 끝날 테니까 걱정 마세요.」

사라는 계속 클리퍼드를 노려보면서 대답했다.

「그럼 빨리 끝내거라. 감기라도 걸리면 어쩌니.」

창밖에 얼굴을 내밀고 말하는 노라의 시선이 네이션에게 머물렀다. 네이션은 눈을 동그랗게 뜬 노라에게 고개를 한 번 끄덕이고는 다시 사라에게 시선을 돌렸다.

장대한 남자의 몸집에 기가 죽은 사내들은 마차 근처에 얼씬도 못 했다. 노라가 보기에 남자는 사라를 보호해주려는 사람인 것 같았다. 사라에게 그가 뒤에 있다고 말해줄까 하다가 그만두었다. 가뜩이나 근심이 많은 조카딸을 겁먹게 하고 싶지 않았다.

네이선은 자기 신부의 행동거지를 주시하면서 깜짝깜짝 놀라고 있었다. 이모를 보호하기 위해 몸을 사리지 않는 그녀는 쉬쉬 해가며 더러운 수작을 벌이는 윈체스터 가문의 남자들과는 너무 달랐다.

클리퍼드의 주위를 한 바퀴 빙 돌고 난 사라는 한참동안 그를 째려봤다. 그녀가 술집 안으로 들어가는 것을 본 네이선은 클리퍼드에게 다가가 목덜미를 움켜쥐고는 벽을 향해 내동댕이쳤다. 구경꾼들이 대포알처럼 날아오는 클리퍼드와 부딪히지 않으려고 이리 뛰고 저리 뛰는 동안 클리퍼드는 '쿵' 소리를 내면서 벽에 부딪혀 정신을 잃었다.

「이봐요, 신사 양반! 빨리 안으로 들어가 봐주지 않으려우? 사라가 도움이 필요하니까 어서 들어가 봐요.」

네이선이 명령조로 말하는 노라를 노려보고 있을 때, 술집 안에서 휘파람 소리와 웃음소리가 터져 나왔다. 네이선은 채찍을 들고 한숨을 쉬면서 문으로 걸어갔다.

술집 중앙에 놓인 탁자에 엎드려 있는 헨리를 발견한 사라는 주정뱅이들을 헤치며 그에게 다가갔다. 노라 이모에게 반지를 돌려주라고 조용히 설득할 생각이었지만, 막상 그의 손가락에 낀 반지를 보자 화를 참을 수 없어 삼촌의 대머리 위에 맥주를 쏟아 부었다.

고주망태가 된 헨리는 버럭 고함을 질렀다. 하지만 '꺼억' 하고 트림이 나는 바람에 제소리가 나지 않았다. 사라는 비틀대며 일어서는 그의 손가락에서 반지를 빼어 재빨리 자기 손가락에 끼웠다.

헨리는 눈을 게슴츠레 뜨고 사라를 쳐다봤다.

「아니, 너 사라 아니냐? 지금 여기서 뭐 하는 게야? 무슨 일이라도, 꺼억, 새, 생긴 거냐?」

더듬거리면서 말하는 그는 서 있기도 힘든지, 이내 털썩 주저앉아 벌건 눈으로 조카딸을 올려다보다가 빈 술잔으로 시선을 돌렸다.

「술 가져 와!」

헨리가 술집 주인에게 고함을 질렀다. 사라는 혐오감이 솟았다. 술에 취해 정신이 나간 삼촌이 나중까지 기억할 리 없더라도 지금 따끔하게 한마디 해줘야겠다는 생각이 들었다.

「무슨 일이 생겼냐구요? 정말 삼촌은 한심하군요. 삼촌이 노라 이모한테 무슨 짓을 했는지 아버지가 아시면 아마 무사하지 못할 걸요.」

「무슨 소릴 하는 게야? 노라? 네가 지금 우리 가문에 먹칠을 한 그 계집 때문에 나한테 대드는 게야?」

'그런 상스러운 말을 입에 담다니 창피하지도 않느냐'고 한마디 하려는데 헨리가 먼저 입을 열었다.

「안됐지만 네 아버지도 처음부터 우리와 뜻을 같이 했어. 노라는 너무 나이가 들어서 자신을 돌볼 처지가 못 돼. 그래서 우리가 나선 거니까 괜히 나한테 신경질부릴 생각은 마. 그런다고 노라가 있는 곳을 가르쳐줄 것 같아?」

「이모를 위해서라구요? 어떻게 그런 말이 나와요? 삼촌은 이모 재산을 차지하고 싶어서 그러시는 거잖아요. 삼촌이 런던에서 노름빚을 잔뜩 졌다는 사실을 모르는 사람이 있는 줄 아세요? 빚 갚을 생각에 이모를 정신병원에 가두려는 걸 제가 모를 줄 아시냐구요?」

사라는 격앙된 목소리로 따졌다. 빈 맥주 잔과 분개한 사라의 얼굴을 번갈아 쳐다보던 헨리는 그제서야 사라가 자기 머리에 맥주를 부었다는 사실을 깨달았다. 칼라를 만져보니 맥주가 묻어서 끈적였다. 순식간에 그의 얼굴이 분노로 달아올랐다.

「우린 기필코 그 망할 계집을 쫓아낼 테니까 두고 봐. 네가 아무리 용을 써봤자 아무 소용없어. 그러니까 얌전하게 집에 가서 잠이나 자, 알겠냐? 계속 까불면 한 대 맞을 줄 알아.」

등뒤에서 누군가 낄낄거리자 사라는 그 사람을 쩨려보았다.

「술이나 드시지 남의 일에 무슨 참견이에요?」

남자가 술잔으로 시선을 떨구자 사라는 다시 삼촌에게로 돌아섰다.

「거짓말하지 마세요. 아버지는 절대 그런 잔인한 짓을 하실 분이 아니에요. 날 때리고 싶으면 때려보세요. 내 남편에게 일러줄 테니까.」
 남편의 이름을 빌린 공갈이 클리퍼드에게처럼 이번에도 먹혀들 것이라고 생각했지만, 오산이었다. 헨리는 무서워하기는커녕 코방귀만 뀌었다.
「정신병원에 집어넣을 사람이 노라 말고 여기 또 있었군. 정말 세인트 제임스 후작이 널 구해줄 거라고 믿고 있는 게냐? 내가 널 때린다고 그놈이 말려줄 것 같아? 꿈도 야무지구나.」
 사라는 이모를 괴롭히지 않겠다는 약속을 받아내기 전에는 술집을 나가지 않을 작정으로 버티었다. 혹 이모가 돌아간 후에 사람을 풀어서 영국으로 다시 잡아오기라도 하면 큰일이 아닌가. 이모는 상속받은 유산이 많았기 때문에 삼촌은 능히 그런 일을 저지를 수 있었다.
 흥분한 사라는 취객들이 뒤에서 자신을 노리는 것을 알아채지 못했다. 취객 하나가 그녀를 보며 맛있는 음식을 눈앞에 둔 사람처럼 입맛을 쩝쩝 다셨다.
「사실 전 삼촌한테 노라 이모를 괴롭히지 말라고 부탁드릴 생각이었어요. 어떻게 그런 생각을 했는지 제 자신이 한심할 따름이에요. 명예를 아는 사람이나 약속을 지키는 법이에요. 그런데 삼촌처럼 탐욕스러운 위인이 어디 그러겠어요? 내가 괜히 시간만 낭비했지.」
 헨리가 사라의 뺨을 갈기려고 손을 휘두르자 그녀는 재빨리 뒤로 피했다. 등에 딱딱한 것이 부딪혀 돌아보니 음흉스럽게 생긴 남자들 여럿이 다가와 있었다. 꾀죄죄한 몰골들이 몇 달간 씻지도 않은 듯했다. 그들 중 한 사람이 사라의 팔을 붙들자 문에 기대어 지켜보던 네이선이 버럭 고함을 쳤다. 술집 안에 있는 사람들 모두가 놀라서 그쪽을 돌아봤고, 사라도 한 발 뒤로 물러섰다가 문 쪽으로 휙 돌아섰다.
 사라는 비명을 지르고 싶었지만 목구멍에서 아무런 소리도 나오지 않았다. 출입구에 버티고 서 있는 장대한 체구의 남자를 보는 순간 무릎이 힘을 잃고 주저앉을 것만 같아 재빨리 탁자를 붙들었다. 무서워서 심장이 튀어나올 것만 같았다.

저건, 아니 저 사람은 도대체 누구지? 분명히 인간이긴 한데…… 저렇게 커다랗고 표정이 무시무시한 사람은 본 일이 없어. 세상에, 날 쳐다보고 있잖아.

네이선이 사라를 향해 손가락을 까딱거리자 사라는 고개를 내저었다. 그의 손가락이 다시 까딱였다. 잠시 사방이 빙글빙글 도는 것처럼 느낀 사라는 간신히 정신을 추스리고는 남자에게서 무시무시하고 끔찍한 면모를 지우려고 안간힘을 썼다. 그때 누군가 팔을 붙잡았다. 사라는 낯선 남자를 계속 쳐다보면서 팔을 잡은 자의 손을 찰싹 때려 떨쳐냈다.

낯선 남자는 그나마 목욕은 했는지 머리카락도 깨끗했다. 얼굴과 팔과 머리카락 모두가 구리빛인 그 남자의 팔뚝과 어깨는 멋있는 근육질이었다. 허벅지도 마찬가지였다. 꽉 끼는 바지 때문에 은밀한 곳이 두드러져 보였다. 바지가 깨끗했다.

악당들은 보통 지저분한 바지를 입잖아, 안 그래? 그러니까 저 사람은 나쁜 사람이 아니야. 그렇게 생각하니 마음이 놓였다. 머리를 기른 걸 보니 바이킹 같아. 그래, 시간을 뛰어넘어 이쪽 세계로 온 바이킹일 거야.

초록 눈동자의 바이킹이 다시 손가락을 까딱이며 그리로 오라고 했다. 사라는 자기 뒤에 있는 누구를 부르나 싶어 돌아봤지만 아무도 없었다. 그제야 자기를 부르는 줄 안 사라는 심장이 오그라들었다. 꿈이 아닌가 싶어 눈을 깜빡여 봤지만 남자는 사라지지 않았다. 머리를 흔들어 보아도 결과는 마찬가지였다.

남자가 다시 손가락을 까딱였다.

「이쪽으로 와.」

거만하기 짝이 없는 목소리였다. 사라는 천천히 그에게로 걸어갔다. 술집 안은 아수라장이 되었다. 채찍 소리며 처절한 비명이 진동했다.

사라를 만지려던 자의 입에서 나오는 소리였다. 사라는 채찍을 휘두른 남자에게 시선을 고정시켰다. 힘들이지 않고도 자유자재로 채찍을 휘두르는 모습은 경이롭기까지 했다. 가까이 다가가자 남자의 표정이 더 험악해졌다. 아무래도 기분이 별로 안 좋은 모양이었다.
 일단은 비위를 거슬리지 않게 조심하면서 재빨리 밖으로 나가 마차에 뛰어드는 거야. 그 다음엔 곧장 항구로 마차를 몰면 된다구. 괜찮은 작전이긴 했지만 어떻게 남자를 문에서 떨쳐낼까 하는 것이 문제였다.
 그때 다시 누군가가 사라의 어깨를 더듬었다. 채찍이 다시 허공을 갈랐고, 사라는 정신없이 달려 남자 앞에 섰다. 그리고 고개를 젖혀 남자의 초록 눈동자를 바라보며 충동적으로 그의 팔을 꼬집었다. 단단한 근육질의 몸에서 체온이 느껴지는 걸로 봐서 꿈은 아니었다. 이상하게도 남자의 매력적인 초록 눈동자를 응시하면 할수록 안도감이 들었다.
 「난 당신이 나쁜 사람이 아니란 걸 알았어요, 바이킹.」
 사라의 몸에서 힘이 죽 빠져나갔다. 네이선은 정신을 잃은 그녀를 들쳐 매고 술집 안을 둘러보았다. 사라에게 수작을 걸다가 된통 당한 자들이 바닥에 널브러져 있었고, 헨리는 탁자 밑에서 벌벌 떨고 있었다. 네이선은 탁자를 걷어찼다.
 「내가 누군지 아나, 윈체스터?」
 헨리는 엄마 뱃속에 든 아기처럼 잔뜩 웅크린 채 턱이 닳도록 고개를 저었다.
 「날 똑바로 쳐다봐, 망할 자식 같으니.」
 천둥처럼 울리는 네이선의 목소리에 헨리는 벌벌 떨면서 간신히 고개를 쳐들었다.
 「내가 바로 세인트 제임스 후작이다, 이 자식아. 앞으로 또 집사람이나 이모님 근처에 얼씬댔다간 그날로 죽는 줄 알아. 내 말 알아들었어?」
 「정말 당신이…… 후작이란 말이오?」

헨리는 목구멍에서 신물이 넘어오는지 왝왝거리기 시작했다. 네이선은 구둣발로 그를 냅다 걷어찬 뒤 술집을 나왔다. 그제야 탁자 밑에 숨었던 술집 주인이 일어나서 주위를 둘러보았다. 술을 마셔야 할 손님들이 모두 바닥에 기절한 채 뻗어 있으니 오늘밤 장사는 공친 거나 다름없었다. 하지만 친구들에게 떠벌릴 얘깃거리는 생긴 셈이었다.
 이야기의 마지막을 장식할 사람은 윈체스터 나리. 그 대단한 양반이 갓난이처럼 징징거렸다니, 나중에 손님들이 들으면 얼마나 재미있어 할까. 술집 주인이 흐뭇하게 웃고 있는 사이 옆에서 역겨운 소리가 들렸다. 그 대단하고 고명하신 윈체스터 양반이 기어이 바닥에 토를 하고 만 것이다.
 성난 술집 주인의 고함소리가 노라의 나지막한 비명과 겹쳤다. 낯선 남자의 어깨에 축 늘어진 조카딸의 모습을 보고 나온 비명이었다.
「사라가 다쳤수?」
 최악의 상황을 상상한 노라는 조마조마하며 물었다.
 네이선은 마차 문을 열고 고개를 저으며 미소를 지었다.
「그냥 기절한 겁니다.」
 안도감이 앞선 탓에, '남의 조카딸이 기절했는데 뭐가 좋아서 웃냐'고 따질 생각도 못한 노라는 사라를 위해 옆으로 물러나 앉았다. 하지만 네이선은 사라를 맞은편 자리에 앉혔다. 노라는 아무래도 마음이 놓이지 않아서 사라를 위아래로 훑어보고 나서야 자기들의 구세주에게 시선을 돌렸다. 그는 채찍을 휘감아 허리띠에 끼웠다. 뜻하지 않은 낯선 남자가 자리를 차지하는 바람에 노라는 구석 자리로 밀려났다.
「사라는 내 옆에 앉히면 돼요.」
 남자는 아무 대꾸도 없이 그 거대한 몸집으로 맞은편 좌석을 완전히 점령했다. 사라를 들어올려 무릎에 앉히는 남자의 손길이 부드럽기 그지없었다. 그는 사라의 뺨에 한참동안 손을 대고 있다가 그녀의 얼굴을 자신의 목덜미에 묻었다. 그러자 사라가 낮은 한숨을 내쉬었다.

마차가 움직이기 시작한 후 한동안 무슨 말을 해야 할지 난감해하던 노라가 입을 열었다.
「이보오, 젊은이. 나는 노라 베틀먼이라고 해요. 젊은이가 구해준 처녀는 내 조카딸이라우. 이름은 사라 윈체스터고.」
「세인트 제임스 후작부인이라고 하십시오.」
무뚝뚝하게 한마디 툭 던진 네이선은 창밖으로 시선을 돌렸다. 노라는 계속 그를 응시했다. 남자의 옆모습이 강인하고 매력적이었다.
「왜 우릴 도와줬수? 그 대단하신 윈체스터 가문의 부탁을 받은 건 아닐 테고, 혹시…… 세인트 제임스 가문의 하수를 받은 거유?」
네이선은 대답하지 않았다. 노라는 한숨을 쉬면서 사라를 쳐다보았다. 어서 의식을 회복해야 전후사정을 물어볼 텐데.
「난 지금까지 젊은이가 안고 있는 바로 그 아이 덕에 버틸 수 있었다우. 그 애한테 나쁜 일이 생긴다면 난 견디지 못할 게야.」
「사라는 아이가 아닙니다.」
네이선이 무뚝뚝하게 대꾸했다.
노라는 미소를 지었다.
「맞는 말이지. 하지만 내겐 마냥 아이처럼 비치는 걸 어쩌겠수. 사라는 너무 순진하고 사람을 잘 믿어요. 외가 친척들을 빼다 박았지.」
「그럼 부인은 윈체스터 가문 출신이 아니겠군요?」
노라는 이제야 남자가 입을 열었구나 싶어 내심 쾌재를 불렀다.
「당연하지. 난 사라의 엄마와 자매지간이야. 자니와 결혼하기 전까지 내 성(姓)은 터너였수.」
노라는 다시 한 번 걱정스러운 얼굴로 사라를 바라보았다.
「사라가 기절한 건 아마 이번이 처음일 게야. 지난 두 주 동안 얼마나 마음고생을 했을까. 눈 밑이 거뭇거뭇한 걸 보니 잠도 제대로 못 잔 게 틀림없어. 모두 나 때문이야. 하지만 분명 뭔가 끔찍한 장면을 봤으니 기절을 했을 텐데, 혹시 젊은이는 알우? 사라가 왜 기절을 했는지.」
 노라는 남자의 입가에 어린 미소를 보자 말을 멈췄다. 남은 심각하게 묻는데 웃고 있으니 알다가도 모를 일이었다.
「내 모습을 보고 기절한 겁니다.」
 사라가 몸을 뒤척였다. 현기증이 일었지만 웬일인지 포근하고 따뜻한 느낌이 들었다. 따뜻한 무언가에 코를 비볐더니 남성적이고 좋은 냄새가 났다. 기분이 좋아진 사라는 숨을 크게 내쉬었다.
「이제 정신이 드는 모양이야.」
 노라가 중얼거렸다.
 천천히 눈을 뜬 사라가 노라를 바라봤다.
「정신이 들다뇨?」
 사라는 입을 크게 벌려 하품을 하면서 물었다.
「네가 기절했었잖니.」
「설마요. 기절 같은 건 한 번도 해본 적이 없는 걸요. 전…….」
 사라는 갑자기 말을 뚝 멈췄다. 자신이 지금 누군가의 무릎에 앉아 있다는 사실을 깨닫자 얼굴에서 핏기가 사라지면서 방금 전의 기억들이 되살아났다.
 노라가 사라의 손을 토닥거렸다.
「괜찮다, 얘야. 널 구해준 젊은이니까 안심해도 돼.」
「채찍을 들고 있던 사람 말이에요?」
 사라는 '제발 그 사람이 아니길' 빌면서 조그만 소리로 물었다.
 노라가 고개를 끄덕였다.
「그래. 고맙다고 인사 드려야 한다, 알겠니? 그리고 제발 다신 기절 같은 건 하지 마라. 내 심장이 다 멎는 줄 알았지 뭐니.」
 사라는 고개를 끄덕였다. 기절을 안 하려면 이 남자의 얼굴을 안 보는 것이 상책이었다. 사라가 옆으로 비켜 앉으려고 하자 남자는 허리에 두른 팔에 더욱 힘을 줬다.

「이 사람이 누군지 아세요?」

사라가 노라에게로 몸을 굽히면서 속삭여 물었다.

「아직 나도 못 들었단다. 혹, 네가 고맙다는 인사를 하면 이름 정도야 밝힐지도 모르지.」

사람을 옆에 두고 그에 관해 떠들다니, 무례한 일이었다.

사라는 잔뜩 긴장한 채 천천히 돌아앉았다.

「아까 술집에서 도와주셔서 감사합니다. 이 은혜, 두고두고 잊지 않을게요.」

사라는 일부러 남자의 턱을 쳐다보며 말했다. 남자는 엄지손가락으로 사라의 턱을 치켜올리더니 알 수 없는 눈빛으로 그녀를 응시했다.

「고맙다는 말 한마디로는 부족해, 사라.」

「내 이름을 어떻게 아는 거죠?」

사라가 놀라며 물었다.

「내가 가르쳐줬단다.」

노라가 대신 대답했다.

「배표를 사느라 돈을 다 써 버려서 지금 수중에 돈이 없는데, 그래도 저희를 항구까지 바래다주실 건가요?」

사라가 묻자 남자는 고개를 끄덕였다.

「저한테 금목걸이가 있는데, 그거라도 드릴까요?」

「됐어.」

뜻하지 않은 거절을 당하자 사라는 화가 치밀었다.

「그럼 지금으로선 드릴 게 없네요.」

마차가 서자 네이선이 일어나서 문을 열었다. 몸집에 비해 굉장히 날랜 동작이었다. 그는 노라가 마차에서 내리는 걸 도와주었다.

사라가 손가방과 장갑을 집어드는 찰나, 남자가 뒤에서 허리를 붙잡더니 밀가루 포대 다루듯 그녀를 끌어내렸다. 남자는 뻔뻔스럽게 사라의 어깨에 팔을 두르고는 바짝 붙어 섰다.

「이보세요, 전 결혼한 여자예요. 그러니까 빨리 팔을 치워주세요.」
 네이선은 대꾸도 없이 휘파람을 길게 불었다. 눈 깜짝할 사이에 장정들이 나타났다. 방금 전만 해도 휘영청 밝은 달빛 아래 사람은커녕 쥐새끼 한 마리도 찾아 볼 수 없었다.
 선원들의 시선이 사라에게로 쏠렸다. 모두들 예쁜 여자를 구경도 못해본 양 넋이 나가 있었다. 네이선은 사라의 반응을 살폈고, 사라는 자신을 숭배하듯 쳐다보는 선원들의 시선에도 아랑곳하지 않고 네이선만 쏘아봤다. 그는 터지려는 웃음을 참으면서 '건방진 태도는 그만 두라'는 신호로 사라의 팔을 한 번 꽉 쥐고는 노라에게 몸을 돌렸다.
「가져 갈 짐이 있습니까?」
「짐이 있는 거니, 사라?」
 노라가 물었다.
 사라는 그에게서 빠져 나오려고 몸부림치며 말했다.
「난 결혼한 몸이라고 했잖아요. 그러니까 이 손 치워요.」
 네이선은 여전히 꿈쩍도 안 했다.
「그래요, 이모. 이모 입으시라고 엄마 옷을 좀 빌려 왔어요. 엄마도 사정을 아시면 나무라지 않을 거예요. 니컬러스한테 짐 가방들을 마셜 상점 앞에 가져다 두라고 했는데……, 짐 좀 가지러 가도 되겠죠?」
 사라가 한 발 앞으로 나서려는데 남자가 다시 뒤에서 끌어당겼다.
 네이선은 손짓으로 짐보를 불렀다. 키가 크고 피부가 구리빛인 남자가 사라 앞에 우뚝 섰다. 남자의 커다란 체격에 주눅이 들었지만 사라는 지지 않고 그를 뚫어지게 쳐다봤다. 괴상한 금귀걸이만 아니었으면 매력적이라고 봐줄 만한 용모였다.
 사라의 시선을 의식한 짐보는 팔짱을 낀 채 험상궂은 표정을 지었다. 사라도 따라서 험상궂은 표정을 지었다. 그러자 짐보가 씨익 웃었다. 사라는 그의 별난 행동을 어떻게 해석해야 할지 감이 안 잡혔다.
「짐보, 선원 두 명을 시켜서 짐을 챙겨오게. 동이 트는 대로 곧장

씨 호크 호를 출항시킬 거야.」
 네이선이 짐보에게 지시를 내렸다.
「이모와 저는 이제 안전하니까 걱정 마세요. 저희들 때문에 더 이상 수고를 끼쳐드릴 순 없어요.」
 네이선은 사라의 말을 묵살한 채 키가 작고 몸집이 다부진 남자를 손짓으로 불렀다. 나이가 꽤 들어 보이는 남자였다.
「매튜, 여기 이 노부인을 돌봐드리게.」
 노라는 '헉' 하고 숨을 들이켰다. 이모가 자신과 떨어져 있게 돼서 저러나 싶어 사라가 뭐라고 말을 꺼내려는데, 노라가 어깨를 펴면서 네이선에게 다가갔다.
「날 노부인이라고 부르지 말게. 그런 모욕적인 말을 듣고 내가 가만히 있을 줄 알았나? 난 겨우 쉰 한 살이란 말일세, 젊은이. 난 아직도 팔팔하고 기운이 넘쳐.」
 네이선은 터지려는 웃음을 참았다. 바람 한 자락에도 쓰러질 것 같은 연약한 부인의 입에서 저런 말이 나오다니.
「이모한테 사과하세요.」
 사라가 단호하게 내뱉었다. 네이선이 뭐라고 반응을 하기도 전에 그녀는 이모에게 휙 몸을 돌렸다.
「이모 기분 상하라고 한 말은 아닐 거예요. 예의가 없어서 그랬으려니 생각하세요.」
 네이선은 어처구니가 없어서 고개를 설레설레 저었다.
「매튜, 시키는 대로 하게.」
 네이선은 자르듯이 말했다.
「날 어디로 데려갈 생각이유?」
 노라가 묻자 매튜는 아무 말 없이 노라를 들어 안았다.
「날 내려 놔, 무례한 같으니.」
「괜찮으니까 가만있어요. 너무 야위어서 깃털처럼 가볍구먼.」

노라가 다시 내려놓으라고 하려는데 매튜가 선수를 쳤다.
「멍은 왜 생긴 거요? 어떤 놈이 그랬는지 이름을 대봐요. 내가 가서 당장 목을 따버릴 테니까.」
노라는 빙그레 웃었다. 언뜻 보아 매튜는 그녀와 비슷한 나이인데도 체격은 젊은이 못지 않았다. 노라의 얼굴에 홍조가 어렸다. 마지막으로 얼굴을 붉혀본 게 언젠지 기억도 가물가물했다.
「고마와요. 당신은 참 친절한 분이시군요.」
노라가 더듬거리며 말하자 사라는 평상시와 다른 이모의 행동에 놀랐다. 이모는 마치 무도회에 처음 나온 처녀처럼 눈을 깜빡이면서 얼굴을 붉히고 있었다. 사라는 그녀가 매튜의 품에 안겨서 어디론가 사라지는 모습을 지켜보았다. 어느새 주위에 선원들도 모두 사라지고 자신을 구해준 남자만 남아 있었다.
「노라 이모가 저 사람하고 있어도 위험하진 않겠지요?」
사라의 물음에 네이선은 짜증 섞인 신음소리로 반응했다.
「지금 그 소리는 긍정을 뜻하는 거예요, 부정을 뜻하는 거예요?」
「아무 일 없을 거야.」
사라가 옆구리를 쿡쿡 찌르자 네이선은 마지못한 듯 대답했다.
「그럼 절 좀 놔주세요.」
네이선의 순순한 반응에 되려 당황한 사라는 균형을 잃고 넘어질 뻔했다. 이 남자에겐 부드러운 말투가 더 잘 먹히는구나, 하는 생각이 스쳤다. 그렇다면 별로 어려울 것도 없었다.
「제가 당신하고 있어도 안전할까요?」
네이선은 침묵만 지켰다.
사라는 똑바로 섰다. 그녀의 얼굴이 네이선의 어깨에 닿을 만큼 키 차이가 심했다. 그녀의 신발 끝이 네이선의 부츠 끝에 닿았다.
「부탁이니, 솔직하게 말해주세요.」
사라는 일부러 목소리를 부드럽게 꾸미면서 말했지만 네이선은 별 반응이 없었다. 오히려 기분이 별로 안 좋아 보였다.
「그래, 내 곁에 있으면 당신은 안전해.」
「난 그러고 싶지 않아요.」
소리를 지르고서 곧 바로 자신이 어리석은 말을 했음을 깨달은 사라는 재빨리 말을 고쳤다.
「그러니까 내 말은…… 나도 나한테 위험한 상황이 생기지 않기를 바래요. 누구나 다들 안전하길 바라죠. 심지어 범죄자들도…….」
네이선이 빙그레 웃자 그녀는 잠깐 말을 멈췄다.
「그렇다고 당신이 곁에 있어야 할 필요는 없어요. 저랑 노라 이모를 데리고 항해를 할 생각은 아니죠? 왜 그런 눈으로 쳐다봐요?」
「당신하고 같이 항해 할 생각이야.」
「왜요?」
「그렇게 하고 싶으니까.」
사라의 뺨이 붉게 물들었다. 화가 나서 저런 걸까? 아니면 두려워서? 네이선은 아리송했다.
사라는 팔꿈치로 네이선의 가슴을 꾹 찔렀다.
「죄송하지만 저와 이모는 따로 가야할 것 같네요. 다른 배를 찾으면 돼요. 당신을 위해서도 그게 나아요.」
「이유가 뭐지?」
「내 남편이 알면 좋아하지 않을 테니까요.」
설마, 하는 네이선의 표정을 보고 사라는 말을 이었다.
「당신도 세인트 제임스 후작에 대해서 들어봤겠죠? 못 들어봤다면 오히려 이상한 일이겠죠. 그가 바로 내 남편이에요. 내 말 잘 들어요, 바이킹. 내가 낯선 남자와 여행을 한다는 사실을 알면 그가 가만있지 않을 거예요. 아니, 왜 자꾸 웃어요?」
「왜 날 바이킹이라고 부르지?」
「비슷하게 생겼으니까요.」

「그럼 난 당신을 말괄량이라고 부르면 되겠군.」
「왜요?」
「하는 짓이 영락없이 말괄량이니까.」
「당신은 도대체 누구예요? 원하는 게 뭐냐구요!」
사라는 드디어 성난 목소리로 대들었다.
「나한테 갚을 빚이 있다는 거, 잊지 않았겠지?」
「어유 정말, 두고두고 그 말을 되풀이 할 작정이군요?」
네이선은 느긋하게 고개를 끄덕였다. 이 상황을 즐기는 듯한 그를 보면서 사라는 속이 부글부글 끓었다. 저런 야만인과 말이 통할 거라 믿은 내가 바보지. 빨리 빠져나가는 게 상책이겠어. 사라는 속으로 중얼거렸다. 어쨌든 이 남자의 기분을 상하게 만들지는 말아야겠지…….
「그래요, 빚졌어요. 그럼 뭘 받고 싶은지 말씀해 보세요.」
네이선은 한 발 다가서며 사라의 눈동자를 들여다보았다.
「내 이름은 네이선이야, 사라.」
「그래서요?」
난데없이 자기 이름은 왜 말하는 거람. 사라는 속으로 중얼거렸다.
네이선은 지친 듯 길게 한숨을 내쉬었다. 힌트를 줘도 모르나.
「세인트 제임스 후작부인, 당신은 내게 첫날밤을 빚졌어.」

3

 다행히 졸도는 면했지만, 사라의 입에서는 비명이 터져 나왔다. 찢어지는 비명소리를 듣고만 있던 네이선은 도저히 참기 힘들어지자 그녀를 사무실로 질질 끌고 들어가 이모에게 떠밀었다. 별난 상황에서 별난 발작을 일으킨 여자를 위로하는 '신사도'를 발휘할 자신이 없는 탓이었다. 사무실을 나오면서 네이선은 웃음을 터뜨렸다.
 네이선의 정체가 밝혀졌을 때 사라의 표정은 가관이었다. 그녀는 너무나 솔직했다. 늘 감정을 숨기고 살았던 네이선에게는 사라의 솔직함이 신선하게 와 닿았다. 조금 시끄럽긴 했지만 사라하고 있는 시간이 지루하진 않았다.
 몇 가지 일을 처리한 뒤, 네이선은 선원들과 함께 배에 올랐다. 갑판에서 그를 기다리던 짐보와 매튜가 언짢은 표정을 지었다. 사라와 노라를 선실에 데려다 주느라 고역을 치렀으므로 네이선은 그들의 건방진 태도를 눈감아주기로 했다.

「설마 아직도 소리 지르고 있는 건 아니겠지?」

네이선이 물었다.

「입에 재갈을 물리겠다고 위협을 했더니, 날 때리더군.」

짐보가 험악한 얼굴로 대꾸했다.

「이제 겁나는 게 하나도 없는 모양이지, 뭐.」

「원래부터 겁이 하나도 없는 여자처럼 보이던 걸, 뭐. 사무실로 끌려가는 동안 자네 부인 표정이 어땠는지 알아? 화가 나서 눈이 이글이글 타더구만.」

매튜가 싱글거리면서 말했다.

짐보도 설레설레 고갯짓하면서 응수했다.

「자네가 가고 난 후에도 한동안 소리를 질러대더라고. 정말 끔찍하더군. 이모도 말릴 생각을 안 하지, 자네 부인은 계속 '악몽이야, 누가 꿈에서 깨게 날 좀 꼬집어 달라'고 목이 터지게 외치지, 한마디로 가관이었네.」

「그런데 필릭스 녀석은 그걸 심각하게 받아들였지 뭔가. 덩치만 컸지 눈치는 잼병인 녀석이라니까.」

매튜가 킥킥대면서 말했다.

「그럼 필릭스가 사라를 꼬집기라도 했다는 거야?」

네이선이 어처구니가 없다는 표정으로 물었다.

「살짝 꼬집는 시늉만 했지. 그랬더니 자네 부인은 들고양이처럼 돌변하더니 필릭스를 꼼짝 못 하게 하더라구. 다음 번에 자네 부인이 뭐라도 시키면 슬슬 뒤로 뺄 거야. 필릭스도 아주 바보는 아니니까.」

네이선은 다시 어처구니가 없다는 듯 고개를 내저었다.

「부인을 노라와 같은 선실에서 지내게 하면 어떨까?」

매튜가 슬쩍 물었다.

「안 돼.」

네이선은 강경하게 반대했다.

매튜와 짐보의 입가에 얼핏 '알만하다'는 미소가 떠올랐다.

「사라는 내 선실에 있어야 돼.」

한층 부드러워진 어조였다.

「이봐, 애송이. 그러다간 또 문제가 생길지도 몰라. 자네 부인은 자네와 같은 선실에 머물게 됐다는 사실을 모르거든.」

매튜가 턱을 문지르면서 말했다.

네이선은 얼굴을 찌푸렸다. 다른 선원들이 없을 때 매튜와 짐보는 그를 애송이라고 불렀다. 그들이 보기에 네이선은 아직 선장이라 불릴 자격이 없었다. 네이선이 배를 인수받으면서 따라붙어 온 두 사람은 해적질에 관한 한 모르는 것이 없을 정도로 타의 추종을 불허했다. 네이선은 두 사람이 스스로를 '네이선의 보호자'로 간주하고 있다는 것을 잘 알고 있었다. 실지로 두 사람은 그런 말을 자주 했고 과거에 그의 목숨을 건져준 일도 많았다. 그러니 건방지게 반말을 해도 네이선은 아무 할말이 없었다.

「시간이 지나면 사라도 자연히 알게 되겠지.」

음흉하게 미소짓는 두 사람을 보며 네이선이 말했다.

「노라가 걱정이야. 최소한 갈빗대 두 개는 금이 간 것 같았어. 잠이 들면 내가 홀딱 벗겨서 붕대를 칭칭 감아줄 작정이야.」

매튜가 말했다.

「윈체스터 놈들 짓이군, 안 그래?」

짐보가 묻자 네이선이 고개를 끄덕였다.

「어떤 놈이야?」

이번엔 매튜가 물었다.

「헨리 윈체스터가 앞장서서 수작을 꾸민 것 같아. 사라의 다른 삼촌들도 가담한 게 분명하고.」

「노라를 집에 데려다줘야 되는 건가?」

매튜가 물었다.

「별 수 없잖아. 그 약한 몸으로 긴 항해를 견디어 낼지 걱정이야. 항해 도중 수장(水葬)을 해야 할 상황이 생기는 건 아닌지…….」

네이선이 말했다.

「견딜 수 있을 게야. 깡다구가 얼마나 센지 온몸에 멍이 들고도 잘 버티더라구. 내가 살살 어르면서 돌봐주면 아무 탈 없어.」

매튜가 짐보의 옆구리를 툭 치면서 한마디 덧붙였다.

「졸지에 애를 둘이나 돌봐야 하는 신세가 됐구먼.」

매튜의 약올리는 소리를 못 들은 척 네이선이 휙 돌아서자 등뒤에서 짐보가 큰소리로 외쳤다.

「이봐, 애송이, 자기 얘기하는 줄도 모르는 거야?」

네이선은 계단을 내려가면서 불끈 쥔 주먹을 허공에 흔들어 보였다. 뒤에서 짐보와 매튜의 껄껄거리는 웃음소리가 들려왔다.

그 후 몇 시간 동안 씨 호크 선원들은 짐을 싣고, 돛과 닻을 올리고, 대포 8정을 기름치고 손보는 등 이런 저런 잡다한 일을 했다.

묵묵히 자기 일을 하던 네이선은 속이 메스꺼려 더 이상 버티기 힘들어지자 짐보에게 일을 넘겼다. 네이선은 출항 후 으레 며칠간은 뱃멀미를 했다. 매튜와 짐보 외에는 알아차린 선원이 없건만 내심 무안한 마음이 들었다.

경험상 일이 끝나려면 한두 시간 더 있어야 했으므로 네이선은 사라가 진정되었는지 보러 가기로 마음먹었다. 다행히 운이 좋으면 지금쯤 잠이 들었을지도 모른다. 하루를 꼬박 샌 데다가 네이선의 정체를 알고 나서 벌인 소동 덕에 심신이 지쳐 있을 게 분명했으므로. 혹 깨어 있다면 그녀가 알아듣게 대화를 나눌 필요가 있었다. 또 다시 울고 짜고 비명을 지른다 해도 어차피 한 번은 겪어야 할 일이었다. 아내로서 지켜야 할 도리를 초장에 일깨워줘야 하리라. 그래야 앞으로 남편의 기대에 맞게 처신할 것이 아닌가.

어쩌면 또 히스테릭하게 나올지도 모른다, 생각하면서 네이선은 마음을 단단히 먹고 선실 문을 열었다. 사라는 아직 깨어 있었다. 네이선이 들어가자 그녀는 벌떡 침대에서 일어나더니 주먹을 불끈 쥐고 그의 앞에 섰다. 분을 다 삭이지 못한 것이 분명했다.

선실 공기가 후덥지근해서 네이선은 창문을 열었다. 상쾌한 바닷바람이 쏟아져 들어왔다. 네이선은 심호흡을 하고 문에 기대섰다. 사라가 도망칠지도 모른다는 생각이 들었기 때문이었다.

사라는 한참동안 네이선을 쏘아봤다. 화가 나서 부들부들 떨렸지만 감정을 들키지 않으려고 그녀는 이를 악물었다. 야만적인 상대 앞에서 먼저 감정을 드러내면 싸움은 진 것이나 마찬가지였다.

네이선은 단념했다는 표정으로 팔짱을 낀 채 느긋한 자세를 취했다. 사라는 그가 졸리고 지루해하는 줄 알았다. 하지만 사라를 바라보는 그의 시선은 강렬했다. 사라도 지지 않으려고 쏘아보았다. 절대 겁먹지 말아야지. 하지만 네이선에겐 그녀가 내심 겁을 먹었다는 것이 빤히 들여다보였다. 눈물이 그렁그렁한 채 벌벌 떨고 있는데 어찌 그걸 모르겠는가.

신이시여, 나로 하여금 사라의 히스테리를 감당할 수 있게 하소서. 네이선은 속으로 중얼거렸다. 배가 움직일 때마다 속이 울렁거렸지만 애써 참아가며 눈앞의 문제에 집중했다.

화가 잔뜩 나 있다지만 사라는 정말 매력적인 여자였다. 윈체스터 집안의 무시무시한 여자들을 생각하면 '개천에서 용 났다'는 말이 딱 맞았다.

사라는 여전히 볼품없는 군청색 드레스를 입고 있었다. 아무리 봐도 가슴이 지나치게 파인 옷이었다. 그녀의 화가 좀 풀리고 나면 한마디 해주리라. 하지만 사라의 찌푸린 얼굴을 보자 그런 호의마저도 일순간 사라져 버렸다. 위아래 구분을 확실히 해야겠다는 생각이 들었다.

네이선의 오른팔에 긴 흉터가 있었다. 구릿빛 피부는 하얀 상처자국을 한층 두드러져 보이게 했다. 사라는 한참동안 뚫어져라 흉터를 쳐다봤다. 어디서 저런 끔찍한 상처를 입은 걸까. 저도 모르게 낮은 한숨이 새어 나왔다.

그는 여전히 점잖지 못하게 딱 달라붙는 바지를 입고 있었다. 숨이나 제대로 쉴 수 있을지 의문이었다. 흰 셔츠는 가슴까지 풀어헤쳐지고 소매는 걷어올려 있었다. 가뜩이나 그의 못마땅한 표정이 보기 싫은 참이었는데 그런 느긋한 모습은 사라의 화를 더욱 부추겼다. 최고급 선박에 걸맞지 않게 형편없는 옷차림을 하고 있어. 나중에 한마디 해줘야지. 이제 결혼을 했으니 남편의 도리도 가르쳐야겠어.

「당신이 술집 여잔가? 옷차림이 그게 뭐야.」

멍하니 생각에 빠졌던 사라는 네이선이 던진 모욕적인 언사의 의미를 깨닫자 번쩍 정신이 들어 씩씩거렸다. 네이선은 죽일 듯 노려보는 그녀의 시선을 응시하며 웃음을 참았다. 그래도 울고 짜는 것보다는 화를 내는 편이 백 번 나으리라.

「잘못하다간 속이 다 들여다보이겠는 걸.」

말이 떨어지기 무섭게 사라는 손으로 가슴 언저리를 가렸다.

「검정색 드레스가 없어서 할 수 없이 입은 거예요. 밤길에 눈에 잘 띄지 않을 색으로 골라 입은 거라구요.」

「눈에 안 띈다고? 그런 소리하지 마, 사라. 앞으로 그렇게 사람들 눈에 잘 띄는 옷을 입었다간 가만히 안 둘 거야. 당신 몸을 볼 수 있는 남자는 나 하나면 족해, 알아들었어?」

비열한 사람 같으니라고. 화낼 사람이 누군데 되려 선수를 치는 거야. 내가 가만있을까 보냐? 사라는 속으로 이를 갈았다.

「당신 옷차림을 보니 야만인이란 말이 절로 나오네요. 머리카락은 지저분하게 늘어뜨리고, 옷은 또 그게 뭐예요? 범죄자처럼 보이잖아요. 최고급 선박에 승선했으면 마땅히 어울리는 차림을 갖추어야 하는 것 아닌가요? 들에서 일하다 막 돌아온 사람 마냥 그게 뭐냐구요. 그리고 당신이 인상을 쓰면 얼마나 흉측한지 알기나 해요?」

네이선은 유치한 농담 따먹기는 이제 끝내야겠다고 마음먹었다.

「알았어, 사라. 당신 하고 싶은 대로 마음껏 해봐.」

「뭘 하란 말이에요?」

네이선은 길게 한숨을 내쉬었다. 그 모습에 더욱 화가 치민 사라는 바락바락 대들고 싶은 마음에 머리가 쿵쿵거리고 눈물도 찔끔거렸다.

「울고 싶으면 울고, 빌고 싶으면 빌란 말이야. 당신 겁먹은 거, 눈에 다 보여. 지금도 울음을 터뜨리기 일보 직전인 것 같군, 안 그래? 집에 데려다 달라고 애원해도 소용없어. 당신은 내 옆에 있어야 하니까. 난 당신 남편이야, 알아들었어?」

「내가 울면 마음이 아프세요?」

「전혀 안 그래.」

물론 거짓말이었다. 사라가 마음이 상해서 울면 네이선도 마음이 아팠다. 하지만 인정하지 않았다. 원하는 바를 얻기 위해 여자들은 종종 눈물에 약한 남자의 마음을 이용한다는 것을 알기 때문이었다.

사라는 심호흡을 했다. 저이는 내가 빌 거라고 생각하는 걸까? 세상에, 정말 끔찍한 사람이야. 동정심이라고는 눈곱만치도 없어! 그녀는 계속 네이선을 노려보면서도 내심으로는 가슴 한편에 묻어둔 질문을 꺼내기 위해 용기를 그러모으고 있었다. 생각만 해도 고통스러운 질문이었다. 아무래도 사실대로 대답해줄 것 같지는 않았지만 어떤 대답이든 반드시 그의 입을 통해 듣고 싶었다.

사라는 당장이라도 대성통곡할 것처럼 보였다. 또 날 보고 겁을 먹었나 보군. 또 기절하면 어쩌지. 본래 여자에게 인내심을 발휘하지 못하는 네이선이었지만 사라가 자신을 무서워하는 건 왠지 싫었다.

사실 측은한 마음이 없는 것도 아니었다. 사라의 입장에서 보면 네이선의 아내가 되는 것이 달가울 리 없었다. 그는 세인트 제임스였고, 반면에 사라는 윈체스터 가문의 영향을 받으면서 자랐다. 그들은 틀림없이 사라에게 네이선에 대한 미움을 세뇌시켰을 것이다. 가엾게도 사라는 미련한 국왕의 머리에서 나온 계략의 희생양이었다. 사이가 안 좋은 두 집안을 화해시키려고 조지 국왕이 심심하면 써먹던 방법이 바로 '정략결혼'이었다. 그렇다고 해도 혼인계약서에 네이선 자신이 직접 도장을 찍었기 때문에 번복할 수는 없었다.

「결혼을 무효로 만드는 일은 절대 없을 거야. 그 점은 분명히 알아둬. 내 사전에 이혼은 없어.」

「왜 그렇게 오랫동안 뜸을 들였어요?」

네이선은 한순간 자신의 귀를 의심했다.

「방금 뭐라고 했어?」

「왜 그렇게 오랫동안 기다렸냐구요?」

사라는 목소리를 조금 높여 다시 물었다.

「무슨 말이야?」

「날 데리러 오는데 왜 그렇게 오래 걸렸어요?」

떨리는 그녀의 질문에 네이선은 한동안 놀라서 말문이 막혔다.

「내가 얼마나 오랫동안 당신을 기다렸는지 알아요?」

사라가 소리를 지르자 네이선은 눈을 크게 뜨고 그녀를 쳐다봤다. 마치 사라의 정신상태를 의심하는 듯한 눈초리였다. 이내 천천히 고개를 내젓는 그의 모습을 보고 사라는 자제력을 잃었다.

「몰랐다구요? 내가 당신한테 그렇게 별 의미 없는 존재였어요? 고작 귀찮다는 이유로 날 데리러오지 못한 거예요?」

사라는 버럭버럭 소리를 질렀다.

「내가 당신을 빨리 데리러가지 않았다고 화가 난 거야? 지금 나더러 그 말을 믿으란 거야?」

네이선은 어처구니없다는 듯 물었다.

사라는 손에 닿는 아무 물건이나 들고 네이선을 향해 집어던졌다.

「화가 났다구요? 왜 내가 화가 났다고 생각하는 거죠?」

벼락같은 외침이 터졌고, 네이선은 연달아 날아드는 변기와 촛대 두 개를 피했다.
「글쎄, 당신 얼굴을 보아 하니 마음이 편치 않은 것 같은데.」
「내, 내 얼굴이 뭐, 뭐…….」
화가 나니 말까지 더듬거리며 나왔다.
네이선은 고개를 끄덕이면서 빙긋 웃었다.
「마음이 편치 않은 것 같다구.」
「권총 갖은 거 있어요?」
「그래.」
「잠깐 빌려줘요.」
「뭐하려구?」
「당신을 쏴버리려구요.」
그 말에 네이선은 웃음을 터뜨렸다.
제풀에 지친 사라는 침대에 털썩 걸터앉았다.
「제발 부탁이니 내 선실에서 나가요. 사과할 생각이 있다면 내일 해요. 너무 지쳐서 당신이 늘어놓는 변명을 들어줄 기력도 없어요.」
네이선은 한순간 귀를 의심했다. 감히 명령을 하다니!
「잘 들어. 앞으로 당신과 내가 같이 살면서 명령을 내리는 쪽은 나지, 당신이 아니야. 그래야 결혼생활도 순탄하게 돼 있어.」
네이선은 화난 척하면서 일부러 성난 목소리를 냈다. 말이 통하려면 다소 위압적일 필요가 있겠다는 판단을 내린 것이다. 열이 받친 듯 자기 손을 쥐어뜯는 사라의 모습을 보니 조금 죄의식이 들기도 했지만 어쩔 수가 없었다. 그는 사라가 아무리 애처롭게 굴어도 호락호락 넘어가지 않으리라 마음먹었다.
사라는 아무 말 없이 한참동안 양손을 쥐어뜯으면서 그의 목을 조르는 상상을 했다. 그러다 보니 기분이 좀 나아졌다.
「내 말 알아들었어?」

네이선이 으르렁대는 투로 말했다.
「알았어요. 그래도 이해가 안 되는군요. 왜 그래야만 결혼생활이 순탄할 거라 생각하죠?」
눈물을 그렁거리며 묻는 사라를 보자 네이선은 순간 자신이 나쁜 놈처럼 느껴졌다.
「지금 날 떠보려는 거야?」
사라는 고개를 저었다.
「아뇨, 하지만 결혼생활이 순탄하려면 그 반대로 해야 하는 거 아닌가요?」
「반대로 하다니, 그게 무슨 말이야?」
네이선이 흥미를 보이며 반응하자 힘을 얻은 사라가 고개를 쳐들었다.
「내가 바라는 걸 당신에게 솔직하게 말하는 게 내 의무라고 생각했어요.」
「그래서?」
「내가 바라는 대로 해주는 건 당신 의무고요.」
네이선의 안색이 변했다.
「당신은 날 아껴줘야 하는 거 아닌가요? 그렇게 맹세했잖아요.」
사라는 재빨리 덧붙였다.
「내가 언제 그런 맹세를 했다고 그래? 젠장, 말도 안 되는 소리를 하는군.」
그 말을 듣고 사라는 벌떡 일어나 네이선을 노려봤다.
「그래요? 혼인계약서는 까맣게 잊었나 보군요. 난 계약서의 내용을 처음부터 끝까지 읽어봤어요. 당신은 영지와 금을 받는 대신 날 안전하게 보호해야 하고 좋은 남편이자 아버지가 돼야 해요, 바이킹. 그리고 무엇보다 날 아끼고 사랑해야 한단 말이에요.」
네이선은 어이가 없어서 웃음이 나오려고 했다.

「진심으로 하는 말이야?」
「당연하죠. 당신은 날 사랑하고 아껴주겠다고 맹세했어요. 맹세는 지켜야죠.」
다시 침대에 털썩 주저앉은 사라는 구겨진 가운을 폈다. 창피해서 얼굴이 달아올랐다.
「그럼 당신은 어떤 맹세를 했지?」
「난 그때 고작 네 살이었기 때문에 계약서에 서명도 안 했잖아요.」
네이선은 눈을 감고 열까지 세면서 감정을 삭였다.
「당신 아버지가 대신 서명을 했어. 그런데도 그 맹세가 효력이 없다고 말할 참이야?」
「그런 얘기는 한 적 없어요. 아버지가 내 이름으로 서명을 했으니까 나도 당연히 맹세를 지킬 거예요.」
「어떤 맹세를 지킨다는 거지?」
네이선은 강압적으로 물었다.
「당신을 사랑하고 아낀다는 맹세요.」
사라는 한참 뜸을 들이다가 마지못해서 중얼거렸다.
「그리고?」
「그리고 또 뭐요?」
사라는 시치미를 떼면서 되물었다.
「나도 계약서를 처음부터 끝까지 읽어봤어. 그러니까 괜히 모른 척하지 말라구.」
「알았으니까 그만해요. 당신에게 복종하겠다는 맹세도 했어요. 내 입에서 그 말이 나오니까 시원해요?」
「그래, 이제야 말귀를 알아듣는군. 거듭 말하지만 명령을 하는 쪽은 나고 당신은 그 말에 복종만 하면 되는 거야. 아까처럼 '왜 그래야 하냐'고 토를 달 생각은 하지 마.」
「당신 말에 복종하려고 노력하겠지만 타당하다고 생각될 때만 그럴 참이에요.」
「이런 제길, 타당한지 어쩐지 생각하고 자시고 할 것 없다니까! 그냥 내가 하라는 대로 하면 되는 거야.」
인내심이 극에 달한 네이선은 버럭 소리를 질렀다.
「숙녀 앞에서 그런 욕설을 입에 담다니, 품위가 없군요. 명색이 후작이란 사람이 그래도 되나요?」
사라는 눈 하나 깜짝 안 하고 대꾸했다. 순간 네이선의 얼굴이 얼음처럼 차가워졌다. 사라는 짙은 패배감을 느꼈다.
「날 증오하는군요, 그렇죠?」
「안 그래.」
사라는 그 말을 믿기 힘들었다. 마치 쳐다보는 것만으로도 구역질이 난다는 듯 네이선의 표정은 딱딱하고 창백했다.
「거짓말하지 말아요. 내가 윈체스터여서 싫어한다는 사실을 모를 줄 알아요? 당신은 윈체스터라면 모두 증오하잖아요」
「당신을 증오하지 않는다고 했잖아!」
「왜 그렇게 고함을 쳐요? 난 어떻게든 점잖게 대화를 해보려고 애를 쓰는데 당신은 화만 내는군요. 피곤해요, 네이선. 쉬고 싶어요.」
사라의 목소리는 지쳐 있었다. 이쯤에서 물러나기로 마음먹은 네이선은 밖으로 나가려다가 문득 돌아섰다.
「사라?」
「왜요?」
「당신은 내가 무섭지 않은 모양이군, 안 그래?」
갑자기 생각나기라도 한 듯, 그는 놀란 표정으로 물었다.
「안 무서워요」
네이선은 그녀가 못 보게 돌아서서 슬며시 웃었다.
「네이선?」
「왜?」

「처음에는 당신이 무서웠어요. 이 말을 들으니 기분이 좋으세요?」
 유쾌한 기분에 되려 찬물을 끼얹는 말이었다. 그는 대답 대신 문을 '꽝' 닫고 나가버렸다.
 네이선이 나가자마자 사라는 눈물을 터뜨렸다. 몇 년 동안 소중하게 간직해온 꿈이 물거품이 되었다. 언젠가는 번쩍이는 갑옷을 입은 네이선이 백마를 타고 자신을 신부로 맞으러 오리라 굳게 믿고 있었던 것이다. 또한 사라의 상상 속에 머무르는 네이선은 그녀를 깊이 사랑해 주는, 사려 깊고 친절한 남자였다. 그런 상상을 해 온 자신이 유치하고 한심했다. 현실 속의 네이선은 친절하고 사랑스럽기가 꼭 멧돼지 같은 사람이 아닌가! 사라는 한동안 자기 연민에 빠져 있다가 지쳐서 잠이 들었다.
 한 시간 뒤 네이선은 선실로 들어 왔다. 사라는 옷도 갈아입지 않고, 양팔을 만세 자세로 쭉 뻗은 채 배를 깔고 잠들어 있었다. 그 모습을 보고 있노라니 네이선의 마음에 만족감이 스몄다. 그에게는 낯선 감정이었다. 이상하게도 사라가 자신의 침대에 누워있다는 사실이 좋았다. 그는 사라가 끼고 있는 노라의 결혼반지가 눈에 거슬려 그것을 빼버렸다. 그러고는 자기 주머니 속에 넣었다.
 네이선은 사라의 옷을 벗겼다. 서툰 손놀림으로 드레스와 양말과 구두를 차례로 벗겨냈다. 하지만 페티코트에 달린 끈은 아무리 해도 풀리지가 않아 나이프로 매듭을 끊어버렸다. 거추장스러운 옷을 벗겨내고 보니 흰색 실크 속옷 차림의 사라는 여성스럽기 그지없었다. 네이선이 손등으로 등을 쓰다듬어도 사라는 깨어나지 않고 그저 쌕쌕거리는 소리만 냈다.
 네이선은 한참동안 사라를 지켜보았다. 잠이 든 사라는 경계심이라고는 하나 없는 순진함, 그 자체였다. 하얀 얼굴이 검고 긴 속눈썹과 극명한 대조를 이루었다. 몸매도 흠잡을 곳이 없었다. 네이선의 시선이 속옷에 살짝 가려진 풍만한 가슴에 머물렀다. 갑자기 참기 힘든 욕구를 느낀 그는 휙 돌아섰다.
 앞으로 어떻게 하지? 돌부처가 아닌 이상 저렇게 고혹적인 신부를 외면할 재간이 없는데. 그런 생각을 하고 있는데 갑자기 울컥 뱃멀미가 올라왔다. 잠시 후 속이 좀 진정되자 담요를 꺼내 사라를 덮어주었다. 네이선의 손이 뺨에 닿자 그녀는 잠결에 뺨을 문질렀다. 하는 짓이 꼭 고양이를 닮았군. 네이선의 입가에 미소가 어렸다.
 사라가 꿈틀대자 그녀의 입술이 네이선의 손에 닿았다. 그는 거칠게 손을 뺐다. 그러고는 선실을 나와서 노라를 찾아갔다. 그녀는 깊이 잠든 것 같았다. 핏기 없는 얼굴로 거친 숨을 몰아쉬고 있었지만 그다지 고통스러워 보이진 않았다. 네이선은 주머니에서 반지를 꺼내어 노라의 손에 끼웠다.
 잠에서 깬 노라가 미소를 지었다.
「고맙기도 하지. 결혼반지를 찾았으니 이젠 두 다리 쭉 펴고 잠들 수 있을 것 같네.」
 네이선은 고개를 한 번 끄덕이고 나서 뚜벅뚜벅 문으로 걸어갔다.
「내가 감상적이라고 속으로 비웃었지?」
 노라가 네이선의 뒤통수에 대고 소리쳤다.
「그런 생각을 안 한 건 아닙니다.」
 네이선은 가벼운 미소로 응수했다.
 그의 솔직한 대답에 노라도 쿡쿡 웃었다.
「사라와 얘기를 해봤나?」
「네.」
「좀 괜찮아 보이던가?」
「지금 잠들었습니다.」
 선실 문을 나가려는데 노라가 황급히 불렀다.
「잠깐만 기다리게.」
 노라의 떨리는 목소리에 놀라서 네이선은 다시 돌아섰다.

「난 정말 무서워 죽겠어.」
 문을 닫고 노라에게 걸어간 네이선은 팔짱을 끼고 얼굴을 찌푸렸다.
「겁내지 않으셔도 됩니다. 여긴 안전하니까 걱정 마세요.」
 네이선의 달래는 말에 노라는 고개를 내저었다.
「나 때문에 무섭다는 얘기가 아니야. 총각과 사라 때문에 걱정이 돼서 그런다네. 지금 자네가 어떤 상황에 말려들었는지 알고나 있나? 윈체스터 일족이 무슨 짓을 저지를지는 아무도 몰라. 욕심을 채우기 위해서라면 못 할 게 없는 인간들이야. 분명히 총각을 가만히 안 두려고 할 게야.」
「미리 준비를 해두면 되니까 걱정 마십시오. 제게 윈체스터 일족은 그다지 위협적인 존재가 아닙니다.」
「하지만……」
「제 능력을 모르시면 잠자코 계시지요. 제가 문제없이 처리할 수 있다고 하면, 그냥 그렇게 믿으세요.」
「사라를 미끼로 자네를 유인하려고 들면 어쩔 게야? 필요하다면 저들은 사라를 다치게 할지도 모르네.」
 노라가 목소리를 낮춰 말했다.
「전 제 것은 확실히 지키는 사람입니다.」
 오만기가 서린 말투였다.
「그렇겠지. 하지만 사라도 지켜줄 수 있겠나?」
「절 모욕하지 마세요. 제 소유물은 제가 알아서 지킵니다.」
「소유물이라니, 자기 부인을 그렇게 부르는 사람이 어딨나?」
「오랫동안 타지에서 지내셨어도 아내는 남편 소유라는 사실, 잊지 않으셨겠죠?」
「내 조카딸은 마음이 아주 여린 아이라네. 그 동안 걔가 얼마나 마음고생이 심했는지 몰라. 자네와 결혼한 것 때문에 집안 사람들에게 따돌림을 당하면서 다른 젊은 아가씨들처럼 맘놓고 사교계에 나가보지도 못했네. 그에 비해 사라의 언니 벨린다는 발바닥이 닳도록 이런 저런 모임에 참여했지.」

숨이 가쁜지 노라는 잠깐 심호흡을 하고 나서 말을 이었다.

「사라가 식구들에게 얼마나 지극 정성인지 모른다네. 나로선 이해하기 힘든 일이지만. 벨린다를 조심하는 게 좋을 게야. 헨리 윈체스터 뺨칠만큼 영악하고 질이 나쁜 아이니까.」

「걱정이 지나치시군요.」

「난 그저 자네가 사라를 이해해주길 바랄 뿐이야. 걘 공상에 빠지기 쉬운 아이라네. 사라가 그린 그림을 보면 내 말을 이해할 수 있을 게야. 그 아이는 늘 사람들의 좋은 면만 본다네. 자기 아버지가 삼촌들과 다를 게 없는 인간이라는 사실을 믿으려 들지 않아. 사라 엄마의 탓도 있어. 지금까지 사라에게 사실을 숨기느라 급급했으니까.」

네이선은 아무 말도 하지 않았다.

「이보게, 총각……」

네이선이 험상궂은 표정을 짓자 노라는 말을 멈췄다.

「한 가지 제안을 드릴까 하는데, 다시는 절 총각이라고 부르지 마십시오. 저도 앞으로는 이모님을 노부인이라고 부르지 않겠습니다.」

노라는 슬며시 웃으면서 네이선을 곁눈질했다. 그의 거대한 몸집 탓에 선실이 꽉 찬 듯 느껴졌다.

「그렇게 함세. 자네를 총각이라 부르는 것도 우습긴 하지. 그럼 네이선이라고 불러도 되겠나?」

「그렇게 하세요. 그리고 사라에 대해서는 걱정하지 않으셔도 됩니다. 아무도 손 끝 하나 건드리지 못하게 할 테니까요. 사라는 나, 네이선의 아내로서 부족함 없는 대우를 받을 겁니다. 사라도 오래지 않아 자기가 얼마나 운이 좋은 여자인지 실감하게 되겠지요.」

네이선은 해군 제독처럼 뒷짐을 지고 선실 안을 걸어다녔다.

「어젯밤에도 자넨 사라를 안전하게 지켜줬었지. 그 점은 나도 인정하네. 하지만 내가 말하고 싶은 건, 사라의 여린 마음도 헤아려 달라는 거야. 네이선, 사라는 원래 부끄럼을 많이 타는 아이라네. 늘 마음속에 생각을 꾹꾹 담아두는 애라서 무슨 생각을 하는지, 어떤 감정을 품고 있는지 알기가 힘들지.」

그 말에 네이선은 한쪽 눈썹을 치켜올렸다.

「지금 다른 여자 얘기를 하시는 건 아닙니까?」

노라가 삐친 머리카락을 정리하면서 빙그레 웃었다.

「얼핏 자네가 조카딸과 얘기하는 걸 조금 엿들었다네. 원래 남의 말 엿듣는 취미는 없으니까 오해는 말게. 두 사람이 하도 큰소리로 떠들어서 어쩔 도리가 없었네. 자네가 하는 말은 잘 안 들려서 사라가 하는 말만 들었는데, 여기서 한마디 저기서 한마디 띄엄띄엄 들어봐서……, 어디 솔직하게 말해보게, 네이선. 그렇게 할 건가?」

「그렇게 하다니, 뭘 말입니까?」

「사라를 사랑하고 아껴줄 거냐구?」

「유독 그 말 한마디를 들은 건 우연이라고 해야겠죠?」

도전적으로 대들던 사라의 모습이 떠올라 네이선은 웃음을 참으며 말했다.

「아마 사라의 말을 못 들은 선원은 없을 걸. 그렇게 소리를 버럭버럭 지르다니, 숙녀답지 못한 행동이라고 한마디 해줘야겠어. 전엔 한 번도 언성을 높인 일이 없었다네. 하지만 어쩌겠나, 조금만 일찍 사라를 찾았으면 이런 일이 없었겠지. 사라는 소홀한 취급을 당한 것 같아서 마음이 상한 게야. 자네도 사라가 원래 남들에게 소리를 지르는 아이가 아니라는 건 믿지?」

네이선은 고개를 내저으며 돌아서서 선실 문을 열었다.

노라가 다급하게 외쳤다.

「아직 내 질문에 대답을 안 했잖나! 사라를 사랑하고 아껴줄 게야?」

「저한테 선택의 여지가 있나요?」
문을 꽝 닫고 나가면서 네이선이 소리쳤다.
사라는 누군가 왝왝 구역질하는 소리에 잠을 깼다. 그녀도 덩달아 속이 울렁거렸다. 이모가 뱃멀미를 하는가 싶어 벌떡 일어나 침대보를 젖혔다. 졸려서 눈이 반쯤 감긴 상태였다. 그래서 옷도 제대로 갖춰 입지 않았다는 사실도 미처 몰랐다. 결국 페티코트에 걸려서 넘어질 뻔했다.
사라의 시선이 벽 한구석에 놓인 짐 가방에 머물렀다. 네이선의 하녀가 선실 안에 들어왔었는가 보다. 그것도 모르고 잠만 쿨쿨 잤다니, 혹 내가 자는 동안 남자라도 들어왔으면 어쩌지. 사라는 얼굴이 달아올랐다.
구역질하는 소리가 또 들리자 사라는 문을 열고 빼꼼이 내다봤다. 네이선은 시선 한 번 주지 않고 바깥에서 문을 '꽝' 닫아버렸다. 그의 무례한 행동에도 사라는 별로 기분이 상하지 않았다. 이모에 대한 걱정은 말끔히 사라졌지만 파랗게 질린 네이선의 얼굴이 심상치 않았다.
믿기지 않는 일이야. 약점이라고는 하나 없어 보이는 저 거만한 세인트 제임스 후작께서 뱃멀미를 하신다고? 기운만 있었으면 큰소리로 비웃어줄 텐데. 사라는 지친 몸을 뉘여 다시 잠을 청했다.
한밤중에 한기가 느껴져서 침대보를 잡아당기자 뭔가에 걸리는 듯했다. 한숨을 내쉬며 눈을 떠보니, 이게 웬일인가! 네이선이 바로 옆에서 자고 있었고, 담요는 그의 벗은 다리에 감겨 있었다. 놀라서 소리를 지르려는 찰나, 그의 큰 손이 입을 틀어막았다.
「시끄럽게 굴 생각은 마.」
사라는 간신히 네이선의 손을 치웠다.
「내 침대에서 내려가요.」
「사라, 이건 내 침대야. 양보해야 할 사람은 내가 아니라구.」
지친 목소리였다.

꽤나 졸리신가 보군. 무슨 사람 말투가 저리도 얄밉담……. 사라는 내심 중얼거리면서도 네이선의 그런 태도에 안도감이 들었다. 너무 피곤해서 딴 생각을 품을 기력조차 없어 보이는 모습이었다. 그러니 오늘밤은 무사히 넘어갈 수 있으리라.
「그래요? 당신 원대로 해드리죠. 이모가 계시는 선실로 가겠어요.」
사라는 선언하듯 잘라 말했다.
「안 돼, 아가씨. 정 그렇게 침대에서 자기 싫으면 바닥에서 자지 그래.」
「자기 아내한테 아가씨라고 부르는 사람이 어딨어요?」
「당신은 아직 내 아내가 아니야.」
「그게 무, 무슨 소리예요?」
「내가 당신과 잠자리를 갖고 나면 사정은 달라지겠지만.」
한동안 침묵.
「차라리 그냥 아가씨라고 불러요.」
「당신을 어떻게 부르건 그건 내 맘이야. 건방지게 이래라 저래라 하지 마.」
네이선은 버럭 소리를 질렀다. 떨고있는 사라를 안으려고 팔을 뻗었지만 화가 난 사라는 그를 뿌리쳤다.
「당신 같이 끔찍한 남자가 내 남편이라니, 말도 안 돼! 좀 부드럽고 이해심 많은 따뜻한 남자가 될 순 없어요?」
「당신이 보기에는 그런 남자가 못 된다는 얘기야?」
「보세요, 지금도 홀딱 벗고 있잖아요.」
「고작 그런 이유 때문에 나더러…….」
사라는 네이선을 한 대 후려치고 싶었다. 고개를 돌리는데 네이선이 웃는 소리가 들렸다.
「자꾸 날 창피하게 만들 거예요? 일부러 그러는 거죠?」
「그런 적 없어, 아가씨. 난 원래 옷을 벗고 자는 습관이 있거든. 당신도 나중엔 더 좋아하게 될 걸. 일단 같이…….」

「그만 해요.」

사라는 이를 악물고 말했다.

이제 더는 못 참아! 사라는 재빨리 침대 아래로 기어갔다. 한 쪽엔 벽이, 또 한 쪽엔 네이선이 가로막고 있어서 빠져나갈 구멍이 없었다. 선실 안이 어두워서 옷을 찾을 수가 없었다. 하는 수 없이 사라는 네이선이 잠결에 발로 걷어찬 침대보를 어깨에 두르고 한참동안 침대 옆에 서 있었다. 네이선은 등을 보인 채 자고 있었다. 숨결이 고른 걸로 봐서 깊이 잠든 모양이었다.

사라는 추워서 몸을 떨었다. 잠옷이 얇아서 침대보를 둘러도 별 도움이 안 됐다. 끔찍한 기분으로 바닥에 주저앉은 그녀는 발을 침대보 안에 꼬물꼬물 집어넣고 천천히 누웠다. 바닥은 얼음처럼 차가웠다.

「결혼하면 다들 침실을 따로 쓰는데 난 이게 뭐야. 여태 살면서 이런 푸대접은 처음이야. 이게 날 아낀답시고 하는 행동이라면 당신은 이미 글렀어요, 네이선.」

네이선은 사라가 투덜대는 소리를 빠짐없이 듣고 있었다. 터지려는 웃음을 참으며 그가 말했다.

「이해력이 빠른 걸, 아가씨.」

「그게 무슨 소리예요?」

사라가 놀라며 물었다.

「자기가 있어야 할 자리를 벌써 깨달았잖아. 내가 키우던 개는 주제도 모르고 주인 침대 위에 기어오르곤 했지. 그 버릇 고치느라 한참을 애먹었어.」

「지금…… 개라고 했어요?」

사라는 벌떡 일어나서 네이선의 어깨를 쿡쿡 찔렀다.

「옆으로 가요.」

「당신이 저쪽에 누워. 난 바깥쪽에서 자야 되니까.」

「왜요?」
「만일을 위해서 그러는 거야. 선실 안에 침입자가 들어와도 내가 버티고 있는 한 당신에게 손을 못 대. 그러니까 어서 잠이나 자라구.」
「그건 나 때문에 새로 정한 규칙이에요? 아니면 전부터 바깥쪽에 자는 습관이 있었던 거예요?」
아무 대꾸가 없자 사라는 다시 네이선의 어깨를 쿡쿡 찔렀다.
「이 침대에 다른 여자를 재운 적이 있어요?」
「없어.」
무뚝뚝한 말투였지만 사라는 괜스레 기분이 좋았다. 자신을 지켜주겠다는 네이선의 약속이 허튼 소리가 아닐 것이라는 생각이 들자 화가 저절로 풀렸다. 무례하고 거만한 남자였지만 사라를 생각하는 마음이 조금은 있는 듯했다.
사라가 추워서 몸을 덜덜 떨자 침대도 흔들렸다. 거칠게 그녀를 끌어안은 네이선이 한쪽 다리를 사라의 양다리에 걸쳐놓고 끌어안은 팔에 더욱 힘을 주었다. 그의 벗은 몸에서 나오는 열기가 사라를 감쌌다. 사라는 저항하지 않았다. 아니, 할 수가 없었다. 네이선이 손으로 입을 틀어막고 있었기 때문이었다. 그의 품에 파고든 사라는 눈을 감았다. 네이선이 입에서 손을 떼는 순간, 사라가 속삭였다.
「바닥에 자야 할 사람은 내가 아니라 당신이에요.」
네이선이 나지막하게 투덜거리자 사라는 슬며시 미소를 지었다. 이제야 기분이 좀 나아지는 걸. 사라는 하품을 하면서 네이선의 품을 더듬었다.
사라는 잠이 들었다. 따뜻하고 안전하고…… 아주 약간은 사랑 받는 기분까지 느끼면서.
이만하면 괜찮은 신혼 첫날이었다.

4

다음날 아침, 사라는 한결 개운한 마음으로 자리에서 일어났다. 이제 피곤도 풀렸고 험난한 세상사에 대처할 마음의 준비도 끝난 상태였다. 직설적으로 말하자면, 네이선과 대화를 할 자신이 생겼다고 할 수 있었다.

사라는 지난밤에 곰곰이 궁리를 한 끝에 근사한 계획을 생각해 냈다. 내가 뭘 원하는지 확실히 밝히기만 한다면 네이선도 반대하진 않겠지. 물론 잔소리를 좀 하겠지만 나한테 그게 얼마나 중요한 일인지 알게 되면 양보를 할 거야. 얘기할 것이 한두 가지가 아니었지만 제일 성가신 일을 먼저 해결하기로 마음먹었다.

우선 네이선에게 구애를 받고 나서 제대로 된 결혼식을 치르고 싶었다. 무례하고 건방진 태도를 보여도 꾹 참으리라 다짐했다. 달콤하고 부드러운 목소리로, 그리고 되도록 논리적으로 얘기하면 되는 거야.

하지만 그런 말을 꺼내기가 두려웠다. 네이선은 쉽게 말이 통하는 사람이 아니었다. 솔직히 한 방에 있기조차 지겨워하는 건 아닌지 의심스러웠다. 그런 생각을 하니 기분이 우울해졌다. 나와 결혼한 것이 마음에 안 든다고 하면 어떡하지?

「말도 안 돼. 그럴 리가 없어.」

사라는 중얼거렸다. 어릴 때부터 네이선이 아닌 다른 남자와 결혼하는 상상은 해본 적이 없었다. 더구나 본래 낙천적이고 주어진 상황에 순응하는 성격이라 운명을 탓한 적도 없었다. 하지만 네이선도 그럴까? 그는 싸워보지도 않고 운명에 순응하는 타입은 아닌 것 같았다.

사라는 일부러 제일 좋은 옷을 골라 입었다. 짐을 푸는 데 거의 한 시간이 걸렸다. 군청색 드레스를 입을까 했지만 구김이 심해서 할 수 없이 연한 핑크 드레스를 입기로 했다. 가슴이 별로 파이지 않은 옷이니 네이선도 기분 나빠하지 않겠지.

네이선 부부가 쓰는 선실은 노라가 머무는 선실보다 세 배는 컸다. 천장도 훨씬 높아서 넓은 느낌이 더 확연하게 들었다. 그러나 가구는 별로 없었다. 구석에 벽난로의 연료받이처럼 보이는 쇠꼬챙이가 있었다. 약식 벽난로인 듯했다. 반대편엔 하얀 병풍이 세워져 있고, 벽엔 옷을 거는 갈고리들이 박혀 있었다. 세면대가 하나 있고 사기 물주전자와 대야가 있었다. 침대 반대편 구석에는 사라의 짐 가방이 놓여 있었다. 탁자 하나, 의자 두 개가 방 한가운데를 차지하고 있었고 커다란 마호가니 책상이 벽에 바짝 붙어 있었다.

이게 뭐람. 가구가 너무 부실하잖아. 사라는 중얼거렸다. 하지만 한두 달만 참으면 돼. 날씨만 좋으면 이모 집에 금방 도착할 테니까.

사라는 벽에 걸린 네이선의 옷을 개어 자신의 가방에 집어넣고 자기 옷들을 벽에 걸었다. 책상 위에 놓인 해도와 서류들을 치우고 스케치북과 목탄을 올려놓았다.

핑크색 드레스와 어울리는 구두를 찾아 신은 사라는 핑크색 리본으로 머리를 묶은 다음 핑크색 양산을 찾아 들고 이모를 보러 갔다. 이모의 몸 상태가 나아졌으면 좋겠는데……. 혼자서 네이선을 상대하기보다는 이모가 곁에 있는 것이 나을 듯했다.

노라는 깊이 잠들어 있었다. 차마 깨울 수가 없어서 그냥 선실을 나오는데 마침 길고 좁은 복도가 눈에 띄었다. 복도는 점점 넓어지다가 커다란 직사각형의 방과 연결되었다. 햇빛이 계단 아래로 쏟아져 바닥이 반짝거렸다. 가구는 없고 천장에 검정 쇠갈고리만 잔뜩 박혀 있었다. 대체 무슨 용도로 쓰이는 방일까. 그때 선원 한 사람이 쿵쿵거리며 계단을 내려오더니 사라를 보자 깜짝 놀라서 멈춰 섰다. 눈에 익은 얼굴이었지만 모르는 척하기로 마음먹었다. 사라의 숙녀답지 않은 행동을 목격했던 바로 그 선원이 아니던가! 그러니 그 사건을 선원이 빨리 잊으면 잊을수록 사라에겐 유리했다.

「안녕하세요. 제 이름은 사라 윈체스터랍니다.」

사라가 공손하게 절을 하며 말하자 선원은 고개를 내저었다.

「세인트 제임스 후작부인이라고 하십시오.」

「맞아요. 이젠 세인트 제임스 후작부인이라고 해야 옳겠지요. 지적해줘서 고마워요.」

배짱도 좋게 선원은 대꾸를 했다. 사라는 놀란 나머지 뭐라 한마디 할 생각도 못했다. 선원은 고개를 한 번 으쓱해 보였고, 사라는 그의 귓불에 달린 금귀걸이를 넋을 잃고 바라봤다. 경계심이 엿보였다. 신분이 높은 여자들과 얘기를 나눠본 일이 별로 없어 그런지도 몰랐다.

「이렇게 또 아는 분이 생겨서 정말 기쁘네요.」

선원은 아무 대꾸 없이 사라를 바라보다가 입을 열었다.

「초면이 아닐 텐데요. 어젯밤에 절 때리시더니 벌써 잊은 겁니까?」

「잊을 리가 있겠어요? 말이 나온 김에 사과 드릴게요. 그땐 제가 너무 놀라서 품위 없이 행동하고 말았어요. 성함이 어떻게 되세요?」

「짐보.」

괴상한 이름이군.

사라는 짐보의 오른손을 양손으로 붙잡았다. 못이 잔뜩 박힌 손바닥의 감촉에 깜짝 놀랐다. 양산이 바닥에 떨어졌지만 짐보는 꼼짝도 안 했다. 갑자기 손을 붙잡히는 바람에 놀라서 몸이 굳어버렸나 보았다.

「절 용서해 주시겠어요?」

짐보는 말문이 막혔다. 지난 이틀 동안 귀가 터져라 비명을 지르던 사라의 신경질적인 모습에 익숙해 있는데 이렇게 다정다감한 목소리로 용서를 구하다니 놀랄 일이었다. 게다가 반짝거리는 사라의 갈색 눈동자는 너무 예뻤다. 저렇게 매혹적인 눈동자는 처음이라고 짐보는 내심 감탄했다.

「나한테 용서를 받는 게 그렇게 중요한 일입니까?」

사라는 짐보의 손을 살짝 쥐었다가 놓았다.

「그럼요. 저한텐 중요한 일이에요. 그땐 제가 실례를 했어요」

짐보가 하늘을 향해 시선을 돌렸다.

「알았으니까 이젠 됐어요. 용서해 드리지요. 별로 아프지도 않았는데요, 뭘.」

짐보가 머쓱해하며 말했다.

「정말 고맙습니다. 짐보 씨, 당신은 마음이 따뜻하신 분 같아요.」

밝은 얼굴로 말하는 사라를 보며 짐보는 껄껄 웃었다. 한참만에 웃음을 그친 짐보가 입을 열었다.

「그런 칭찬은 나한테 하지 말고 선장한테 하시지요. 그런 말을 들으면 아주 좋아할 겁니다.」

선장님에게도 같은 말을 써먹으라고? 좋은 생각인걸. 사라는 속으로 중얼거렸다.

「그럴게요」

짐보의 기분이 좋아 보여서 사라는 내친 김에 질문을 하나 더 해보기로 마음먹었다.

「짐보 씨, 오늘 아침엔 하녀들이 안 보이는군요. 다들 어디 있는지 혹시 아세요? 침대도 정리해야 하고, 드레스도 손볼 곳이 있거든요.」
「이 배엔 하녀들이 없어요. 승선자 중에 여자는 부인과 이모님, 두 분뿐입니다.」
「그럼 누가……」
하녀들이 없다면 누가 지난밤에 내 옷을 벗겼지? 순간 머리 속에 네이선의 모습이 스쳤다. 붉어진 사라의 얼굴을 보자 짐보는 그녀가 무슨 생각을 하는지 궁금했다.
「죄송하지만 한 가지만 더 물어봐도 될까요?」
「뭘 알고 싶으십니까?」
「저긴 뭘 하는 방이지요? 거기다 응접실을 만들면 아주 좋을 것 같은데. 그리고 처음 배를 탔을 땐 이런 칸막이는 못 봤어요.」
짐보는 칸막이를 옆으로 옮겨서 계단 근처 벽에 세웠다.
「거긴 사관실(선원 및 전함의 경우에는 사관들의 휴식 공간)이라고 부릅니다. 제대로 된 전함이라면 모두 사관실을 갖추고 있지요.」
칸막이를 치운 자리에 아래층으로 이어지는 계단이 보였다.
「이 계단으로 내려가면 뭐가 있나요?」
「포도주와 물 저장소가 있지요. 더 내려가면 탄약 창고가 있고요.」
「탄약 창고라뇨? 그런 게 왜 필요하죠?」
짐보가 미소를 지었다.
「승선할 때 대포를 못 보신 모양이군요.」
「못 봤어요. 기분이 별로 좋지 않아서 다른 일엔 신경 쓸 겨를이 없었거든요.」
기분이 별로 좋지 않았다고? 그 정도 표현으로는 턱도 없지. 광분했다고 하면 또 모를까. 짐보는 속으로 중얼거렸다.
「우리 배엔 대포가 여덟 정 설치되어 있습니다. 다른 배에 비하면 확실히 적은 수지만 그 정도로도 목적달성에는 충분하니까요. 탄약 창고는 해수면보다 아래쪽에 있어야 안전합니다. 그래야 다른 배의 침입을 받아서 화재가 일어나도 폭발할 염려가 없지요.」

「하지만 짐보 씨, 지금은 전시도 아니잖아요. 그런데도 굳이 무기를 배에 실을 필요가 있나요?」

짐보는 대답 대신 어깨를 으쓱했다.

「페이건!」

사라는 눈을 동그랗게 뜨고 악명 높은 해적의 이름을 중얼거렸다.

「그래, 맞아요. 우리 선장님은 정말 생각이 깊으신 분이군요. 바다를 무법천지로 만드는 해적들의 침입을 철저히 대비하시려고 그런 거예요, 제 말이 맞죠?」

짐보는 웃음을 참았다.

「페이건에 대해서 들은 소문이 있나 보군요.」

「그런 나쁜 작자를 모르는 사람이 어디 있겠어요?」

사라가 열을 올리며 말했다.

「나쁜 작자라고 하셨습니까? 부인은 페이건을 싫어하시나 보죠?」

별 괴상한 질문을 다 하네……. 사라는 중얼거렸다. 짐보는 눈에 생기를 띠며 좋아 죽겠다는 표정을 지었다. 그가 왜 그렇게 재미있어 하는지 이해할 수가 없었다. 런던에서는 악명 높은 해적 페이건 얘기만 하면 다들 심각해지다 못해 시무룩해지기 마련이었는데.

「싫은 게 당연하죠. 아주 몹쓸 작자거든요. 그 자의 목에 걸린 상금만 해도 어마어마할 걸요. 페이건이 사실은 심성이 착하다느니 좋은 사람이라느니 하는 소문은 믿을 게 못돼요.」

갑자기 날카로운 호각소리가 들렸다.

「저게 무슨 소리지요? 아까 옷을 갈아입을 때도 들리던데.」

「갑판장이 교대시간을 알리는 소립니다. 네 시간 간격으로 호각을 불게 돼 있지요.」

「짐보 씨!」

움직이려는 짐보를 사라가 불러 세웠다.
「짐보 씨라고 부르지 않아도 됩니다, 후작부인. 그냥 짐보라고 부르세요.」
짐보가 투덜대며 말했다.
「그럼 절 후작부인이라고 부르지 마세요. 이제 우린 친구가 됐으니까 사라라고 부르시면 돼요. 마지막으로 한 가지만 더 물어봐도 될까요?」
사라가 짐보의 팔을 붙들고 말했다. 짐보는 고개만 살짝 돌렸다.
「말해봐요」
「어젯밤, 아니 그 전날이었나? 아무튼 그때 보니까 제 남편 밑에서 일하시는 것 같던데, 맞나요?」
「그런데요」
「잠깐 할말이 있어 그러는데, 지금 그 사람 어디 있을까요?」
「내 생각에는 음……, 아무래도 고물(배의 후미)이 아닐까요?」
사라의 표정이 일그러졌다.
「고물이라뇨? 짐보 씨, 네이선은 아직 고물 취급받을 나이는 아니에요. 물론 가끔 인생 다 산 사람처럼 심각하게 굴 때도 있지만요.」
사라는 하던 말을 멈추고 양산을 집어들었다.
「그런 불충한 언사는 가급적 피해주세요. 전 이제 네이선의 아내니까 그런 말엔 귀를 기울이지 않겠어요. 부탁이니까 앞으로 네이선에게 좀 더 존경심을 보여주세요.」
마침 계단을 내려오던 매튜는 짐보가 존경심 어쩌구하며 중얼대는 모습을 목격했다. 사라가 빙긋 웃으면서 매튜 옆을 지나갔다.
「도대체 무슨 얘길 한 거야? 얼핏 들으니……」
노려보는 짐보의 눈길 때문에 매튜는 말을 잇지 못했다.
「네이선이 어디 있느냐고 묻길래 고물 같다고 대답했지. 그랬더니 다시는 그런 불손한 말을 하지 말라는 거야. 내 참 어처구니가 없어서,

아무래도 고물이 뭔지 모르나 봐.」
 매튜는 설레설레 머리를 흔들며 한마디했다.
「확실히 별종이야, 안 그래? 윈체스터 집안에도 저런 순수한 아가씨가 있었다니 기적이나 다름없지.」
「사라는 우리 제이드와는 전혀 달라. 항해를 하면서 제이드가 생전 눈물 한 방울 비친 적이 있었나?」
 짐보가 네이선의 여동생인 제이드를 화제에 올렸다.
「아니, 한 번도 없었지. 그저께 밤 사라가 승선했을 때는 정말 굉장했지, 안 그래? 내 생전에 여자가 그렇게 소란을 피우는 광경은 처음이었다니까.」
 매튜가 고개를 내저으며 말했다.
「귀청이 찢어져라 비명을 지른 건 어쩌고. 제이드는 생전 비명을 지른 적이 없었지.」
 짐보가 매튜의 말을 받았다.
「당연하지.」
 매튜가 동조하자 짐보는 씩 웃었다.
「물과 불처럼 다르지만 그래도 한 가지 공통점이 있긴 해.」
「그게 뭔데?」
「둘 다 아주 예쁘잖아.」
 매튜는 고개를 끄덕이며 수긍했다. 그때 갑자기 찢어지는 비명소리가 들렸다. 목소리의 주인공은 사라가 분명했다.
「또 시작이야? 세인트 제임스 후작부인……, 아무리 생각해도 걸작이야.」
「걸작도 저런 걸작이 없지. 이번엔 또 무슨 일로 저러시나.」
 두 사람은 실실거리며 갑판으로 올라갔다.
 사라는 남편을 찾아냈다. 타륜 뒤쪽에 등을 보이며 그가 서 있었다. 네이선의 등에 가득한 흉터 자국을 본 사라는 저도 모르게 화가 나서 소리를 지르고 말았다.
「누가 그런 짓을 한 거예요?」
비명을 듣고 누군가 사라를 다치게 하려는 줄 안 네이선은 즉각 채찍을 움켜잡고 휙 돌아섰다. 하지만 사라 외엔 아무도 없었다.
「무슨 일이야? 난 또 누가 당신한테……」
네이선은 버럭 소리지르고는 마음을 진정하느라 심호흡을 했다.
「어디가 아파서 그래?」
사라는 고개를 내저었다.
「다신 그런 비명 지르지 마. 내 관심 끌고 싶으면 그냥 솔직히 얘기해, 알았어?」
한결 부드러운 목소리로 그가 말했다.
사라는 양산이 떨어진 줄도 모르고 넋이 나간 채 그에게 다가갔다.
「왜 그래? 누가 겁을 줬어?」
사라의 눈에 가득 고인 눈물을 보고 네이선이 물었다. 제기랄, 짜증이 날 것 같군. 속으로 그런 생각이 들었다.
「당신 등 때문에 그래요, 네이선. 온통 흉터잖아요.」
사라가 나지막이 속삭였다.
네이선은 고개를 내저었다. 누구도 감히 그 앞에서 흉터 얘기는 꺼내지 못했다. 봐도 못 본 척 시치미를 뗄 뿐이었다.
「말해줘서 고맙다고 해야 하나? 전에 나는……」
사라가 또 울기 시작했다. 망할! 내가 비꼬는 말을 하니까 저러는 모양이군. 네이선은 그렇게 단정지었다.
「이봐, 내 등이 그렇게 눈에 거슬리면 저리 내려가 있어.」
네이선이 화를 내며 말했다.
「내가 언제 눈에 거슬린다고 했어요?」
네이선은 짐보에게 대신 키를 잡으라는 신호를 보냈다.
「그럼 소리는 왜 질렀어?」

「너무 화가 치밀어서 그랬어요. 사고 때문에 생긴 흉터예요?」
「아니야.」
「그럼 누가 당신을 때렸단 말이에요? 어떤 작자가 그런 짓을 했어요? 세상에, 저렇게 흉터가 많이 남을 정도면 얼마나 아팠을까.」
「제길, 아주 오래 전 일이야.」
「혹시 페이건이란 작자가 그랬어요?」
「뭐라고?」
네이선은 깜짝 놀라며 되물었다.
사라는 자신의 추측이 맞았구나, 생각했다.
「페이건이 그런 짓을 한 게 틀림없어요, 그렇죠?」
민망해진 짐보의 헛기침 소리에 네이선은 몸을 휙 돌려 무섭게 그를 노려봤다.
「도대체 무슨 이유로 페이건이 그런 짓을 했다고 생각하는 거야?」
「사악하고 비열한 작자니까 그렇죠.」
「그래? 당신이 그걸 어떻게 알지?」
「그 정도는 소문을 들어서 나도 안다구요.」
「날 이렇게 만든 작자는 페이건이 아니야.」
「정말이에요? 아무도 그 작자가 어떻게 생겼는지 모른다고 하던걸요. 그러니까 당신 등을 이렇게 만들어 놓고도 다른 사람인 척 행세할 수 있잖아요.」
「아니라니까.」
그의 목소리에 짜증이 섞여 있었다.
「그럼 누군지 말해줘요」
「왜?」
「증오도 상대가 있어야 할 거 아녜요? 그자한테 저주의 말이라도 퍼붓지 않으면 속이 풀리지 않을 것 같아요.」
네이선은 화가 풀렸다. 자신을 생각해주는 사라의 마음씀씀이에 감탄한 탓일까?

「안 돼, 가르쳐줄 수 없어.」

「어쨌든 페이건은 아니란 말이죠?」

「아니라고 했잖아!」

「그렇게 소리지를 필요는 없잖아요.」

네이선은 획 돌아서버렸다. 짐보는 잡고 있던 키에서 즉각 손을 뗐다. 짐보가 사라지자 그녀는 네이선에게로 갔다.

사라의 손가락이 네이선의 오른쪽 어깨와 등을 깃털처럼 가볍게 훑어 지나갔다. 그는 애써 무시하려 했지만 뜻대로 되지 않았다.

「진작부터 알았으면 어젯밤에 당신 등을 쿡쿡 쑤시는 짓은 안 했을 거예요. 하지만 선실 안이 너무 어두워서 못 봤어요.」

「젠장, 이봐, 이젠 아프지 않다고 했잖아. 몇 년 지난 상처라 아무렇지도 않다구.」

네이선의 무뚝뚝한 목소리에 놀라서 손을 치우면서 사라는 그의 얼굴을 올려다봤다. 꼭 돌을 깎아 놓은 듯한 얼굴이야. 사라가 상상했던 '바이킹'의 모습을 꼭 닮은 네이선은 전사를 연상케 하는 근육질의 어깨와 팔뚝을 과시했고, 가슴에서 배에 이르기까지 검은 털이 V자로 나 있었다. 아래쪽은 차마 내려다볼 용기가 나지 않아서 사라는 네이선의 얼굴로 시선을 돌렸다. 그는 사라의 거동을 쭉 지켜보고 있었다. 아마 그녀가 자신의 몸을 훔쳐보고 있다는 사실도 깨달았으리라.

「네이선?」

사라가 얼굴을 붉히면서 입을 열었다.

「왜?」

왜 항상 저렇게 마지못한 듯 말을 할까? 사라는 내심 투덜거렸지만 억지로 목소리를 밝게 하면서 말을 꺼냈다.

「기분 상했다면 미안해요.」

대꾸할 필요가 없다고 생각한 네이선은 가만히 있었다.

「선장님이 싫어하시지 않을까요?」
「뭘 싫어해?」
「선장님 허락이나 받고서 키를 잡은 거예요? 자기 배를 맘대로 움직인다고 그분이 화를 내시기라도 하면 어떻게 해요?」
네이선의 얼굴에 따뜻한 미소가 떠올랐다.
「씨 호크는 보통 배가 아니라 선박 급이라구. 그러니까 그냥 배라고 부르면 선장인 내가 열 받지.」
「선장이라구요?」
네이선은 고개를 끄덕였다.
「난 미처 몰랐어요. 그럼 우리가 그만큼 부자란 말인가요?」
사라가 엉겁결에 물었다.
「그건 아니야.」
「왜요?」
네이선은 재빨리 전후사정을 말해줬다. 친구 콜린과 함께 선박사업을 시작하게 된 경위며, 왜 자신이 콜린의 동업자라는 사실을 숨겨야만 했는지를. 그리고 1년 정도만 있으면 분명히 수지맞는 사업이 될 거라는 말도 빼놓지 않았다.
「1년이면 수익을 올리게 될 거라고 확신하는 이유가 뭐예요?」
「내가 사인한 계약서가 있으니까.」
「선박업과 관련된 계약서를 말하는 건가요?」
「아니야.」
사라는 크게 한숨을 내쉬었다.
「제발 제대로 설명 좀 해봐요, 네이선.」
네이선이 아무 대꾸를 안 하자 사라는 옆구리를 쿡쿡 찔렀다.
「그렇게 성공을 확신한다면 나도 기꺼이 옆에서 도울게요.」
그가 껄껄 웃자 사라는 기분이 좋아져서 열정적으로 말을 덧붙였다.
「내가 장부정리를 하면 안 될까요? 산수는 잘 하거든요.」

네이선이 고개를 내젓자 사라는 왜 안 된다는 거냐고 따져 물었다. 그는 키를 놓고 사라에게 몸을 돌렸다. 오늘 정말 매혹적인 걸.

사라는 곱슬머리를 매만져 차분하게 하려고 했지만 바람이 거세어 소용이 없었다. 그녀는 핑크색 드레스를 입고 있었다. 네이선의 시선이 사라의 입술에 머물렀다. 발그레한 볼과 장미빛 입술이 그를 유혹했다.

네이선은 충동적으로 사라의 어깨를 끌어안고는 한 손으로 곱슬머리를 쓰다듬었다. 실크처럼 보드라웠다. 그는 머리카락을 움켜쥐면서 사라의 머리를 뒤로 젖혔다.

「우리 두 사람은 해야 할 일이 따로 있어. 내 의무는 당신이 아이를 갖게 만드는 것이고, 당신의 의무는 나한테 아들을 낳아주는 거야.」

네이선의 입술이 사라의 입술로 다가갔다. 사라가 화를 내려는 찰나, 그의 입술이 겹쳤다. 네이선은 놀라서 꼼짝 못하는 사라의 입술을 뜨겁고 집요하게 공략했다. 사라는 그의 뜨거운 몸과 입술과 남성적인 체취에 휩싸였다. 네이선의 혀가 입술을 파고들자 그녀는 다리가 후들거렸다. 그의 목에 양팔을 감고 매달린 사라는 자신이 네이선에게 열렬한 키스를 되돌리고 있다는 사실을 미처 깨닫지 못했다. 사라가 반응을 보이자 네이선의 키스는 한결 부드러워졌다. 그는 양손으로 사라의 둔부를 감싸 안고 흥분한 자신의 몸에 끌어당겼다. 당장이라도 사라의 몸에 자신을 파묻고 싶었다. 키스는 더욱 깊어졌.

네이선의 귀에 호각 부는 소리, 왁자지껄한 웃음소리가 꿈결처럼 들려왔다. 그제야 현실로 돌아온 네이선은 사라를 밀어냈다. 하지만 사라는 그를 끌어안고 놓아주지 않았다. 그리고 좀더 열정적인 키스를 해달라는 듯 네이선의 머리를 잡아당겼다. 네이선은 나지막한 신음소리를 내면서 사라의 입술에 자신의 입술을 포갰다. 한동안 열정적인 키스가 이어졌지만 두 사람의 혀가 얽히는 순간 네이선은 억지로 입술을 떼어 냈다.

네이선이 사라를 놓아주는 순간 선원들은 각자 하던 일을 시작했다.

선원들의 등을 노려보던 네이선은 다시 사라에게 시선을 돌렸다. 반쯤 넋이 나간 사라의 얼굴을 바라보는 그의 마음은 만족스럽기 그지없었다. 당장이라도 품에 안아 키스를 퍼붓고 싶은 마음이 굴뚝같았다.

비로소 네이선은 고개를 내저었다. 사라에게 정신이 팔린 나머지 해야 할 일을 망각하고 있었다. 키를 잡는 손이 떨렸다. 사라와의 키스는 생각보다 훨씬 거세게 마음을 흔들어 놓은 것이었다. 그런 생각이 들자 그는 기분이 나빠져서 표정을 일그러뜨렸다.

사라는 충격에서 벗어나는 데 훨씬 많은 시간이 걸렸다. 머리에서 발끝까지 부들부들 떨렸다. 키스가 이렇게 몸과 마음을 온전하게 쏟아붓는 행위인줄은 미처 몰랐다.

사라가 보기에 네이선에게는 키스가 별다른 감정의 영향을 주지 못한 듯했다. 그의 표정은 지루하다 못해 하품을 할 기세였다. 사라는 문득 키스를 하기 전 네이선이 던졌던 저속한 말 한마디가 떠올랐다.

「날 번식용 암말 취급하지 말아요. 더구나 당신이 만지는 게 내게는 별로 좋은 느낌이 아니란 말예요.」

「입에 침이나 바르고 거짓말하시지. 당신이 아까 나한테 한 키스로 보아서는…….」

키를 잡은 네이선이 고개를 돌리며 말했다.

「정말 끔찍하게 싫었단 말이에요!」

「거짓말쟁이.」

모욕적인 말을 듣고도 사라는 마음이 한결 따뜻해졌다. 왠지 연인들끼리 쓰는 다정한 호칭처럼 들렸기 때문이었다.

내가 지금 제정신이 아닌가 봐. 아무리 이 사람한테 따뜻한 말 한마디가 듣고 싶었다고 해도 그렇지, 어떻게 모욕하는 말을 들었는데 마냥 좋아서 헬렐레 할 수 있담. 사라는 얼굴이 달아올랐다.

「나한테 다시는 키스 못 할 줄 알아요!」

「당신한테 키스를 못 하게 한다고?」

그는 웃음기를 머금고 반문을 던졌다.
「그래요. 먼저 나한테 정중히 구애하고 난 후에 신부님 앞에서 다시 제대로 식을 올려야 해요. 안 그러면 키스고 뭐고 없을 줄 알아요.」
 사라는 네이선을 보지도 않고 재빨리 말했다. 고개를 들어보니 무표정한 그의 얼굴이 눈에 들어왔다.
「하나님 앞에서 맹세를 교환하지 않는다면 법정에서도 우리 결혼에 의의를 제기할지 몰라요.」
 네이선의 무표정한 얼굴이 대번에 험상궂게 일그러졌다.
 차라리 입다물고 있을 걸. 사라는 뜨끔했다.
 그래도 네이선의 눈동자는 너무 맑고 매력적이었다. 그의 눈과 마주치는 순간 사라는 숨이 턱 막히면서 '너무 잘 생겼다'는 생각이 머리에 콕 박혔다.
「결혼을 무효로 만들 방법을 궁리하기라도 한 거야?」
 네이선이 침묵을 깨고 물었다.
「아뇨.」
「잘 됐군. 전에도 말했지만 난 결혼을 무효로 할 생각은 전혀 없어.」
 사라는 그의 오만한 말투가 마음에 들지 않았다.
「이미 알고 있어요.」
「그래?」
「그렇다니까요.」
「어떻게 알았지?」
 사라가 고개를 내젓자 네이선은 그녀의 머리를 꽉 쥐고 흔들지 못하게 했다.
「손 치우지 못해요? 머리를 잡아당기니까 아프잖아요.」
 네이선이 목덜미를 부드럽게 쓰다듬자 사라는 신음소리가 나오려는 걸 간신히 참았다.

「당신도 내게 돈과 영지가 얼마나 필요한지 알지? 그래서 내가 결혼을 무효로 할 생각이 없다고 추측한 게 아닌가?」
「아니에요」
「그럼 내가 당신과의 결혼을 이어가고 싶어한다는 걸 어떻게 안 거야?」
「어떻게 나랑 결혼한 게 싫을 수가 있겠어요?」
「무슨 근거로 그런 말을 하는 거야?」
「네이선, 난 세상 모든 남자들이 바라는 일등 신부감이에요」
사라는 고개를 치켜들면서 오만하게 말했다.
「정말이라니까요!」
그녀는 고개를 세게 흔들면서 자신의 호언장담을 강조했다.
「그래?」
네이선의 눈에 가득한 장난기를 느낀 사라는 순식간에 자존심이 구겨졌다.
「그렇다니까요」
사라가 빨개진 얼굴로 말했다.
저렇게 잘난 척하면서도 수줍음을 탈 수 있는 건가? 정말 알 수 없는 여자라니까. 네이선은 속으로 중얼거렸다.
「미안하지만 왜 당신이 최고의 신부인지 설명해주겠어?」
「그러죠. 첫째, 난 못생기지 않았어요. 물론 절세미인이 아니라는 건 나도 알아요. 하지만 그게 중요한 건 아니잖아요, 안 그래요?」
사라는 뭐에 쫓기는 사람처럼 허겁지겁 말했다.
「절세미인은 아니란 말이지?」
사라는 싱글거리며 말하는 네이선을 흘겨봤다. 날 약올리려고 일부러 저러는 거야.
「그래요, 아니에요. 내 용모를 갖고 비아냥거리다니, 원래 그렇게 치사해요? 아무튼 난 그렇게 흉물스럽게 생기진 않았어요. 갈색 머리에 갈색 눈동자라고 해서 무조건 예쁘지 않다고 할 순 없다구요.」
「사라, 당신이 지나갈 때마다 남자들이 멈춰 서서 뚫어져라 쳐다본 다는 사실, 알고나 있어?」
사라는 히죽거리는 네이선의 얼굴을 한 대 치고 싶었다.
「내가 하도 흉물스럽게 생겨서 그러는 거라고 할 참이면…….」
「그럼 뭐?」
「당장 거울을 들여다봐요. 당신도 만만치 않으니까.」
네이선은 고개를 절레절레 흔들었다. 최소한 공주병에 걸린 마누라 때문에 속 썩는 일은 없겠군. 그는 내심 흐뭇한 마음이 들었다.
「사실 당신보다 예쁜 여자들을 꽤 많이 봤지. 하지만 당신 말처럼 그게 뭐 그렇게 중요한 일이겠어?」
「그런 말을 듣는다고 해서 내가 열등감이라도 느낄 줄 알아요? 천만의 말씀! 이 세상에 나 같은 여자 마다할 남자가 있는 줄 알아요? 이 봐요! 자꾸 그렇게 비웃을 거예요? 난 있는 그대로를 말했을 뿐이에요. 이래봬도 좋은 아내가 되기 위한 교육을 충실히 받은 몸이라구요.」
사라는 일부러 어깨를 으쓱해 보였다. 상처받기 쉬운 여린 마음이 얼굴에 고스란히 드러나 있었다. 하지만 네이선은 깜짝깜짝 사람을 놀래키는 데 일가견을 보이는 그녀에 대해 호기심을 누를 수가 없었다.
「뭘 배웠는데?」
「하인들 수가 아무리 많아도 그들을 다루고 살림하는 건 문제없어요. 난 바느질도 삐뚤삐뚤하지 않게 잘 해요. 아직까지 한 번도 바늘에 찔려 본 역사가 없으니까요. 그리고 손님이 200명이나 되는 파티도 준비해 봤다구요. 그리고 또……, 규모가 큰 영지를 관리하는 일도 식은 죽 먹기예요.」
약간의 과장. 아니, 사실은 대부분 꾸며낸 말이었다. 영지를 관리해 본 경험도 없을 뿐더러 그런 막중한 일을 해낼 자신도 없었다.
뭐 어때, 내가 아무것도 못한다는 사실을 네이선이 어떻게 알겠어?

정 뭐하면 손님이 200명 정도 되는 파티쯤이야 어떻게 해볼 수도 있겠지. 물론 여태껏 파티하고는 담을 쌓고 지내왔지만, 할 생각만 있다면 못 할 게 어딨겠어.
「소감이 어때요?」
네이선이 계속 침묵하자 사라가 물었다.
「집안 살림이야 사람을 쓰면 간단하게 해결되지 않겠어? 그 정도 일 때문에 아내가 필요하다고는 말할 수 없지.」
실망을 했는지 우스꽝스럽게 일그러진 사라의 얼굴을 보며 네이선은 하마터면 웃음을 터뜨릴 뻔했다.
「그렇겠죠. 하지만 난 파티에 초대된 손님들을 격조 높은 대화로 이끌만한 자질이 있어요. 책을 많이 읽어서 박식하다구요.」
네이선이 씩 웃자 사라는 속으로 툴툴댔다. 역시 피는 못 속이지. 누가 세인트 제임스 집안 남자 아니랄까봐 심보 한번 고약하네. 고집은 또 얼마나 센지 황소가 '형님'하며 절이라도 하겠군.
「이만큼 교육을 잘 받은 사람을 찾을 수 있다고 생각해요?」
「그게 전부야? 또 내세울 것이 있으면 맘놓고 다 풀어놔봐.」
사라는 자존심이 갈기갈기 찢어져서 땅에 추락하는 기분이었다. 도대체 저 남자는 어떤 말을 해야 감명을 받을까?
「무슨 얘기를 듣고싶은지 구체적으로 예를 들어보세요.」
「잠자리에서 날 기쁘게 해주는 방법 같은 건 안 배웠나?」
사라의 뺨이 벌겋게 달아올랐다.
「그런 건 당신이 나한테…… 가르쳐 줘야…….」
더듬거리며 말하던 사라는 네이선의 발을 꽉 밟았다.
「어떻게 그런 걸 배웠을 거라고…….」
사라는 말을 잇지 못했다. 그녀의 눈빛은 증오심에 불타는 듯도 했고, 울음을 터트리기 일보 직전인 것도 같았다.
「물론 그런 건 정부(情婦)가 알아서 할 일이지.」

네이선은 사라를 놀려줄 양으로 한마디했다. 약올리면 재깍재깍 반응을 보이는 것이 재미있어서 자꾸 장난을 치고 싶었다.
「정부를 둘 생각은 하지 말아요!」
사라는 버럭 소리를 질렀다. 네이선이 '글쎄, 그건 알 수 없는 일 아니겠어'라는 듯 어깨를 으쓱이자 사라는 사정없이 그의 발을 밟았다.
「아무리 예쁘고 재능 있는 여자라도 정부로 삼겠다는 생각은 꿈도 꾸지 말아요.」
사라는 네이선이 대꾸할 기회도 주지 않고 말을 이었다.
「당신이 나한테 제대로 구애하고 절차를 밟아 결혼하지 않는 한 같이 잠자리에 드는 일은 없을 줄 알아요.」
네이선은 아무 대꾸가 없었다.
「뭐라고 말 좀 해봐요.」
그는 다시 어깨만 으쓱거렸다.
어떻게 저런 사람을 잠시나마 잘생겼다고 생각했지? 발로 등을 걷어차버렸으면 속이 후련하겠네. 사라는 속으로 중얼거렸다.
「심각한 얘기를 하는데 자꾸 그렇게 나올 거예요? 한번만 더 어깨를 으쓱거려봐요. 귀가 찢어져라 비명을 지를 테니까.」
벌써 비명을 지르다시피 하고 있으면서 뭘 그래. 네이선은 그런 생각을 속으로 삼켰다.
「심각한 얘기를 한다고 생각하는 사람은 당신이지 내가 아니야.」
사라는 심호흡을 했다.
「네이선, 제발 부탁이니 내 기분도 좀 생각해줘요. 나한테 계속 잠자리를 강요하면 당신은 품위 없는 사람이 된다구요. 그러니까 나하고 결혼할 거예요, 말 거예요?」
이런 부끄러운 대화를 해야 하다니, 사라는 끔찍한 기분이 들었다.
「우린 벌써 결혼했잖아. 그새 잊었어?」
사라는 화가 나서 얼굴이 벌개졌다.

「이봐요, 아무리 머리 나쁘기로 유명한 세인트 제임스 출신이라고 해도 그 정도 말도 파악을 못 해요? 내가 몇 번이나 강조했는데 왜 그렇게 말귀가 어두워요. 제대로 구애를 하고 신부님 앞에서 다시 결혼식을 올려야 한다고 했잖아요. 해달라는 대로 안 해주면 나한테 손가락 하나 못 댈 줄 알아요!」

「그만큼 얘기했으니 이젠 알아들었을 겁니다요, 아가씨.」

누군가 뒤에서 고함을 쳤다. 사라가 돌아서 보니, 10명 남짓 되는 구경꾼들이 일손을 멈춘 채 히죽거리고 있었다.

「아가씨가 하는 말을 빠짐없이 가슴팍에 새겼을 걸요. 결혼식을 제대로 치르기 전엔 선장님이 손가락 하나 못 대게 한다는 말이었습죠? 내 말 틀린 거 없지, 해들리?」

대머리에 어깨가 약간 구부정한 남자가 고개를 끄덕였다.

「맞아, 나도 그렇게 들었어.」

해들리라는 선원이 고함치며 답했다.

사라는 망신스러워서 쥐구멍에라도 들어가고 싶은 마음에 네이선을 노려봤다. 이게 모두 당신 탓이야……

「날 이렇게 망신시켜야만 하겠어요?」

「구경거리를 제공한 사람은 당신이야. 선실에 들어가 있어. 그 드레스는 벗고.」

「왜요? 이 드레스가 맘에 안 들어요?」

「옷을 몽땅 벗고 있으란 얘기야. 금방 갈 테니까 기다리고 있어.」

사라는 심장이 터질 것 같았다. 화가 나서 대꾸할 맘도 안 들었기 때문에, 그녀는 간다는 말도 없이 휙 돌아 짐보 옆을 지나가면서 한마디 툭 던졌다.

「짐보 씨, 앞으로 네이선을 고물 취급해도 상관없어요」

선원들의 시야에서 벗어나자 드레스를 들어올려 정신없이 달리기 시작한 사라는 노라가 있는 선실로 직행했다.

「이모님을 쉬게 해드려야지요.」
 누군가 뒤에서 불쑥 내뱉는 소리에 사라는 깜짝 놀라 몸을 돌렸다.
「놀랐잖아요. 그렇게 뒤에서 갑자기 말하시면 어떻게 해요? 그런데, 성함이 어떻게 되시죠?」
「매튜입니다.」
「만나서 영광이에요, 매튜 씨. 이모를 잠깐 뵙고 싶어서 왔어요.」
「제가 돌보고 있습니다만, 이모님은 너무 지쳐서 누굴 만날 기력이 없어요.」
 사라는 순간 양심의 가책을 느꼈다. 이모더러 네이선을 설득할 수 있게 도와달라고 할 참이었는데 편찮으시다니 그런 하찮은 일로 이모를 성가시게 해서는 안되겠다는 생각이 들었다.
「많이 편찮으신가요? 온몸이 멍투성이라…….」
「시간이 지나면 괜찮아질 테니 걱정하지 마세요. 움직이지 말고 푹 쉬면 나아요. 갈빗대에 금이 가서…….」
「세상에, 전 몰랐어요.」
「이제 됐으니까 울지 말아요.」
 매튜가 애걸하듯 달랬지만 사라의 눈에는 벌써 눈물이 고여 있었다. 매튜는 그녀가 울음을 터뜨리면 어떻게 처신해야 할지 난감했다. 선장의 아내를 달래야 한다는 생각에 벌써부터 속이 거북해졌다.
「그렇게 심하지 않으니까 괜찮아요. 푹 쉬면 된다니까요. 그리고 신경 쓸 일만 만들지 않으면 돼요.」
 의미심장하게 매튜가 말했다.
「솔직히 말해서 이모한테 귀찮은 일을 떠맡기려고 했어요. 하지만 다신 이런 일 없을 거예요. 이모를 걱정시키고 싶진 않으니까요. 죄송하지만 이모가 깨시면 나중에 들른다고 전해줄래요?」
 사라는 죄책감에 고개를 숙이고 작게 말했다. 매튜가 고개를 끄덕이자 사라는 그의 손을 붙잡고 말을 이었다.

천상의 선물 **97**

「이모를 돌봐주셔서 정말 고마워요. 이모는 마음이 너무 착하신 분이에요. 그런데 저 때문에 얼마나 고생하셨는지 몰라요.」

「그런 소리 마세요. 제가 듣기론 아버님과 삼촌들이 그런 나쁜 짓을 했다던데요?」

「헨리 삼촌이 꾸민 일이에요. 하지만 제 탓이 커요. 이모에게 영국에 같이 돌아오자고 하지만 않았어도…….」

사라는 매튜의 손을 세게 쥐었다가 놓으면서 절을 했다. 짐보는 선실로 돌아가는 그녀의 뒷모습을 미소를 지으며 지켜봤다.

선실 문을 열기 직전까지 이모에 대한 걱정으로 꽉 찼던 사라는 선실 안에 있는 커다란 침대를 보는 순간 네이선이 했던 말이 떠올랐다. 그녀는 재빨리 문을 닫고 빗장을 걸어, 낑낑대면서 묵직한 짐 가방을 문가로 옮겼다. 탁자도 옮기려 했지만 꿈쩍도 하지 않았다. 알고 보니 탁자 다리가 못으로 바닥에 고정되어 있었다.

「도대체 못은 뭐 하러 박아놓은 거람.」

투덜대면서 책상을 움직이려고 해봤지만 역시 못이 박혀 있었다. 할 수 없이 무거운 의자를 짐 가방 옆으로 질질 끌어온 후 몇 차례를 낑낑대다가 한참 만에야 그것을 가방 위에 올려놓았다.

사라는 아픈 허리를 살살 문지르며 뒤로 물러서서 자기가 해놓은 일을 점검했다. 이렇게 해봐야 임시방편일 뿐이겠지만 그래도 안도감이 들었다. 하지만 그도 잠시, 사라는 곧 자신이 얼마나 유치한 행동을 하는지 깨달았다.

하지만 네이선도 만만치 않아. 그가 내 말에 귀를 기울이는 시늉만 했어도 이런 짓은 안 했어. 지금쯤 정신을 차리고 마음을 바꿨을까? 계속 고집을 부리면 할 수 없지, 뭐. 선실에 발도 들이지 못하게 하면 되니까. 굶어죽는 한이 있어도 끝까지 버틸 거야.

「난 그쪽으로는 출입을 잘 안 하는데.」

갑작스런 말소리에 화들짝 놀란 사라는 그 자리에서 펄쩍 뛰었다.

뒤를 돌아보니 네이선이 책상에 느긋하게 기대서서 싱글거리고 있는 게 아닌가. 그는 손가락으로 선실 천장에 있는 뚜껑문을 가리켰다.
「난 원래 저기로 드나드는 습관이 있어서 말이지. 훨씬 빠르거든.」
사라는 짐 가방에 등을 기댄 채 네이선을 빤히 쳐다봤다.
어쩌지, 이제 어떡해야 해…….
네이선은 사라가 진정할 때까지 기다려주기로 마음먹었다. 하얗게 질린 안색으로 보아, 당장이라도 기절할 것만 같았다.
「아까 보니까 가구들을 옮기는 것 같던데, 선실 분위기를 바꾸고 싶어서 그래?」
부드러운 목소리로 그가 물었다.
「그래요.」
네이선은 고개를 내저었다.
「내가 보기엔 별로 안 좋은데.」
「왜요?」
「몰라서 묻는 거야? 의자하고 짐 가방이 문을 막고 있잖아. 저 의자에 앉아 있다가 누가 문이라도 벌컥 열면 앞으로 고꾸라질 텐데.」
사라가 왜 문을 막으려 안간힘을 썼는지 그도 눈치챘을 터이므로, 그가 지금 하는 말은 우습고 어이없었다.
「어머, 생각해보니까 정말 그러네요. 의자를 거기 놓으면 출입하기가 좀 힘들겠어요. 알려줘서 고마워요. 그나저나 탁자는 왜 못으로 고정시켜 놨어요?」
「탁자도 옮길 생각이었나?」
「짐 가방 앞에 탁자를 놓으면 좋을 것 같아서 그랬어요. 그래서 책상도 옮기려고 했는데 꿈쩍도 안 하더군요.」
사라는 네이선의 목소리에 깃든 장난기를 무시하고 말했다. 그가 일어서서 사라에게 한 발 다가서자 그녀는 재빨리 뒤로 물러났다.
「풍랑이 심해지면 가구들이 흔들리거든. 그래서 못을 박았어.」

천상의 선물 99

사라는 구석에 몰리는 기분이었다.
 네이선의 머리카락이 바람에 흔들렸다. 표범처럼 자신에 넘친 걸음걸이, 움직일 때마다 불룩불룩 튀어나오는 어깨 근육. 도망가고 싶은 마음이 굴뚝같은 사라는 네이선을 피해 선실을 반 바퀴 돌았지만 침대가 뒤를 가로막았다. 네이선은 그녀의 겁먹은 표정을 보며 긴 한숨을 내쉬었다.
 마음을 바꿨나봐. 사라가 반쯤 안도하고 있는데 갑자기 네이선이 그녀를 끌어당겼다. 사라는 얼굴을 들어올려 억지로 시선을 맞췄다.
 「사라, 지금이 당신에게 얼마나 힘든 상황인지 나도 알아. 시간적 여유가 있었다면 당신이 날 좀더 잘 알 때까지 기다렸을 거야. 물론 당신에게 구애할 재간이나 그러고 싶은 생각은 없지만. 난 그럴만한 인내심도 경험도 없어. 하지만 당신이 날 무서워하는 건 싫어. 그런 사소한 일에 신경 쓴다는 게 우습지만, 그래도 확실히 신경이 쓰여.」
 「그럼……」
 「시간이 없어. 당신이 8개월 전에 나한테서 도망치지만 않았어도 지금쯤 내 아일 가졌을 거야.」
 사라의 눈이 동그래졌다. 네이선은 '아기' 얘기를 해서 저런가보다, 하고 생각했다. 그는 아내가 성(性)에 대해 무지하다는 사실이 마음에 들었다. 이기적인 생각이라고 해도 어쩔 수가 없었다.
 「내가 도망을 쳤다니, 대체 무슨 소리를 하는 거예요?」
 「거짓말 할 생각은 하지 마.」
 네이선은 사라의 어깨를 꽉 붙들면서 말했다.
 「난 거짓말 한 적 없어요. 당신한테서 도망친 일도 없구요.」
 사라는 성이 났다.
 「사라, 난 당신 부모님에게 당신을 데리러가겠다는 편지를 보냈어. 월요일에 데리러간다고 분명히 밝혔는데도 당신은 그 전날 이모를 만나러 떠났어. 그러니까 당신이 나를 피해 도망갔다는 생각을 할 수밖에 없잖아.」

「난 몰랐어요, 네이선. 부모님이 편지를 못 받으셨나봐요. 두 분 모두 제게 아무런 얘기도 안 하셨거든요. 더구나 그땐 노라 이모 때문에 정신이 없었어요. 매달 편지를 꼬박꼬박 보내주시던 이모가 갑자기 소식을 끊으셨어요. 엄마는 이모 걱정을 하시다가 병까지 드셨구요. 그래서 저더러 이모가 괜찮은지 대신 알아봐 달라고 부탁하셨어요.」

「장모님이 언제 당신한테 그런 얘길 하셨지?」

비꼬는 듯한 질문의 의도를 알아차린 사라는 얼굴을 찡그렸다.

「내가 떠나기 며칠 전에 그런 부탁을 하셨어요. 하지만 엄마가 우는 모습을 내게 들키지 않았다면 그런 부탁도 안 하셨을 거예요. 왜 우시냐고 계속 물으니까 그제야 속마음을 털어놓으셨어요. 그래서 제가 이모를 만나러 가겠다고 말씀드렸지요. 엄마는 계속 괜찮다고, 그러지 않아도 된다고……」

말을 하다가 사라는 문득 한 가지 의문이 떠올랐다.

「그런데 내가 이모를 만나러 갔다는 건 어떻게 알았어요? 다들 내가 미국에 사는 언니 집에 간다고 알고 있었는데.」

네이선은 선원들을 시켜서 미행했다는 얘기를 꺼내지 않았다. 물론 사라가 끊은 배표가 자신의 배였다는 사실도 언급하지 않고, 대신 어깨만 한 번 으쓱해 보였다.

「왜 사실을 숨겼지?」

「친척들은 이모가 가문을 욕보였다고 생각하거든요. 이모는 14년 전에 마부와 결혼해서 영국을 떠났어요. 난 다들 이젠 그 일을 잊고 용서했으려니 생각했는데, 그게 아니었어요.」

「어쨌든 떠나기 이틀 전까지는 노라에 대해서 아무것도 모르고 있었단 말이지?」

「엄마는 제가 걱정할까봐 쉬쉬하셨던 거예요. 혹여 엄마가 일부러 그런 일을 꾸몄다고 생각하지는 말아요. 우리 아버지나 언니라면 몰라도, 엄마는 그런 일을 하실 분이 아니에요. 아버지나 언니가 그랬다면 당신더러 조금만 더 참고 기다리라는 의미에서 그랬을 거예요.」

네이선은 엄마를 변호하는 사라의 모습에 흐뭇했다. 하지만 아버지에게 아무 죄가 없다고 믿고 있다니, 분노가 치솟았다.

그는 비로소 사라가 자신을 피해 도망친 것이 아님을 깨달았다. 기분이 괜찮은 걸. 네이선의 얼굴이 한결 부드러워졌다.

네이선을 바라보며 엄마를 변호할 말을 찾고 있던 사라 역시 그가 자신을 잊어버린 것이 아니었음을 깨달았다. 그녀는 눈이 부실 정도로 밝게 웃었다. 네이선은 그녀가 왜 웃는지 몰랐다.

사라가 품에 안기며 허리를 끌어안자 네이선은 좀 당황되기도 했지만 그런 갑작스런 애정 표시가 싫지는 않았다. 오히려 기분이 좋았다. 사라는 한숨을 쉬면서 그의 품에서 빠져나왔다.

「갑자기 왜 이러는 거야?」

「당신이 날 잊은 게 아니어서 다행이에요. 분명히 무슨 오해가 있었을 거라는 생각이 들어요. 왜냐하면…….」

사라는 흘러내린 머리카락을 뒤로 넘기면서 말했다.

「내가 당신을 아내로 맞고 싶어할 거라는 생각을 했으니까 그랬겠지. 당신은 모든 남자들이 바라는 최고의 신부감이잖아.」

사라는 네이선의 말을 듣고 심각한 표정으로 고개를 끄덕였다. 네이선은 그 모습에 참을 수가 없어서 웃음을 터뜨렸다.

「이모를 찾으려고 당신 집에 편지를 몇 통이나 보냈는 줄 알아요? 당신이 도와줬으면 했는데 답장을 한 통도 못 받았다구요.」

사라가 뾰로통하게 말했다.

「사라, 난 집이 없어.」

「집이 없다뇨? 말을 타고 지나가다가 시내에 있는 당신 집을 본 적이 있어요. 왜 자꾸 고개를 내저으세요?」

「작년에 집이 불타서 없어졌거든.」

「그런 얘긴 처음 들었어요!」

「그래?」

「진작 알았다면 교외에 있는 당신 집으로 편지를 보냈을 거예요. 이 봐요, 왜 자꾸 머리를 흔들어요?」

「교외에 있는 집도 불에 타 버렸어.」

「언제요?」

「작년에. 시가지에 있는 저택에 불이 나기 한 달 전 일이지.」

사라의 얼굴에서 핏기가 사라졌다.

「세상에, 하나님도 무심하시지. 어떻게 그런 일이……..」

사실 하나님을 원망할 일은 아니었다. 화재는 네이선의 적들이 일부러 일으킨 것이었다. 놈들은 고발장을 찾으려고 혈안이 되어 있었다. 결국 범인들은 목덜미를 잡혔지만 화재가 난 집터는 아직 그대로였다.

「노라를 찾는 걸 도와달라고 편지를 썼단 말이지?」

「그래요. 달리 도움을 청할 데가 없었어요. 내 생각엔 당신 삼촌, 던 퍼드 세인트 제임스가 꾸민 일 같아요.」

「무슨 일을 꾸몄다는 거야?」

「당신이 우리 부모님한테 보냈다는 편지를 가로챈 사람이 바로 그 분일 거예요.」

「난 당신 아버지가 그랬을 거라고 생각하는데.」

네이선이 험상궂은 얼굴로 말했다.

「도대체 무슨 근거로 그런 말을 해요?」

「당신 아버지는 비열하기가 아틸라(잔인하기로 유명했던, 5세기 전반기 흉노족의 우두머리) 못지 않은 인간이니까.」

「말도 안 되는 소리 집어쳐요. 분명히 당신 삼촌 짓이라니까요.」

「그래? 그럼 당신 이모도 우리 삼촌이 때렸단 말인가?」

「아뇨. 헨리 삼촌이 한 짓이었죠. 저번에 술집에서 본 사람, 기억하죠? 이젠 당신도 나에 관해서 확실히 알았겠군요.」

네이선이 사라의 턱을 들어올리며 물었다.
「그게 무슨 말이야?」
사라는 한참동안 그의 눈동자를 응시했다.
「별로 안 좋은 핏줄을 타고났다는 사실 말이에요.」
사라는 내심 네이선이 그렇지 않다고 말해주기를 바랐다.
「맞는 말이야.」
동정심이라고는 눈곱만큼도 없는 사람······.
「하지만 그건 당신도 마찬가지예요. 아무래도 우린 아이를 낳지 않는 편이 좋겠어요.」
「왜?」
「나중에 커서 헨리 삼촌처럼 되면 어떡해요? 최악의 경우, 당신 집안의 사람들처럼 될 수도 있어요. 당신도 세인트 제임스 집안 남자들이 생김새나 마음씀씀이 모두 비열하다는 걸 부정하진 못할 걸요.」
사실 네이선도 부정할 수 없는 사실이었다.
「행동이 거칠긴 해도 다들 고지식할 정도로 정직한 사람들이야. 우리 집안 사람들을 화나게 하면 그런 본성이 튀어나오지. 아주 솔직 담백한 사람들이거든.」
「그래요 틀린 말은 아니죠.」
「무슨 뜻으로 하는 말이야?」
「당신 삼촌, 던퍼드 세인트 제임스는 자기 동생을 총으로 쐈어요. 그것도 모두 너무 솔직 담백해서 벌인 일이겠죠, 안 그래요?」
「당신도 소문을 들었군.」
네이선은 웃음을 참으며 말했다.
「그 얘기를 모르는 사람도 있어요? 벌건 대낮에 자기 집 앞에서 동생을 쐈으니, 구경꾼들이 오죽 많았겠어요?」
「삼촌에겐 그럴만한 이유가 있었어.」
「동생을 총으로 쐈는데 그럴만한 이유가 있다니, 말이나 돼요?」

네이선은 고개를 끄덕였다.
「이유가 뭐였는데요?」
「곤히 자고 있는데 깨웠거든.」
네이선이 싱글거리면서 말했다.
사라는 기가 막혀서 말문이 막혔다. 그래도 웃으니까 멋있어 보이네. 그녀는 내심 만족스러워서 미소를 지었다.
「던퍼드 삼촌은 동생을 죽인 패륜아가 아니야. 그저 몇 주 거동하기 불편하게 만들었을 뿐이야. 당신도 삼촌을 만나면…….」
「전에 한 번 뵈었어요. 그분 부인도 같이.」
사라가 장난기 어린 얼굴로 말하자, 경계심을 풀고 자신을 대하는 그녀의 모습에 기분이 좋아진 네이선이 부드럽게 사라의 어깨를 쓰다듬었다. 사라는 그가 정신을 딴 데 팔고 있다고 생각했다. 그녀는 네이선의 손을 잡고 등 언저리에 올려놓았다.
「등 좀 문질러 줘요, 네이선. 아까 가구를 옮겨서 그런지 쑤셔요.」
네이선은 천천히 사라의 등을 쓰다듬었다. 사라는 그의 다른 쪽 손도 잡아 등에 올렸다. 네이선이 두 손으로 등을 문지르자 사라는 몸을 뒤로 기댄 채 눈을 감았다. 천국이 따로 없었다.
「이제 좀 괜찮아졌어?」
「네.」
「던퍼드 삼촌은 언제 만났지?」
등을 계속 문지르면서 네이선이 물었다. 그는 사라의 정수리에 턱을 올려놓고 머리카락의 향기를 음미했다.
「며칠 전 가든파티에서 만났어요. 당신 삼촌하고 숙모도 오셨어요. 다른 사람은 몰라도 두 분은 절대로 잊혀지지 않을 것 같아요.」
네이선은 쿡쿡 웃었다.
「던퍼드 삼촌은 꼭 야만인처럼 생겼지. 기골이 워낙 장대하고 근육질이라 보는 사람에 따라서는 겁을 먹을 수도 있을 거야.」

네이선은 천천히 사라를 자기 품으로 끌어당겼다.
「숙모님도 만만치 않던데요. 두 분 체격이 거기서 거기던데요, 뭐.」
사라가 웃으면서 말했다.
「그래도 세인트 제임스 가문의 여자들은 윈체스터 가문의 여자들처럼 뚱뚱하진 않아.」
네이선이 사라의 등을 살짝 꼬집으면서 말했다.
「뚱뚱한 게 아니라 체격이 좋은 거예요.」
지금 이런 농담을 할 때가 아닌데. 사라는 심호흡을 했다.
「네이선?」
「왜?」
「난 절대 옷을 벗지 않을 거예요.」
「정말이야?」
사라는 얼굴을 뒤로 약간 젖혀 네이선의 안색을 살폈다. 다행히 그의 입가에 미소가 어려 있었다.
「그래요. 꼭 당신 뜻대로 해야 한다고 해도 옷은 절대 벗지 않겠어요. 그러니까 포기를 하든 내 옷을 벗기지 말고 그냥 하든, 둘 중 하나를 선택해요.」
사라는 입술을 깨물며 그의 대답을 기다렸다.
「제길, 사라, 난 당신을 아프게 하지 않는다니까.」
「믿지 않아요.」
「왜?」
「엄마는 매번 아플 거라고 하셨어요.」
사라의 뺨이 진홍빛으로 물들었다.
「매번 아프진 않아. 그저 처음에만…… 아주 약간 불편할 뿐이야.」
「앞뒤가 안 맞는 소리는 그만 해요!」
사라가 소리를 질렀다.
「꼭 그런 식으로 행동해야겠어?」

「아무래도 마음의 준비를 해야 할 것 같아요. 도대체 끝날 때까지 얼마나 걸려요? 몇 분이에요? 아니면 몇 시간이에요?」

네이선은 등을 문지르다 말고 양손으로 사라를 꽉 붙들었다. 아무래도 그녀가 갑작스럽게 던진 난감한 질문에 놀란 모양이었다.

「한 가지만 부탁해도 되겠어요? 오늘밤만 기다려주세요. 내게 지워진 운명을 받아들이려면 시간이 좀 필요해요」

지워진 운명을 받아들인다고? 네이선은 사라를 한 대 쥐어박고 싶었다. 사형을 눈앞에 둔 죄수처럼, 무슨 운명씩이나…….

「좋아, 오늘밤만이야. 그 이상은 기대하지 마.」

네이선이 양보를 하자 사라는 까치발로 서서 그에게 입을 맞췄다. 아주 짧은 입맞춤.

「지금 뭘 한 거야?」

「키스했잖아요.」

「키스는 이렇게 하는 거야.」

그는 사라를 힘껏 끌어안고 으스러지게 입술을 겹쳤다. 거친 키스였다. 내 부탁을 들어주기로 했으니까 키스 한 번쯤이야 참아줘야겠지. 사라는 속으로 중얼거렸다.

하지만 이내 무아경에 빠진 그녀는 네이선의 목에 팔을 감았다. 그의 혀가 입안으로 들어오자 사라는 작은 신음을 내뱉었다. 네이선이 몸을 들어올리자 사라는 다리를 벌려 흥분으로 단단해진 그의 몸을 감쌌다. 네이선이 끌어당기면 사라는 밀었다. 몇 번을 그러다가 사라는 그의 머리카락 속에 손가락을 파묻으면서 몸을 밀착시켰다. 잠시 후 입술을 뗀 네이선은 사라가 진정할 때까지 그녀를 품에 안고 있었다.

젠장, 당장 안고 싶어서 미치겠군. 네이선은 사라를 침대에 내려놓고 돌아서서 문가에 놓인 의자와 짐 가방을 옆으로 치웠다.

「앞으론 굴뚝으로 들어오지 말아줬으면 좋겠어요. 저도 다시는 문을 걸어 잠그지 않는다고 약속할게요.」

네이선이 문을 여는 동안 사라는 떨리는 목소리로 말했다.
「어디로 들어온다고?」
뭘 잘못 들었나 싶은 네이선이 되물었다.
「굴뚝이요. 그리고 참, 아까 내 질문에 대답 안 했잖아요. 그러니까…… 당신이 하려는 그 일……, 얼마나 걸려요? 몇 분이면 되는 거예요, 아님 몇 시간 걸려야 하나요?」
천장에 붙은 뚜껑문을 굴뚝이라니, 어이가 없었지만 사라의 마지막 질문을 듣자 그걸 지적할 마음은 사라졌다. 나중에 설명해줘야지.
「그걸 내가 어떻게 알아?」
네이선은 어처구니없다는 듯 대답했다.
「그럼 전에 한 번도 해본 적이 없단 말이에요?」
네이선은 눈을 감았다. 대화는 걷잡을 수 없이 흘러가고 있었다.
「왜 대답이 없어요? 전에 해본 적이 있어요?」
「그래. 시간을 재는 짓거리는 해본 적이 없지만.」
네이선은 무뚝뚝하게 말하고서 문을 '쾅' 닫더니 사라를 마주 보며 빙그레 웃었다. 갑자기 왜 저러지? 사라는 그의 기분을 종잡을 수가 없었다.
「사라?」
「왜 그래요?」
「그 일이 그렇게 끔찍하진 않을 거야.」

5

 사라는 그날 내내 네이선을 볼 수 없었다. 그녀는 선실 안을 청소하고 소지품을 정리했다. 침대 정돈은 물론 가구에 잔뜩 앉은 먼지를 털고 빗자루로 바닥도 쓸어냈다. 갑판에 놔두고 온 양산이 생각나서 가봤지만 찾지 못했다.
 해질녘이 되자 신경이 곤두선 사라는 뒤로 미룰 방도가 없을까 궁리를 해봤지만 별 소득이 없었다. 비겁한 생각이긴 했다. 언젠가는 네이선과 잠자리를 같이 해야 할 테고, 일이 벌어지기 전까지는 계속 겁이 날 것임이 틀림없었다. 하지만 아무리 그렇게 생각을 해봐도 두려움은 가시지 않았다.
 느닷없는 노크 소리에 사라는 놀라서 소리를 지를 뻔했다. 하지만 정신을 가다듬어 생각해 보니 네이선이라면 노크를 할 이유가 없었다. 아마 거칠게 문을 벌컥 열어 젖혔겠지.

매튜가 선실 문 밖에 서 있었다. 사라는 그에게 절을 하고 안으로 들어오라고 권유했다.
「아뇨, 됐습니다. 이모님이 찾으시니 가보세요. 전 그 동안 프로스트더러 욕조를 들여다 놓으라고 하겠습니다. 선장님은 부인께서 목욕을 하고 싶어할 테니 목욕물을 대령하라더군요. 항해하는 사람은 이런 호사를 자주 누릴 수 없다는 거, 아시죠? 그러니까 되도록 느긋하게 목욕을 즐기십시오.」
「그런 배려까지 해주다니, 네이선은 아주 세심한 사람인가 봐요.」
「선장님한테 그 말 꼭 전해드리겠습니다.」
달리 할말이 떠오르지 않은 매튜는 그렇게 말했다. 그는 사라와 나란히 걷는 것이 왠지 어색했다. 남들이 들으면 비웃을 일이지만, 부끄러운 마음까지 들었다. 지금껏 살아오면서 신분이 높은 아가씨에게 절을 받은 일은 한 번도 없었다. 자신보다 지체가 높은 사람에게서 이렇게 동등한 대접을 받는 일은 흔치 않았다. 물론 네이선은 예외였지만.
솔직히 사라의 다정한 미소도 한 몫을 했지. 그래서 내가 이렇게 철없는 아이처럼 부끄러워서 몸을 배배 꼬는 거 아니겠어. 매튜의 어깨가 축 늘어졌다. 제길, 나도 별 수 없군. 황소 짐보 녀석처럼 예쁜 얼굴에 혹해서 어쩔 줄 몰라 하다니…….
「노라를 피곤하게 하면 안 됩니다.」
노라가 머무는 선실 문 앞에 이르자 매튜가 말했다. 사라는 고개를 끄덕이고 그가 선실 문을 열어줄 때까지 기다렸다. 한참 만에야 눈치를 챈 매튜가 문을 열었다. 사라가 고맙다는 인사를 하고 안으로 들어가자 매튜는 뒤에서 문을 닫았다.
「매튜가 저렇게 당황하는 모습은 처음 봤다, 얘야.」
노라는 일부러 큰소리로 말했다.
「그래요? 전 눈치 못 챘는데요.」
사라는 이모에게 키스를 했다.

노라는 여러 겹의 베개에 반쯤 일으킨 몸을 기대어 앉아 있었다.
「이모를 지키기 위해서라면 뭐든 할 사람처럼 보이던 걸요.」
사라는 의자에 앉아서 가운을 탁탁 털어 구김을 폈다.
「정말 잘생긴 남자야, 안 그러니? 성품도 착하고. 돌아가신 네 이모부와 비슷하다는 생각이 들었어. 물론 외모는 완전히 다르지만.」
사라는 웃음을 참으며 말했다.
「아무래도 이모 매튜한테 반하신 것 같아요, 안 그래요?」
「무슨 소리를 하는 거야? 남들이 들으면 늙은이가 주책이라고 할 게야. 반하긴 누가 반했다구.」
계면쩍은 듯 노라가 대꾸했다.
「오늘은 기분이 어떠세요?」
사라는 화제를 돌렸다.
「괜찮아졌단다. 그래, 넌 어떠니?」
「좋아요.」
「아니야. 내가 보기엔 별로 기분이 안 좋은 듯한데? 조금만 건드려도 폭발할 사람처럼 보여. 왜 그렇게 안절부절못하고 있어? 네이선 때문에 걱정이 돼서 그러니?」
사라는 천천히 고개를 끄덕였다.
「이모 걱정도 많이 했어요. 지금 뵈니까 한결 마음이 놓여요.」
「딴청 피우지 말고, 네이선 얘기를 하자꾸나.」
「싫어요.」
「그래도 상관없어. 네가 뭐라고 하든 난 그 얘길 할 테니까. 너랑 네이선, 어떻게 잘 되어 가는 거니?」
노라가 경쾌한 목소리로 물었다.
「뻔하죠. 그 사람 성격을 생각해보면 대강 짐작하실 거 아녜요.」
노라가 빙그레 웃었다.
「벌써 너한테 키스를 했구나?」

「이모! 어떻게 그런 걸 물어보실 수 있으세요?」
「대답해봐. 너한테 키스를 했어?」
「네…….」
사라는 시선을 무릎에 떨구며 대답했다.
「잘됐구나.」
「글쎄, 그럴까요?」
「애야, 나도 네이선이 네가 상상해오던 모습과 딴판이라는 건 안단다. 하지만 겉모습만 보고 판단해선 안 돼.」
「그래요? 제가 네이선을 어떻게 상상했었는데요?」
사라가 장난기 섞인 목소리로 물었다.
「네이선 같은 사람이 네 남편이라고는 전혀 상상 못 했을 거 아니냐. 처음 봤을 때 굉장히 무서웠지, 안 그래?」
「글쎄요.」
「처음에 그 사람을 보고 겁에 질려서 기절한 거 아니었니?」
「너무 지쳐서 기절했던 거예요. 그나저나 이모, 어떻게 해요? 네이선이…… 잠자리를 같이 하자고 하는데.」
노라는 속마음을 털어놓는 사라의 얘기를 가만히 듣고 있었다. 사라는 이모가 어색하다거나 놀라는 빛을 보이지 않아서 내심 안도했다. 어떻게 해서든 이모의 조언을 꼭 듣고 싶었다.
「그래서 겁이 나니, 애야?」
「조금요. 저는 제 의무가 뭔지 알지만 네이선은 그걸 잘 몰라요. 그래서 상대방에 대해 서로 잘 알게 된 다음으로 미루면 안 될까 해서요.」
「구체적으로 뭐가 걱정이 되는 거니?」
「글쎄요.」
「네이선이 널 아프게 할까봐 그래?」
사라는 고개를 저었다.

「정말 이상한 일이에요, 이모. 네이선이 험상궂은 얼굴을 하면 얼마나 무서운지 아시죠? 그런데도 전 그가 무섭지 않아요. 그 사람도 제가 자길 무서워하는 게 싫대요.」

「다행이구나.」

「그래도 제가 마음의 준비를 끝낼 때까지 기다릴 생각은 없대요.」

사라가 불만스럽다는 듯 퉁한 목소리로 말했다.

노라는 빙긋 웃었다.

「그러고도 남을 사람이야. 사라, 넌 이제 네이선의 부인이잖니. 네이선을 처음 만난 날 밤, 난 그 사람이 널 바라보는 시선을 지켜봤단다. 당장이라도 널 안고 침대로 가고 싶어하는 사람처럼 보였지.」

이모의 노골적인 말을 듣고 사라는 얼굴을 붉혔다.

「그 사람이 저한테 실망하면 어떻게 하죠?」

「설마, 절대 그런 일은 없어. 네 남편이 알아서 할 테니까 괜한 걱정은 접어두렴.」

「국왕께서 하사한 영지와 돈을 받으려면 우린 아이를 낳아야 돼요. 네이선은 진작부터 절 데리러오려고 했대요. 세상에, 제가 자기를 피해서 달아났다고 생각하는 거 있죠?」

그 말을 듣자 노라는 얼굴을 찡그렸다.

「왜 그러세요?」

「네 부모가 또 널 속였구나 싶어서.」

「이모, 그런 생각을 하시면……」

「내가 누누이 말했지만, 네 엄마한테 편지는 꼬박꼬박 썼단다. 한 통 정도는 사고로 배달이 안 됐다고 치자. 그래도 여섯 통이나 보냈는데 한 통도 못 받았다니, 그게 말이나 되니? 모두 널 영국에서 내보내려고 꾸며낸 거짓말이야.」

「엄마가 그런 일을 하실 리가 없잖아요?」

「네 엄마가 자기 남편을 얼마나 무서워하는 줄 아니? 전에도 그랬고 아마 앞으로도 계속 그럴 테지. 그건 너도 부인하지 못할 거야. 내 말이 틀렸니? 제발 현실을 똑바로 바라보도록 하려무나, 얘야. 네 아버지, 윈스턴 윈체스터가 하라고만 하면 네 엄마는 아무렇지도 않은 듯 거짓말을 할 사람이야. 자, 네 부모 얘기는 이제 그만두자. 한 가지 궁금한 게 있는데 대답해 주겠니?」

「뭔데요?」

「네이선이 네 남편이라는 사실이 맘에 드니?」

「제 맘이 어떻든 아무 상관이 없잖아요.」

「그러지 말고 솔직히 얘기해봐.」

「어려서부터 다른 사람이 남편이 되는 상상을 해본 적이 없는 걸요. 사실 제 마음이 어떤지 저도 잘 모르겠어요, 이모. 하지만 그 사람이 다른 여자와 같이 있는 상상만 해도 기분이 나빠요. 글쎄, 그 사람이 제 앞에서 정부란 말을 꺼내지 뭐예요. 그땐 정말 화가 나서 정신을 못 차리겠더라구요. 저도 제가 그런 감정이 들 줄은 미처 몰랐어요. 모든 게 다 혼란스러워요.」

「그래, 사랑을 하면 그런 감정을 느끼는 법이지.」

「사랑이라뇨? 전 지금까지 죽 네이선을 남편으로 여기도록 교육받으며 컸어요.」

노라는 숙녀답지 않게 코웃음을 쳤다.

「네가 네이선을 증오하게 만들려고 그간 윈체스터 일가가 애를 좀 썼는 줄 아니? 다들 네가 네 언니 벨린다처럼 될 거라고 기대했을 게야. 하지만 넌 그 인간들 생각과는 달리 네이선을 미워하지 않았어.」

「아무런 이유도 없이 어떻게 사람을 미워해요?」

「친척들이 네이선에 관해 거짓말을 떠들어대도 넌 한 귀로 흘려버렸어. 네이선에 대한 마음이 워낙 확고해서 증오심이 끼여들 여지가 없었지.」

「친척들은 모두 내가 네이선을 미워한다고 생각해요. 네이선에 관한 험담을 할 때마다 매번 맞장구를 쳤거든요. 그래야 좀 덜 귀찮게 굴 것 같아서 그랬어요. 헨리 삼촌이 제일 심했어요. 술집에 이모 반지를 찾으러 갔을 때, 삼촌 때문에 제가 얼마나 화가 났는지 아세요? 그래서 네이선이 제 대신 복수를 해줄 거라고 거짓말을 했어요.」

「거짓말이라고 하긴 좀 그렇구나. 조만간 네이선은 내 대신 복수를 하려고 들 게 틀림없어. 네 생각엔 네이선이 왜 그럴 것 같니?」

「이모가 심성이 곱고 좋으신 분이라는 걸 알게 돼서 그렇겠죠.」

노라가 한숨을 쉬면서 천장을 한 번 올려다봤다.

「네 남편이 내 착한 심성 때문에 그럴 거란 생각은 안 드는구나. 네가 날 얼마나 소중하게 생각하는지 알기 때문에 내 뒤를 봐주려는 게야. 네이선은 가까운 사람에게는 성심성의를 다하는 사람이야.」

「하지만 이모…….」

「내가 보기에 네이선은 벌써 너를 좋아하게 된 것 같더구나.」

「괜한 상상 마세요.」

매튜가 들어오자 대화는 끊겼다. 그는 노라에게 빙긋 웃으면서 윙크를 했다.

「아쉽지만 오늘은 여기서 끝냅시다. 노라도 이젠 좀 쉬어야죠.」

사라는 이모의 뺨에 입을 맞추고 네이선의 선실로 돌아갔다. 한참동안 욕조에 들어가 앉았던 사라는 물이 차가워지자 나와서 잠옷을 입고 겉옷을 걸쳤다. 침대 한구석에 앉아서 머리를 빗고 있는데 네이선이 들어왔다. 젊은 선원 두 사람이 따라 들어와서 욕조를 들고 나갔다. 사라는 그들이 나갈 때까지 잠옷을 단단히 여미고 있다가 다시 머리를 빗었다.

문을 닫고 빗장을 건 네이선은 한마디도 안 했다. 그럴 필요도 없었다. 확고한 결심이 서린 그의 얼굴을 보자 사라는 떨리기 시작했다. 네이선도 목욕을 했는지 머리가 젖어 있었다. 물기를 머금고 매끄럽게 빛나는 머리카락이 목뒤로 차분히 빗겨져 있었지만 거친 인상은 여전

했고 셔츠조차 벗은 채였다. 사라는 떨리는 손으로 머리를 빗으면서 네이선을 쳐다봤다. 도대체 이 긴장감을 어떻게 해야 하나……

네이선은 탁자 앞에 놓인 의자를 빼어 털썩 앉았다. 그리고 천천히 부츠와 양말을 벗어 던지더니 일어나서 바지를 벗기 시작했다. 사라가 황급히 눈을 감자 그는 미소를 지으며 벗은 옷을 의자에 걸쳤다.

「사라.」

「왜 그래요?」

사라는 눈을 감은 채 물었다.

「옷을 벗어.」

그만하면 꽤 부드러운 목소리였다. 겁먹은 사라의 마음을 조금이나마 달래주고 싶었던 것이다. 사라가 초긴장 상태라는 것은 의심할 여지가 없었다. 얼마나 정신없이 빗질을 해대던지, 머리가 아프지는 않을까 염려스러웠다. 저러다가 기절하는 사태라도 발생하면…….

사라는 네이선의 부드러운 목소리를 듣고도 긴장이 풀리지 않았다.

「분명히 짚고 넘어갈 일이 있어요. 아까 말했듯이 절대 옷은 벗지 않겠어요.」

사라는 '탁'하고 내려치듯 빗을 관자놀이에 대면서 말했다. 기껏 단호한 목소리로 말하려고 했건만 맘대로 되지 않았다. 사라가 듣기에도 잔뜩 겁먹어 덜덜 떠는 목소리였다.

「내 말 알아들었어요?」

「그래.」

네이선은 한숨을 내쉬면서 고개를 끄덕였다. 그제야 사라의 마음이 조금씩 가라앉았다. 빗질을 멈추고 천천히 일어난 사라는 네이선과 눈이 마주치지 않으려고 시선을 바닥에 떨어뜨렸다. 그러고는 네이선을 피해 아주 멀찍이 떨어져서 움직였다.

빗을 내려놓고 심호흡을 한 사라는 돌아서기 전에 생각했다. 네이선이 홀딱 벗고 있다고 해서 신경 쓰지 말자. 뭐 어때, 남편인걸. 계속 아무것도 모르는 미련한 계집아이처럼 굴어선 안 돼. 하지만 한 번도 남자의 벗은 몸을 본 일이 없다는 것이 문제였다. 긴장한 나머지 숨도 제대로 쉬기 힘들었다.

사라는 마음을 다잡고 네이선의 나신(裸身)을 훑어보았다. 그 순간 지금까지의 결심이 연기처럼 사라졌다. 네이선은 사라에게 옆모습을 보인 채 서서 천장의 뚜껑문을 닫았다. 사라는 숨이 막혔다. 네이선은 온몸이 무쇠처럼 단단한 근육질이었고 온통 구릿빛을 띠고 있었다. 심지어 엉덩이까지. 어떻게 저럴 수가 있지? 하지만 차마 그렇게 물어볼 수는 없었다. 한 20년이나 30년쯤 함께 살고 나면 그런 부끄러운 얘기도 쉽게 꺼낼 수 있겠지. 언젠가는 고통스러웠던 첫날밤을 떠올리면서 즐겁게 웃게 될 날이 올지도 몰라.

하지만 지금은 웃음은커녕 미소조차 지을 수가 없었다. 사라는 네이선이 촛대에 불을 켜는 모습을 지켜봤다. 그의 피부가 불빛을 받아 번들거렸다. 다행히 그는 등을 보이고 서 있었다. 나한테 자신의 큰 몸집에 익숙해질 시간을 주려는 걸까? 하지만 어림도 없어. 저렇게 몸집이 크다니, 가장무도회에서 나무로 분장해도 되겠어.

사라는 작게 한숨을 내쉬었다. 자신이 얼마나 유치하게 굴고 있는지 그녀도 느꼈지만 그나마 지금까지 지켜온 꿋꿋한 모습을 버릴 수는 없었다. 자신이 겁을 먹었다는 사실을 네이선은 모르리라 생각했다.

「이제 잠자리에 들어야 되나요?」

사라는 붉어진 얼굴을 감추려고 고개를 돌리면서 말했다. 스스로는 짐짓 무덤덤한 말투를 구사한다고 생각했지만 네이선의 귀에는 방금 '커다란 못을 삼킨' 사람이 내는 소리처럼 들렸다. 그는 한숨을 내쉬면서 몸을 돌려 사라를 품에 안으려고 했다. 사라가 재빨리 반대편으로 피했지만 네이선은 그녀의 어깨를 붙잡아 억지로 자신을 향해 돌렸다. 사라의 시선은 부자연스러울 정도로 위쪽을 향하고 있었다. 네이선은 웃음을 참았다. 아마 발 밑에 뱀이 기어다닌다고 해도 아래는 죽어도 안 보려고 하겠지.
「내가 옷을 벗고 있으니까 거북한 모양이지?」
「왜 그런 생각을 해요?」
네이선은 사라의 목덜미를 부드럽게 쓰다듬었다.
「내가 당신한테 키스했을 때 기분이 좋았지, 안 그래?」
「그래요.」
한참만에 사라가 인정하자 네이선은 의기양양한 표정을 지었다.
「하지만 키스 말고 다른 건……, 싫을 거예요.」
사라가 경고하듯 내뱉는 말에도 네이선은 기분이 상한 눈치가 아니었다. 그는 고개를 숙이더니 사라의 이마와 콧등, 그리고 마지막으로 입술에 살짝 입을 맞췄다.
「하지만 나한텐 기분 좋은 경험이 되겠지.」
네이선이 나지막하게 속삭였다. 대꾸할 말이 없어서 침묵을 지키던 사라는 그가 다시 입술을 겹쳤을 때도 입을 꾹 다물고 있었다. 꼭 조각상에 키스하는 기분이었지만 네이선은 포기하지 않았다. 그는 사라의 입술을 숨결로 간질이면서 천천히 목을 끌어안았다. 아프니까 그만하라는 소리를 지르려고 사라가 입을 벌리자 네이선의 혀가 때를 놓칠세라 잽싸게 입안으로 미끄러져 들어왔다. 키스가 깊어지면서 사라의 몸은 서서히 긴장이 풀리기 시작했다. 사라는 네이선의 품을 파고들면서 힘껏 목에 팔을 감았다. 역시 강압적인 수를 쓰니까 효과가 있군. 네이선은 속으로 중얼거렸다.

네이선은 몇 번이고 사라의 입술을 탐했다. 키스는 영원히 지속될 것처럼 이어졌다. 사라는 난생 처음 느끼는 감각에 열중하느라 자제심이니 부끄러움이니 하는 감정들은 자취를 감추었다. 하지만 네이선은 달랐다. 경험이 있는 만큼 자제심을 유지할 자신이 있었다.

사라는 손가락으로 네이선의 머리카락을 부드럽게 빗어 내렸다. 목덜미에 깃털처럼 부드러운 손길이 느껴지는 순간 네이선의 머리 속엔 자제력이고 뭐고 아무것도 남지 않았다. 그는 입술을 겹친 채 사라의 손을 목에서 떼어냈다. 사라가 다시 목에 팔을 감으려 하자 네이선은 막았다. 사라는 그의 행동을 이해하기 힘들었지만 키스에 정신이 팔려서 깊이 생각할 겨를이 없었다.

「이젠 내 목에 팔을 감아도 돼.」

네이선이 키스를 멈추면서 속삭였다. 그의 입가에 부드러운 미소가 어렸다. 사라의 얼굴은 솔직하게 감정을 드러내고 있었다. 네이선에 대한 열정과 혼란스러운 마음이 고스란히 드러나 있었다. 사라처럼 솔직하게 온몸으로 반응하는 여자는 처음이었다. 그는 사라에게도 절정감을 맛보게 해주고 싶었다. 그 마음이 너무 간절해서 스스로에게도 놀랄 정도였다. 자신을 절대적으로 신뢰하는 사라를 보고 있노라니 온 세상을 정복한 기분이 들었다.

「겁먹을 것 없어.」

사라의 뺨을 쓰다듬던 네이선이 빙긋 웃었다. 사라가 무의식적으로 그의 손에 뺨을 밀었던 것이다.

「그러지 않으려고 애쓰고 있어요. 당신이 내 기분을 이해해주는 것 같아서 한시름 놨어요.」

사라가 속삭였다.

「언제부터 그런 생각을 했지?」

뭔가 재미있는 생각이라도 떠올랐는지 사라의 눈동자가 반짝거렸다.

「나한테 옷을 입고 있어도 된다고 했을 때부터요.」

네이선은 길게 한숨을 내쉬었다. 방금 전에 벌써 잠옷을 벗겼다는 말을 지금 할 필요는 없겠지. 어차피 곧 알게 될 테니까.

그는 사라의 허리를 안아 들어올렸다. 살과 살이 맞닿자 사라는 놀라서 눈이 동그래졌다. 네이선은 사라가 반응할 기회도 주지 않고 재빨리 입술을 겹쳤다. 이번엔 사라가 더 적극적이었다.

네이선은 사라를 침대에 눕혔다. 몸을 가릴 틈도 없이 그의 몸이 사라의 머리에서 발끝까지 감쌌다. 순간 사라는 구석에 몰린 기분이 들었다. 무서운 마음도 들고 네이선을 실망시킬까봐 겁이 났던 것이다.
 네이선은 얼른 사라의 몸에 자신을 파묻고 싶었지만 사라가 아직 준비가 덜 된 상태였다. 네이선의 이마에 땀방울이 송글송글 맺혔다. 네이선이 가슴을 만지려고 할 때마다 사라는 몸을 움츠렸다. 그는 사라를 아프게 하고 싶지 않았다. 이대로 있다가는 자제력을 잃겠다는 생각이 들어 네이선은 옆으로 몸을 굴려 사라에게서 떨어졌다. 심장이 거세게 고동쳤고 하복부는 당장이라도 터질 것처럼 흥분된 상태였다. 처녀를 상대하는 것이 이렇게 어려울 줄이야! 네이선은 속으로 투덜거렸다. 지금까지 한 번도 처녀와 잠자리를 가져본 일이 없는 탓에 자신이 더더욱 무기력하게 느껴졌다.
 언젠가는 고통스러웠던 첫날밤을 떠올리며 즐겁게 웃는 날도 오겠지. 하지만 지금은 웃음은커녕 미소조차 나오지 않았다. 마음 같아서는 정신차리라고 사라를 마구 흔들어주고 싶기도 하고, 겁먹지 말라고 버럭 소리라고 지르고 싶었다.
 머리에서 발끝까지 마구 떨고 있던 사라는 네이선이 몸을 치우는 순간 비로소 마음의 안정을 찾았다. 그의 얼굴을 살펴보니 소리를 지르고 싶어하는 기색이 역력했다.
「네이선?」
 네이선은 입을 꾹 다문 채 눈을 감고 있었다.
「당신은 인내심이 많은 사람이라고 전에 내게 말했잖아요.」
「안 그럴 때도 있어.」
「나 때문에 기분 상했죠, 그렇죠?」
「아니야.」
「그렇게 무서운 표정 짓지 말아요.」
 사라는 네이선의 가슴을 쓰다듬었다. 순간 네이선의 몸이 움찔했다.
「이제 날 안고 싶지 않은 거예요?」

안고 싶지 않다고? 내가 얼마나 흥분했는지 증거를 보여줘? 네이선은 사라의 손을 잡아서 자신의 다리 사이에 갖다대려다가, 그랬다가 그녀가 겁이라도 덜컥 집어먹으면 어쩌나 하는 생각에 그만두었다.

「나한테 시간을 좀 줘. 겁이 나서……..」

네이선은 일부러 말끝을 흐렸다. 사라를 아프게 할까봐 겁이 난다고 솔직하게 털어놓을 수는 없었다. 아프게 한다는 말을 듣고 또 겁을 집어먹기라도 하면 곤란하지 않은가.

「겁먹을 필요 없어요.」

사라가 속삭였다. 한동안 자신의 귀를 의심하던 네이선이 눈을 번쩍 뜨고 사라를 응시했다. 그런 말도 안 되는 생각을 하다니. 하지만 사라는 진심이었다.

「내가 겁을 먹었다니, 지금 무슨 소리를 하는 거야?」

「당신은 경험 있는 여자들만 상대했었잖아요.」

네이선이 나지막하게 뭐라고 투덜대자 사라는 빙그레 웃었다.

「네이선, 나한테 키스하면 기분이 좋죠, 그렇죠?」

15분쯤 전에 겁먹은 사라를 달래주려고 네이선이 했던 말이었다. 지금 이 순간에 그 말을 듣게 될 줄이야. 아마 지금 같은 상황이 아니었다면 정신없이 웃어댔으리라. 사라는 '경험 없는 숫총각'에게나 어울릴 말을 네이선에게 하고 있었다. 그가 한마디 해주려는 순간 사라가 몸을 가까이 밀착시켰다.

「솔직히 말해보라니까요.」

사라는 고집스럽게 물었다.

「그래, 당신한테 키스하면 기분이 좋아.」

「그럼 키스해줘요.」

「난 키스만 하고싶은 게 아냐. 당신 몸 구석구석을 만지고 싶어.」

네이선은 사라가 또 몸을 움츠릴 거라고 생각했다. 제길, 미치겠군. 신경은 폭발 일보 직전인데다가 머리 속에서는 사라와 한몸이 되는 순간만 끊임없이 떠올랐다. 그는 눈을 감고 나지막하게 한숨을 쉬었다.
 눈을 뜨는 순간 사라가 그의 손을 잡아 가슴에 올려놓았다. 네이선은 한동안 가만히 있었고, 사라도 마찬가지였다. 두 사람은 아무 말 없이 상대방의 눈동자를 응시했다.
「아까는 꼭 구석에 몰린 것 같아서 싫었어요. 하지만 지금은 그런 기분이 안 들어요. 그러니까 포기하지 마세요, 낭군님. 나한텐 첫경험이잖아요. 정말이에요.」
 사라는 네이선의 뺨에 부드럽게 입을 맞추면서 속삭였다.
「난 절대 포기하지 않아. 정말이야.」
 네이선이 장난스럽게 사라의 말을 따라했다.
 사라는 그에게 입술을 포갰다.
 네이선은 사라를 침대에 눕히고 그녀의 유두를 간지럽혔다. 더 이상 참기 힘든 사라는 네이선의 머리를 끌어당겼다. 그가 유두를 깨물자 사라는 번개를 맞은 기분에 빠졌다.
「네이선……, 제발……..」
 사라는 자신이 뭘 바라는지도 모르면서 띄엄띄엄 속삭였다. 네이선은 사라의 가슴을 애무하면서 그녀의 다리 사이로 손을 밀어 넣었다. 사라의 입에서 거친 신음소리가 흘러나오자 그는 몸을 일으켜 그녀의 안색을 살폈다. 사라는 네이선의 목덜미에 달아오른 얼굴을 파묻었다. 그는 손을 뻗어서 사라의 머리카락을 한줌 쥐었다.
「내가 만지니까 기분이 좋아?」
 굳이 대답을 들을 필요가 없었다. 사라는 이미 달아오를 대로 달아오른 상태였다. 네이선의 손가락이 천천히 사라의 몸 안을 파고들자 그녀는 네이선의 등과 어깨를 손톱으로 할퀴었다.
「네이선, 그만 해요. 아프단 말이에요 아……, 계속해요.」
 사라는 끊임없이 앞뒤도 안 맞는 말을 중얼거렸다. 네이선은 그녀가 더 이상 저항을 못하도록 입술을 겹쳤다. 키스가 깊어져 가면서 천천히 사라의 몸 안에 들어간 네이선은 그녀의 몸 안에서 얇은 막이 느껴지는 순간 움직임을 멈추고 고개를 들어 사라를 바라봤다.
「날 똑바로 쳐다봐, 사라.」
네이선이 숨을 몰아쉬면서 말했다.
사라는 눈을 뜨고 그를 응시했다.
「당신은 이제 내 사람이야. 지금부터 영원까지.」
눈동자에 촉촉한 물기가 서린 사라가 네이선의 뺨에 손을 댔다.
「전 언제나 당신만의 사라였어요.」
사라의 입술을 덮친 네이선은 단번에 그녀의 몸 깊숙한 곳을 파고들었다. 사라가 느껴야 할 고통이 빨리 가시길 빌면서.
「괜찮아.」
사라가 아픔을 못 이겨 소리를 지르자 네이선이 속삭였다. 촉촉하고 따스한 감촉이 그를 감쌌다.
그는 사라의 목에 얼굴을 파묻고는 혀와 입술로 살짝살짝 목덜미를 애무했다. 덕분에 사라는 약간이나마 고통을 잊을 수 있었다. 네이선의 혀가 귀를 스치자 사라는 저항을 멈추고 쾌감에 온몸을 떨었다.
「통증은 금새 없어질 거야. 약속할게.」
사라는 네이선의 약속보다는 자신을 걱정하는 그의 목소리에 더욱 신뢰감이 들었다. 시간이 지나면서 통증은 조금씩 사라졌지만 네이선이 다시 움직이기 시작하자 통증도 되살아났다.
「움직이니까 더 아프잖아요!」
네이선이 나지막하게 신음소리를 냈다.
「움직이지 말고 가만있으면 안 돼요?」
사라가 애원하듯 말했다.
「알았어. 움직이지 않을게.」
네이선은 마지못해 대답했다. 물론 거짓말이었다. 세상에, 움직이지 말라니, 차라리 그만두라고 하는 편이 낫지……. 경험이 없는 사라는 네이선이 가만히 있을 수 없다는 사실을 이해하지 못했다. 그녀는 네이선의 머리와 목과 등을 쓰다듬었다. 네이선은 말 그대로 폭발 일보 직전의 상태까지 몰려갔다.

「네이선, 키스해줘요」
「이제 안 아픈 거야?」
「많이 괜찮아졌어요」

그는 사라에게 키스를 하면서 뒤로 조금 몸을 뺐다가 다시 천천히 사라의 몸 속으로 들어갔다.

「가만히 있겠다고 했잖아요!」

사라가 또 소리를 질렀다. 네이선이 다시 몸을 빼자 그녀는 네이선의 허벅지에 손톱을 세워 움직이지 못하게 안간힘을 썼다. 하지만 네이선은 조금 다른 방식으로 사라의 저항을 막았다. 그의 엄지손가락이 사라의 은밀한 곳을 천천히 애무했다. 그러자 사라는 네이선의 허벅지를 붙들고 있던 손의 힘을 잃고서 조금씩 같이 움직이기 시작했다. 네이선은 천천히 몸을 뒤로 뺐다가 그녀의 몸 안으로 거세게 밀고 들어갔다. 이내 충족감에 휩싸인 그는 사라의 어깨에 머리를 파묻었다. 하지만 사라가 아직 절정에 이르지 못했기 때문에 그는 계속 그녀의 몸 안으로 밀고 들어가기를 반복했다. 이윽고 절정에 달한 사라의 입술 사이로 낮은 탄성이 새어나왔다. 두 사람은 한동안 그대로 있었다. 사라의 귓가가 눈물로 촉촉했다. 하지만 행복했다. 사랑을 나누는 일이 이렇게 아름답고 멋지다는 걸 진작에 알았으면 좋았을 걸……, 지금까지 왜 아무도 그런 얘기를 해주지 않았지?

사라는 하나로 어울린 두 사람의 심장 고동소리에 귀를 기울이며 행복감에 빠져들었다. 이제 난 저 사람의 아내가 된 거야.

「이젠 나를 아가씨라고 부르면 안 돼요」

사라는 속삭이며 혀끝으로 그의 목덜미를 애무했다.

「내가 무거워?」

네이선이 지친 목소리로 물었다. 사라가 고개를 끄덕이자 그는 옆으로 몸을 굴려 바로 누웠다. 하지만 사라는 네이선의 품에 안겨서 '당신은 정말 좋은 여자야. 당신을 사랑해'라는 말을 듣고 싶었다. 갓 초야를 치른 신부라면 신랑한테서 애정이 담긴 말 한마디를 기대하는 것이 당연하지 않은가.

졸음이 오는지, 네이선의 눈이 감겼다. 사라는 그가 얼마나 혼란스러운 상태인지 몰랐다. 네이선은 자신을 이해하려고 안간힘을 쓰고 있었다. 전에는 한 번도 그토록 철저하게 자제력을 잃은 적이 없었다. 사라는 너무 매력적일 뿐만 아니라 네이선을 혼란스럽게 만들었다. 왠지 마음이 상처받기 쉬운 상태로 돌아선 것 같아 덜컥 겁이 났다.

「네이선?」

사라는 몸을 돌려 팔꿈치를 세우고 네이선을 바라봤다.

「왜 그래?」

「키스해줘요.」

「잠이나 자.」

「잘 자라고 키스해줘요.」

「안 돼.」

「왜 안 된다는 거예요?」

「당신한테 키스하면 또 안고 싶어질 거야. 지금도 꽤 아프고 쓰라릴 텐데…….」

네이선은 천장에 시선을 고정시킨 채 말했다.

일어나 앉으려던 사라는 허벅지 사이가 쓰라려서 몸을 움찔했다.

「날 이렇게 만든 사람이 누군데 그래요. 내가 움직이지 말라고 몇 번을 말했는데.」

사라는 네이선의 어깨를 쿡쿡 쑤시면서 말했다.

「말은 똑바로 해. 당신이 먼저 움직였잖아, 그새 잊었어?」

사라는 얼굴을 붉혔다. 다행히 네이선은 그다지 기분이 나빠 보이지 않았다. 용기를 얻은 사라는 다시 그의 품을 파고들었다.
"네이선, 사랑을 나누는 일도 그렇지만, 그후의 일도 중요한 거 아니에요?"
"잠이나 자라니까."
침대보를 잡아당겨 두 사람의 몸을 덮은 네이선은 눈을 감아버렸다.
사라는 그에게 안겨들면서 너무 피곤하고 실망스럽다고 투덜댔다.
네이선은 웃으며 대꾸했다.
"당신도 만족했으면서 무슨 소리야."
"그 얘기하는 게 아니에요."
그럼 무슨 얘기냐, 하고 물어봐 주리라 기대했지만 네이선은 아무 말이 없었다.
"네이선?"
"젠장, 또 뭐야?"
"그렇게 짜증 섞인 목소리로 말하지 말아요."
"사라……."
"다른 여자들하고 일을 치르고 나면…… 뭘 했어요?"
도대체 무슨 말이 하고 싶어서 이러는 거야?
"볼일이 끝나면 당연히 내 갈 길 찾아서 갔지."
"그럼 지금도 그렇게 할 거예요?"
"사라, 여긴 내 선실이고 내 침대야. 그러니까 잠 좀 자게 내버려 둬."
"아직 안 돼요. 잠자리에서 지켜야 할 예의를 설명해줄 테니까 잘 들어요. 남편은 그 일을…… 마치고 나면, 자기 부인한테 '당신은 정말 좋은 여자야'라고 말해줘야 돼요. 그런 다음 키스를 하고 안아줘야 하구요. 그러고 나서 상대방의 품에 안겨 잠이 드는 거예요."
네이선은 쿡쿡 대며 웃었다. 사라의 말이 너무 어처구니가 없었다.
"'그 일'이 아니라, 사랑을 나눈다고 하지 그래, 사라. 그리고 잠자리에서 지켜야 할 예의가 뭔지 당신이 어떻게 알아? 당신은 처녀였잖아, 안 그래?」

「잠자리에서 지켜야 할 예의쯤은 나도 알아요. 지금 막 떠올랐단 말이에요.」

사라는 지지 않고 대꾸했다.

「사라?」

「왜요?」

「나한테 소리지르지 마.」

네이선은 돌아누워 사라를 쳐다봤다. 눈가에 눈물이 그렁그렁했고, 장밋빛 입술은 거친 키스로 인해 부어 있었다. 상처받기 쉬운 아이처럼 보였다. 그는 사라를 끌어안아 정수리에 입을 맞추고 나서 그녀의 얼굴을 자신의 목덜미에 대고 중얼거렸다.

「당신은 좋은 여자야. 그러니까 어서 잠이나 자.」

아무래도 억지로 하는 말처럼 들렸지만 사라는 신경 쓰지 않았다.

네이선은 그녀를 품에 안아 등을 쓰다듬었다. 한결 마음이 편해진 사라는 그의 품에 파고들면서 눈을 감았다.

네이선의 머리 속에는 방금 치른 정사(情事) 장면이 계속 맴돌았다. 그는 그런 생각을 지워내려고 의식적으로 애썼다. 여자로 인해 감정이 좌지우지되는 일은 스스로 용납할 수가 없었다.

잠이 들락 말락 하는데 사라가 다시 이름을 불렀다.

「왜 그래?」

네이선은 일부러 하품을 하면서 대답했다.

「이렇게 서로 안고서 잠드는 걸 뭐라고 하는지 알아요?」

「몰라.」

「서로를 아껴준다고 하는 거예요.」

네이선이 신음소리를 내자 사라는 빙긋 웃었다.

「우리 결혼생활은 시작부터 참 좋네요, 안 그래요?」

이내 네이선의 코고는 소리가 들렸다. 남은 열심히 말하는데 무례하게 잠을 자다니……, 내일 한마디 해줘야지.

사라는 이제 네이선의 아내이자 연인이었다. 아주 잘 어울리는 한 쌍. 아직 네이선은 깨닫지 못한 것 같지만, 언젠가는 그도 사랑에 빠졌다는 사실을 인정할 날이 오리라.

사라는 내일이 기다려졌다. 네이선의 아내로서 공식적으로 나서는 첫날이나 다름없었으므로. 천국처럼 행복한 하루가 되겠지. 사라는 네이선을 꼭 끌어안고 잠이 들었다.

6

한마디로 끔찍한 날이었다.

사라가 잠에서 깨어보니 네이선은 선실에 없었다. 네이선이 열어놓은 굴뚝 뚜껑 - 네이선은 뚜껑문이라고 하겠지만 - 을 통해서 들어온 신선한 공기와 햇살이 선실을 가득 매웠다. 전날보다 훨씬 더운 날씨였다. 목욕을 마친 사라는 감청색 드레스를 입고 네이선을 찾으러 갔다. 침대 시트를 새것으로 갈아야겠는데 찾을 수가 없어서 물어보려 했던 것이기도 했지만, 무엇보다 키스를 받고 싶었다.

갑판으로 이어지는 계단을 올라가는데 비명소리가 들렸다. 무슨 일인가 싶어서 황급히 갑판으로 올라가던 사라는 발에 뭔가 걸려서 고꾸라질 뻔했다. 누군가 갑판에 대(大)자로 쓰러져 있었다. 나이가 지긋해 보이는 그 선원은 바닥에 머리를 부딪혔는지 기절한 상태였다. 사라가 전날 잃어버린 양산이 꼬부라진 채 선원의 다리 사이에 끼어 있었다.

짐보가 기절한 선원의 옆에 쭈그리고 앉아 뺨을 철썩철썩 갈겼다. 순식간에 구경꾼들이 몰려들었다. 다들 정신이 들게 하려면 이렇게 해라, 저렇게 해라 한마디씩 던졌다.
「도대체 무슨 일이야?」
사라의 뒤에서 네이선이 버럭 고함을 질렀다.
「뭐에 걸려서 넘어졌나봐요.」
사라는 얼굴도 돌리지 않고 대답했다.
「뭐에 걸렸다니요? 제가 보기엔 부인의 양산에 걸려서 넘어진 것 같은데요?」
선원 한 사람이 나서서 말했다.
「그래요. 저건 내 양산이에요. 이 분이 다치신 건 제 책임이에요. 이 분한테 별일은 없을까요, 짐보? 전 일부러 그런 게 아니라……」
「그렇게 자책할 필요는 없습니다. 선원들은 모두 사고라고 생각할 겁니다.」
짐보의 위로와 함께, 선원들도 고개를 끄덕이면서 사라에게 미소를 지었다.
「아이번은 곧 정신이 들 테니까 걱정하지 마세요.」
턱수염을 기른 선원이 나서서 말했다.
「머리, 양동이에 물을 채워서 가져와. 물을 뿌리면 정신이 들지도 모르니까.」
짐보가 큰소리로 외쳤다.
「아이번이 저 모양이니 오늘 저녁식사는 어떻게 하지?」
체스터라는 선원이 사라를 향해 얼굴을 찌푸리면서 말했다.
사라는 그를 노려보며 따졌다.
「동료가 어떻게 되든 내 배만 채우면 그만이라는 말인가요?」
사라는 기절한 아이번 곁에 무릎을 꿇고 앉아 그의 어깨를 부드럽게 흔들었다. 하지만 아이번은 입을 쩍 벌린 상태로 꿈쩍도 안 했다.

「세상에, 짐보, 설마 이 분이 돌아가신 건 아니겠죠?」
「아뇨. 규칙적으로 호흡을 하고 있잖습니까? 뭐, 일어나면 머리가 좀 아프긴 하겠지만 괜찮을 겁니다.」
네이선은 억지로 사라를 일으켜 세우더니 선원들에게서 멀찍이 떨어진 곳으로 데려갔다.
「이건 모두 내 책임이에요. 그러니까 내가 아이번을 돌보겠어요. 아이번이 눈을 뜰 때까지 기다렸다가 잘못했다고 사과해야해요. 내가 양산을 잘 간수하지 못해서 이런 불상사가 생겼으니까요.」
「글쎄, 생각처럼 쉽지 않을 걸. 아이번이 사과를 받아들이려 할지 의문이야.」
「맞아요. 사소한 실수를 해도 용서를 잘 안 해주는 녀석이거든요. 오죽하면 별명이 '형편없는 놈'이겠습니까? 아이번은 원래 사소한 일에도 불평하기를 밥먹듯 하는 녀석이에요. 내 말이 맞지, 월트?」
체격이 좋은 선원 한 사람이 고개를 끄덕였다.
「아이번 입장에서 보면 이번 일은 '사소한 실수' 정도가 아니지. 아마 깨어나면 엄청나게 광분할 걸.」
「아이번 말고 다른 요리사는 없나요?」
사라가 물었다.
「그래.」
네이선이 대답했다. 사라는 네이선과 눈이 마주치자 저도 모르게 얼굴을 붉혔다. 초야 후의 처음 대면이라 그런 건지, 아니면 이런 소동을 일으켜서 그런 건지 알 길이 없었다.
「왜 아이번을 형편없는 놈이라고 부르죠? 성격이 별로 안 좋아서 그런가요?」
「요리 솜씨가 하도 형편없어서 그래.」
사라의 질문에 건성으로 대답하면서, 네이선은 선원 한 사람에게 아이번의 얼굴에 물을 뿌리라는 손짓을 했다. 금새 '푸푸'거리면서 깨어

난 주방장이 끙끙거렸다.
 네이선이 고개를 한 번 끄덕이고는 저쪽으로 가버리자 사라는 당혹스러웠다. 선원들 앞에서 자신에게 말도 없이 그냥 가버리다니, 망신이 따로 없었다. 나중에 따끔하게 한마디 해야지.
 사라는 정신이 든 아이번 옆에 무릎을 꿇고 앉았다.
「부탁이니 절 용서해주세요. 제 양산에 걸려서 넘어졌으니 모두 제 책임이에요. 하지만 아이번 씨가 앞을 잘 보고 걸었으면 그런 불상사가 없었겠지요. 그렇긴 해도 반쯤은 제 잘못이니까 용서를 구할게요.」
 아이번은 뒤통수를 문지르면서 사라를 노려봤다. 하마터면 뇌진탕으로 저 세상에 갈 뻔한 사람에게 '똑바로 앞만 보고 걷지 않아서 그렇다'는 말을 하다니…… 나한테도 책임을 지우시겠다, 이건가? 하지만 걱정하는 사라의 표정을 보니 차마 그런 말을 입밖에 낼 수는 없었다. 더구나 사라는 선장의 아내였다.
「많이 다치지는 않았으니까 괜찮아요. 일부러 그러신 것도 아니잖습니까?」
 아이번이 말했다.
「그럼요. 제가 일부러 그랬으려구요. 일어서실 수 있겠어요? 제가 도와드릴게요.」
 별로 달갑지 않다는 듯한 아이번의 표정을 눈치챈 짐보가 그를 대신 일으켜 세웠다. 그 틈을 타서 사라는 아이번의 다리에 끼인 양산을 잡아 뺐다. 그 바람에 아이번이 뒤로 '벌러덩' 넘어졌다.
「제길, 다들 비키지 못해! 오늘밤 저녁은 없을 줄 알아. 머리는 깨질 듯 아프고 엉덩이가 쑤셔서 아무것도 못 하겠어. 난 지금부터 선실에 가서 쉴 테니까 그리들 알아.」
 아이번이 버럭 소리를 질렀다.
「입 조심해, 아이번.」
 짐보가 단호하게 타일렀다.

「그래. 여기 우리만 있는 게 아니잖아!」
선원 한 사람이 소리를 질렀다.
짐보는 양산을 집어들어 사라에게 건네주었다.
「내가 여러분들을 위해서 수프를 만들게요.」
사라가 폭탄선언을 했다.
「그건 절대 안 됩니다. 선장님 부인께서 그런 일을 하시다니, 말도 안 돼요.」
짐보가 놀라서 고개를 내저었다. 사라는 그와 다투고 싶은 생각이 없었기 때문에, 짐보가 시야에서 사라질 때까지 기다렸다가 선원들을 향해 빙긋 웃었다.
「제가 수프를 만들어 드릴게요. 아이번, 오늘 쉬면 몸이 좀 괜찮아 지겠죠? 저 때문에 이런 일이 생겼으니까, 제가 오늘만 특별히 도와드릴게요.」
아이번의 안색이 조금 밝아졌다.
「전에 수프를 만들어 본 적이 있나요?」
아이번이 반쯤은 웃고 반쯤은 찡그린 얼굴로 물었다. 선원들은 모두 사라를 뚫어져라 쳐다봤다. 그녀는 거짓말을 하기로 했다. 고작 해봐야 수프 만드는 일인데 설마 어렵겠어?
「당연하죠. 전에 자주 만들어 봤어요. 저희 집 요리사들이 저녁을 준비할 때 여러 번 도와줘 봤거든요.」
사라는 잔뜩 부풀려서 말했다.
「천한 것들이 하는 일을 직접 하셨단 말입니까?」
체스터가 물었다.
「너무 심심해서 할 일을 찾다보니 그렇게 됐어요.」
다들 사라의 거짓말에 넘어 간 눈치였다.
「아이번 씨, 부엌이 어딘지 위치만 알려주세요. 지금 당장 시작해야 겠어요. 맛있는 수프를 만들려면 오랫동안 뜸을 드려야 하잖아요.」

사라는 자신의 추측이 맞기를 바라면서 대충 아는 척을 했다. 아이번은 사라의 부축을 받으면서 그녀를 취사실로 안내했다.
「부엌이 아니라 취사실이라고 해야 맞아요. 천천히 갑시다. 아직 뭘 봐도 두 개로 보일 정도로 어질어질하단 말입니다.」
아이번이 투덜대면서 말했다.
두 사람은 컴컴한 통로를 내려갔다. 어두워서 어디가 어딘지 갈피를 잡을 수가 없어서 사라는 잠자코 아이번을 따라갔다. 그는 촛불을 켜고 벽에 붙은 의자에 앉았다. 취사실 중앙에 엄청나게 큰 오븐이 있었다. 사라가 '이렇게 큰 오븐은 생전 본 일이 없다'고 말하자 아이번은 고개를 내저었다.
「저건 오븐이 아니라 취사실 스토브예요. 반대편으로 가보면 구멍이 보일 겁니다. 거기다가 꼬챙이에 꿴 고기를 굽지요. 저기, 큰 솥 네 개가 보이죠? 소고기 수프를 끓이려면 저 솥들을 모두 써야 됩니다. 그리고 고기가 좀 상했는데……, 내가 벌써 상한 놈은 따로 나눴으니까 걱정하지 않으셔도 돼요. 아까 솥에 물을 붓고 고기를 끓이다가, 체스터하고 얘기 좀 나누려고 갑판에 올라갔었지요. 여기 있다 보면 너무 갑갑해서 가끔 바람을 쐴 필요가 있거든요.」
아이번은 사라에게 조리대 위에 놔둔 상한 고기는 자신이 알아서 버리겠다고 말할 참이었다. 하지만 서 있기조차 힘들 정도로 머리가 지끈거리는 통에 결국 그 말은 못하고 말았다.
「야채를 썰어 넣고 양념만 치면 됩니다. 물론 전에 많이 해봤다니까 다 아시겠지요. 제가 옆에서 도와드리지 않아도 되겠습니까?」
「그럼요, 저 혼자서도 할 수 있어요. 그러니까 매튜한테 가서 머리에 상처는 없는지 봐달라고 하세요. 어쩌면 통증이 좀 가시게 하는 약을 가지고 있을지도 모르잖아요.」
「통증이 가시라고 럼주나 한 잔 따라 주겠지요.」
아이번이 대꾸했다.

주방장이 조리실을 나가자 사라는 수프를 만들기 시작했다. 둘이 먹다 하나가 죽어도 모를 만큼 맛있는 수프를 만들어 줘야지. 사라는 조리대 위에 놓인 고기를 조금씩 떼어 솥 안에 집어넣고, 찬장에서 찾아낸 양념들을 뿌렸다. 어떤 병에는 잘게 부서진 갈색 나뭇잎이 들어 있었다. 향이 너무 자극적이라 약간만 솥에 집어넣었다.

사라는 아침부터 이른 오후까지 꼬박 조리실에서 보냈다. 이상하네, 왜 아무도 오지 않지? 그런 생각을 하다 보니 네이선이 떠올랐다.

「어떻게 나한테 아는 척도 안 할 수가 있지?」

사라는 혼잣말을 하면서 허리에 두른 타월로 이마의 땀을 닦았다.

「누가 아는 척을 안 했다는 거야?」

문가에서 네이선의 목소리가 들렸다.

「그런 짓을 할 사람이 당신 말고 또 누가 있겠어요?」

사라는 언짢은 얼굴로 대꾸했다.

「지금 여기서 뭐 하는 거야?」

「수프 만들고 있어요. 그러는 당신은 여기 왜 왔어요?」

「당신 찾으러.」

사라는 현기증이 났다. 조리실 안이 너무 더워서 그럴 거야······.

「전에 수프를 만들어 본 적이 있어?」

사라는 아무 말 없이 네이선에게 다가갔다.

「아뇨, 하지만 지금 만들어 보니까 쉬운 걸요 뭘.」

「사라······.」

「다들 아이번에게 생긴 불상사가 나 때문이라고 생각해요. 그러니 선원들에게 신뢰를 얻으려면 나도 뭔가 해야 될 거 아니에요. 그리고 무엇보다 아랫사람들이 날 좋아해 줬으면 좋겠단 말이에요」

「아랫사람이라니?」

「당신은 집도, 하인도 없잖아요. 이 배가 우리 집 대신이니까, 선원들은 자연히 내가 관리해야 할 아랫사람들이나 다름없죠. 일단 내가 만든 수프를 먹어보면 다들 나를 좋아하게 될 거예요.」
「선원들이 당신을 좋아하든 말든 무슨 상관이야?」
 네이선은 사라의 뺨에 흘러내린 곱슬머리를 부드럽게 쓰다듬었다. 충동적인 행동이었다. 순간 사라는 물론 네이선 자신도 깜짝 놀랐다.
「누구나 남들이 자기를 좋아해 주길 바라잖아요.」
「난 안 그래.」
 그 말을 듣고 사라는 못마땅한 표정을 지었다. '그렇다'고 맞장구 좀 쳐주면 어디가 덧나나. 네이선이 사라에게로 한 발 다가서자 두 사람의 허벅지가 닿았다.
「사라?」
「왜요?」
「어젯밤 일 때문에 아직도 아파?」
 사라는 네이선의 눈을 똑바로 쳐다볼 수가 없었다.
「어젯밤엔 굉장히 아팠어요.」
 사라는 얼굴을 붉히면서 작게 말했다.
 네이선이 그녀의 턱을 치켜올렸다.
「왜 딴 소리를 해. 내 질문은 그게 아니었잖아.」
「그래요?」
「그래.」
「그럼 뭘 알고 싶은데요?」
 사라는 숨을 몰아쉬었다. 아무래도 바깥바람을 좀 쐬어야겠군. 이러다가 기절이라도 하면 곤란하지. 네이선은 속으로 생각했다.
「지금 아프냐고 물었잖아.」
「아뇨, 지금은 괜찮아요.」
 두 사람은 한동안 아무 말 없이 상대방을 응시했다.
「네이선, 지금이라도 늦지 않았으니까 내게 제대로 인사해봐요.」
 사라는 네이선의 가슴에 손을 대고 눈을 감았다.

「제대로 인사를 하라니, 그건 또 무슨 말이야?」
사라가 눈을 뜨고 뾰로통한 얼굴로 네이선을 쳐다봤다.
「나한테 키스를 해줘야 된다는 말이에요.」
「왜?」
네이선은 일부러 시치미를 뗐다.
「아무 소리 말고 시키는 대로 해요!」
버럭 소리를 지른 사라는 네이선이 또 기분 나쁜 질문을 할까봐 먼저 적극적으로 움직여 그의 얼굴을 끌어당겼다.
「싫으면 가만히 있어요. 내가 할 테니까.」
물론 네이선은 저항하지 않았다. 사라는 그의 입술에 '쪽' 하고 가볍게 입을 맞추더니 이내 뒤로 물러났다.
「당신이 협조를 해줘야 제대로 할 거 아니에요.」
사라가 중얼거렸다. 고개를 숙여 천천히 입술을 비벼대던 네이선은 사라의 입을 벌려서 신음소리를 삼켰다. 키스가 점점 깊어지자 사라는 네이선의 품안에서 열정적으로 반응했다. 꼭 껴안은 사라의 몸에서 장미향과 계피향기가 났다.
「도대체 키스하는 법은 누구한테 배운 거야?」
네이선이 거친 목소리로 물었다.
「당신이 가르쳐 줬잖아요.」
「날 만나기 전엔 한 번도 안 해봤단 말이야?」
사라가 고개를 끄덕이자, 네이선의 마음속에 숨어 있던 의혹과 분노는 흔적도 없이 사라졌다.
「내가 키스하는 게 서툴러서 싫다면······.」
「싫긴 누가 싫다고 했어?」
네이선은 사라의 말을 가로채고는 조리실의 촛불을 끄고 그녀의 손을 잡아 밖으로 나갔다.
「왜 그래요?」

「낮잠 잘 시간이야.」
「난 낮잠 같은 건 안 자요.」
「지금 자야 돼.」
「그럼 내가 만든 수프는 어떻게 하고요?」
「제길, 사라, 다시는 요리할 생각하지 마.」
「내가 왜 요리를 했는지 아까 설명했잖아요.」
사라는 못마땅한 얼굴로 대꾸했다. 사람이 왜 이렇게 강압적이람.
「그깟 돼지죽 한 그릇 얻어먹었다고 충성이라도 바칠 것 같아?」
조금만 천천히 걸었으면 다리라도 한 대 걷어차 주는 건데……. 사라는 속으로 이를 갈았다.
「돼지죽이 아니라 수프예요.」
사라의 대꾸에 네이선은 아무 말도 하지 않고, 그녀를 질질 끌다시피 선실로 데려가서 문을 닫고 빗장을 걸었다.
「뒤로 돌아.」
네이선은 눈 깜짝할 사이에 사라의 옷을 벗겼다.
「낮잠 자고 싶은 생각이 없다고 했잖아요.」
속옷을 벗기려고 하자 사라가 그의 손을 치웠다. 네이선은 한참동안 그녀의 몸을 훑어보았다. 풍만한 가슴, 가는 허리에 길고 늘씬한 다리. 네이선의 뜨거운 시선이 거북해진 사라는 가슴을 조금이라도 가려볼 생각에 속옷을 위로 끌어올렸다.
「당신도 낮잠을 자려고 그래요?」
네이선이 셔츠를 벗는 모습을 보고 사라가 물었다.
「난 낮잠 같은 건 자본 적이 없어.」
그는 셔츠를 옆으로 던지고서 부츠를 벗기 시작했다.
사라는 뒤로 한 발자국 물러났다.
「옷을 갈아입으려고 그러는 건 아니겠죠?」
네이선이 삐딱하게 웃었다.

「당연하지.」
「설마, 지금 하고 싶다는…….」
「그래, 지금 하고 싶어.」
「안 돼요.」
네이선은 허리에 양손을 얹고 사라에게 다가갔다.
「안 된다니?」
사라는 고개를 내저었다.
「왜 안 된다는 거야?」
「벌건 대낮에 말이나 되는 소리예요?」
「젠장, 사라, 어제처럼 겁을 집어먹은 건 아니겠지? 어젯밤 그 난리를 쳤는데 나더러 다시 한 번 그 끔찍한 일을 겪으란 말이야? 시련은 한 번으로 족해.」
「시련이라구요? 나하고 사랑을 나누는 일이 시련이라니……, 지금 제정신이에요?」
사라는 성난 목소리로 따졌다.
「묻는 말에 대답이나 해. 또 겁을 먹은 거야?」
사라가 무슨 대답을 할지 못내 두려운 듯 강압적인 말투였다. 사라는 말만 잘하면 이 순간을 모면할 수도 있겠구나 싶었지만 그렇다고 거짓말을 할 생각은 없었다.
「어젯밤 내가 언제 겁을 먹었다고 그래요? 겁먹은 사람은 당신이었잖아요.」
사라는 팔짱을 끼고 서서 거만하게 따졌다. 네이선으로서는 대꾸할 가치도 없는 말이었다.
「이젠 안 아프다고 분명히 말했잖아, 안 그래?」
네이선이 한 발자국 다가오면서 말했다.
「지금은 안 아파요. 하지만 당신이 계속 멋대로 하면……, 분명히 아플 거예요.」

「그게 그렇게도 끔찍해?」
네이선이 재미있다는 듯 물었다.
「또…… 움직일 거예요?」
사라가 걱정스럽게 물었다. 이번에는 네이선도 웃지 않았다. 사라의 기분을 상하게 하기 싫었던 것이다. 그렇다고 거짓말을 해서 그 순간을 모면할 생각도 없었다.
「그래, 움직일 거야.」
「그럼 아무 소리 말고 낮잠이나 자요.」
이 여자는 누가 남편이고 아내인지도 구분을 못 하는군. 여자는 무조건 남편의 말에 복종할 의무가 있다는 걸 상기시켜 줄 필요가 있겠어. 네이선은 속으로 투덜거리면서 도망가지 못하도록 사라의 어깨를 꽉 끌어안은 채 천장에 붙은 뚜껑문을 닫았다. 이내 선실 안이 어두워지자 뜨거운 키스를 퍼부었다.
촛불에 불을 밝히려고 하자, 사라가 막았다.
「불은 켜지 말아요.」
「난 당신 표정을 보고 싶단…….」
갑자기 말이 멎었다. 사라가 바지에 손을 댄 것이다. 떨리는 손으로 사라는 네이선의 바지 단추를 끌러냈다. 그녀의 손이 배에 닿자 그는 '헉'하고 숨을 들이마셨다. 용기를 얻은 사라는 네이선의 가슴에 얼굴을 댄 채 천천히 바지를 내렸다.
「내가 뭘 하고 싶은지 알고 싶어요, 네이선?」
사라가 속삭였다. 네이선은 다른 데 정신이 팔려 그녀의 말에 제대로 주의를 기울일 수 없었다. 그의 배 위에서 꼼지락대던 사라의 손이 조금씩 아래로 움직였다.
「당신이 만족하고 나면…… 사라, 날 만져도 돼.」
네이선은 말을 잇지 못했다. 그를 흥분하게 만들었다는 생각에 기분이 좋아진 사라는 그의 바지를 조금 더 아래로 내렸다.

「지금 당신을 만지고 있잖아요.」

도저히 참을 수가 없어서 사라의 손을 허벅지 사이로 가져다 댄 네이선은 사라가 쓰다듬으려고 하자 이를 막았다.

「그러지 마. 그냥 가만히 있어……, 아……, 그만 해.」

네이선은 이를 악물고 신음을 내뱉었다.

사라는 재빨리 손을 치웠다.

「아파요?」

그의 입술과 혀가 목덜미에 와 닿자 사라는 다시 흥분한 남성에 손을 대려고 했다. 네이선은 사라의 손을 잡아 허리로 가져갔다.

「벌써부터 자제력을 잃긴 싫으니까 가만히 있어.」

사라가 네이선의 가슴에 입을 맞췄다.

「그럼 거긴 안 만질게요. 대신 조건이 있어요. 사랑을 나눌 때 절대로 움직이지 않는다고 약속해요.」

네이선은 웃음이 나왔다.

「분명히 지금 그 말, 취소하고 싶어질 걸.」

네이선이 사라의 몸을 들어올리면서 말했다.

「사라, 당신 그거 알아?」

「뭘 말이에요?」

「난 당신이 내게 빌게 만들 작정이야.」

네이선은 한번 한다면 하는 사람이었다. 두 사람이 한 몸이 될 때까지 사라는 끊임없이 '이제 고문은 그만 하라'고 빌고 또 빌었다.

사라의 몸 안에서 움직이던 네이선이 한동안 가만히 있자, 이내 사라는 먼저 허리를 움직이기 시작했다. 그제야 네이선은 그녀의 촉촉하고 뜨거운 몸 안을 열정적으로 탐색했다. 먼저 충족감을 느낀 사라의 몸이 경련을 일으키자 네이선도 이내 절정감을 느꼈다. 사랑을 나누는 동안 그는 한마디 말도 하지 않은 반면 사라는 끊임없이 주절거렸다. 가끔은 뜻을 알 수 없는 말도 함께.

네이선은 사라의 몸 위에 쓰러져서 숨을 가다듬었다. 눈을 떠보니 사라가 소리 없이 눈물을 흘리고 있었다.
　「왜 그래, 사라, 내가 또 당신을 아프게 한 거야?」
　「조금요.」
　사라가 수줍어하며 말했다.
　「그럼 왜 우는 거야?」
　일어나 앉은 네이선이 그녀의 눈동자를 응시했다.
　「나도 내가 왜 이러는지 잘 모르겠어요. 너무 가슴이 벅차서…….」
　네이선의 입술이 사라의 입술을 틀어막았다. 다시 고개를 들어보니, 사라는 완전히 넋이 나간 얼굴을 하고 있었다. 만족스러워진 네이선은 빙긋 웃었다. 잘못 하다가는 이 여자한테 마음을 빼앗기고 말겠는걸. 느닷없는 위기감이 느껴졌다.
　임무교대를 알리는 갑판장의 호각소리가 날카롭게 울렸다. 번쩍 정신이 든 네이선은 찬물을 뒤집어 쓴 기분이 들었다. 사라에게 지나치게 마음을 줘서는 안 돼. 그렇게 멍청하고, 무책임하고, 위험천만한 짓을 되풀이할 생각이냐? 여자를 좋아해 봤자 상처만 받을 뿐이야.
　네이선에게는 해적질을 하면서 얻은 중대한 교훈이 하나 있었다. 무슨 일이 있어도 자기 자신은 스스로 지켜야 한다는 사실이었다. 사라를 사랑하다가는 자멸하게 될지도 모른다.
　「이봐요, 왜 그렇게 못마땅한 표정을 짓고 있어요?」
　네이선은 아무 말 없이 침대에서 일어나 등을 돌린 채 옷을 입고 선실을 나갔다. 문이 '쾅'하고 닫혔다. 사라는 너무 놀라서 한참동안 멍하니 있었다. 네이선은 쫓기는 사람처럼, 나간다는 말 한마디 없이 뒤도 안 돌아보고 나가버렸다.
　어떻게 저럴 수가 있지? 몸 파는 여자라고 해도 이런 취급을 당하지는 않아. 사라는 울음을 터뜨렸다. 자기 욕망만 분출하면 나는 어떻게 되든 상관이 없다는 거야? 거리의 여자들은 최소한 몇 푼의 대가라도 받지. 난 이게 뭐야! 온다 간다 말 한마디도 못 들었잖아.
 사라는 지칠 때까지 실컷 울면서, 분풀이하듯 네이선의 베개를 주먹으로 내리치고 또 내리쳤다. 이게 그의 머리통이라면 얼마나 좋겠어. 그러다가 사라는 베개를 가슴에 꼭 끌어안았다. 베개에서 네이선의 냄새가 났다.
 왜 이렇게 청승을 떠는 거야? 사라는 속으로 부아를 내면서 베개를 옆으로 내던지고는 선실을 정리하기 시작했다.
 그날 오후 내내 사라는 선실에서 지냈다. 청소를 끝낸 후, 공책과 목탄을 꺼내들고 앉아 스케치를 하는 동안 네이선에 관한 생각을 접어둘 수 있었다. 그 사이에 매튜가 선실에 들러 저녁을 언제 먹을 거냐고 물어보자 사라는 좀 있다 이모와 같이 먹겠노라고 했다.
 사라는 선원들이 수프를 먹고 무슨 말들을 할지 너무나도 궁금했다. 아까 양념을 치고 국자로 저었더니 좋은 냄새가 났었다. 향기가 좋은 것도 당연하지. 몇 시간 넉넉히 뜸을 들였잖아. 조금 있으면 잘 먹었다고 인사하러 오겠지. 사라는 콧노래를 흥얼거리면서 머리를 빗고 옷을 갈아입었다. 얼마 지나지 않아 선원들은 진심으로 나를 따르게 되겠지. 저녁때가 되면 다들 내가 얼마나 괜찮은 여자인지 실감하게 될 거야.

7

 그날 저녁, 선원들은 사라가 자기들을 죽이려고 미리부터 작정을 한 건 아닐까 의심을 했다.
 그날도 6시에 교대가 이뤄졌고, 선원들은 우르르 취사실로 몰려갔다. 갑판 청소, 그물과 대포 손질 등 다들 고된 일정을 마친 뒤였다. 지치고 배가 고픈 선원들은 허겁지겁 수프를, 그것도 대부분 두 그릇 이상씩 먹어 치웠다. 저녁식사가 끝나자 또 한차례의 교대가 이루어졌고, 남은 선원들이 취사실로 몰려가서 저녁을 먹었다.
 먼저 저녁을 먹은 선원들이 복통을 일으켰다. 하지만 이미 두 번째로 취사실에 몰려간 선원들도 배가 터지도록 수프를 먹은 뒤였다.
 사라는 고맙다는 말을 하러 오는 사람이 없어서 초조해하던 참이었는데, 마침 누군가 선실 문을 쾅쾅 두드렸다. 무서운 표정으로 문 앞에 서 있는 짐보를 보자 사라는 슬그머니 입가의 미소를 감췄다.

「무슨 일이에요, 짐보? 별로 기분이 안 좋아 보여요.」
「아직 수프를 안 드셨겠지요?」
「네, 조금 있다가 이모랑 같이 먹을 생각이에요. 어, 방금 이상한 소리 못 들었어요?」
사라는 어디서 나는 소린지 알아보려고 문 밖으로 고개를 내밀었다.
「선원들이 내는 소립니다.」
「선원들이 내는 소리라구요?」
어느 새 나타났는지 네이선이 짐보의 옆에 서 있었다. 머리끝까지 화가 난 듯한 그의 표정에 심장이 얼어붙을 것만 같아 사라는 저도 모르게 뒤로 물러났다.
「무슨 일이에요? 혹시 이모 때문에 그래요?」
「노라는 아무 일 없어요.」
짐보가 대신 대답했다. 네이선은 그에게 비키라고 손짓을 한 뒤, 선실 안으로 들어갔다. 사라는 뒤로 한 발, 두 발 계속 물러났다. 네이선은 입술을 꾹 깨물면서 턱 근육에 힘을 주었다. 불길한 조짐이었다.
「기분 나쁜 일이라도 생겼어요?」
네이선이 고개를 끄덕였다.
「저 때문에 그래요?」
기어 들어가는 듯한 물음에 네이선은 다시 고개를 끄덕였다. 그리고는 선실 문을 발로 차서 닫아버렸다.
「이유가 뭔데요?」
겁먹은 모습을 보이지 않으려고 안간힘을 쓰면서 사라가 물었다.
「당신이 만든 수프.」
네이선이 성난 목소리로 대답했다.
「내 수프가 맛이 없대요?」
「당신, 일부러 그런 짓을 한 거야?」
사라는 네이선이 무슨 의도로 그런 질문을 하는지 감을 잡을 수가 없었다. 네이선은 사라의 눈동자를 한참 응시했다. 그녀는 정말 아무것도 모르고 있는 듯했다. 그는 눈을 감고 마음속으로 열까지 셌다.

「그럼 내 선원들을 죽이려고 일부러 그런 건 아니란 말이지?」

난데없는 물음에 사라는 깜짝 놀라며 외마디소리를 냈다.

「그게 무슨 소리예요? 어떻게 그런 말도 안 되는 생각을 할 수 있어요? 선원들은 이제 내가 거느린 아랫사람이나 다름없어요. 다들 수프를 맛없게 먹었다면 미안하게 생각해요. 하지만 선원들이 그렇게 미식가처럼 까다롭게 굴 줄은 미처 몰랐네요.」

「지금 미식가라고 했어?」

네이선은 버럭 고함을 질렀다.

「그들이 어떤지 나가서 직접 봐. 선원 스무 명은 지금 뱃전에 매달려서 토하느라 정신이 없어. 왜 그런지 알아? 바로 당신이 손수 만든 수프를 먹은 탓이라구. 나머지 열 명은 선실 안에서 배를 움켜쥔 채 데굴데굴 구르고 있어. 지금 다들 죽을락 살락 하고 있단 말이야!」

「무슨 말이에요? 내가 만든 수프를 먹고 다들 복통을 일으켰단 얘기예요? 세상에, 가서 위로의 말을 해줘야겠어요.」

네이선은 서둘러서 밖으로 나가려는 사라의 어깨를 붙들었다.

「위로를 하러 가겠다고? 선원들이 당신을 보면 바다로 던져버리려고 난리를 칠 걸.」

「말도 안 되는 소리 말아요. 선장님 부인되는 사람에게 그런 짓을 하겠어요?」

네이선은 억지로 사라를 침대로 끌고 가 앉혔다.

「자, 이제 그 망할 놈의 수프를 어떻게 만들었는지 설명해봐.」

장장 20분에 걸쳐 다그쳤지만 뾰족한 대답은 나오지 않았다. 결국 아이번의 도움으로 선원들이 집단 복통을 일으킨 원인을 알아냈다. 아이번은 조리대에 놓아두었던 상한 고기를 기억해냈다. 사라에게 그 고기가 조리대 위에 있다는 사실을 알려주지 않았다는 사실과 함께.

네이선은 사라를 선실에 가뒀다. 또 문제를 일으키기라도 하면 곤란한 일이었다. 사라는 속에서 천불이 났다. 선원들에게 사과도 못 하고 이게 뭐람.

그날 밤 네이선은 선실에 들어오지 않았다. 수프를 먹지 않은 선원들과 함께 밤새도록 일하느라 눈 붙일 틈도 없었다. 사라는 그 생각은 못 하고 네이선이 화가 나서 그런 거라고 지레짐작을 했다. 이제 어떻게 선원들의 얼굴을 봐야 할지 엄두가 나지 않았다. 무슨 말을 해야 다들 내가 일부러 그런 게 아니라고 믿어줄까? 갑자기 벌컥 화가 났다. 어떻게 내가 그런 나쁜 짓을 하리라 믿을 수가 있지? 인격모독이나 다름없잖아. 사라는 속으로 중얼거렸다. 일단 선원들이 마음을 돌리고 나면 다들 불러 앉혀놓고 한마디 해야겠어!

다음날 아침 선실로 내려온 네이선은 사라를 노려보기만 할 뿐 말 한마디 안 하고 침대에 드러누워, 오전 내내 잠만 잤다.

사라는 좀이 쑤셔서 견딜 수가 없었다. 네이선이 코고는 소리도 더는 들어주기 힘들었다. 12시 30분 경, 슬그머니 선실을 빠져 나온 사라는 갑판으로 올라가 파란색 양산을 펼쳐들었다. 산책이나 잠깐 해야지……. 하지만 이내 수치심이 몰려왔다. 지나가는 선원마다 모두 등을 돌리는 것이었다. 아직까지 병색이 완연한 그들은 다들 얼음처럼 차가운 표정으로 사라를 대했다. 참기 힘들어진 사라는 갑판 꼭대기로 이어지는 계단을 올라갔다. 밧줄이며 돛대가 가득 차 있어서 걸어다닐 공간이 없었다. 사라는 제일 큰 돛 근처에 자리를 잡고 앉아 펼친 양산을 밧줄 사이에 놓았다.

시간이 얼마나 흘렀는지도 몰랐다. 사라는 내내 선원들이 다시 자신을 좋아하게끔 만들 방법을 궁리했다. 햇빛을 오래 쬐었더니 얼굴과 팔이 따끔거렸다. '숙녀가 볕에 탄 얼굴로 돌아다니면 곤란하지'라는 생각을 하면서 사라는 이모를 보러가려고 일어서서 양산을 잡아당겼다. 하지만 양산 살은 밧줄에 엉켜 있었다. 밧줄 매듭을 풀려고 끙끙댔지만 양산은 밧줄에 엉켜서 꼼짝도 안 했다. 바람이 심하게 불어 일은 더 힘겨웠다. 돛들이 기둥에 부딪히면서 시끄러운 소리를 냈다. 억지로 양산을 잡아당기는 와중에 양산 천이 찢어져 버렸다.

사라는 짐보나 매튜에게 도움을 청하기로 마음먹었다. 로프에 대롱대롱 매달린 양산을 그대로 놔두고 계단을 내려가는데, 뭔가 '쿵'하고 부딪히는 소리가 들렸다. 그 여파로 사라는 배 밖으로 튕겨나갈 뻔했다. 다행히 간발의 차이로 체스터가 그녀를 붙들었다. 갑판 위쪽에서 돛대 하나가 다른 돛대와 부딪히면서 '꽝' 소리를 냈다.

체스터는 큰소리로 다른 선원들을 부르면서 계단을 뛰어올라갔다. 선원들 여럿이 사라의 곁을 지나쳐 달려갔다. 다들 바쁜 것 같은데 내가 있어봤자 거치적거리기만 하겠지. 사라는 이모가 머무는 선실로 내려갔다. 마침 매튜가 선실에서 나오고 있었다.

「안녕하세요, 매튜. 잠깐만 있다가 갈게요. 이모가 오늘은 어떠신지 궁금해서 그래요.」

매튜는 빙그레 웃으며 사라를 맞았다.

「그러세요. 30분쯤 뒤에 다시 오지요.」

'쿵'하고 엄청나게 큰소리가 들리면서 배가 흔들렸다.

사라는 문고리를 붙들고서 간신히 균형을 잡았다.

「바람이 엄청나게 부나봐요.」

「바람 때문에 그런 게 아니에요.」

계단을 향해 뛰면서 매튜가 소리쳤다. 사라는 이모의 선실로 들어가서 문을 '쾅' 닫았다. 그와 동시에 자고 있던 네이선이 선실 문을 벌컥 열고 바깥으로 뛰어나갔다.

이모는 등에 베개를 여러 개 받치고 앉아 있었다.

「오늘은 이모 안색이 밝아 보여요. 멍 자국도 이젠 많이 가신 것 같구요. 조금 지나면 저랑 같이 갑판에 올라가서 산책을 하셔도 되겠어요.」

「그래, 많이 괜찮아졌단다. 애야, 넌 어떻게 지냈니?」
「별일 없었어요.」
사라는 침대 옆에 놓인 의자에 앉아서 노라의 손을 꼭 잡았다.
「나도 네가 만들었다는 수프 얘기를 들었단다. 그런데도 별일이 없다는 게야?」
「일부러 그런 건 아니에요.」
「당연하지. 매튜한테도 그렇게 말했단다. 원래부터 심성이 착해서 그런 못된 짓은 꿈도 못 꾸는 아이라고. 다른 사람이라면 몰라도 어떻게 네가 그런 끔찍한 일을 저지르겠니?」
「선원들도 그래요, 어떻게 내가 일부러 그런 짓을 했다고 생각할 수가 있죠? 정말 성격 안 좋은 건 자기네들 선장하고 꼭 닮았어요.」
「네이선도 널 탓하더냐?」
「당연히 화는 냈지요. 그래도 내가 일부러 그랬다고는 생각지 않을 거예요. 그 사람은 다른 선원들처럼 수프를 먹고 배탈이 나지 않았거든요. 그러니 아무래도 조금은 더 이해심을 발휘할 수 있었겠죠. 그 사람이 어떻게 생각하든 신경 안 쓰기로 했어요. 꼭 자기 혼자만 성깔이 있는 사람처럼 군다니까요. 날 얼마나 푸대접하는지 몰라요.」
노라의 입가에 미소가 어렸다.
「어, 제가 말실수를 했네요. 남편에 대해서 안 좋은 소리나 하다니……, 정말 부끄러운 일이에요. 어떻게 그런 말을…….」
「너를 때리려 하든?」
「아뇨, 당연히 그렇진 않죠. 그냥…….」
사라는 말을 맺지 못한 채 한동안 침묵했다. 의아해진 노라는 사라의 뺨이 붉어지는 것을 보고서야 조카딸이 부부생활과 관련된 일을 떠올리고 있음을 눈치챘다.
「잠자리에서 네이선이 거칠게 굴지는 않든?」
「아뇨, 저한테 신경을 많이 써줬어요.」

「그런데?」
「하지만 일이 끝나고 나서……, 그러니까 두 번째 그 일이 있고 나서…… 아무 말도 없이 선실을 나가더라구요. 이모, 몸 파는 여자라도 그런 대접은 안 받을 거예요. 최소한 기분 좋은 말 한두 마디는 해줘야 하는 게 정상 아니에요?」
「넌 네이선한테 기분 좋은 말 해줬니?」
「아뇨.」
「내 생각엔 네이선이 네가 뭘 바라는지 모르는 듯싶구나. 네가 자기한테 칭찬 받고 싶어하는 줄을 모르는 게야.」
「칭찬 받고 싶어서 그러는 게 아니에요. 최소한의 배려는 해줬으면 하는 거죠. 아뇨……, 사실 전 그 사람한테 칭찬을 듣고 싶어요. 왜 그러는지는 저도 잘 모르겠지만, 그냥 듣고 싶어요. 이모, 배가 한 쪽으로 기우뚱거리는 것 같지 않아요?」
「그렇구나. 오늘은 바람이 심하다면서?」
「배가 뒤집히기라도 하면 큰일인데. 전 수영을 못하거든요. 하지만 상관없어요. 네이선이 가만히 구경만 하지는 않을 테니까요.」
「네 남편한테 꽤 자신이 있는 모양이구나.」
노라가 미소를 지으며 말했다.
「당연하죠. 설마 네이선이 자기 아내한테 무슨 일이 생기게 놔두기야 하겠어요? 그 사람은 절 보호해주겠다고 맹세했어요.」
「넌 그 말을 철석같이 믿는 게냐?」
「당연하죠.」
배가 또 기우뚱거렸다.
사라는 안색이 창백해진 노라의 손등을 쓰다듬었다.
「네이선이 이 배의 선장이니까 걱정하지 않으셔도 돼요. 우리가 바다에 빠지지 않게 알아서 해줄 거예요.」
갑자기 사라를 부르는 고함이 들리자, 그녀는 놀라서 몸을 움츠렸다.

「이모도 들으셨죠? 네이선은 제 이름을 부를 때마다 버럭버럭 소리를 질러요. 이번엔 왜 또 저러는지……, 정말 성격이 이상한 사람이라니까요. 어떻게 저런 사람하고 살 수 있는지, 내가 생각해도 놀랄 지경이에요.」

「어서 가봐라. 절대로 겁먹은 티를 내지 말고. 전에 내가 했던 말, 기억나니? 겉으로 드러나는 모습만 신경 써서는 안 된다는 말.」

「알아요. 이모 말씀대로 노력해 볼게요.」

사라는 노라의 뺨에 입을 맞추고 선실을 나가다가, 하마터면 짐보와 정면으로 부딪힐 뻔했다.

「저랑 같이 가십시다.」

앞장 선 짐보가 아래층으로 이어지는 계단으로 사라를 인도했다.

「방금 네이선이 절 부르는 소리를 들었어요, 짐보. 그 사람은 지금 갑판에 있는 거죠, 그렇죠?」

「압니다. 하지만 지금은 잠깐동안 피신하는 게 좋아요. 선장님 기분이 좀 나아질 때까지 기다렸다가…….」

「제 남편을 피해야 할 이유가 뭐죠?」

「말 한번 잘하는군!」

뒤에서 들리는 벼락같은 네이선의 고함 소리에 사라는 깜짝 놀라서 펄쩍 뛰었다. 짐보가 옆에 있던 터라 기분상한 표현을 할 수 없어, 그녀는 돌아서서 억지 미소를 지으려 했다. 하지만 네이선의 험악한 얼굴을 보자 그럴 마음이 싹 가셨다.

「갑자기 뒤에서 소리를 지르면 어떻게 해요? 애 떨어지겠어요.」

네이선을 노려보면서 사라가 말했다.

「나 같으면 그런 말은…….」

짐보가 작은 소리로 속삭였지만, 사라는 그 말을 무시해버렸다.

「이왕 얘기가 나온 김에 한 가지 지적할 게 있어요. 매번 나만 보면 목소리를 높이는 이유가 뭐예요? 할말이 있으면 먼저 예의를 갖추고 좀 부드러운 목소리로 얘기를 해요, 알았어요?」
 짐보가 사라의 옆에 섰고, 어디서 나타났는지 매튜도 반대편에 자리를 잡고 섰다. 두 사람 모두 여차하면 사라를 보호하겠다는 기세였다. 사라는 두 사람의 그런 행동에 내심 놀랐다.
「네이선은 저한테 폭력을 휘두를 사람이 아니에요. 뭐, 속마음이야 어떨지 모르겠지만……, 어쨌든 아무리 화가 나도 저한테 손을 대는 일은 없어요.」
 사라가 짐보와 매튜에게 말했다.
「저 얼굴을 보고도 그런 말이 나옵니까? 당장이라도 부인을 죽여버리고 싶다는 표정이잖습니까?」
 짐보가 빙긋 웃으면서 말했다. 사실 그는 네이선을 절대적으로 믿는 사라의 행동이 마음에 들었다. 고집이 세긴 해도 나름대로 괜찮은 아가씨군. 짐보는 속으로 중얼거렸다.
 네이선은 심호흡으로 마음을 진정시키면서 사라를 노려봤다.
「저 사람은 원래 표정이 저래요.」
 사라가 팔짱을 끼고 말했다. 네이선에게 화가 났다는 걸 보여주기 위해서였다. 하지만 계속 아무 말 없이 서 있는 네이선의 매서운 눈빛이 사라에게 사정없이 내리 꽂혔다. 겉으로 드러난 모습만 봐서는 안 된다고 이모가 일러줬잖아……. 마음을 다잡았지만 떨리는 것은 어쩔 도리가 없었다.
「누가 또 내가 만든 수프를 먹기라도 했대요? 그래서 지금 이렇게 성질을 내는 거예요?」
 사라가 따져듦과 동시에 네이선의 턱 근육이 경련을 일으켰다. 괜한 걸 물어봤나? 사라가 속으로 중얼대는데, 이번에는 그의 오른쪽 눈꺼풀이 씰룩였다. 그는 사라의 손을 잡고 선실로 끌고 가, 문을 '쾅' 닫고 기대섰다. 그러자 사라도 책상에 기대어 섰다.
「아무래도 당신, 기분이 별로 안 좋아 보이네요. 무슨 일인지 말 안 할 거예요? 계속 그렇게 째려보기만 할 거냐구요? 정말, 당신 때문에 내 인내심이 바닥날 지경이에요.」
「나 때문에 인내심이 바닥이 날 지경이라고!」
네이선이 버럭 고함을 지르는 통에, 사라는 차마 고개를 끄덕이지 못했다.
「이게 뭔지 알아보겠어?」
네이선은 손에 든, 반으로 부러진 양산을 쳐들었다.
「당신이 내 양산을 부러뜨린 거예요?」
성난 목소리로 사라가 묻자, 그의 눈꺼풀이 다시 경련을 일으켰다.
「내가 그런 게 아니야. 돛대가 헐거워지면서 망할 놈의 그 양산을 부러뜨린 거라고. 밧줄을 푼 게 당신이지. 내 말 틀렸어?」
「제발 소리 좀 그만 질러요. 시끄러워서 생각을 못 하겠잖아요.」
「묻는 말에 대답이나 해.」
「밧줄 몇 개를 풀긴 했어요. 내가 일부러 그런 줄 알아요? 그 양산이 얼마나 비싼 건데요. 밧줄에 엉켰다고 그냥 버리면……, 그나저나 네이선, 밧줄이 풀려서 무슨 일이 생긴 거예요?」
「돛을 두 개나 버리게 됐어.」
「뭐라구요?」
「돛이 두 개나 못 쓰게 됐단 말이야.」
「고작 그것 때문에 화가 난 거예요? 이 배엔 돛이 여섯 개나 더 있잖아요. 그러니까…….」
「선박이야. 선박이라니까 왜 자꾸 배라고 하는 거야!」
네이선은 또 고함을 쳤다.
「나도 선박이라고 하려고 했어요.」
사라는 네이선의 마음을 풀어보려고 고분고분 말했다.
「대체 이 망할 놈의 우산을 몇 개나 갖고 있는 거야?」
「우산이 아니라 양산이에요. 이제 세 개 남았어요.」

「얼른 내 놔, 당장!」
「그걸로 뭘 하게요?」
네이선이 위협하듯 한 발자국 앞으로 다가왔다.
사라는 짐 가방이 놓인 곳으로 쪼르르 달려갔다.
「갑자기 양산을 달라는 이유가 뭐예요?」
「바다에 던져버릴 거야. 운이 좋으면 상어들이 거기 맞아서 뇌진탕에 걸릴지도 모르지.」
「무슨 소릴 하는 거예요? 그 양산들은 내 드레스에 맞춰서 구입한 거라구요. 멀쩡한 물건을 버리다니, 그건 죄악이나 다름없는 짓이에요. 절대 그러면 안 돼요.」
「그런 소리를 한다고 내가 마음을 바꿀 것 같아?」
「내 양산을 왜 버리려는지 설명해봐요, 어디. 그럼 넘겨줄게요.」
사라는 단호했다. 그녀는 짐 가방에 넣어 둔 양산을 모두 꺼내어 가슴에 꼭 끌어안았다.
「당신 양산은 재난만 몰고 다니는 골칫덩이라구.」
「그게 말이나 돼요?」
사라는 말도 안 된다는 듯 고개를 흔들었다.
「당신 양산 때문에 선원들이 고생을 좀 했어?」
「아이번 한 사람만 그랬잖아요.」
「당신이 만든 수프를 먹고 선원들이 복통을 일으킨 건 어쩌고? 그게 모두 아이번이 당신 양산에 걸려 넘어지는 바람에 생긴 일이잖아.」
틀린 말은 아니었다. 하지만 다 지난 '수프' 얘기를 또 끄집어내어 민망케 하다니, 예의라고는 도통 없는 사람이었다.
「이번에도 당신 양산이 내 선박을 박살냈어. 우린 지금 수리를 하느라 항해도 못하고 닻을 내린 상태야. 그 말은 다른 배들이 우리 선박을 노략질하려고만 들면 꼼짝없이 당하는 수밖에 없다는 얘기야, 알아들어? 그러니까 그 망할 우산은 바다에 당장 처넣어야 돼.」

「일부러 그런 짓을 한 게 아닌데, 당신 말은 꼭 내가 일부러 그랬다는 것처럼 들리네요.」
「그럼 일부러 저지른 짓이 아니었어?」
「아니에요! 날 모욕해도 분수가 있지, 어떻게 그런 말을 할 수가 있어요?」
사라는 분한 마음에 눈물이 흘렀다.
「울지 마!」
말은 냉정하게 했지만, 사라가 외면하듯 고개를 돌려버리자 네이선은 한숨을 내쉬며 다가가 그녀를 꼭 끌어안고 눈물을 닦아주었다.
「내가 당신 선박을 못 쓰게 만들었다는 거, 선원들도 알아요?」
사라는 떨리는 목소리로 물었다.
「내가 언제 당신이 배를 못 쓰게 만들었다고 했어?」
「하지만 선원들은……」
「이틀 정도만 수리하면 괜찮아질 거야.」
물론 거짓말이었다. 선박을 전처럼 만들려면 최소한 일 주일은 걸려야했다. 하지만 사라에게 걱정을 끼치고 싶지는 않았다.
정신이 나갔군. 그 동안 사라가 저지른 일을 생각하면 따끔하게 한 마디 해줘야 하는데, 이게 뭐람. 네이선은 속으로 한숨을 내쉬었다.
「네이선?」
「왜 그래?」
「아랫사람들도 나 때문에 생긴 일이라는 걸 알아요?」
네이선은 어처구니가 없어서 고개를 들어 천장을 쳐다봤다. 어떻게 선원들을 자기 아랫사람이라고 할 수가 있지?
「그래, 다들 알아.」
「당신이 말했군요?」
비난하는 어조로 사라가 말했다.
「아니, 그런 일 없어. 다들 당신 양산을 보고 판단을 내린 거지.」

천상의 선물 *155*

「난 내 아랫사람들한테 존경을 받고 싶어요.」
「왜, 내가 보기엔 다들 당신을 존경하는 것 같던데.」
웃음기가 배인 네이선의 말에 사라는 일순 희망을 느꼈다.
「다들 당신이 다음 번엔 전염병을 퍼뜨릴 거라고 하더군.」
「그럴 리가 없어요.」
사라는 네이선이 자신을 약올리려고 한 소리라고 생각했다.
「사실이야, 다들 내기를 걸었다니까. 어떤 선원들은 당신이 처음엔 종기, 그 다음은 페스트를 퍼뜨릴 거라더군. 다른 선원들은…….」
사라는 네이선을 밀쳐냈다.
「농담으로 하는 얘기가 아니군요, 그렇죠?」
「그래, 다들 당신이 저주를 받았다고 생각하고 있어.」
「이봐요, 그런 벌받을 말을 하면서 웃는 저의가 뭐예요?」
「선원들은 원래 미신을 잘 믿거든.」
「내가 여자라서 그런 거예요? 원래 선원들은 여자랑 같이 항해를 하면 재수가 없다고 생각한다면서요? 전에 그런 말을 들은 적이 있어요. 그런 생각을 하다니, 정말 미련하기 짝이 없어요.」
「당신이 여자라서 그런 게 아니야. 전에도 여자를 배에 태우고 항해를 했었거든. 내 여동생 제이드가 이 선박의 선장 노릇을 했었지.」
「그럼 왜…….」
「당신은 제이드와 달라. 그래서 선원들에게는 당신 행동이 자꾸 눈에 띄는 거야.」
그때 사라에게 번개같은 묘안이 떠올랐다.
「네이선, 나도 수리하는 일을 도우면 안 될까요? 그럼 선원들도 내가 일부러 저지른 일이 아니었다고…….」
「우릴 모두 죽일 작정이야?」
네이선은 사라의 말을 얼른 가로챘다.
「그럼 나더러 어쩌란 말이에요? 난 무슨 일이 있어도 선원들에게 신뢰를 받고 싶단 말이에요.」

「대단한 집착이군. 왜 그렇게 필요 이상으로 선원들에게 신경을 쓰는 거야?」

「난 그 사람들의 주인이잖아요. 그 사람들을 지휘하려면 존경을 받아야 할 필요가 있다구요.」

네이선은 한숨을 크게 내쉬더니 고개를 가로 저었다.

「무슨 지휘? 갑자기 오케스트라 지휘라도 하고 싶은 모양이지? 여하튼 내가 돌아올 때까지 꼼짝 말고 침대에 붙어 있어.」

「왜요?」

「그냥 시키는 대로 해.」

사라는 마지못해서 고개를 끄덕였다.

「그래도 이모한테 가는 건 괜찮죠?」

「내가 언제 그런 말을……..」

「부탁이에요. 오후 내내 어떻게 선실 안에만 있으라는 거예요? 당신은 바쁘니까 몇 시간 동안은 일만 해야 하잖아요. 어젯밤엔 선실에 들어오지도 않았구요. 당신이 올 때까지 안 자려고 했지만, 너무 피곤해서 그냥 잠이 들어버렸다구요.」

「오늘밤은 절대 잠들면 안 돼.」

네이선이 미소 띤 얼굴로 말했다.

「왜요? 또 나한테 소리를 지르려구요?」

「아니.」

「그럼 됐어요. 안 자고 기다려줄게요.」

「기다려준다니? 내가 당신한테 허락 받을 처진가?」

네이선은 그렇게 대꾸하면서 사라의 양어깨를 붙들었다.

사라는 그의 손을 치우고 허리를 끌어안았다.

「네이선?」

사라가 떨리는 목소리로 그의 이름을 불렀다. 그는 양손을 옆구리에

붙였다. 아무래도 사라는 네이선이 자신을 때릴까 봐 겁을 먹은 모양이었다. 그는 사라에게 '당신이 무슨 짓을 해도 절대 손을 올리지는 않을 거야'라고 말할 참이었다. 그런데 사라가 갑자기 까치발로 서서 입술을 겹쳐오는 바람에 그는 너무 놀라서 어떻게 반응해야 할지 종잡을 수가 없었다.
「우리가…… 같이 잠자리에 들자 바로 당신이 선실을 나가버린 날, 기억해요? 그때 당신 때문에 얼마나 화가 났는지 몰라요.」
「우리가 사랑을 나눈 다음의 일을 말하는 거야?」
네이선이 만면에 웃음이 가득한 채 물었다.
「그래요, 그때 얼마나 화가 났는데요.」
「왜?」
「원래 결혼한 여자들은 남편한테 듣고 싶은 말이 있는 법이에요.」
「'당신 오늘 끝내주는데' 라거나, 뭐 그런 말을 듣고 싶은 건가?」
「지금 날 비웃는 거예요? 우리 사이에 있었던 일을 그렇게 계산적이고 냉정하게 표현하지 말아요. 나한텐 정말 소중하고 아름다운 경험이었다구요.」
네이선은 사라의 열변이 진심이라는 것을 알기에 기분이 좋았다.
「그래, 당신 말이 맞아. 하지만 난 당신을 비웃은 게 아니야. 당신이 나한테 뭘 바라는지 알고 싶을 뿐이지.」
「내가 당신한테 듣고 싶은 말은…….」
「'당신은 정말 좋은 여자'라는 말이겠지?」
사라는 고개를 끄덕였다.
「나도 잘못했어요. 당신한테도 몇 마디 칭찬을 해줘야 하는 건데…….」
「왜?」
「남편도 역시 기분 좋은 말을 들어야 할 필요가 있으니까요.」
「난 필요 없어.」

「아뇨, 절대 필요해요.」

네이선은 시간 낭비는 이쯤에서 끝내기로 하고, 몸을 숙여 양산을 집어들었다.

「나한테 도로 주면 안 돼요? 당장 없앨게요. 당신이 바다에 양산을 버리는 모습을 아랫사람들에게 보이긴 싫어요. 너무 굴욕적이잖아요.」

네이선은 마지못해 허락했다.

「대신, 양산을 선실 밖으로 가지고 나오면 안 돼, 알아들었어?」

「알았어요.」

「당신 손으로 없앨 거지?」

「그래요.」

그제야 네이선은 한시름을 놓았다. 설마 또 말썽을 일으키진 않겠지. 이 이상 무슨 짓을 더 하겠어?

8

 사라 때문에 네이선의 배에 불이 났다.
 8일 동안 사라는 아무 말썽도 일으키지 않았다. 물론 선원들은 그녀를 경계했지만, 전처럼 자주 험상궂은 표정을 짓지는 않았다. 기분이 과히 나쁘지 않은지, 휘파람을 불면서 일을 하는 선원들도 있었다. 의심쟁이라는 별명이 붙은 체스터만이 사라가 지나갈 때마다 성호를 긋곤 했다. 그럴 때마다 사라는 일부러 못 본 척하고 지나갔다.
 선박 수리가 끝나자, 그 동안의 뒤떨어진 거리를 금방 만회할 수 있었다. 노라의 집이 있는 섬에는 1, 2주 후면 도착할 예정이었다. 오후에는 무더위가 이어졌지만, 날씨도 그만하면 그럭저럭 좋은 편이었다. 하지만 밤이면 기온이 급속도로 낮아지는 바람에 두꺼운 요를 덮고 자야 했다.
 금요일 밤, 네이선은 매튜와 얘기를 나누고 있는 짐보에게 다음날 사용하게 될지도 모를 대포를 연습 삼아 발포해보라고 지시했다. 세 사람은 네이선의 선실로 통하는 '뚜껑문' 앞에 서 있었다.

「선원들도 이젠 자네 부인이 저주를 받았다는 생각은 하지 않는 것 같더군, 애송이.」

짐보는 등뒤를 한 번 돌아보면서 나지막하게 말했다. 혹여 사라가 듣기라도 할까봐 걱정하는 듯했다.

「그래도 체스터는 또 무슨 일이 벌어질 거라고 떠들어대고 있어. 그래서 말인데, 사라를 곁에서 지켜볼 필요가 있지 않을까?」

「짐보, 설마 선원들이 사라에게 해코지를 하리라 생각하는 거야?」

매튜가 물었다.

「그런 의도로 한 말이 아냐. 사라가 상처받을까봐 하는 얘기지.」

「사라가 우리를 자기 아랫사람으로 여긴다는 걸 아냐?」

매튜가 빙긋 웃으면서 말했다.

「이게 무슨 냄새지?」

먼저 냄새를 맡은 짐보가 물었다. 뚜껑문 틈새로 새어나오는 연기를 본 네이선은 순간적으로 사라의 이름을 절박하게 불렀다. 그의 안중에는 우선 선원들에게 불이 났다는 경보를 울려야 한다는 생각도 없었다. 뚜껑문을 벌컥 열자, 검은 연기가 확 올라왔다. 그 바람에 눈도 제대로 뜰 수 없었지만 네이선은 다시 사라의 이름을 외쳤다.

「불이야!」

매튜가 소리를 질렀고, 짐보는 양동이를 찾으러 달려나갔다. 매튜는 선실로 내려가려는 네이선을 붙잡았다.

「선실 안에서 무슨 상황이 벌어졌는지도 모르잖아. 그리로 내려갔다가는 위험을 당할지도 몰라. 계단으로 내려가는 편이…….」

네이선은 매튜의 팔을 뿌리친 채, 뚜껑문을 통해 선실 안으로 내려갔고, 매튜는 선실로 이어지는 계단을 향해 내달렸다.

연기가 너무 자욱해서 눈을 뜰 수가 없었다. 사라를 찾으려고 손을 더듬었지만 연기 때문에 숨이 막혀서 현기증만 일었다. 네이선은 뚜껑문으로 짐보가 건네준 양동이 물로 불을 껐다.
 이내 화재는 진압됐고, 다행히 사라는 선실 안에 없었다. 네이선은 안도감에 심장이 터질 것만 같았다. 매튜와 짐보가 그의 옆구리를 찌르자, 세 사람은 동시에 선실 안을 둘러봤다. 바닥엔 구멍이 나 있었고 벽도 시꺼멓게 그을려 있었다. 난로 수리에 쓰이는 금속 부속품들 사이에서 양산 살이 번쩍거리고 있었다.
「설마하니 저걸 벽난로라고 생각한 건 아니겠지? 그래서 저기다가 양산을 넣고 불을 붙인 건가?」
 매튜가 짐보에게 물었다.
「그런 것 같은데.」
「선실 안에서 잠이 들었으면 사라는 분명히 죽었겠지.」
 네이선이 쉰 목소리로 말했다.
「이봐, 애송이. 사라는 무사하니까 됐잖아. 그런데 왜 그렇게 다 죽어 가는 시늉을 하는 거야?」
 그 말을 건넨 짐보는 네이선이 쏘아보아도 꿈쩍하지 않았다.
「사라가 저 뚜껑문을 굴뚝이라 부르더군. 그 말에 웃기만 했지. 난 자네가 제대로 설명해주겠지 했는데. 그러니 자네 탓도 있는 거야.」
 짐보는 사라를 옹호하는 냄새를 짙게 풍기면서 말했다.
「설명해줬으면 이런 일이 있었겠어?」
 매튜도 한마디 거들었다.
「그 여자 때문에 씨 호크가 홀랑 탈 뻔했잖아!」
 네이선은 버럭 소리를 질렀다.
「일부러 그런 게 아니잖나.」
 네이선은 매튜의 말을 들은 척도 않고 다시 고함을 질렀다.
「어떻게 씨 호크에 불을 지를 수가 있어!」
「여기 귀 먹은 사람 없어, 애송이. 이제 그만 마음 가라앉히고 이성적으로 생각을 하라구.」

「그러려면 시간이 좀 걸릴 걸. 애송이는 원래 성질이 급하기로 유명하잖아, 짐보.」

두 사람이 선실 밖으로 나가려 하자, 네이선이 고함을 쳤다.

「당장 사라를 데려와, 당장!」

짐보는 매튜더러 그냥 있으라는 손짓을 한 뒤, 총알처럼 선실 밖으로 튀어나가 노라의 선실에 있는 사라를 불러왔다. 물바다를 이룬 선실 바닥을 보고 사라는 눈이 동그래졌다.

「어쩌다가 이렇게 된 거예요?」

「보면 몰라? 불이 났잖아.」

네이선이 대꾸했다.

「어쩌다가……」

사라는 말을 잇지 못하고 몸을 떨었다.

「벽난로를 그냥 두고 가는 게 아니었어요. 불똥이 튀어서 불이 난 거죠?」

네이선은 고개를 저었다. 겁에 질린 사라의 눈동자를 보니 화가 조금 풀렸다.

「사라?」

네이선은 한결 부드러워진 목소리로 이름을 불렀다. 하지만 사라의 귀에는 잔뜩 성이 난 사람처럼 들렸다. 그녀는 뒤로 물러나고 싶은 충동을 꾹 참았다.

「왜 그래요?」

사라는 시선을 바닥에 떨어뜨린 채 물었다.

「날 쳐다봐.」

사라의 눈동자에 맺힌 눈물을 보자 네이선의 마음속에 남아 있던 화는 눈 녹듯 사그라졌다. 그는 길게 한숨을 내쉬었다.

「나한테 하고 싶은 말이 있으면 해요.」

「그건 벽난로가 아니야.」
 네이선은 그 한마디를 던지고 선실을 나가버렸다. 사라는 한동안 네이선의 뒷모습을 보고 있다가 짐보와 매튜에게 시선을 돌렸다.
「벽난로더러 벽난로가 아니라니, 그게 무슨 소리예요?」
「자네가 설명해.」
 매튜가 짐보의 옆구리를 찔렀다. 짐보는 선실 구석에 있는 벽난로의 연료받이 비슷한 물건은 네이선이 저번 항해 때 구해온 것이라는 설명을 해주었다. 에메랄드 선박회사의 사무실에 있는 낡은 난로를 수리하는 데 쓸 생각이었다고 한다. 하지만 부두에 닿았을 때 네이선이 깜빡 잊고 사무실로 옮겨놓지 않았다는 것이다. 매튜는 뚜껑문을 굴뚝이라고 하면 안 된다고 덧붙였다. 사라의 얼굴이 점점 홍조를 더했다.
「나 때문에 다들 죽을 뻔했어요.」
 사라가 기어드는 목소리로 말했다.
「그런 셈이지요.」
 매튜는 부정하지 않았다. 소리 없이 눈물을 흘리는 사라를 보고 짐보는 그를 노려봤다. 매튜는 사라를 품에 안고 어색한 손놀림으로 등을 토닥거렸다. 딸을 위로하는 아버지가 된 심정으로.
「다행히 큰 사고는 아니었으니까 됐어요. 모양이 비슷하니까 벽난로라고 착각할 수도 있었겠죠.」
 짐보가 위로의 말을 했다.
「그런 멍청한 사람이 저 말고 또 누가 있겠어요?」
 사라는 자포자기하는 심정으로 외쳤다.
「아마 나도 벽난로라고 착각했을 겁니다. 내가 만일……..」
 매튜는 말을 끝까지 잇지 못했다. 적절한 거짓말이 머리에 떠오르지 않았기 때문이었다. 그러자 짐보가 옆에서 거들었다.
「항해를 자주 하지 않는 사람은 벽난로라고 착각할 만도 하죠.」
 문가에 서 있던 네이선은 눈앞에서 펼쳐지는 광경을 믿기 힘들었다.

냉혹하기 짝이 없는 해적으로 이름을 날리던 짐보와 매튜가 사라 앞에 서는 마치 순한 고양이들처럼 행동하고 있던 것이다. 웃음을 터뜨리던 그는 불에 타서 새까맣게 그을린 벽이 눈에 들어오자 그만 멈췄다.

「그만해, 매튜. 그렇게 무식하게 두드리다간 사라 등이 남아나지 않겠군. 그럴 시간 있으면 가서 선원들이나 불러오게. 선실 안이 난장판이 됐으니 치워야 하잖겠나.」

네이선은 짐보에게 몸을 돌렸다.

「자네는 아래층으로 가서 선실 바닥에 뚫린 구멍을 어떻게 좀 해봐. 그리고 두 사람 모두 사라 몸에서 손을 떼. 안 그러면……」

매튜와 짐보는 네이선의 말이 끝나기도 전에 사라에게서 떨어졌다.

「사라를 위로할 수 있는 사람은 나 뿐이야.」

그는 사라를 거칠게 끌어안고 얼굴을 가슴에 파묻게 했다.

짐보는 선실 문을 닫은 뒤 기분 좋게 웃었다.

네이선은 한참동안 사라를 끌어안고 서 있었다.

「제길, 또 우는 거야?」

사라는 그의 셔츠에 눈물을 닦고 뒤로 물러섰다.

「안 울려고 해도 눈물이 나오는 걸 어떻게 해요?」

그는 반 강제로 사라를 침대로 데려가서 앉혔다. 그러고는 냉정하고 이성적인 목소리로 설교를 시작했다. 하지만 끝나갈 무렵에는 어느새 버럭버럭 내지르는 고함으로 바뀌어 있었다. 이마에 돋아난 힘줄을 보아하니 네이선은 아직 화가 덜 풀린 듯했다.

선실을 왔다갔다하면서 고함을 지르고 투덜거리는 네이선을 지켜보던 사라는 문득 자신이 그를 사랑하고 있다는 느낌이 들었다. 네이선은 마음이 따뜻한 사람이었다. 물론 그 자신은 깨닫지 못하겠지만. 그는 화재가 일어난 원인에는 자신과 짐보, 그리고 매튜의 책임도 있다고 했다. 사라에게 선상 생활에 대해 미리 자세히 설명만 해줬어도 이런 일은 없었을 거라면서.

사라는 네이선의 품에 몸을 던지고 사랑을 고백하고 싶었다. 지금까지 당신 한 사람만을 사랑해왔노라고……. 그 순간 네이선에 대한 감정이 손에 잡힐 듯 강렬해졌다. 사라는 오랜 여행을 마치고 집에 돌아온 양, 포근하고 만족스러운 기분에 휩싸였다.

꿈을 꾸듯 상상의 날개를 펼치고 있는 그녀의 귀에 네이선이 묻는 말이 들릴 리 만무했다. 네이선은 사라의 무관심한 태도가 맘에 안 든다는 표정을 지으면서도 별다른 잔소리는 하지 않았다. 이제 나한테 좀 길들여지는 모양이지? 사라가 중얼거렸다. 나도 단점이 수도 없이 많은 저 사람한테 길들여졌잖아. 걸핏하면 고함을 지르질 않나, 무서운 얼굴을 보이질 않나……, 솔직히 그럴 때마다 온몸에 소름이 돋을 지경이라구. 하지만 이모 말씀이 옳았어. 겉으로 드러난 모습은 어떨지 몰라도 마음만은 따뜻한 사람이야.

설교를 마치고 사라에게서 '선박에 있는 어떤 물건도 절대 손대지 않겠다'는 약속을 받아낸 네이선은 만족해서 선실을 나갔다.

엉망이 된 선실을 정돈하느라 한참동안 땀을 뺀 사라는 마지막으로 침대를 정리하고 목욕을 할 무렵에는 녹초가 되어 있었다. 그래도 네이선이 돌아올 때까지 기다리기로 마음먹고는, 공책을 꺼내 책상에 앉아서 그의 모습을 스케치하기 시작했다. 네이선의 커다란 몸집을 담기엔 종이가 너무 작아 보이네, 라고 중얼대며 사라는 빙긋 웃었다. 이만하면 꽤 비슷해 보이는 걸. 원래 찌푸린 얼굴이 트레이드마크인 사람이지만 그렇게 그리긴 싫어……. 사라는 네이선이 양손을 허리에 얹은 채 다리를 벌리고 서 있는 모습을 그렸다. 물감이 있었으면 얼마나 좋을까. 네이선의 갈색 머리카락과 투명한 초록색 눈동자를 물감으로 칠하면 눈에 확 띌 텐데. 노라 이모 집에 도착하면 물감을 사야지. 그럼 제대로 그릴 수 있을 거야.

네이선은 자정이 넘어서 선실에 돌아왔다. 사라는 고양이처럼 의자에 몸을 웅크린 채 곤히 잠들어 있었다. 머리카락이 흘러내려 얼굴을 가린 모습이 가히 고혹적이었다.

얼마나 오랫동안 그렇게 서서 지켜봤는지 몰랐다. 그녀가 곁에 있는 것이 당연하게만 느껴졌다. 얼마나 위험한 감정인지 잘 알면서도 더할 나위 없는 만족감이 드는 이유는 뭘까? ……집어치워! 네이선은 속으로 자신을 나무랐다. 여자는 짐짝보다 나을 게 없는 존재야. 사라는 그저 내 목적을 달성하는 수단에 지나지 않는다구.

네이선은 옷을 벗고 세수를 한 후 책상에 다가갔다. 사라의 손에서 조심스럽게 공책을 빼낸 그는 호기심이 나서 천천히 그것을 펼쳐보았다. 완성된 그림이 10장 남짓 되었다. 모두 네이선을 스케치한 그림들이었다. 이거 몸둘 바를 모르겠군……. 네이선의 체격, 몸집, 자세 등 특징을 잘 살려서 그린 흔적이 엿보이는 그 그림들은 꽤 수준이 있어 보였다. 하지만 사라의 상상력은 지나친 듯 싶었다. 그림들 속의 네이선은 항상 웃고만 있었다. 정말 못 말리게 로맨틱한 여자로군. 노라의 말대로, 공상에 빠져들기 쉬운 기질이 있음이 분명했다. 이거 어쩌나. 현실보다 이상에 집착하는 몽상가를 아내로 뒀으니.

특별히 시선이 가는 그림이 있었다. 등을 보이며 갑판에 서서 석양을 바라보는 네이선의 모습을 담은 그림이었다. 양손으로 키를 잡고, 맨발에 상반신은 벗은 채였다. 고개를 옆으로 돌린 얼굴엔 미소가 어려 있었다. 하지만 등에 흉터가 하나도 없었다. 깜빡 잊고 흉터를 안 그린 게야, 아니면 일부러 안 그린 거야? 내 등에 흉터가 있으면 있는 그대로 받아들일 줄 알아야지. 네이선은 고개를 내저었다. 이렇게 별로 중요하지도 않은 일에 신경을 쓰다니 우습군.

그는 사라를 침대로 안고 갔다. 연기가 빠지라고 천장의 뚜껑문은 그대로 열어뒀다. 네이선이 옆에 눕자 사라가 몸을 바싹 붙여왔.

「네이선?」

「왜?」

잔뜩 기분 나쁜 목소리로 그가 반응했다. 말하기 귀찮다는 인상을 주고 싶었던 것이다. 하지만 눈치를 채지 못한 듯, 네이선의 품에 파고든 사라는 손가락으로 그의 가슴털을 만지작거렸다.
「그만 해.」
「당신 생각엔 내가 왜 선상 생활에 적응을 못 하는 것 같아요?」
애처로운 목소리였다. 네이선은 아무 대꾸 없이 어깨만 으쓱댔다. 품에 안고 있었기에 망정이지, 여차했으면 그 여파로 사라의 몸이 벽까지 튕겨나갈 뻔했다.
「내가 아랫사람들을 통솔하는 게 아직 서툴러서 그런 걸까요?」
네이선은 어처구니가 없었다.
「선원들을 통솔하는 사람은 나야, 당신이 아니라고.」
「하지만 당신 아내로서 난……」
「잠이나 자.」
사라는 네이선의 목덜미에 입을 맞췄다.
「뭍에 도착하면 지금보다 아내 노릇 훨씬 잘 할게요. 난 아주 큰 장원(莊園)도 문제없이 관리할 수 있어요. 그리고…….」
「젠장, 또 시작이군. 당신 자랑은 지난번에 들은 걸로 족해.」
잠시 멈칫하던 사라는 다시 입을 열었다.
「네이선?」
「왜 그래?」
「잘 자라고 키스도 안 해줄 참이에요?」
정말 끈질기군. 네이선은 지쳐서 한숨을 길게 내쉬었다. 사라는 해달라는 대로 해주기 전에는 절대 잠을 자려 하지 않을 게 분명했다. 그 순간 네이선은 사라의 장점보다는 단점들로만 머리 속이 가득 찼다. 당나귀처럼 고집 세고, 뭐든 자기 멋대로 휘두르고 싶어하지. 그마저도 빙산의 일각, 단점을 나열하자면 끝도 없어…….
결국 네이선은 사라의 부탁을 들어줬다. 재빨리 사라의 입술에 키스를 한 그는 입가에 남은 사라의 향기에 취해 다시 키스를 했다. 열기를 더해가면서 점점 자극적인 키스가 됐다. 사라에게 옷을 벗으라고 한 뒤 그는 촛불을 켰다. 사라가 불을 켜라고 부탁했지만 단호하게 거절했다. 얼굴을 붉히며 사라가 이불을 확 뒤집어쓰자, 네이선은 이불을 옆으로 치우고 그녀의 수치심을 없애주기 위해 애를 썼다. 오래지 않아 부끄러움을 잊은 사라가 네이선의 몸을 탐했다. 서두르고 싶지 않았던 네이선은 사라의 입에서 새어 나오는 작은 신음소리와 어깨에 세운 손톱에 참지 못하고 그녀의 몸 안을 파고들었다. 두 사람이 동시에 절정에 오른 후, 네이선은 사라의 떨리는 몸을 꼭 끌어안았다. 사랑을 나눈 자취가 공기 중에 자극적인 냄새로 떠돌았다. 눈에 보이진 않았지만 평온감도 선실 안을 가득 채우고 있었다.

선실에는 두 사람의 심장 박동소리만이 천둥처럼 울렸다.

네이선은 어깨가 축축해지는 걸 느꼈다. 또 우나 보군. 사라는 언제나 절정에 오르면 눈물을 흘렸다. 네이선에게는 너무 기쁘고 가슴이 벅차서 우는 것이라고 변명을 하면서. 여태껏 그렇게 황홀한 경험은 해본 적이 없다는 얘기도 잊지 않았다.

그건 나도 마찬가지야. 네이선도 속으로 그런 생각을 했지만 사라에게 말하지는 않았다.

「당신을 사랑해요, 네이선.」

순식간에 채찍을 맞은 듯 굳어진 네이선은 이내 냉정하게 등을 돌려버렸다. 사라는 한마디 말이라도 해주기만을 기다렸지만, 그는 이내 드르렁드르렁 코를 골기 시작했다.

그래도 눈물은 참을 수 있었다. 최소한 지난번보다는 상황이 한결 나아진 편이었다. 저번처럼 사랑을 나눈 뒤에 바로 선실을 나가진 않았잖아, 안 그래? 그것만으로 감지덕지 해야지 뭐. 하지만 솔직히 감지덕지 할 기분은 아니었다.

사라는 계속 몸을 떨면서 네이선과 거리를 유지한 채 이불을 턱까지 끌어올렸다. 두 사람은 등을 돌린 채로 누워 있었다. 사라는 세상에 혼자 버려진 기분이 들었다. 모두 저이 때문이야. 남편을 진심으로 아끼고 사랑할 의무만 없다면 실컷 미워할 텐데. 어쩌면 저렇게 냉정하고 고집불통이지? 사랑한다는 말을 얼마나 듣고 싶어하는지 잘 알면서도 어떻게 저럴 수가 있어?

그래도 날 사랑하는 마음은 있을 거야……. 사라는 불안감에 시달리면서 한동안 부질없는 생각을 되풀이했다. 잠결에 몸을 돌린 네이선이 사라를 거칠게 끌어당겨 그녀의 머리 위에 턱을 올려놓았다. 담뿍 애정을 느낀 사라는 네이선이 사랑한다는 말을 빠뜨린 것을 용서하기로 했다.

그제야 사라는 눈을 감고 잠을 청했다. 네이선은 날 사랑하고 있어. 언젠가는 그도 깨달을 날이 오겠지. 우리 두 사람이 결혼한 그 순간부터 서로를 사랑하게 됐다는 사실을. 워낙 자존심이 강한 사람이라 날 사랑한다는 걸 인정하기가 쉽지 않은 거야.

「정말로 당신을 사랑해요, 네이선.」

그녀가 속삭였다.

「나도 알아, 안다구.」

네이선은 잠에 취한 목소리로 중얼거리면서, 사라가 '그런 말을 들으니까 기쁘냐'고 물어보기도 전에 다시 코를 골기 시작했다. 사라는 잠이 오지 않아서, 아내로서 인정받을 방법을 곰곰이 생각했다.

요리 솜씨로 인정받아 볼까? 아니, 그건 안 돼. 내가 만든 건 뭐든 먹으려들지 않을 거야. 지난번 수프 사건도 있고……, 게다가 워낙 의심이 많은 사람이니…….

한참만에 제법 괜찮은 아이디어가 떠올랐다. 선원들에게 인정을 받는 모습을 보여주면 네이선도 날 다시 보겠지, 뭐. 선원들이 아무리 미신을 믿는다고 해도 내가 말과 행동을 친절하게 하면 맘을 돌릴 거야. 마음먹은 김에 일 주일 내로 선원들이 나한테 '충성'하게 만들어야지.

9

 그 주가 지나기 전, 선원들은 목에 마늘을 통째로 걸고 다녔다. 사라 때문에 벌어지는 재앙을 막으려는 생각이었다.
 사라는 일 주일 내내 선원들에게 잃어버린 신뢰감을 되찾으려고 안간힘을 썼다. 하지만 그들이 왜 마늘을 걸고 다니는지 자초지종을 듣고 난 연후에는 그런 마음이 싹 가셨다. 어떻게 그런 끔찍한 생각을 할 수가 있지? 정 그렇게 나온다면 나도 더 이상 애쓰지 않을 거야.
 이제 사라는 선원들이 노려봐도 전처럼 선실로 도망치지 않았다. 못 본 척하면 그만이었다. 그녀는 선원들에게 자기가 얼마나 화가 났는지 보여주고 싶은 마음조차 없었기 때문에, 일부러 냉정한 척하면서 눈물을 꾹 참았다. 그런 사라의 마음을 아는 사람은 네이선과 노라뿐이었다. 사라가 두 사람에게만은 솔직한 심정을 털어놓았던 것이다. 네이선은 그녀의 상처받은 마음을 애써 무시하려고 했으나, 노라는 조카

딸을 달래주려고 갖은 애를 썼다.

문제는 아주 사소한 일만 터져도 다들 사라에게 책임을 돌린다는 데 있었다. 모두들 그녀가 저주받았다고 생각했다. 체스터는 손바닥의 사마귀도 사라 때문에 생겼다고 난리를 쳤다. 갑판에서 사라의 몸이 자기 손을 스쳐서 그랬다나 뭐라나, 어쨌든 웃기지도 않는 일이었다.

정말이지 대꾸할 맘도 안 생긴다는 말을 사라가 할 때마다 네이선은 성난 사람처럼 투덜거리던가, 그게 나랑 무슨 상관이냐는 식으로 어깨를 으쓱해 보이곤 했다. 동정심이라고는 눈곱만큼도 없는 사람이야. 하지만 사라는 네이선이 그렇게 삐딱하게 굴 때마다 일부러 키스를 했다. 반항심이 발동한 탓이었다.

다음 월요일, 사라는 모든 것에 달관한 태도를 보였다. 이미 비참할 대로 비참해진 인생, 지금보다 더 나빠질 상황은 없지, 뭐. 하지만 그때만 해도 해적들의 출몰은 상상도 못했다. 목요일 아침, 해적들이 씨호크 호를 공격했다.

햇살이 따스한 평화로운 날이었다. 매튜와 노라는 다정하게 팔짱을 끼고 뭔가를 속삭이며 갑판 위를 산책하고 있었는데, 간혹 어린애들처럼 웃음을 터뜨리기도 했다. 두 사람은 지난주부터 사이가 급속도로 가까워졌다. 매튜는 노라 이모한테 단단히 빠져 있는 모양이었다. 그도 그럴 것이 매튜는 항상 싱글벙글했고, 이모도 걸핏하면 얼굴을 붉혔다.

사라가 갑판 위를 걷고 있는데 짐보가 옆에 따라 붙었다. 이제 그녀의 곁에는 누군가 항상 붙어 있었다. 사라는 선원들이 해코지라도 할까봐 그러냐고 물었지만 짐보는 고개를 내저었다.

「그런 의도가 없지는 않지요. 하지만 사실은 부인 때문에 뭔가 또 망가질까봐 걱정이 돼서 그러는 겁니다. 그래서 선장님이 밤낮으로 부인 곁에 호위하는 사람을 붙여 놓는 게지요.」

「세상에, 나한테 그런 창피를 주다니!」

사라가 소리를 질렀다.

짐보는 억지로 웃음을 참았다. 사라는 정말 극적인 면이 있다니까. 연극배우를 해도 되겠어.

「그렇게 끔찍한 일은 아니잖습니까? 그러니 그렇게 절망에 빠진 사람처럼 말할 것 까진 없지요.」

「이제야 알겠어요. 사소한 실수 몇 번 한 걸 가지고 그렇게 저주받은 마녀 취급을 해도 되는 거예요? 게다가 나를 자기 물건에 흠집이나 내는 철없는 여편네로 취급하는 남편은 또 뭐예요? 짐보, 선실에 불이 나고 벌써 7일이 지났어요. 그 동안 별일 없었잖아요.」

「별일이 없었다고요? 그럼 더튼이 겪은 일은 뭡니까?」

짐보가 어처구니가 없다는 듯이 물었다.

그건 그저 불행한 사고였을 뿐인데 뭣 하러 얘기를 꺼낸담. 사라는 못마땅한 표정을 지었다.

「그래도 더튼이 익사하지는 않았잖아요, 짐보.」

짐보는 하늘을 올려다보며 한숨을 쉬었다.

「맞아요. 익사하기 일보 직전에 간신히 목숨을 건졌지요.」

「그래서 정중하게 사과했잖아요.」

「켄틀리와 테일러에 대해선 잊으셨습니까?」

「그 사람들이 누군데요?」

사라는 일부러 시치미를 떼며 물었다.

「이틀 전 부인이 쏟은 기름에 미끄러져 넘어진 선원들 말입니다.」

「저한테만 잘못이 있던 것은 아니었어요.」

「그래요? 그럼 대포 윤활유는 누가 엎질렀답니까?」

「물론 내가 실수로 그랬어요. 하지만 기름을 닦아내려고 걸레를 가지러 갈 생각이었다구요. 그런데 갑자기 그 사람들이 그 자리를 밟고 뛰어갔단 말이에요. 바닥이 미끄럽다고 얘기할 사이도 없었다구요. 그 사람들이 날 보고 도망치려고만 안 했어도 그런 일은 없었어요. 그러니까 엄격히 말하면 책임은 미신을 믿는 선원들에게 있는 거예요.」

망을 보고 있던 선원이 큰소리로 선박 하나가 출몰했다는 사실을 알렸다. 눈 깜짝할 사이에 선원들이 갑판으로 몰려들었다.

도대체 무슨 일인가 싶어 사라가 짐보에게 묻고 있을 때, 네이선이 큰소리로 그녀를 불렀다. 그 바람에 짐보는 대답할 틈도 없었다.

「네이선, 내가 한 일이 아니에요. 무슨 일인진 몰라도 나 때문에 생긴 일은 아니라구요.」

사라가 다급하게 말하자 네이선은 웃으며 그녀의 손을 잡고 선실로 갔다.

「나도 알아. 선원들이야 또 당신 탓으로 돌리겠지만.」

「이번엔 무슨 일인데요?」

「달갑지 않은 손님들을 맞아야 할 것 같아.」

「달갑지 않은 손님이라뇨?」

「해적들이야.」

대번에 사라의 얼굴에서 핏기가 가셨다.

「제발 기절할 생각일랑은 말아줘.」

경고를 하면서도 네이선은 내심 불안한지, 사라가 넘어지면 받을 생각으로 양팔을 벌렸다. 사라는 그의 손을 밀어버렸다.

「기절 안 할 테니까 걱정 말아요. 난 지금 겁이 나는 게 아니라 화가 나요. 선원들이 또 나 때문에 해적들이 나타났다고 했다간 봐요 가만히 안 있을 테니까. 그러니까 당신이 해적들을 빨리 쫓아버려요. 더 이상 골치 아픈 일이 생기면 감당하지 못할 것 같다구요.」

네이선은 해적들과 전투를 벌여야 한다는 사실을 말하지 않았다. 사실 걱정스러운 맘도 없지 않았다. 차라리 쾌속정을 탔으면 해적선을 쉽게 따돌릴 수 있으련만, 씨 호크 호는 너무 몸집이 크고 무거운 선박이라 속도 면에서 아무래도 불리했다.

「조심하겠다고 약속해줘요.」

네이선은 속삭이는 사라의 간청을 무시했다.

「매튜가 당신 이모를 아래층에 데리고 갔어. 그러니까 당신은 매튜가 데리러 올 때까지 꼼짝 말고 여기 있어.」
네이선은 돌아서서 선실 문을 향해 걸어갔다.
사라가 달려가서 그의 허리에 팔을 감았다.
「젠장, 지금 작별 키스할 시간이 있는 줄 알아?」
사라의 손을 떼어내면서 네이선이 소리를 질렀다. 사라는 그게 아니라고 말하려고 했지만 그가 거세게 입술을 겹쳤다.
「네이선, 지금은 이럴…… 때가 아니잖아요.」
네이선이 몸을 떼자 사라가 미소 띤 얼굴로 말했다.
「그럼 왜 사람을 나가지도 못하게 막는 거야?」
「몸조심하겠다고 약속해요.」
「지금 일부러 날 화나게 만들려고 그러는 거지, 그렇지?」
「빨리 약속해요. 약속할 때까지 셔츠를 붙들고 안 놔줄 테니까 그리 알아요. 당신을 사랑해서 이러는 거예요. 당신한테 그 말을 못 들으면 걱정이 돼서 미칠지도 몰라요.」
「좋아, 조심할게. 이제 됐어?」
「그래요, 고마워요.」
네이선이 선실 밖으로 나가자, 사라는 무기를 찾으려고 책상 서랍을 몽땅 열어 젖혔다. 혹 해적들이 침입해오기라도 하면 옆에서 네이선을 도울 작정이었다. 서랍 맨 아래 칸에 권총 두 자루와 날카로운 단검 하나가 있었다. 사라는 단검을 드레스 소매 자락에 쑤셔 넣고 권총은 지갑에 넣었다. 지갑 끈을 손목에 휘휘 감고 있는데 매튜가 벌컥 선실 안으로 뛰어들어왔다. 갑자기 고막이 떨어져 나갈 정도로 큰소리가 들렸다.
「저건 우리 대포에서 나는 소리예요, 아니면 해적선의 대포에서 나는 소리예요?」
사라가 떨리는 목소리로 물었다.

「녀석들의 대포에서 나는 소립니다. 빨리 서둘러요, 노라가 있는 곳에 데려다줄 테니까.」

사라는 네이션의 뜻이라는 걸 알기에 아무 대꾸도 안 했다. 하지만 겁쟁이가 된 기분이 들었다. 이런 긴박한 상황에서 몰래 숨어 있다니, 왠지 불명예스러운 짓인 것 같았다.

선체는 칠흑처럼 어두웠다. 흔들거리는 계단을 먼저 내려간 매튜가 사라를 뒤에서 끌어안은 채 첫 번째 계단을 뛰어넘어 아래쪽으로 훌쩍 옮겨줬다.

「나무가 썩어 위험해서 그래요. 나중에 시간이 나면 손을 볼 겁니다.」

두 사람은 촛불을 켜고 노라가 있는 곳으로 갔다. 노라는 잔뜩 쌓아둔 나무 상자의 꼭대기에 앉아 있었다. 빨간 숄을 어깨에 두른 그녀는 겁을 먹은 기색이 전혀 없었다.

「우린 이제 모험을 하는 거야.」

노라가 사라에게 말했다.

「소중한 보물이 실려 있지만 않았다면 신나는 모험이 될 수도 있었겠지요.」

매튜가 말했다.

「소중한 보물이라뇨?」

「너랑 나를 두고 하는 말인 듯 싶구나.」

노라가 대신 대답했다.

「그래요. 공격 대신 방어를 하다니, 선원들도 이런 경험은 처음 해 보는 겁니다.」

매튜가 계단을 올라가면서 말했다. 사라는 매튜가 무슨 말을 하는지 알 수가 없었다. 하지만 노라는 뭔가 알고 있는지, 입가에 야릇한 미소가 어려 있었다.

「매튜가 방금 전에 한 말이 무슨 뜻이에요?」

노라는 사라에게 설명을 해주려다가 그만두었다. 사라는 너무 순진해서 모든 게 '선' 아니면 '악'이었다. 언젠가는 인생이 그렇게 단순하지만은 않다는 사실을 깨닫게 되겠지. 악명 높은 해적 '페이건'을 남편으로 맞이했다는 것을 알게 되면 사라는 어떤 반응을 보일까? 노라의 입가에 슬며시 웃음이 배었다.

「우리 안전을 먼저 생각해야 하니까, 아무래도 격렬하게 싸우긴 힘들 게다.」

「그건 말이 안 되는 것 같은데요.」

「여기가 군수물자를 보관하는 곳이니?」

노라는 재빨리 화제를 바꿨다.

「네. 이모, 저기 저 통 속에 화약이 들어 있을까요?」

「그럴 게야. 그러니 촛불을 잘 지켜봐야 한단다. 여기서 불이 나면 어떤 일이 벌어질지는 말 안 해도 알겠지? 이따가 매튜가 데리러 오면 불을 꼭 끄고 나가야 돼. 내가 잊으면 너라도 꺼야 한다, 알았지?」

사라는 고개를 끄덕였다.

그때 갑자기 엄청난 소리와 함께 선체가 기우뚱거렸다.

「대포에 맞은 걸까요?」

「그런 것 같구나.」

「네이선이 빨리 일 처리를 해야 할텐데……. 긴장이 돼서 죽겠어요, 이모. 이모랑 매튜는 사이가 아주 좋아진 것 같은데, 맞아요?」

「이런 때 그런 질문을 할게 뭐니?」

노라가 웃는 얼굴로 물었다.

「걱정만 하고 있기 싫어서 그래요.」

「그래, 좋은 생각이구나. 네 말대로 나와 매튜는 사이가 좋아졌단다. 그 사람은 아주 친절하고 마음이 넓은 사람이야. 내 속마음과 걱정거리를 털어놓을 수 있어서 얼마나 좋은지 몰라. 난 지금까지 날 아껴주는 사람과 그런 얘기를 하는 게 얼마나 위안이 되는지 까맣게 잊고 살았단다.」
「이모를 아끼는 건 저도 마찬가지예요.」
「그래, 안단다. 하지만 너와 매튜는 조금 다르지. 너도 네이선과 조금 더 가까워지면 이해할 수 있을 게야.」
「그런 날이 영영 안 올까봐 걱정이 돼요. 매튜가 이모한테 자기 속마음을 털어놓기도 해요?」
「그럼. 가끔 얘기한단다.」
「네이선에 관한 얘기는 안 해요?」
「몇 번인가 했었지. 워낙 기밀사항이라 얘기해줄 수는 없구나.」
「무슨 소리를 하시는 거예요. 설마 제가 이모한테 들은 말을 다른 사람한테 발설할 거라고 생각하시는 건 아니겠죠? 이모는 절 믿으시잖아요, 안 그래요?」
10분 동안 졸라댄 끝에 사라는 노라에게서 원했던 대답을 들었다.
「매튜는 네이선의 아버지에 대해서 얘기를 해 줬단다. 웨이커스필드 백작을 만난 적이 있니?」
사라는 고개를 저었다.
「네이선이 어렸을 때 돌아가셨다고 들었어요. 그분이 기사 작위를 받았다는 얘기가 있던데요.」
「그래, 맞아. 하지만 매튜 말로는 백작이 반역행위를 했다는구나.」
사라는 너무 놀라서 '헉'하고 숨을 들이마셨다.
「정말 끔찍한 일이지 뭐니. 네이선의 아버지는 다른 두 사람과 함께 공모해서 정부를 전복할 음모를 꾸몄댄다. 자기들을 '심판자'라고 불렀다지 아마. 일을 거의 성사시킬 찰나에 네이선의 아버지가 맘을 고쳐 먹었단다. 그래서 자기 양심을 지킨 대가로 살해를 당한 거야.」
「불쌍한 네이선. 아버지 때문에 얼마나 수치스러웠을까.」
사라가 중얼거렸다.
「아니다. 그 일에 대해서 아는 사람은 거의 없단다. 다들 백작이 사고로 죽었다고 믿거든. 그러니까 넌 입 꼭 다물고 있어야 해. 혹여 너희 집안에서 알게 되는 날엔 큰일난다. 너희들 결혼을 무효로 만들 구실로 삼을지도 몰라.」

「그러기엔 너무 늦었어요.」

「그렇게 안이하게 생각하다가 큰 코 다치는 수가 있다, 애야. 그땐 상황도 좀 특이하질 않았니. 국왕 폐하도 몸이 별로 안 좋았고…….」

「약간 머리가 이상했었죠.」

「그리고 넌 그때 겨우 네 살이었어.」

「그래도 이젠 네이선과 전 떳떳하게 부부라고 말할 수 있어요. 섭정 왕세자께서도 혼인을 무효로 만들진 않을…….」

「섭정 왕세자가 자기 하고 싶은 대로 못 할 이유가 뭐가 있겠니?」

「걱정 안 하셔도 돼요. 네이선의 아버지에 관해선 절대 아무한테도 얘기하지 않을 테니까요. 네이선한테도 계속 모른 척할 거예요. 그 사람이 먼저 털어놓을 때까지 기다리겠어요.」

「네이선의 등이 왜 그렇게 됐는지 아니?」

노라가 화제를 바꿨다.

「채찍에 맞아서 그렇게 됐겠죠.」

「아니야. 채찍이 아니라 화상을 입은 거란다.」

사라는 숨이 막혔다.

「누가 일부러 한 짓이란 말이에요?」

「그래. 확실하진 않지만 그럴 게야. 내가 듣기론 어떤 여자가 개입돼서 벌어진 일이란다. 이름이 아리아라고 했던가. 네이선이 외국에 나갔다가 만난 여자라더구나.」

「네이선은 그 여자를 어떻게 만났대요?」

「나도 자세하게 듣진 못했어. 품행이 단정한 여자는 아니었던가보다. 네이선과는 깊은 관계였다는 거 같고.」

「그럼 네이선이 그 창녀 같은 여자와 놀아났다는 말씀이세요?」

노라는 사라의 손을 어루만지며 말했다.
「한창 젊을 때였으니 그럴 만도 했겠지. 지금이야 네가 있으니까 사정이 다르지. 그러니까 그렇게 흥분할 필요는 없잖겠니?」
「네이선이 그 여자를 사랑했대요?」
「당연히 안 그렇겠지. 내가 보기에 네이선은 여자와 사랑에 빠지지 않으려고 의식적으로 노력하는 타입이야. 매튜 말로는 아리아가 자기 애인을 조종할 마음으로 네이선을 이용했다고 하더구나. 네이선을 고문하라고 명령한 것도 그 여자라고 하더라. 하늘이 도우셔서 네이선은 탈출에 성공했지. 혁명기간 중에 무정부주의자들이 감옥에 갇힌 사람들을 풀어줬다는구나. 그후엔 짐보와 매튜가 네이선을 거뒀지.」
「정말 파란만장한 인생이군요. 그 끔찍한 여자한테 배신당했을 때 네이선은 나이가 어렸을 거예요. 분명히 그 여자를 사랑했겠죠.」
「사랑하진 않았을 게다.」
노라가 반박했지만, 사라는 길게 한숨을 내쉬었다.
「이모 말씀처럼 그저 한때의 불장난이라면 얼마나 좋겠어요. 그리고 그 여자랑 깊은 관계였다고 해도 네이선이 불륜을 저질렀다고 할 순 없어요. 그땐 우리가 결혼생활을 하기 전이었으니까요. 이제야 좀 알 것 같아요.」
「뭘 알 것 같단 말이니?」
「전엔 말씀 안 드렸지만, 사실 네이선은 자기 감정을 최대한 억누르는 사람이거든요. 이젠 그 이유를 알 것 같아요. 그런 끔찍한 일을 겪었으니 여자를 못 믿는 것도 당연하지요. 원래 사람은 한 번 화상을 입으면 불에 가까이 다가가려고 하질 않는 법이니까요.」
「하지만 오래 전에 있었던 일이라잖니. 네이선은 이제 성인이 됐으니 극복했을 게야.」
사라는 고개를 가로 저었다.
「제가 사랑한다고 말했을 때 네이선이 좋아라 한 줄 아세요? 그 말을 듣자마자 몸이 굳어지더니 등을 돌리더라구요. 그리고 지금까지 그 사람한테 좋아한다는 말 한마디 들어본 적이 없어요. 아직도 여자들에게 적대감을 품고 있는 게 틀림없어요. 물론 저는 예외지만.」

노라는 소리 없이 웃었다.

「너는 예외라고?」

「그 사람은 절 사랑하고 있어요. 스스로 인정하려 들지 않아서 그렇지…….」

「네이선에게 시간을 좀 주렴. 남자들은 원래 둔하고 고집불통이라서 시간이 더 필요하단다. 너도 잘 알잖니.」

「그럼요. 내가 그 아리안지 뭔지 하는 여자를 만나기만 하면…….」

「아마 만날 수 있을 게야. 런던에 산다고 들었거든. 매튜 말로는 후견인을 물색 중이라더구나.」

노라가 사라의 말을 가로채서 말했다.

「네이선도 그 여자가 영국에 있다는 걸 알아요?」

「그렇겠지.」

밖이 소란스러웠다. 노라가 바깥 상황이 궁금해서 애태우는 동안 사라는 방금 들은 얘기 때문에 마음을 졸였다. 2, 30분쯤 지났을까, 갑자기 무시무시한 정적이 흘렀다.

「차라리 무슨 일인지 눈으로 확인을 해야 안심이 되겠구만.」

노라가 중얼거렸다.

「제가 잠깐 올라가서 다들 괜찮은지 살펴보고 올게요.」

노라는 안 된다며 강경하게 말렸다. 이모와 조카가 다투고 있는 와중에 천장 출입구가 열렸다. 두 사람 모두 매튜였으면 하고 바랐다. 하지만 아무도 내려오는 사람이 없자 두 사람은 해적들이 배를 전복했으리라는 끔찍한 결론에 도달했다. 사라는 노라에게 나무상자 뒤에 숨으라고 손짓을 한 후, 촛불을 끄고 계단 옆에 가서 섰다. 해적들이 들어오면 발을 획 잡아당겨서 넘어뜨려야지.

사라는 네이선에 대한 걱정으로 미칠 것 같았다. 배가 전복당했다면 네이선은 어떻게 된 거지? 피를 분수처럼 흘리면서 쓰러진 네이선의 모습이 그려졌다. 어떻게 그런 끔찍한 상상을 할 수가 있담! 사라는 고개를 세차게 내저었다. 쓸데없는 상상은 해가 될 뿐이야.

뚜껑문이 활짝 열리더니 빛이 들어왔다. 머리에 스카프를 두른 남자 두 명이 계단을 내려왔다. 해적 하나가 썩어서 약해질 대로 약해진 나무계단을 밟고 말았다. 요란한 소리를 내면서 그는 좁은 틈에 끼었다. 상체는 구멍에 끼이고 하체는 대롱대롱 흔들리는 기묘한 자세였다.

「재수 옴 붙었구먼.」

다른 해적이 낄낄거렸다. 그가 동료를 끌어올리려고 손을 뻗는 순간 얼굴에 살짝 무언가가 닿았다. 고개를 돌리려는 찰나, 사라가 양산으로 뒤통수를 후려쳤다. 비틀대면서 땅에 쓰러지는 해적을 향해 사라는 미안하게 됐다고 중얼거렸다.

다행히 해적은 살아 있었다. 죽지 않았음을 확인한 사라는 안도의 한숨을 내쉬었다. 그녀는 드레스를 들어올려 쓰러진 해적 위를 멋지게 뛰어넘고는 부서진 계단 틈새에 끼인 해적에게 다가갔다. 해적은 너무 놀라서 할말을 잃었는지 멍한 얼굴이었다. 사라는 정면으로 자신을 쳐다보는 사람을 때릴만한 용기가 없어서, 해적이 소리를 지르지 못하게 속옷을 찢어서 입을 틀어막았다. 노라도 옆에서 거들었다.

상황을 너무 수월하게 받아들이는 듯한 이모를 보며, 사라는 그녀가 사태의 심각성을 파악하지 못하고 있지 않나 생각됐다. 해적들이 여기까지 내려왔다는 말은 벌써 배 안에 그들이 들끓고 있음을 암시했다.

「밧줄을 찾았는데, 이걸로 바닥에 쓰러진 남자를 묶을까?」

사라는 고개를 끄덕였다.

「좋은 생각이네요. 아무래도 이 사람은 조금 있으면 깨어날 것 같아요. 소리를 못 지르게 재갈을 물려야겠어요. 제 속옷을 쓰면 돼요. 이미 버린 옷, 아무래도 상관없어요.」

사라는 길게 찢은 속옷과 손가방에서 꺼낸 권총을 노라에게 쥐어주었다. 하지만 노라는 권총을 조카에게 물렸다.

「매튜와 네이선을 구하려면 권총 두 자루가 다 필요할지도 몰라.」

「너무 부담주지 마세요. 제게 그럴 능력이 있을지 걱정돼요.」

「어서 가렴. 네가 돌아올 때까지 여기서 기다리고 있으마.」

노라는 사라의 등을 토닥거리면서 말했다. 사라는 이모를 껴안고 싶었지만 참았다. 혹여 실수로 권총이 발포될까봐 무서웠던 것이다.

사라는 속으로 기도를 하면서 위로 올라갔다. 네이선의 선실 안을 들여다보려는데 쿵쿵거리면서 계단을 내려오는 소리가 들렸다. 사라는 사관실 근처의 칸막이 뒤에 몸을 웅크리고 숨었다.

짐보가 맨 처음 비틀거리면서 계단을 내려왔다. 찢어진 이마에서 피가 흐르고 있었다. 양손이 결박된 상태라 흐르는 피를 어찌 할 수도 없었다. 해적 세 명이 짐보를 둘러쌌다.

이내 누군가 또 계단을 내려오는 소리가 들렸다. 네이선이었다. 역시 결박당한 상태였다. 네이선이 살아있다는 사실에 안도한 사라는 몸을 덜덜 떨었다. 하지만 그의 얼굴을 보자 웃음이 나왔다. '지루해서 죽겠다'는 저 표정!

네이선은 해적들이 눈치 못 채게 짐보에게 고개를 끄덕였다. 이에 짐보는 사라가 숨어 있는 칸막이 쪽으로 고개를 돌렸다.

내가 있는 줄 어떻게 알았지? 속으로 중얼거리며 사라가 아래를 내려다보니 드레스 자락이 바깥으로 삐쳐 있었다. 사라는 재빨리 드레스를 잡아당겼다.

「녀석들을 선실로 끌고 갓!」

명령하는 비열한 목소리가 들렸다. 해적이 네이선을 난폭하게 떠밀자, 그는 비틀대다가 일부러 칸막이에 몸을 부딪혔다.

「뱅거가 럼주를 들고 오는구먼. 녀석들이 죽는 꼴을 보면서 술이나 한잔 들이키자구. 페리, 선장을 먼저 죽일까, 나중에 죽일까?」

해적들끼리 얘기가 오가는 동안 사라는 권총을 네이선의 손에 쥐어 줬다. 하지만 네이선은 그대로 가만히 있었다. 왜 저러지. 사라는 속으로 중얼댔다. 맞아! 손이 묶여 있으니 총도 아무런 소용이 없잖아.

소매 안에 숨겨놓은 단검을 꺼내 밧줄을 끊으려고 애쓰던 사라는 실수로 네이선의 살을 두 번이나 찌르고 말았다. 그러자 네이선이 단검을 달라고 손짓했다. 그는 뒤로 묶인 손으로 밧줄을 끊기 시작했다. 마음이 급해지자 사라는 시간이 너무 빨리 흐른다고 느껴졌다. 실제로는 고작 1분도 지나지 않았는데.

「대장님은 대체 어딜 가신 거야? 난 럼주가 당장 마시고 싶단 말야!」

누군가 소리를 질렀다. 대장이 오면 선원들을 죽이겠단 말이지? 사라는 속으로 생각했다. 그나저나 네이선은 왜 가만히 있는 거지? 이젠 밧줄도 풀렸잖아.

한 손에 단검을, 다른 손엔 권총을 든 네이선이 사라를 있는 힘껏 벽에 밀어붙였다. 칸막이가 부서지지 않았다는 것이 신기할 지경이었다. 사라는 다시 걱정되었다. 저렇게 마냥 기다리고만 있으면 어떻게 해? 그러다가 자기가 상대해야 할 해적들이 늘어나기라도 하면 큰일이잖아. 아무래도 빨리 움직이라고 신호를 보내야겠어. 사라는 칸막이 틈새로 손을 내밀어 네이선의 등을 꽉 꼬집었다. 하지만 그는 꿈쩍도 안 했다. 사라가 다시 꼬집었을 때, 누군가 계단을 내려오는 소리가 들렸다. 다들 이구동성으로 럼주 마실 시간이라고 환호성을 지르는 걸 보아하니 해적대장인 듯했다.

해적 한 사람이 사관실을 가로질러 네이선과 사라의 선실로 들어갔다. 잠시 후 해적은 손에 드레스를 들고 밖으로 나왔다. 저건 내가 제일 아끼는 연초록 드레스잖아! 사라는 속으로 다급하게 외쳤다. 저렇게 꼬질꼬질한 손으로 마구 주물럭대면 어떻게 해! 내가 저 드레스를 다시는 입나 봐라.

「대장! 배 안에 여자가 있나 봅니다요.」
해적이 큰소리로 외쳤다. 해적 우두머리는 사라에게 등을 돌리고 서 있었다. 얼굴은 보이지 않았지만 몸집이 굉장했다. 네이선과 엇비슷한 체격이었다. 음흉한 웃음소리만으로도 사라는 온몸에 소름이 돋았다.
「그년을 찾아라. 내가 먼저 재미를 보고, 네 녀석들에게 나눠주지.」
구역질을 느낀 사라는 손으로 입을 틀어막았다.
「에이, 대장, 우리가 재미볼 때까지 그년이 살아 있으면 손에 장을 지집니다요.」
그 말에 다들 낄낄대면서 웃었다. 참을 수 없을 정도로 끔찍한 기분이 든 사라가 네이선을 세게 꼬집었다. 팔꿈치로 쿡쿡 찔러서야 움직이기 시작한 네이선이 선실 앞에 서 있는 해적들을 향해 전광석화처럼 달려들었다. 그러고는 옆으로 몸을 휙 돌리면서 계단에 앉은 해적에게 단검을 날렸다. 네이선의 손에 들려 있던 권총이 불을 뿜으면서 또 한 명의 해적이 쓰러졌다. 그가 쓰러지면서 선실 앞에 서 있던 해적들을 어깨로 밀어버리는 바람에 다른 두 명의 해적이 선실 안으로 떠밀렸다. 네이선은 해적들의 머리를 양손으로 잡아 박치기를 시켰다.
짐보는 손이 묶인 터라 머리를 사용해서 해적 우두머리를 밀었다. 해적은 잠시 균형을 잃는가 싶더니 이내 자세를 잡아 짐보의 목덜미를 후려쳐 바닥에 밀어버렸다. 발로 짐보를 걷어차면서 주머니에서 권총을 꺼낸 그는 선실을 나오는 네이선에게 총구를 겨눴다.
「천천히, 그리고 고통스럽게 저승으로 보내주지.」
사라는 너무 화가 나서 무서움조차 잊었다. 칸막이 바깥으로 나온 그녀는 살금살금 해적의 등뒤로 다가갔다.
「저승에 갈 사람은 바로 너야!」
목덜미에 싸늘한 촉감을 느낀 해적 우두머리는 시체처럼 빳빳하게 굳어졌다. 사라는 얼씨구나, 속으로 쾌재를 불렀다. 네이선이 그 모습을 보고 미소를 짓자, 기분이 좋아진 사라도 그를 보고 웃었다. 상황이 그다지 나쁘진 않은 걸. 그렇지만……, 그렇긴 하지만 내가 과연 이 작자를 죽일 수 있을까? 하지만 용기를 내야 돼. 다른 사람도 아니고 네이선의 목숨이 걸린 일인 걸.

「네이선, 이번엔 이 작자 머리를 날려버릴까요? 아니면 목을 쏴버릴까요?」

「이번이라니? 전에도 많이 해봤단 말인가?」

해적 우두머리가 이를 악물고 말했다. 사라의 공갈이 효과가 있는 듯했다. 하지만 아직 끝나지는 않았다. 해적 우두머리는 계속 네이선에게 총구를 겨누고 있었다.

「그래요, 전에도 총을 많이 쏴봤어요, 이 멍청한 양반아.」

사라는 일부러 비열한 목소리를 꾸몄다.

「당신은 어느 쪽이 좋은데?」

네이선은 큰소리로 외치면서, 이젠 안심했다는 듯이 선실 문에 느긋하게 기댔다.

「목이요. 저번에 머리를 쐈다가 뒤처리하느라고 고생한 걸 그새 잊었어요? 꼬박 일 주일을 걸레로 문질렀는데도 핏자국이 안 지워졌잖아요. 하긴 이 작자는 보통 사람들보다 훨씬 머리가 작아 보이네요. 워낙 머리에 든 게 없으니 당연하겠지만. 그러니…… 어쩌죠? 전 당신이 시키는 대로 할 게요.」

해적 우두머리는 손을 내려 권총을 바닥에 떨어뜨렸다. 사라가 이제 됐구나, 안심하는 순간 해적은 네이선이 손 쓸 사이도 없이 획 몸을 돌려 주먹으로 사라의 왼쪽 뺨을 후려쳤다. 비틀대던 사라는 짐보의 발에 걸려 넘어졌고, 그와 동시에 요란한 소리를 내면서 권총이 발사됐다. 갑자기 해적이 아픔에 못 이겨 비명소리를 내면서 양손으로 얼굴을 감쌌다.

사라는 머리가 빙글빙글 돌았다. 내가 저 작자의 얼굴에 총을 쐈어……. 기절하기 직전에 머리 속을 맴돈 생각이었다.

몇 분 뒤에 깨어보니 매튜와 짐보가 침대 옆에 서 있었다. 매튜는 수건에 물을 적셔서 사라의 뺨에 대줬고, 짐보는 네이선의 책상에 놓여 있던 해도(海圖)로 부채질을 해줬다. 네이선은 선실 안에 없었다. 이불을 젖히고 벌떡 일어나 앉으려는 사라를 짐보가 도로 눕혔다.
「그냥 누워 있어요. 해적 놈한테 맞은 자리가 잔뜩 부었어요.」
「네이선은 어딨어요?」
사라는 짐보를 끌어당겨 침대에 앉히고는 매튜의 손에 들려 있던 수건을 잡아채어 짐보의 찢어진 이마를 닦아줬다.
「여기 이 여자 분은 몸집은 작아도 한 번 성질이 나면 정말 무섭다니까, 안 그래?」
사라는 짐보의 투덜거림을 못 들은 척했다.
「매튜, 짐보가 괜찮을까요? 이마가 좀 찢기긴 했지만……」
「괜찮을 겁니다.」
「아내가 쓰러지면 남편은 옆에서 돌봐줘야 해요. 상식적으로 생각해도 그게 맞잖아요, 안 그래요? 매튜, 가서 네이선 좀 찾아봐요.」
「하지만…… 부군이 씨 호크 호의 선장이라는 건 잊지 않으셨겠지요? 선장님은 지금 몇 가지 중요한 일을 처리하고 계십니다. 더구나 지금은 안 보는 게 차라리 나을 걸요. 꽤 열 받았거든요.」
「왜요? 해적들이 배 안에 쳐들어 온 것 때문에요?」
「그 망할 놈이 부인을 때렸으니까요.」
짐보가 끼여들었다.
「부인이 기절했을 때 선장님 표정이 어땠는지 모르시죠? 선장님과 꽤 오래 알고 지냈지만 그렇게 화난 모습은 처음 봤습니다.」
「그 말을 들으니까 기분은 나쁘지 않네요.」
사라가 중얼거리는 소리를 들으며 짐보와 매튜는 고개를 절레절레 흔들었다. 갑자기 사라가 정색을 하며 입을 열었다.
「이런 세상에, 내가 그 사람 얼굴을 쳤잖아요. 그러니 난 지옥에 떨어지고 말 거예요.」
「총을 쏘지 않았으면 선장님이 위험해졌겠지요. 그리고 지옥에 떨어지는 일은 없을 테니 걱정하지 말아요.」
짐보가 달래는 말을 했다.
「나 때문에 그 사람은 추악한 몰골로 살아야 되잖아요.」
「원래부터 추한 용모였어요.」
매튜는 신경 쓰지 말라는 듯이 말했다.
「차라리 녀석의 숨통을 끊어놨으면 더 좋았을 걸 그랬어요. 하지만 코에 가서 맞았으니…….」
짐보가 말했다.
「세상에, 내가 그 사람 코를…….」
「왜 자꾸 쓸데없는 말을 하는 거야? 가뜩이나 아픈 사람을 흥분하게 만들어서 좋을 게 뭐 있다고.」
매튜는 짐보에게 힐난의 눈빛을 보냈다.
「그럼…… 그 불쌍한 사람은 이제 코가 없나요?」
「불쌍하다뇨? 그 놈은 동정할 가치도 없는 쓰레기예요. 하마터면 무슨 일이 생길 뻔했는지 알아요? 그놈들이…….」
짐보가 코웃음을 치면서 말했다.
「코는 아직 그 놈 얼굴에 붙어 있어요.」
짐보가 말을 끝내기도 전에 매튜가 끼여들었다.
「말 좀 가려서 해, 짐보.」
매튜는 짐보를 무섭게 노려봤다.
「코에 작게 구멍이 났을 뿐이에요.」
매튜가 사라에게 몸을 돌리고 말했다.
「오늘은 정말 부인 덕에 위기를 모면했습니다.」
매튜의 말을 따르기로 마음먹고 짐보가 말했다.
그런 말을 듣자 사라는 기분이 한결 좋아졌다.

「저 때문에 위기를 모면할 수 있었다구요? 정말 그래요?」
두 사람이 동시에 고개를 끄덕거렸다.
「선원들…… 내 아랫사람들도 알아요? 내가…….」
두 사람이 다시 고개를 끄덕이자 사라는 잠시 말을 멈췄다.
「그럼 다들 내가 저주받았다느니 어쨌다느니 하는 얼토당토하지 않는 생각은 안 하겠군요, 안 그래요?」
사라는 두 사람이 대답할 틈도 없이 화제를 돌렸다.
「네이선은 지금 뭘 하고 있죠?」
「놈들에게 보복 조치를 취하고 있는 셈이죠. 눈에는 눈 이에는 이, 뭐 그런 말이 있잖습니까? 녀석들은 우릴 죽이려고 했으니…….」
짐보는 말을 맺지 못했다. 사라가 벌떡 일어나더니 선실 밖으로 뛰어나갔던 것이다. 매튜와 짐보가 뒤쫓아 달려갔다.
네이선은 키 옆에 서 있었다. 해적들이 갑판에 일직선으로 늘어선 가운데 그 주위를 선원들이 뺑 둘러싸고 있었다.
사라는 재빨리 네이선의 옆에 서서 그의 팔을 잡았다. 네이선은 사라에게 시선 한번 주지 않고, 손수건으로 코를 틀어막고 서 있는 해적 우두머리만을 뚫어져라 응시했다. 사라는 다치게 해서 미안하다는 사과와 더불어 '당신이 때리지만 않았으면 총이 발포되지 않았을 거다. 그러니까 그건 모두 당신 탓이다'라는 말을 해주고 싶었다.
그런 마음을 꿰뚫어 본 네이선은 사라의 팔을 거칠게 잡아당겨서 자기 옆에 딱 붙어 서게 했다.
「선실에 가 있어!」
'대꾸했다가는 가만 안 둔다'는 식으로 네이선은 명령했다.
「저 사람들을 어떻게 할 건지 말해주면 갈게요. 그 전엔 꼼짝도 안 할 테니까 알아서 해요.」
사라는 반항적으로 요구했다. 네이선은 사라를 생각해서 일부러 반쯤 거짓말을 보태어 대답할 생각이었지만 그녀의 부어오른 뺨을 보자 다시 분노가 치솟았다.
「저 녀석들, 모두 죽여버릴 거야.」
그는 선원들에게로 몸을 돌렸다.
「내 말대로 해, 사라. 몇 분이면 끝날 테니까 선실에 가 있어.」
가긴 어딜 가. 사라는 팔짱을 끼고 꼿꼿한 자세를 취했다.
「저 사람들을 죽이지 말아요.」
사라는 단호했다.
「죽이든 말든 내 맘이야.」
네이선의 얼굴은 잔뜩 성이 나 있었다. 선원들 몇몇이 네이선의 말에 동조하는 소리를 들은 사라는 다시 '죽이면 안 된다'는 말을 하려고 했지만 네이선이 뺨을 쓰다듬는 바람에 말문이 막혀버렸다.
「저놈은 당신을 때렸어, 사라. 저런 녀석은 죽어 마땅하다구.」
그는 사라에게 몸을 숙여 속삭였다. 이렇게 시간을 낭비하면서 설명을 했으니 이젠 좀 알아듣겠지. 네이선은 만족하며 속으로 중얼거렸다. 하지만 의도와는 달리 사라는 어처구니없다는 표정을 지었다.
「누가 날 때리면 무조건 죽이겠다는 말이에요?」
「당연하지.」
「그럼 우리 친척들 절반은 당신한테 죽어야겠네요.」
사라는 '아차' 싶었다. 이런 말은 하면 안 되는데…….
네이선은 한층 더 화가 난 기색이었다.
「이름만 대, 사라. 내가 그 작자들을 철저히 응징해줄 테니까. 내가 있는데 감히 누가 당신한테 손을 대?」
「그래요, 부인, 우린 이 망할 놈들도 몽땅 죽여야 쓰겠습니다.」
체스터가 고함을 쳤다.
「체스터, 다시 한 번 내 앞에서 상스러운 말을 쓰면 재갈을 물릴 줄 알아요.」
사라가 노려보자 체스터는 마지못해서 고개를 끄덕였다.

「네이선, 당신이 이 배의 선장이니까 최종 결정은 당신 손에 달려 있어요. 하지만 난 당신 아내니까 당신을 설득해도 되는 입장이에요, 안 그래요?」

「쥐뿔도 모르는 소리 그만 해!」

황소고집이 따로 없다니까! 사라가 속으로 투덜댔다.

「죽이기만 해봐요! 그럼 당신도 저 사람들하고 똑같이 나쁜 사람이 되는 거라구요. 난 내 남편이 그렇게 타락하는 꼴은 못 봐요.」

「하지만 우리도 저놈들하고 다를 게 없는댑쇼.」

아이번이 끼여들었다.

「무슨 소리를 하는 거예요? 우린 모두 국왕 폐하의 충성스러운 신하이자, 법을 지키는 선량한 시민들이에요.」

사라가 반박하자, 네이선은 그녀의 어깨에 손을 얹었다.

「사라……」

「또 무슨 소리를 하려고 그래요? 날 설득하려고 해봤자 소용없어요. 눈에 흙이 들어가기 전엔 절대 당신이 살인하는 꼴은 못 봐요.」

네이선은 짐보에게 사라를 선실로 끌고 가라고 하려다가 맘을 바꿔 다른 계책을 짜냈다.

「좋아, 그럼 다수결로 정하기로 하지.」

네이선은 내심 사라가 반대할 거라고 예상했는데, 그녀는 의외로 순순히 고개를 끄덕였다.

「좋아요.」

「됐어, 그럼 이 중에서…….」

네이선이 선원들에게 몸을 돌렸다. 그들은 네이선의 말이 끝나기도 전에 손을 들었다. 그때 사라가 입을 열었다.

「잠깐만요.」

「이번엔 또 뭐야?」

「거수를 하기 전에 내 아랫사람들한테 일러둘 말이 있어요.」

「젠장.」
「이봐요, 오늘은 내 덕에 다들 무사했잖아요. 어때요, 내 말이 틀렸어요?」
네이선은 적당히 대꾸할 말을 생각해내느라 바빴다.
「짐보 말로는 나 때문에 위기를 모면했다는군요. 그러니까 당신도 인정할 건 인정해요.」
사라는 계속 밀어붙였다.
「젠장, 알았어. 오늘은 당신 덕에 위기를 모면했어. 내 입에서 그 말이 나오니까 속이 후련해?」
네이선은 땅이 꺼져라 한숨을 쉬며 말했다.
사라가 고개를 끄덕였다.
「그럼 선실에 돌아가 있어.」
「아직 안 돼요.」
사라는 돌아서서 선원들에게 미소지었다. 다들 더 이상 못 견디겠다는 표정이었다.
「여러분들도 제 도움을 받아 네이선이 밧줄을 풀었다는 걸 아실 거예요.」
큰소리를 치긴 했지만 이내 말을 잘못 한 것 같아서 후회가 됐다. 너무 잘난 척하는 것 같잖아. 더구나 네이선이 무능한 사람처럼 비칠 수도 있고.
「물론 네이선은 제가 아니었어도 충분히 밧줄을 풀었겠지요. 다들 아시겠지만…….」
「사라.」
네이선이 경고조의 목소리로 입을 열었다.
사라는 무시하며 어깨를 똑바로 폈다.
「그리고 전 여러분 앞에 있는 해적 우두머리를 쐈어요. 솔직히 저 사람을 다치게 할 생각은 없었어요. 이젠 일생동안 저런 얼굴로 살아야 하는 신세가 됐으니, 그만하면 죄 값은 치른 셈이에요.」
「그 정도 상처는 약과예요. 총알이 저놈의 콧구멍을 깨끗하게 관통하는 바람에 상처도 별로 안 났단 말입니다!」
선원 한 사람이 소리를 질렀다.
「머리통을 날려버렸어야 하는 건데…….」
다른 선원이 외쳤다.
「그래, 아니면 눈깔을 못 쓰게 만들어 버리던가.」
또 다른 선원이 덩달아서 말했다.
세상에, 피에 굶주린 흡혈귀가 따로 없어. 사라는 심호흡을 한 번 하고 손을 내저었다.
「그만들 하세요. 저 사람은 충분히 죄 값을 치렀다니까요.」
「맞는 말이야. 아마 저놈도 코를 풀 때마다 자기가 저지른 죄를 깊이 반성하게 될 걸.」
매튜가 웃으면서 한마디했다. 그 말을 듣고 선원들이 한바탕 웃음을 터뜨렸고, 체스터는 위협적인 폼으로 한 발자국 앞으로 나왔다.
「반성하고 자시고 할 것도 없어. 저놈들은 이제 죽은목숨이야. 나중에 시체는 포를 떠서 물고기 밥으로 처넣어주면 될 일이고.」
허리에 손을 얹고 체스터가 잔인하게 말했다. 그의 기세에 눌려 절로 뒷걸음질치는 바람에 사라의 등이 네이선의 가슴에 닿았다. 얼굴은 안 보였지만 사라가 겁을 먹었음을 느낀 네이선은 별생각 없이 사라의 목을 한 팔로 끌어안았다. 사라는 네이선의 손목에 턱을 올려놓고 용기 백배하여 체스터를 노려보았다.
「원래 그렇게 마음이 모진 사람이었어요?」
체스터는 '글쎄요'라는 듯, 어깨를 으쓱했다.
「알았어요. 거수를 하든 말든 맘대로 해요.」
사라는 네이선의 팔을 치우고 앞으로 나왔다.
「하지만 한 가지 알아둘 게 있어요. 여러분들이 좋다고 하는 쪽에 거수를 한다면 난 굉장히 실망할 거예요.」
 선원들이 다투어서 손을 올리자 사라는 황급하게 말했다.
「하지만 해적들이 헤엄쳐서 자기들 배로 돌아갈 수 있게 풀어준다면 기뻐하겠어요. 다들 제 뜻을 이해하시리라고 믿어요.」
 사라는 선원들의 얼굴을 하나 하나 살피면서 말했다.
「생각보다 짧은 연설인 걸. 고작 그 정도로 선원들을 설득할 수 있을 것 같아?」
 네이선이 미소 띤 얼굴로 물었다.
「그럼요. 자, 이제 거수를 해도 좋아요. 하지만 당신은 거수에 참여하면 안 돼요.」
「왜 안 된다는 거야?」
「지금은 이성적으로 생각하지 못할 게 분명하니까요.」
 네이선은 말도 안 된다는 표정으로 사라를 쳐다봤다.
「당신은 아직도 화가 잔뜩 나 있잖아요. 사랑하는 아내가 다쳤으니 화가 날 만도 하죠.」
「사랑하는 아내?」
「나 말이에요.」
 사라가 못마땅한 얼굴로 말했다.
「나도 내 마누라가 누군지 알아.」
 네이선은 이를 악물고 대답했다.
「아무튼 당신은 거수에서 빠져요.」
 사라는 고집스러웠다. 네이선은 그녀를 선실로 보낼 생각에 건성으로 '그러마'고 약속했다. 사라는 억지 미소를 지으며 계단으로 걸어갔다.
「거수가 끝날 때까지 선실 안에서 꼼짝 말고 있어야 돼요.」
 매튜의 명령이었다. 사라는 자신에게 쏠린 선원들의 시선을 느꼈다. 내가 없는 틈을 타서 자기들끼리 작당하려는 걸 모를 줄 알아? 짐보는 네이선의 선실로 이어진 뚜껑문도 벌써 닫아버렸다. 해적들이 비명 지르는 소리를 못 듣게 하려는 거야. 내가 이대로 물러선다고 생각하면 오산이지. 사라는 절대 선원들이 해적들을 살해하도록 방관할 수 없었다. 언젠가 선원들도 화가 풀리면 나한테 고맙다는 생각을 하겠지.
　계단 꼭대기에서 사라는 갑자기 몸을 돌렸다.
　「네이선, 난 선실에 없을 테니까 거수가 끝나면 사람을 좀 보내줘요. 결과가 어떻게 됐는지 알아야 실망을 하든 말든 하죠.」
　네이선은 또 무슨 소리를 하나 싶어서 얼굴을 찡그렸다. 분명히 무슨 속셈이 있는 것 같은데, 그게 뭔지 알 도리가 없었다.
　「선실이 아니면 어디 계실 건데요?」
　짐보가 물었다.
　「취사실에 있을 거예요.」
　사라는 선원들의 표정을 자세히 살피면서 대답했다. 일순간에 굳어진 그 표정들. 아니 다들 공포에 질린 얼굴이었다. 네이선의 위협적인 시선에 사라도 지지 않고 쏘아봤다.
　「원래 이렇게 치사한 방법까진 쓰고 싶지 않았지만 어쩔 도리가 없네요. 그러니까 절 실망시키지 않는 편이 신상에 좋을 거예요.」
　무슨 의도로 저런 말을 할까, 아직도 눈치를 못 챈 선원들이 있었다.
　「취사실에 가서 뭘 하시려구요?」
　체스터가 물었다.
　「여러분들을 위해 수프를 만들래요.」
　사라가 쾌활하게 대답했다.

10

　선원들은 만장일치로 의견을 모았다. 사라를 실망시키고 싶어하는 선원은 아무도 없었다. 결국 해적들은 자신들의 배로 헤엄쳐서 돌아가는 행운을 얻었다.
　못내 아쉬운 네이션은 대미를 장식할 사건을 하나 만들었다. 선원들을 시켜서 발포한 대포 두 정이 굉음과 함께 해적선에 커다란 구멍을 뚫었다. 그제야 네이션은 아주 약간 분이 풀렸다. 대포 소리에 놀란 사라가 무슨 소리냐고 묻자 네이션은 대포 안을 깨끗이 비우느라 그렇다고 대강 얼버무렸다.
　씨 호크 호 역시 여러모로 파손을 입었다. 전에 사라가 양산으로 망가뜨린 돛은 해적들의 대포알에 맞아 반동강이 났다. 선원들은 최대한 빨리 수리를 마치려고 분주했다. 목에 건 마늘 목걸이들은 집어던진지 오래였다. 이제 저주가 완전히 풀렸다고 믿어 마음을 놓았는지 다들 싱글벙글 웃으면서 일을 했다. 선원들은 사라 덕에 목숨을 부지했다고 생각했다. 성질 더러운 체스터까지도 입에 침이 마르게 사라를 칭찬하며 다녔다.

사라는 매튜와 함께 노라를 데리러 갔다. 매튜가 꽁꽁 묶인 해적들을 갑판에 끌고 가자, 네이선은 사라가 돌아 선 틈을 타서 해적들의 복부에 주먹을 날렸다. 비명소리에 사라는 고개를 돌려 무슨 일이냐고 물었지만 네이선은 '그걸 내가 어떻게 아느냐'는 식으로 어깨만 으쓱했다. 그러면서 친절하게도 배를 움켜잡고 끙끙대는 해적들이 바다로 들어가는 것을 도왔다.

신이 난 사라는 이모에게 그날 있었던 일을 자세히 설명했고, 이모는 사라가 용감하고 똑 부러지게 행동했다고 칭찬을 아끼지 않았다.

「사실 용감했던 것만은 아니었어요. 속으론 얼마나 무서웠는데요.」
사라가 솔직하게 고백했다.
「그건 별로 중요하지 않단다. 그런 무서운 상황에서도 넌 도망치지 않고 남편을 구했어. 그래서 더욱 네가 한 일이 값진 거란다.」
「네이선이 저한테 고맙다는 말 한마디 한 줄 아세요?」
사라는 불만스럽다는 듯 투덜댔다.
「그럴만한 짬이 없어서 그랬겠지. 솔직히 시간이 있어도 너한테 고맙다는 말을 할지 의심스럽구나. 네이선은 조금······.」
「고집불통이라구요?」
「아니, 고집불통이 아니라 자존심이 세다고 해야겠지.」
노라가 미소지었다. 고집불통에다가 자존심도 세다고 해야 맞겠지. 사라는 속으로 중얼거렸다. 긴장이 풀리자 몸이 덜덜 떨리면서 속도 거북하고 뺨도 쓰라렸다. 하지만 이모를 걱정시키기 싫어서 아무 말 없이 꾹 참았다.

「선원들이 널 네이선의 여동생과 비교하는 말들을 하더구나. 너도 들었겠지?」

금시초문이었다. 하지만 사라는 이모의 설명을 듣고 싶어서 들은 척 하기로 맘먹었다.
 「그럼요. 제이드는 씨 호크 호에서 선원들과 함께 오랫동안 항해를 했다면서요.」
 「선원들 말에 신경 쓰지 말아라.」
 「어떤 말요? 너무 많은 얘기를 들어 헷갈려서요.」
 「제이드는 생전 눈물을 보이지 않았는데, 넌 너무 눈물이 많다는 거야. 그리고 제이드는 감정을 속으로 삭이는 타입이라고 하더구나. 제이드와 선원들이 합심해서 해낸 일들이 정말 많다더라. 책으로 써내도 될 만큼. 선원들이 아직도 널 제이드보다 못하다고 생각할 것 같니? 이젠 쓸데없이 너와 제이드를 비교하는 짓은 안 할 게야. 두고 보렴. 넌 오늘 제이드 이상으로 용감했잖니?」
 「아무래도 좀 쉬어야겠어요, 이모.」
 작은 소리로 사라가 말했다.
 「그래, 그러렴. 얼굴이 창백해 보이는구나. 오늘은 정말 대단한 하루였어. 매튜가 바쁘지 않으면 잠깐 수다나 떨어야겠다. 그러고 나서 나도 좀 쉬어야지.」
 사라는 노라와 헤어져서 선실로 갔다. 마침 해적이 더러운 손으로 만지작거렸던 바로 그 드레스가 눈에 띄었다. 순간 해적들이 내뱉었던 구역질나는 얘기들이 떠올랐다. 하마터면 무슨 일이 벌어질 뻔했는지……. 그런 생각을 하니 속이 더 불편했다.
 쓸데없는 생각은 하지 말자구. 사라는 혼자 중얼거렸다. 일이 잘못됐으면 네이선은 죽었을지도 몰라. 드레스와 속옷, 신발과 스타킹을 벗자 사라의 시선이 해적이 주물럭거렸던 드레스에 닿았다. 아무래도 아까 있었던 일들이 머리 속에서 지워지지가 않았다. 그 작자들은 네이선을 정말 죽이려고 했었어. 마음을 안정시키려고 사라는 선실을 정리했다. 그러고서 목욕을 하고 나니 어느 정도 기분이 나아졌다. 거울에 비친 얼굴은 끔찍했다. 부어오른 빰에 시퍼렇게 멍이 들어 있었다. 다시 공포감이 몰려왔다. 네이선 없이 내가 어떻게 살겠어? 아까 서랍에서 권총을 챙겨가지 않았다면……, 네이선이 하라는 대로 이모랑 같이 숨어서 그대로 있었다면……, 그랬다면 어떻게 됐을까?

「생각하기도 싫어. 끔찍해! 난 정말 겁쟁이야.」

사라는 중얼거리면서 다시 거울을 들여다봤다.

「못생긴 겁쟁이.」

「방금 뭐라고 했어?」

소리도 없이 들어선 네이선이 물었다. 깜짝 놀라서 얼굴을 돌린 사라는 머리카락을 앞으로 늘어뜨려 멍든 자국을 가리며 고개를 푹 숙인 채 침대로 걸어갔다.

「너무 피곤해서 좀 자야겠어요.」

「당신 얼굴을 좀 봐야겠어.」

「많이 아파?」

네이선이 걱정스럽게 물었다. 사라는 바닥에 시선을 떨군 채 고개를 저었다. 네이선이 턱을 치켜올리려고 하자 사라는 그의 손을 물리쳤다.

「하나도 안 아파요.」

거짓말이었다.

「그런데 왜 우는 거야?」

네이선이 부드럽게 물었다.

「내가 언제 울었다고 그래요?」

네이선은 사라의 허리를 끌어안았다. 도대체 무슨 생각을 하고 있는 거야? 네이선은 사라가 걱정됐다. 언제나 감정을 솔직하게 드러냈기 때문에 그는 사라가 무슨 생각을 하는지 쉽게 알 수 있었다. 더구나 사라는 걱정거리가 있을 때마다 마음에 담아두지 않고 시시콜콜 털어놓았다. 그리고 매번 네이선더러 '시정하라'고 강력하게 요구하곤 했다. 네이선은 미소를 지었다. 그래서 내가 언제 해달라는 대로 안 해준 적이 있었나?
「좀 쉬고 싶어요.」
사라가 중얼거렸다.
「무슨 일 때문에 그러는지 솔직히 말해봐.」
강압적인 그의 말투에 사라는 결국 울음을 터뜨렸다.
「내 말이 맞지? 당신 지금 울고 있잖아.」
네이선이 성난 목소리로 다그쳤다.
「그래요. 제이드라면 절대 안 울었겠죠.」
사라가 울먹였다.
「지금 뭐라고 했어?」
네이선은 사라의 턱을 치켜올리고는 그녀의 머리카락을 부드럽게 뒤로 쓸어 넘겼다.
「그 놈을 죽이지 못 한 게 천추의 한이야.」
네이선은 사라의 멍든 얼굴을 보고 이를 갈았다.
「난 겁쟁이예요.」
네이선은 말문이 막혔다.
「정말이에요, 네이선. 오늘에야 그 사실을 깨달았어요. 난 제이드와는 달라요. 선원들 말대로 난 제이드를 따라 갈 수 없다구요.」
사라는 침대에 걸터앉아 고개를 떨구었다.
「이젠 잘래요.」
여자들 속마음은 정말 알다가도 모르겠군. 네이선은 고개를 절레절레 흔들었다. 사라는 다시 머리카락으로 뺨을 가렸다.
「겁쟁이도 보통 겁쟁이가 아니에요. 이젠 외모도 변변찮게 돼버렸어요. 제이드의 눈동자는 녹색이라면서요? 머리카락은 불꽃처럼 빨갛다지요? 짐보 말로는 정말 아름답다더군요.」
「별안간 내 여동생 얘기를 끄집어내는 이유가 뭐야?」
네이선이 무뚝뚝하게 물었다. 이런, 이렇게 퉁명스럽게 말하면 안 되는데……. 걱정을 덜어주진 못할 망정 기분만 상하게 하면 곤란하지. 그래서 이번엔 한층 목소리를 부드럽게 했다.
「당신은 겁쟁이가 아니야.」
「그럼 왜 이렇게 손이 떨리죠? 속도 거북하고 기분이 너무 이상해요. 만약에 당신한테 무슨 일이 생겼다면, 만약 내가 총을 안 챙겼으면…… 하는 끔찍한 생각만 자꾸 떠오른단 말이에요.」
「나만 위험했던 건 아니잖아. 당신도 똑같은 상황이었어.」
네이선은 당황했다. 자신보다 네이선을 먼저 생각하는 사라의 마음에 왠지 숙연해졌다.
「그 작자들 손에 당신이 죽었을지도 몰라요.」
사라가 중얼거렸다. 네이선은 한숨을 내쉬었다. 아무래도 사라의 걱정을 덜어주려면 말보다는 행동이 필요할 듯싶었다. 그는 속옷만 남기고 옷을 벗고는 침대 머리맡에 앉아서 한쪽 다리를 쭉 펴고 다른 쪽 무릎은 세웠다. 사라를 끌어당겨서 다리 사이에 앉히자 그녀의 등이 네이선의 가슴에 와 닿았다. 한쪽 팔로 사라의 허리를 끌어안자 그녀는 편한 자세를 잡으려고 몸을 꼼지락거렸다. 네이선은 이를 악물었다. 사라는 자신의 몸짓이 얼마나 자극적인지 모르고 있었다.
「이러면 얼굴을 가리지 않아도 되잖아.」
그는 사라의 뺨에 드리워진 머리카락을 치웠다. 그런 후 고개를 숙여 목덜미에 입을 맞췄다. 사라는 눈을 꼭 감고 네이선이 키스하기 쉽게 고개를 한쪽으로 기울였다.
「그때 권총이 발포되지 않았으면 난 해적한테 꼼짝없이 당했을 거예요. 내 몸 하나 지키지 못하다니, 정말 한심해요.」
「그럴만한 능력이 없어도 괜찮아.」
사라가 듣기엔 이치에 맞지 않은 말이었다.
「마차 안에서 더건을 주먹으로 때렸을 때만 해도 그래요. 한참동안 손이 얼얼해서 얼마나 애를 먹었다구요. 내 딴에는 세게 때렸지만 더건은…….」
「더건이 누구야?」
「헨리 삼촌과 술집에 같이 있었던 작자요.」
네이선의 입가에 미소가 어렸다. 마차 창문에서 불쑥 튀어나온 사라의 하얀 장갑이 머리 속에 떠올랐던 것이다.
「당신은 힘은 별로 세지 않아도 남들 놀래키는 재주는 타고났잖아. 아마 더건도 불시에 당해서 꽤나 놀랐을 걸. 그리고 주먹은 그렇게 쥐는 게 아냐.」
네이선은 사라의 손을 잡고 주먹 쥐는 방법을 가르쳐줬다.
「엄지손가락을 나머지 손가락들 밑에 넣으면 안 돼. 그랬다간 손가락이 부러지는 수가 있어. 이렇게 엄지를 바깥으로 내놓고, 손가락 관절 밑 부분에 오게 해. 그러고 나서 주먹을 꽉 쥐어봐.」
네이선은 주먹 쥔 사라의 손가락 관절을 좌우로 쓰다듬었다.
「바로 여기에 온힘을 집중시키는 거야.」
사라가 고개를 끄덕였다.
「당신이 그렇게 하라면…… 할게요.」
「당신도 호신술을 배워둘 필요가 있어. 내가 지금부터 설명을 할 테니까 잘 들어.」
「왜요?」
네이선은 한숨을 내쉬었다.
「내가 당신 옆에 없을 때도 있잖아. 먼저 알아둬야 할 게 있어. 바로 공격해야 할 부분이 공격하는 방법 못지 않게 중요하다는 것.」
「그래요?」
사라가 고개를 돌리며 묻자, 네이선은 그녀의 얼굴을 다시 반대편으로 돌렸다.
「그래, 남자들 몸에서 제일 약한 부분이 바로 사타구니야.」
「서, 설마하니 나더러…….」

사라는 부끄럽고 어색해서 말을 더듬거렸다.
네이선은 답답해서 천장을 올려다봤다.
「난 당신 남편이야. 부부 사이에 이 정도 말도 못해?」
「어떻게…… 그 부분을…… 주먹으로 치라는 말이에요?」
「하면 하는 거지 왜 못해? 젠장, 사라, 시키면 시키는 대로 해. 당신 신변에 안 좋은 일이 생기면 내가 좋아라 할 것 같아?」
네이선이 못마땅하다는 듯이 말했다.
꼭 저렇게 기분 나쁜 티를 낼 필요는 없잖아. 사라는 속으로 중얼거렸다. 자꾸 나한테 마음이 쓰이는 게 싫은 모양이지? 정말 이해하기 힘든 사람이야.
「아무리 해도 그 부분을 못 치면…… 그땐 어떻게 해요? 난 겁쟁이라고 아까도 말했잖아요.」
왜 저렇게 처량한 목소리로 말하는 거야? 네이선은 웃음을 참았다.
「자꾸 겁쟁이라고 하는 이유가 뭐야?」
「벌써 설명했잖아요. 아직도 손이 덜덜 떨리고, 당신한테 무슨 일이 생겼으면 어쨌을까 하는 생각만 해도 무서워서 미칠 것 같다구요. 게다가 저 드레스만 봐도 넘어올 것 같아요.」
「어떤 드레스?」
사라는 바닥에 팽개쳐진 연초록 드레스를 손가락으로 가리켰다.
「저 드레스요 아까 어떤 해적이 지저분한 손으로 주물럭거렸단 말이에요. 당신이 내 대신 바다에 던져버렸음 좋겠어요. 다시는 절대 저 옷은 안 입을 거예요.」
「알았어, 드레스는 내가 처리할게. 정 참기 힘들면 눈을 감고 있어. 그럼 드레스를 안 봐도 되잖아.」
네이선은 사라를 달랬다.
「내가 유치하다고 생각하죠, 그렇죠?」
네이선이 사라의 목덜미를 코로 문질렀다.

「유치하긴. 아직 긴장이 덜 풀려서 그래. 누구나 감당하기 힘든 일을 겪고 나면 그럴 수 있어. 당신이 겁쟁이라서 그런 게 아니라구.」

사라는 네이선의 혀가 귀를 간지럽히는 통에 그가 속삭이는 말에 집중할 수가 없었다. 불안한 마음은 조금씩 사라지고 어느새 나른한 기분에 빠졌다.

「당신도 그럴 때가 있어요?」

작은 소리로 사라가 물었다. 네이선의 손이 사라의 가슴을 감쌌다. 손에 닿는 실크 속옷의 매끄러운 감촉이 자극적이었다.

「그래.」

「그럴 땐 어떻게 해요?」

「감정을 분출할 방법을 찾는 거지.」

그는 사라의 속옷에 붙어 있는 리본의 매듭을 풀고 어깨 끈을 내렸다. 한결 마음이 편해진 사라는 작게 한숨을 내쉬었다. 귓가에 속삭이는 네이선의 나지막한 목소리가 단비처럼 마음을 포근하게 했다.

부드럽게 사라의 허벅지를 쓰다듬기 시작한 네이선은 속옷 안으로 손을 밀어 넣어 천천히 사라의 몸에 열정을 불어넣었다. 그는 어디를 어떻게 만져야 하는지 잘 알고 있었다. 네이선의 손이 몸 안을 파고드는 순간 사라는 거친 신음소리를 내며 그의 손을 치우려고 했다.

「괜찮아, 억지로 참지 않아도 돼, 사라.」

뒤에서 사라를 힘주어 안은 네이선은 달콤한 고문을 계속했다.

「난 당신이 열정적으로 반응하는 게 좋아.」

사라는 아무런 말도 할 수 없었다. 네이선의 손길이 점점 더 집요해지면서 절정에 오른 사라는 기운을 잃고 축 늘어졌다.

심장 박동이 조금씩 정상으로 돌아오면서 사라는 수치심에 사로잡혔다. 네이선은 부드럽게 사라의 가슴을 쓰다듬고 있었다.

「난 당신이…… 내 몸 안에 들어오지 않고도…… 이렇게 될 수 있을 줄은…….」

사라는 끝까지 말을 잇지 못했다.
「그 대신 내 손이 당신 몸 안에 들어갔었잖아.」
네이선이 속삭였다. 그는 사라의 몸을 돌려서 자신을 바라보게 했다. 두 사람은 허겁지겁 옷을 벗기 시작했다.
「긴장은 바로 이렇게 푸는 거야.」
네이선의 입술이 사라의 입술을 거칠게 덮쳤다. 사라는 아무 저항 없이 순순히 키스에 응했다.
한 시간쯤 지났을까, 네이선은 선원들에게 지시를 하기 위해 선실을 나갔다. 사라는 옷을 입고 스케치북과 목탄을 가져 갑판으로 올라갔다.
얼마 후 사라는 일을 마친 선원들에게 둘러싸였다. 너도나도 초상화를 그려달라고 요청하자 사라는 신이 나서 열심히 손을 놀렸다. 다들 침이 마르게 칭찬을 했다. 스케치북을 다 써서 더 이상 그릴 종이가 없게 되자 선원들의 얼굴엔 실망감이 역력했다.
네이선은 갑판 상단부에 올라가서 대포에 맞아 쓰러진 돛을 원래대로 복구하는 일을 돕다가 다시 키를 잡으러 내려왔다. 그때 사라의 모습이 들어왔다. 15명쯤 되는 선원들이 네이선의 아래쪽 나무 선반에 앉아 있는 그녀의 발치에서 무슨 얘기인가를 열심히 듣고 있었다. 좀 더 가까이 다가가니 체스터의 목소리가 들렸다.
「그럼 선장님과 고작 네 살 때 결혼했단 말인가요?」
「방금 설명 들어 놓구선 딴 소리야. 정신나간 국왕이 그렇게 하라고 명령을 내렸다잖아.」
선원 한 사람이 끼여들었다.
「국왕이 왜 그런 일을 했답디까?」
아이번이 물었다.
「네이선과 저희 집안은 사이가 안 좋았거든요. 그래서 조금이나마 관계를 개선시키려고 그런 거래요.」
사라가 대답했다.

천상의 선물 *205*

「뭐 때문에 두 집안 사이가 안 좋아졌지요?」
다른 선원이 물었다.
「하도 오래 전 일이라 기억하는 사람이 없겠지 뭐.」
체스터가 성급하게 결론을 내렸다.
「아뇨, 전 왜 그렇게 됐는지 알아요. 금으로 만든 십자가 때문에 벌어진 일이었답니다.」
사라가 대답했다.
네이선은 기둥에 몸을 기대고 서 있다가 슬그머니 웃었다. 말도 안 되는 그 얘기를 믿고 있었군. 하긴 그럴 만도 하지. 워낙 공상에 빠지길 좋아하는 여자니 그런 허무맹랑한 얘기도 곧이곧대로 들었을 밖에.
「그 얘길 좀 자세히 들어봅시다.」
체스터가 재촉했다.
「윈체스터 남작과 세인트 제임스 남작이 함께 십자군에 나갔었대요. 두 분은 아주 절친한 사이였어요. 중세 초만 해도 두 집안 사이가 좋았다나 봐요. 두 분의 영지가 서로 붙어 있었을 뿐더러 어릴 때 존 왕의 궁정에서 함께 자랐다고 해요. 언젠가 같이 배를 타고 외국에 나갈 기회가 있었는데, 두 분 중 한 사람이 그 나라의 통치자를 구해줬다네요. 그래서 순금으로 만든 거대한 십자가를 선물로 받았죠. 셀 수 없이 많은 다이아몬드와 루비로 치장된 십자가였대요. 정말 보기만 해도 눈이 부실 정도였다고 해요.」
「크기는 얼마가 됐답니까?」
매튜가 물었다.
「사람 키만큼 컸대요」
「그 다음엔 어떻게 됐는데요?」
체스터가 뒷 얘기를 재촉했다.
「남작 두 분은 모두 영국으로 돌아왔는데 십자가가 사라진 거예요. 윈체스터 남작은 자신이 받은 십자가를 세인트 제임스 남작이 훔쳤다고 했어요. 세인트 제임스 남작도 십자가는 자신이 받은 거라면서 윈체스터 남작과는 정 반대의 말을 했다지요.」

「그 뒤에 십자가는 영영 못 찾았답니까?」

켄틀리가 물었다.

사라는 고개를 저으며 계속 말했다.

「두 집안 사이에 유혈극이 벌어졌어요. 사실 십자가는 애초부터 있지도 않았다고 말하는 사람들도 있답니다. 상대편의 영지를 얻고 싶으니까 괜히 핑계거리를 지어냈다는 거죠. 하지만 전 십자가가 존재했었다고 믿어요.」

「왜죠?」

체스터가 물었다.

「세인트 제임스 남작이 죽으면서 '보물은 하늘에 있다'는 말을 남겼대요. 원래 사람은 죽기 전엔 거짓말을 안 하는 법이잖아요. 남작은 그 말을 맺자마자 가슴을 움켜쥐면서 숨을 거뒀다고 하더군요.」

사라는 그때를 재현이라도 하는 듯 손으로 가슴을 움켜쥐고 고개를 떨궜다. 선원들 몇몇은 박수를 치려다가 그만뒀다.

「설마 그 얘길 믿는 건 아니겠죠?」

선원 한 사람이 물었다.

「저야 당연히 믿죠. 언젠가 네이선이 십자가를 꼭 찾아낼 거예요.」

정말 못 말릴 이상주의자군. 네이선은 미소를 지었다. 갑자기 사라의 그런 단점이 싫지 않다는 생각이 들었다.

「그 남작 말대로라면 선장님이 죽어서 하늘에 올라가기 전엔 십자가는 구경도 못한단 말 아닙니까?」

체스터가 말했다.

「그건 아니죠. '보물은 하늘에 있다'는 말을 액면 그대로 해석하면 안 돼요. 분명히 뭔가 숨겨진 의미가 있을 거예요.」

사라는 선원들과 몇 분 더 얘기를 나눴다. 바람이 거세어지자 그녀는 선실로 돌아와서 목탄을 제자리에 놓아두고 노라와 시간을 보냈다.
 선실로 돌아와 침대를 정리하는데 갑자기 아랫배가 아파왔다. 생리가 시작된다는 신호였다. 한 시간쯤 지나자 통증은 한층 거세졌다. 평상시보다 훨씬 심했다. 선실 안은 후덥지근했지만 추위서 오들오들 떨린 사라는 두꺼운 면 잠옷을 입고 이불을 뒤집어썼다. 이리 뒤척 저리 뒤척 아무리 자세를 바꿔봐도 통증은 가시지 않았다. 아랫배가 송곳으로 콕콕 쑤시는 것처럼 아프고 등은 뻐근했다. 사라는 너무 아파서 흐느껴 울기 시작했다.
 교대를 끝낸 네이선이 선실로 돌아왔다. 평상시 같았으면 사라가 촛불을 켜놨을 텐데 그날 따라 방안은 칠흑처럼 어두웠다. 울음소리에 깜짝 놀란 그는 촛불을 켜고 재빨리 그녀에게로 갔다. 사라는 머리 꼭대기까지 이불을 푹 뒤집어쓰고 있었다.
「사라?」
 대답이 없자 네이선은 이불을 젖혔다. 순간 가슴이 철렁했다. 사라의 얼굴이 백짓장처럼 하얗게 질려 있었다. 사라는 다시 이불을 뒤집어썼다.
「왜 그래?」
「저리 가요. 지금 몸 상태가 별로 안 좋으니까.」
 사라가 힘없는 목소리로 중얼거렸다.
「어디가 아파서 그래? 또 뺨이 쓰라려서 그런 거야? 젠장, 그 망할 놈을 죽여버리는 건데.」
「그래서 그런 게 아니에요.」
「그럼 열이 나서 그래?」
 네이선은 다시 이불을 획 젖혔다.
 아이, 정말 미치겠네. 나더러 어떻게 그런 말을 하란 말이야? 너무 창피하잖아. 사라는 신음을 하면서 반대쪽으로 몸을 굴리고는 무릎을 배에 붙이고 몸을 앞뒤로 흔들었다.

「지금 아파서 말할 기분이 아니에요. 제발 귀찮게 하지 말고 저리 좀 가요.」

네이선은 사라의 말은 듣는 척도 안 하면서 손을 이마에 얹었다.

「열은 없는 걸, 사라. 나 때문이지? 아까 내가 너무 거칠게 굴어서…….」

「아니에요.」

사라가 손을 내저었다.

「정말이야?」

「그래요. 당신 때문에 그러는 게 아니니까 저리 가라구요. 혼자 있고 싶어요.」

날카로운 통증이 아랫배를 또 한 번 강타했다. 사라는 신음을 하면서 덧붙였다.

「차라리 죽는 게 낫겠어.」

「그런 말도 안 되는 소리는 집어쳐.」

네이선은 단호하게 말했다. 하지만 불길한 생각이 머리를 스쳤다.

「취사실에서 또 뭘 만든 건 아니지? 혹시 당신이 그걸 먹은 건 아니겠지?」

「아니에요.」

「그럼 대체 왜 그러는 거야?」

「난 지금…… 깨끗하지가 못해요.」

도대체 무슨 말을 하는 거야? 네이선은 답답했다.

「깨끗하지가 않아서 아프다니, 그게 무슨 말이야? 그런 얘긴 난생처음 듣는군. 그럼 목욕을 하면 좀 괜찮아질까?」

사라는 비명을 지르고 싶어도 그럴만한 기운이 없었다.

「이런 통증은…… 여자들만 겪는 거예요.」

사라가 중얼거렸다.

「무슨 뜻이야?」

세상에, 눈치도 없지. 정말 내 입에서 꼭 그런 얘기까지 나와야겠어?
「난 지금 생리 중이에요. 그래서 이렇게 아픈 거라구요. 오늘처럼 평소보다 특히 심하게 아픈 달이 있어요.」
「생리 중이라고…….」
「그러니까 저리 가요. 당신 때문에 창피해서 죽겠어요.」
네이선은 안도의 한숨을 내쉬면서 사라의 어깨에 손을 뻗었다. 하지만 왠지 어색한 기분이 들어서 이내 손을 뺐다.
「내가 해줄 일은 없어?」
「옆에 엄마가 계셨으면 좋겠지만 그건 안 되잖아요. 그러니까 저리 가요.」
사라는 이불을 푹 뒤집어쓰고 다시 끙끙 앓기 시작했다. 선실을 나온 네이선은 노라를 찾아가 노크도 안 하고 문을 벌컥 열었다.
「어떤 놈이야?」
매튜가 소리를 버럭 질렀다. 네이선의 입가에 슬그머니 미소가 피어올랐다. 매튜는 노라와 함께 침대에 누워 있었다.
「이모님한테 드릴 말씀이 있어서 왔네.」
깜짝 놀라 잠이 깬 노라가 비명을 지르면서 이불을 턱까지 끌어올렸다. 그녀의 뺨은 말 그대로 홍당무가 되었다.
네이선은 침대가로 걸어가서 시선을 바닥에 고정시켰다.
「사라가 아픕니다.」
그 말을 듣자 노라의 안중에서는 수치심이 사라졌다.
「내가 한 번 가봐야겠군. 그나저나 어디가 아픈 거야?」
「내가 가서 볼까?」
매튜가 이불을 젖히고 황급히 물었다. 네이선은 고개를 저었다.
「여자들만 겪는 일이라…….」
「그게 뭐야?」
말귀를 못 알아들은 매튜가 물었다. 하지만 단번에 알아차린 노라는 시선을 네이선에게 고정시킨 채 매튜의 손을 한 번 쓰다듬었다.
「사라가 많이 아파하던가?」
네이선이 고개를 끄덕였다.
「아파서 눈물까지 흘립니다. 그러니까 내가 사라한테 뭘 어떻게 해주면 될지 말해 보십시오.」
말하는 투가 꼭 군대 지휘관 같군. 노라가 속으로 생각했다.
「독한 브랜디를 마시면 좀 나아질 게야. 그리고 위로하는 말을 해줘도 좋겠지. 대개 여자들은 그럴 땐 감정적이 되기 쉽거든.」
「그것 말고 내가 해줄 일이 또 없을까요? 젠장, 사라가 저렇게 아프게 놔둘 순 없단 말입니다.」
열정적인 네이선의 반응에 노라는 웃음을 참았다. 당장이라도 누군가를 때려눕히고 싶어하는 사람처럼 보였다.
「사라한테 직접 물어보긴 했나?」
「엄마가 옆에 있었으면 좋겠다는 말을 하더군요.」
「그런다고 아픈 게 나아지나?」
옆에서 끼여든 매튜가 말했다.
「그럼요. 누군가 옆에 있어줬으면 해서 그러는 거랍니다. 이보게, 네이선, 자네가 직접 아랫배를 문질러주면 통증이 좀 덜할 게야.」
벌써 성큼성큼 선실 문을 나서는 네이선의 뒤통수에 대고 노라가 큰소리로 말했다.
「혹 네이선이 사라한테 우리가……」
네이선이 나가자마자 노라가 입을 열었다.
「네이선은 아무 말 안 할 테니까 걱정 마.」
매튜는 노라의 말을 끝까지 듣지도 않고 대답했다.
「난 사라를 속이고 싶지 않아요. 하지만 원래 '모' 아니면 '도'라고 생각하는 애라 우리 관계를 쉽게 이해하지 못할 거예요.」
「사라도 나이를 먹으면 지금보다는 성숙해지겠지.」

매튜는 노라를 품에 안고 이마에 입을 맞췄다.

「네이선을 보면 확실히 사라에 대한 감정이 깊어진 것 같아요. 머지 않아 자신이 사라를 사랑한다는 사실을 깨닫겠죠?」

「그럴지도 모르지. 하지만 애송이는 절대 인정하려 들지 않을 거야. 여자한테 마음을 열지 않으려고 철저히 자신을 통제하면서 살아온 녀석이거든.」

노라는 그 말에 코웃음을 쳤다.

「말도 안 돼요. 평범한 여자라면 모를까, 사라는 달라요. 네이선에겐 사라 같은 아이가 필요해요. 그 애는 네이선이 자길 사랑한다고 믿고 있어요. 분명히 네이선 스스로 감정을 인정하게끔 만들 거예요. 내 말 대로 되나 안 되나 어디 두고봐요.」

사라는 자신이 화제에 오르고 있음을 까맣게 몰랐다. 자기 연민에 빠져 다른 생각을 할 겨를이 없는 터라 네이선이 들어온 줄도 몰랐다.

「사라, 이걸 좀 마셔 봐.」

네이선이 사라의 어깨에 손을 얹고 말했다. 그녀는 몸을 굴려 네이선의 손에 들린 잔을 흘낏 쳐다보고는 바로 고개를 내저었다.

「브랜디야.」

「마시기 싫어요.」

「마셔.」

「마셔봤자 몽땅 토한다구요.」

솔직하다 못해 노골적인 표현이로군. 네이선은 재빨리 술잔을 책상에 올려놓고 사라 옆에 누웠다. 사라가 밀쳐도 꿈쩍 안 했다. 네이선은 벽을 보고 누운 그녀의 허리에 팔을 감아 손바닥으로 천천히 아랫배를 문지르기 시작했다. 조금씩 통증이 가시자 사라는 눈을 감고 네이선의 몸에 등을 밀착시켰다.

배가 파도에 흔들렸다. 네이선은 속이 뒤집히기 시작했다. 차라리 아무것도 먹지 말걸. 아무 말 없이 15분 정도 계속 사라의 아랫배를 문지르던 그는 배가 움직일 때마다 '왝'하고 넘어오려는 걸 참느라 얼굴이 새파랗게 질렸다.
「이젠 많이 괜찮아졌으니까 그만 해도 돼요, 정말 고마워요.」
네이선은 그 말을 듣고 침대에서 일어났다.
「날 좀 안아줄래요? 너무 추워서 몸이 덜덜 떨려요.」
하지만 네이선은 너무 더워서 숨이 턱턱 막혔다. 얼굴엔 땀이 범벅이었지만 사라가 해달라는 대로 했다. 몇 분쯤 지나자 얼음처럼 차갑던 사라의 몸이 조금씩 녹았다. 네이선은 살그머니 몸을 일으켰다.
「당신은 내가 아이를 못 낳는 여자라면 어떻게 할래요?」
「어떻게 하긴 어떻게 해? 못 낳으면 못 낳는 대로 살아야지.」
「그럼 내가 아일 못 낳아도 상관없단 말이에요?」
「그런 말을 하기엔 시기상조 아닌가?」
「내가 아일 못 낳으면 어떻게 하겠냐구요?」
사라는 고집스럽게 물었다.
「무슨 말을 듣고 싶은 거야?」
구역질이 나오려는 걸 참으면서 네이선이 말했다.
「그래도 나랑 계속 같이 살 거예요? 내가 아이를 못 갖으면 국왕께서 약속한 영지는 얻지 못할······.」
「아버지한테 물려받은 영지가 있으니까 그걸로 만족하면 돼. 그러니까 이제 쓸데없는 질문은 그만하고 잠이나 자. 난 잠깐동안 나갔다 와야겠어.」
「아직 내 질문에 대답 안 했잖아요. 내가 아일 못 낳으면 어떻게 할 거예요? 나랑 결혼한 걸 후회할 건가요?」
「이런 젠장······.」
「그렇단 말이군요. 이제야 본심이 나오네요.」
네이선이 신음소리를 흘리자 사라는 그 소리를 '그렇다'는 긍정의 의미로 해석했다. 네이선의 얼굴은 어느새 잿빛으로 변했다.

배가 파도에 거세게 흔들리자 책상 위의 술잔이 획 날아서 바닥에 떨어졌다. 눈을 꼭 감은 네이선이 오만상을 찌푸렸다. 뱃멀미가 심한가 봐. 네이선을 애처로와 하던 사라의 마음은 다음 순간 그의 말에 물거품처럼 사라졌다.

「그 망할 계약서만 아니었다면 결혼 같은 건 하지도 않았어. 그러니까 어서 잠이나 자.」

사라는 화가 머리끝까지 났다. 어떻게 저런 말을……. 자기만 아픈가? 나도 힘들어 죽겠구만. 네이선이 방금 전까지 보여준 부드러운 면모는 사라의 기억 속에서 깡그리 지워졌다.

「당신 일을 방해해서 미안하네요. 덕분에 이제 하나도 안 아프게 됐어요. 속도 매슥거리지도 않구요. 아까 저녁 때 생선을 괜히 먹었나봐요. 뭐, 맛은 있었지만. 생선에 초콜릿을 약간 발라서 먹으니까 훨씬 맛있더라구요. 전에 생선을 그렇게 해서 먹어 본 적 있어요?」

네이선은 아무 말 없이 황급히 바지를 올렸다.

「평상시엔 설탕을 발라서 먹었는데 오늘은 좀 색다른 시도를 해보고 싶었어요. 그나저나 취사장 말로는 항구에 닿으면 생굴을 식탁에 올린다던데. 난 굴이 너무 좋아요. 목구멍으로 쓰윽 넘어갈 때의 그 기분이란……. 어머, 네이선, 잘 자라고 키스도 안 해줘요?」

선실 문이 '쾅'하고 닫혔다. 사라는 만족스럽게 미소를 지었다. 지금쯤이면 나 같은 아내를 둬서 얼마나 행운인지 깨달았어야지. 아니 벌써 진작에 깨달았어야 마땅하지.

「속이 다 시원하네. 그러게 누가 기분 나쁜 소리를 하래?」

사라는 중얼거리면서 이불을 덮고 잠을 청했다. 몇 분 지나지 않아 스르르 잠이 몰려왔다.

밤새도록 뱃전에 매달려 구토를 하던 네이선은 동틀 무렵에야 선실로 돌아올 수 있었다. 지칠 대로 지쳐서 손 하나 까딱하기 힘들었다. 쓰러져 눕는 그의 몸의 반동으로 침대가 흔들리자, 게슴츠레 눈을 뜬 사라가 몸을 굴려 네이선의 품을 파고들었다.

사라는 코를 골며 곯아떨어진 네이선의 뺨에 부드럽게 입을 맞췄다. 촛불 아래 비친 네이선의 얼굴은 백짓장처럼 창백했고, 수염이 자라서 한층 더 거칠어 보였다. 사라가 그의 뺨에 손을 댔다.

「당신을 사랑해요. 당신한테 결점이 아무리 많아도 난 당신을 사랑해요. 그리고 나 때문에 뱃멀미를 해서 정말 미안해요」

한결 마음이 가벼워진 사라는 한숨을 크게 내쉬었다.

「아무래도 당신은 직업을 바꿔야 할까봐요. 당신에겐 뱃사람이 어울리지 않거든요」

얼마 뒤 네이선은 천천히 눈을 떠 잠이 든 사라의 얼굴을 물끄러미 바라봤다. 나한테 복수를 하려고 일부러 그런 말을 했다 이거지. 사라의 엉덩이를 한대 때려주고 싶었다. 계약서만 없었으면 결혼 같은 건 안 했다는 말에 화가 나셨다, 이 말이군.

그의 입가에 어느새 미소가 어렸다. 순진해서 아무것도 모르는 여자라고만 생각했는데 그게 아니었어. 싸움을 못하니 머리라도 굴려보겠다고? 하늘같은 남편한테 그러면 안 되지. 지금쯤이면 누가 위고 아래인지 깨달아야 정상 아냐? 아냐, 벌써 진작에 깨달았어야 마땅하지.

하지만…… 쌔근쌔근 잠이 든 사라는 너무나 사랑스러웠다. 갑자기 사랑을 나누고 싶은 마음이 발동했다. 하지만 사라의 몸 상태를 봐서는 당분간 어쩔 수 없이 금욕을 해야 할 상황이었다. 도대체 여자들만 겪는 그 일은 언제쯤이면 끝나는 거야? 네이선은 대답을 듣고 싶은 나머지 하마터면 사라를 흔들어 깨울 뻔했다.

피로감이 네이선의 몸을 덮쳤다. 비몽사몽간에 사라가 손을 붙잡는 것을 느낄 때 설핏 스치고 지나간 생각이 별로 달갑지는 않았다.

'그래, 사라는 언제나 이렇게 내 손을 잡아줘야 해…….'

이틀 후면 노라의 집에 도착할 예정이었다. 네이선은 이젠 별다른 일이 생기지 않겠지, 라며 슬슬 마음을 놓았다. 하지만 큰 오산이었다.

그 달 21일째 되는 날 밤, 하늘엔 별들도 유난히 많이 빛나고 산들바람이 불고 있었다. 바람은 부드러웠지만 끈질기게도 오래 불었다. 빠른 속도로 움직이는 씨 호크 호는 파도에도 흔들리지 않고 새파란 대양을 가르면서 일직선으로 나아갔다. 바다가 하도 잔잔해서 술잔을 난간 끝에 올려놔도 떨어질 염려가 없었다.

네이선은 짐보 옆에 서서 에메랄드 선박회사의 확장 계획에 대해 논의하고 있었다. 짐보는 쾌속선을, 네이선은 좀더 규모가 큰 대형 선박을 몇 척 더 장만했으면 하는 생각을 나누었다.

그때 사라가 속옷 위에 가운만 걸친 차림으로 다급하게 갑판에 올라왔다. 네이선은 등을 지고 서 있었기 때문에 그녀를 볼 수가 없었다. 더구나 사라는 맨발이어서 별다른 기척도 나지 않았다.

「네이선! 당장 할말이 있어요. 당신이 급하게 처리해야 할 일이 생겼어요.」

사라의 고함소리에 체념한 얼굴로 돌아 선 네이선은 그녀의 손에 들린 권총에 시선이 머무르자 안색이 싹 변했다. 권총이 자신의 중요한 부분을 겨누고 있었던 것이다. 무슨 일 때문인지 흥분할 대로 흥분한 사라는 머리를 잔뜩 헝클어뜨리고 발그레한 얼굴로 서 있었다.

「속옷바람으로 갑판을 활보할 생각을 하다니, 제정신이야?」

「내가 언제요? 이것 봐요, 네이선. 지금 이럴 시간이 없어요.」

사라는 짐보에게 몸을 돌렸다. 권총을 든 채로 숙녀답게 예의를 갖춰 절을 하려니 아무래도 우스꽝스러웠다.

「칠칠치 못한 모습을 보여드려서 미안해요, 짐보. 하지만 마음이 급해서 미처 옷을 갖춰 입을 시간이 없었어요.」

짐보는 불안한 얼굴로 고개를 끄덕였다. 사라가 권총을 휘두르는 통에 총구가 네이선과 짐보 사이를 오락가락했다. 짐보는 총구를 피해서

요리조리 몸을 움직였다.

「무슨 일이 있었습니까?」

짐보가 물었다.

「총을 들고 지금 뭐 하자는 거야?」

네이선도 동시에 물었다.

「필요할 듯 싶어서 갖고 나왔단 말예요.」

「마음을 가라앉히고 무슨 일인지 차근차근 설명해봐요 애송이! 빨리 저 망할 놈의 총을 옆으로 치우지 않고 뭐해? 그러다가 부인이 다치기라도 하면 어쩌려고.」

네이선은 사라의 손에서 권총을 뺏으려 했다. 하지만 사라는 뒤로 물러나더니 등뒤로 총을 숨겼다.

「안녕히 주무시라는 인사를 드리려고 이모한테 갔었어요.」

「그래서?」

네이선이 다그쳤다.

사라는 한참동안 짐보를 쳐다봤다. 그가 듣는 앞에서 말을 해도 될지 망설여졌다. 결국 솔직히 털어놓기로 마음먹고, 혹 듣는 사람은 없는지 뒤를 살폈다.

「이모가 혼자 계신 게 아니더라구요.」

사라는 아주 작은 소리로 속삭였다. 네이선은 아무 말 없이 '그게 뭐 대수냐'는 식으로 어깨를 으쓱했다. 그 모습에 사라는 총이라도 쏴버리고 싶었다.

「매튜가 같이 있었어요!」

사라는 흥분이 되어 머리를 흔들면서 말했다.

「그래서?」

「한 침대에 같이 누워 있었단 말이에요.」

사라는 다시 권총을 휘둘렀다.

「당신이 조치를 취해야 돼요.」

천상의 선물 **217**

「내가 어떻게 해줬으면 좋겠는데?」
네이선이 놀라는 기색도 없이 씩 웃으면서 말했다.
저렇게 시큰둥하게 나올 줄 미리 짐작했어야 하는 건데. 당황한 모습이라고는 생전 안 보일 사람이야. 물론 나하고 있을 땐 빼고…….
「매튜를 선실에서 끌어내라는 말이군요」
옆에 있던 짐보가 끼여들었다.
사라는 고개를 저었다.
「이미 엎질러진 물이에요」
「그게 무슨 소립니까?」
「매튜는 이모를 욕보였어요」
「그래서 당신은 내가 어떻게 해주길 바래?」
네이선이 다시 물었다.
「두 사람을 결혼시켜야 돼요, 당장. 그리고 증인이 있어야 하니까 짐보도 따라와요」
「진심으로 하는 말은 아니겠지?」
네이선이 피식 웃으면서 말했다.
「남은 심각한데 왜 자꾸 웃기만 해요? 당신은 선장이니까 두 사람을 결혼시켜도 법적으로 아무 하자가 없잖아요」
「안 돼」
「정말 황당한…… 아니 기발한 제안이군요」
짐보가 말했다.
「나한텐 우리 이모를 돌봐드릴 책임이 있어요. 매튜는 이모의 명예를 더럽혔으니까 당연히 책임을 져야죠. 그리고 당신도 알다시피 헨리 삼촌이 있잖아요. 노라 이모가 재혼하면 삼촌도 이모 재산에 눈독 들이는 짓은 못할 거예요. 두 사람이 결혼하면 해피엔딩……, 행복하게 결말이 나는 거라구요. 그러니까 내 말대로 해요」
「안 돼」

네이선이 단호하게 말했다.
「매튜가 노라와 결혼하고 싶어한답니까?」
짐보가 물었다.
「그건 아무래도 상관없잖아요?」
사라는 못마땅한 얼굴로 대답했다.
「당연히 상관이 있죠.」
짐보의 대꾸에 사라는 다시 권총을 휘둘렀다.
「보아하니 두 사람 모두 나한테 협조하지 않으려는 눈치군요. 난 매튜를 정말 좋아하지만 어쩔 도리가 없어요.」
사라는 획 돌아섰다.
「그래서 어떻게 하실 생각인데요?」
짐보가 큰소리로 물었다.
「두고봐요. 매튜는 이모와 결혼하게 될 테니까.」
등을 돌린 채 사라가 대답했다.
「매튜가 안 하겠다고 하면 어쩔 겁니까?」
짐보는 슬그머니 미소를 지으면서 물었다.
「그럼 매튜한테 총을 쏠 거예요. 나도 그러긴 싫지만 어쩔 도리가 없네요.」
네이선은 사라에게 다가가 허리에 팔을 감고 재빨리 손에 들린 총을 붙잡았다.
「쏘긴 누굴 쏜다고 그래?」
네이선은 권총을 짐보에게 건네주고 질질 끌다시피 사라를 선실로 데려갔다.
「이 손 놔요, 너새니얼.」
「날 너새니얼이라고 부르지 마!」
네이선이 단호하게 말했다.
사라는 네이선을 힘껏 밀고 그의 품에서 빠져나왔다.

「왜 안 된다는 거예요?」
「난 남들이 그렇게 부르는 게 싫으니까.」
「정말 얼토당토않은 이유를 갖다 붙이는군요.」
사라는 허리에 양손을 얹은 채 네이선을 노려봤다. 그 바람에 얇은 속옷 위에 걸친 가운이 벌어져 풍만한 가슴이 드러났다.
「사라, 여자만 겪는 그 일…… 아직도 안 끝난 거야?」
「너새니얼이라고 불리는 게 싫다는 이유가 뭐예요?」
사라는 그의 질문을 무시했다.
네이선이 위협적으로 한 발 다가왔다.
「누가 그 이름으로 부르면 화가 나서 눈에 뵈는 게 없어. 싸움을 한 판 벌이고 싶은 기분이 든다구.」
「당신은 한시라도 싸움을 안 하면 좀이 쑤시는 사람이잖아요.」
사라가 비꼬는 투로 말했다.
「날 자극하지 않는 게 좋아.」
「나한테 소리나 지르지 말아요!」
네이선은 심호흡으로 마음을 가라앉혔다.
「좋아요, 앞으론 절대 너새니얼이라고 부르지 않을 게요. 당신의 전투심을 자극해야 할 때만 그렇게 부르기로 하지요. 내가 '너새니얼'이라고 부르면 마음속으로 미리 싸울 태세나 갖추세요, 알았죠?」
대꾸할 가치도 없는 말이로군. 네이선은 사라를 침대 쪽으로 밀었다.
「이젠 당신이 대답할 차례야. 그 망할 놈의 여자들만 치르는 일이 언제쯤이면 끝나는 거야?」
사라는 천천히 가운을 벗고 굼뜨며 옷을 갰다.
「노라 이모와 매튜를 저대로 놔둘 참이에요?」
「그래, 당신도 괜히 참견할 생각은 마. 내 말 알아들었어?」
사라는 고개를 끄덕였다.
「하지만 포기는 안 해요. 그 문제에 관해서는 시간을 들여 생각해봐야겠어요.」
 사라는 머리 위로 벗겨낸 속옷을 침대에 던졌다.
「그 망할 놈의 여자들만 치르는 일이 끝났어요.」
 애써 대담하게 행동하려고 했지만 얼굴이 빨개지는 건 어쩔 도리가 없었다. 네이선의 시선이 너무 뜨거워서 새삼 기분이 어색했다. 한숨을 내쉬며 네이선의 품으로 파고든 사라는 그의 목에 양팔을 감고 자신의 얼굴 가까이 끌어당겼다.
 사라는 뜨겁고 열정적으로 키스했다. 그때까지 수동적이던 네이선이 사라의 머리카락을 움켜쥐고 천천히 입술을 겹치자 두 사람의 혀가 하나가 되었다. 사라는 네이선의 허리를 두 팔로 단단히 감아 가슴을 밀착시켰다.
 네이선이 옷을 마저 벗으려고 몸을 뒤로 빼자 사라는 그의 목덜미를 살짝 깨물었다. 그는 몸을 부르르 떨면서 사라의 부드러운 어깨를 쓰다듬었다. 못이 박혀 거칠거칠한 손바닥에 보들보들한 감촉이 와 닿았다. 새삼 사라의 연약함이 느껴졌다.
「당신은 만지기만 해도 부서질 것 같아. 하지만 난……」
 네이선은 말을 맺지 못했다. 사라가 가슴을 훑어가며 키스를 하고 있었다. 그녀의 혀가 젖꼭지를 간지럽히자 네이선의 목구멍에서 그만두라는 쉰 목소리가 새어나왔다. 부드러운 손이 허벅지에 와 닿았다.
「내가 당신을 얼마나 사랑하는지 보여줄까요?」
 미소 띤 얼굴로 말하면서 사라는 떨리는 손으로 네이선의 바지 단추를 끌러냈다. 그제야 의도를 짐작한 네이선은 사라가 그의 앞에 무릎을 꿇고 앉은 다음의 일은 제대로 기억할 수 없었다. 다만 부드러운 입술, 촉촉한 혀, 그리고 자극적인 손놀림만이 아스라이 느껴졌다. 더 이상 참기 힘들어진 네이선은 사라의 몸을 거칠게 잡아 올려 자신의 허리에 그녀의 양다리를 감아 길고 긴 키스에 몰입했다.
「사라, 더 이상 못 기다리겠어. 당장 당신 몸 안으로 들어가고 싶어.」

서두르지 않고 천천히 할게, 약속해.」
　네이선이 신음소리를 섞어가며 말했다.
「날 사랑한다고 말해줘요」
　네이선은 키스로 대답을 대신했다. 사랑 고백을 받아내고야 말리라던 사라의 다짐은 그 속에 아스라이 묻혀버렸다. 네이선은 천천히 그녀의 몸 안으로 들어갔다.
　사라가 목덜미를 깨무는 바람에 네이선은 이를 악물었다. 그가 사라의 몸 속 깊이 파고들자, 두 사람은 동시에 몸을 떨었다. 사라의 몸이 네이선의 남성을 꽉 조였다. 그는 무릎으로 몸을 지탱하면서 사라를 침대에 눕히고는 자기 몸을 겹쳤다. 그러고 나서 사라의 얼굴을 손으로 감싸안고 이마와 코와 입술에 부드럽게 입을 맞췄다.
「당신한테선 언제나 달콤하고 좋은 맛이 나.」
　네이선은 사라의 목덜미와 귓불을 혀로 자극하면서 '이번엔 천천히 하겠다'고 속삭였다. 하지만 사라는 무릎을 세워 그를 좀더 깊숙이 받아들였다. 그러고는 몸을 한껏 뒤로 젖혔다. 사라의 도발적인 모습은 네이선의 자제심을 앗아가 버렸다. 그는 사라의 뜨거운 몸과 향기와 사랑에 포근하게 감싸였다.
　이 순간이 영원했으면……. 네이선의 마음에 그런 바람이 떠올랐다. 전보다 강하게 네이선의 몸을 조이던 사라는 그의 이름을 부르면서 절정에 올랐다. 네이선도 이내 나지막하게 소리를 지르면서 사라의 몸 안에 자신을 쏟아 부었다.
　사라의 몸 위에 쓰러진 네이선은 그녀의 목덜미에 머리를 얹었다. 숨을 가쁘게 몰아쉬는 사라를 보니 마음이 흐뭇했다. 그는 사라와 한 몸인 상태 그대로 옆으로 몸을 굴렸다. 사라는 눈물을 흘리고 있었다.
　평화롭고 만족스러운 시간도 잠시, 조금 있으면 사라의 잔소리가 이어지리라. 늘 그렇듯이 자기가 듣고 싶은 말을 해달라고 졸라댈 게 분명했다. 사라를 실망시키고 싶지 않았지만 그렇다고 마음에도 없는 말을 할 수는 없었다. 마음속 깊은 곳에서는 두려움이 뿌리 깊게 자라고 있었다. 나란 인간에게는 사라가 원하는 대로 해줄 재간이 없을지도 몰라.

네이선은 자신이 남에게 상처를 주는 데에는 일가견이 있다고 생각했다. 사실 그 방면으로는 경험이 풍부했다. 하지만 누군가를 사랑하는 데에는 영 재간이 없었다. 어떻게 어떤 식으로 사랑을 해야 하는지 아는 것이 아무것도 없었다. 그런 생각을 하는 자체만으로도 겁이 덜컥났다. 젠장, 내가 그렇게 마음이 약해지는 건 절대로 용납할 수 없어. 절대 안 돼.

사라는 네이선의 몸이 굳어지는 것을 느꼈다. 또 아무 말 없이 선실을 떠나면 가만 안 둘 거야. 그러기만 해봐라, 선실 바깥까지 따라갈 테니까. 사랑을 나눌 땐 그렇게 부드럽고 사려 깊은 사람이 어쩜 저렇게 순식간에 냉담해질 수가 있지? 도대체 속으로 무슨 생각을 하고 있는 거야?

「네이선?」

짐작대로 네이선은 대답이 없었다.

「당신을 사랑해요.」

사라가 속삭였다.

「나도 알아.」

옆구리를 쿡 찌르자, 네이선이 마지못해서 중얼거렸다.

「그래서요?」

사라는 고집스럽게 물었다. 네이선에게서 긴 한숨이 새어나왔다.

「당신은 날 사랑하지 않아도 돼. 우리 결혼생활에 '사랑'이 필수조건은 아니니까.」

스스로 생각해봐도 이치에 맞는 말이었다. 이 정도면 골치 아픈 문제를 슬쩍 피해갈 수 있겠지.

사라는 네이선을 침대 밖으로 밀어내려고 안간힘을 썼다.

「이 세상에 당신 같은 구제불능은 없을 거예요. 잘 들어요, 네이선, 당신한테 할말이 있어요.」

「귀 안 먹었어. 그렇게 버럭버럭 소리지를 필요 없잖아.」

네이선의 말투는 느긋했다. 몸을 굴려 똑바로 눕고서 침대보를 덮은 사라는 물끄러미 천장을 응시했다.

「당신한테 정말 실망했어요.」

사라가 중얼거렸다.

「그럴 리가 있나. 내가 잠자리에서 당신을 실망시킨 적이 있어?」

사라는 그 얘기가 아니라고 한마디 해주려다가 참았다. 자아도취에 빠진 사람한테 무슨 말인들 소용이 있겠는가.

「당신한테 할말이 있다고 했잖아요. 중요한 말이니까 잘 들어요.」

「그 얘기가 끝나면 바로 자겠다고 약속해.」

「알았어요.」

사라가 얘기를 꺼내려는 참에 네이선은 그녀를 끌어안아 부드럽게 등을 쓰다듬으면서 사라의 머리 위에 살짝 턱을 올려놓았다.

저 사람은 자기가 지금 얼마나 자상하게 굴고 있는지 알고 있을까. 사라는 내심 놀라서 속으로 중얼거렸다. 가슴이 터질 듯 기분이 좋아진 그녀는 네이선을 시험해 볼 양으로, 버둥거리며 품에서 빠져나가려는 몸짓을 했다. 그러자 네이선이 사라를 꼭 끌어안았다.

「알았어, 하고싶은 말 있으면 다 해봐. 오늘밤은 나도 잠 좀 자야겠어.」

사라는 미소를 지었다. 네이선의 목덜미에 얼굴을 찰싹 붙이고 있는지라 웃는 모습을 들킬 염려도 없었다. 네이선은 사라의 이마에 달라붙은 머리카락을 떼주었다.

사라는 '당신은 날 사랑해요.'라는 말을 할 작정이었다. 그 말을 들으면 네이선도 깨닫는 바가 있으리라고 믿었다. 하지만 그 순간을 헛되게 망치고 싶지는 않았다. 네이선은 아직 진실을 받아들일 준비가 덜 된 것 같았다.
 겁이 나서 그러는 거야. 막연하게 누군가를 사랑하는 것을 두려워하는 걸까? 아님 나를 사랑하게 되는 것이 두려워서 그럴까? 어느 쪽인지는 모르겠지만 확실히 네이선은 사랑하기를 두려워하고 있어. 내가 지금 그런 말을 했다간 펄펄 뛰겠지. 남자들은 원래 겁을 먹었다느니, 무서워한다는 소리를 듣기 싫어하는 법이니까.
「젠장, 사라, 잠 좀 자자. 꾸물대지 말고 빨리 얘기하라니까.」
「뭘 얘길 해요?」
 사라는 적당한 말을 찾지 못해 일부러 시치미를 뗐다.
「젠장, 열 받게 하는군. 할말이 있다고 그랬잖아.」
「그래요.」
「그게 뭐야?」
「그렇게 꽉 껴안으니까 아프잖아요. 어쩌죠? 당신한테 할말이 있었는데…… 뭔지 잊어버렸어요.」
 네이선이 사라의 이마에 입을 맞췄다.
「그럼 잠이나 자.」
 사라는 네이선의 품을 파고들었다.
「당신은 정말 좋은 남자예요, 네이선.」
 사라는 숙녀답지 못하게 큰소리로 하품을 했다.
「당신이 있어서 행복해요. 뭐 항상 그런 건 아니지만…….」
 그 말에 네이선이 껄껄 웃었다. 사라의 마음도 한결 따스해졌다.
「이제 당신 차례예요.」
「무슨 차례?」
 네이선은 사라를 약올리려고 일부러 딴청을 피웠다. 그를 다그치기에는 너무 지쳤는지, 사라는 눈을 감고 하품을 했다.
「됐어요. 오늘 하기 싫으면 내일 해도 돼요.」
「당신은 좋은 여자야. 나도 당신이 있어서 행복해.」

행복에 겨운 사라의 한숨소리가 방안을 가득 메웠다.
「나도 알아요.」
사라는 이내 곤한 잠에 빠졌다. 네이선도 눈을 감고 잠을 청했다. 내일 사라가 또 무슨 일을 저지를지는 아무도 몰랐다. 그러니 네이선도 휴식을 취할 필요가 있었다. 지난 몇 주 동안 그가 얻은 교훈이 있다면 '모든 걸 당연하게 생각했다가는 큰 코 다친다'는 사실이었다. 과거에는 험한 세상에서 아내를 보호해야 한다고 생각했지만, 지금은 사라로부터 이 세상을 보호해야 하는 게 그의 의무처럼 돼버렸다. 말도 안 되는 생각이지. 어느새 잠이 든 그의 입가에 미소가 어렸다.

11

　노라 이모의 집은 카리브 해에 위치한 섬에 있었다. 일행은 섬 주위를 둘러싼 바다에 닻을 내렸다. 그날 사라는 네이선을 부르는 호칭이 한 가지 더 있다는 사실을 알아냈다. '세인트 제임스 후작' 혹은 '웨이커스필드 백작'이라는 경칭이 전부가 아니었다. 네이선은 악명 높은 해적, 바로 그 페이건이었다.
　사라는 너무 놀란 나머지 침대에 뻗어버렸다. 처음부터 엿들을 생각은 없었다. 하지만 천장에 붙은 뚜껑문이 열려진 채로 선원들이 큰소리로 떠들어댔던 것이다. 어느새 매튜마저 두 사람의 대화에 가담해서 자기들이 전에 포획한 '전리품'에 관해 떠들어댔다.
　사실 사라는 반감보다 두려움이 앞섰다. 네이선 때문이었다. 그 동안 얼마나 많은 위험을 감수해야 했을까 생각하니 속이 울렁거렸다. 안 좋은 생각들이 꼬리를 이었다. 교수대를 향해 걸어가는 네이선의 모습. 상상만 해도 끔찍하고, 목구멍에서는 신물이 넘어오면서 식욕이 싹 달아났다. 사라는 간신히 그런 생각들을 떨쳤냈다. 체스터가 하는 말을 못 들었으면 아마 절망의 구렁텅이에 빠졌을지도 모른다. 이젠 해적질을 안 해도 되니 얼마나 행복한지 모른다는 말이었다. 그리고 대부분의 선원들이 정착을 원할 뿐 아니라, 그 동안 해적질로 모은 돈이 있어서 새 출발하는데 아무 지장이 없으리라는 말도 덧붙였다.

사라는 안도감에 눈물이 다 나왔다. 한 순간 수렁에 빠진 네이선을 구하는 일이 자기 몫이라고 생각했는데 그럴 필요까지는 없는 듯했다. 네이선은 벌써 자신이 저지른 오류를 깨달은 듯 했으므로. 제발 그래야 할 텐데. 사라는 마음속으로 간절히 빌었다. 그를 잃는다는 생각만으로도 견디기 힘들었다. 오랫동안 사랑해 온 네이선, 걸핏하면 목소리를 높이고 퉁명스럽게 구는 네이선, 그래도 언제나 아껴주고 사랑해주는 네이선, 그가 없는 세상이 지옥보다 나을 게 뭐 있으랴.

사라는 오전 내내 네이선 때문에 마음을 졸였다. 선원들 중 누군가가 그를 배신하면 어쩌지? 페이건의 목에 걸린 현상금이 엄청나던데. 아니야, 그런 생각은 하지 말자. 선원들은 모두 네이선에게 목숨이라도 바칠 사람들이야. 괜한 걱정은 말자구. 미리 마음 졸인다고 생길 일이 안 생기진 않잖아. 무슨 일이 생기든 사라는 네이선 곁을 떠나지 않고, 가능한 모든 수단을 동원해서 그를 지킬 생각이었다.

매튜는 이모한테 과거를 털어놓았을까? 만약 그랬다면 네이선이 페이건이라는 말도 했을까? 하지만 사라는 진상을 밝히고 싶은 마음이 없었다. 그 누구에게도 털어놓아선 안 될 비밀이었으니까. 이모라고 예외일 수는 없었다. 죽을 때까지 가슴에 묻어 둬야 할 극비사항이었다.

네이선이 선실에 들어와 보니 사라는 침대에 앉아서 멍하니 허공만 바라보고 있었다. 선실 안이 후덥지근하다 못해 쩔쩔 끓고 있는데도 그녀는 몸을 떨었다. 정상적인 컨디션으로 보이지 않았다. 새하얗게 질린 얼굴, 그리고 무엇보다 네이선을 보고도 한마디 말이 없다는 사실이 그 증거였다.
　얼마 후 일행은 작은 배에 옮겨 타고서 부두로 향했다. 사라는 고개를 떨군 채 양손을 꽉 쥐고 있었다. 주위에서 무슨 일이 벌어지든 아무 신경도 안 쓰는 사람처럼 보였다. 네이선은 점점 걱정이 더해갔다.
　사라 옆에 앉아서 끊임없이 수다를 떠는 노라는 더위를 참기 힘든지 연신 손수건으로 이마에 흐르는 땀을 닦으며 부채질을 해댔다.
「하루 이틀만 지나면 더운 것도 적응이 될 게야. 그나저나 네이선, 우리 집 근처에 자그마한 폭포가 있다네. 산 위에서 흘러내리는 물이라 얼마나 깨끗한지 몰라. 폭포 아래쪽에서 수영을 즐기면 아주 그만이야. 그러니까 꼭 시간을 내서 사라를 데리고 가보게.」
　노라는 사라에게 시선을 돌렸다.
「잘하면 이번에 수영을 배울 수도 있겠구나.」
　사라에게서 아무 대꾸가 없자 노라는 팔꿈치로 슬쩍 찔렀다.
「죄송해요, 이모. 방금 뭐라고 하셨어요?」
「또 공상에 빠져 있었구나?」
「아니에요.」
　사라는 네이선을 응시하면서 말했다.
「몸 상태가 별로 안 좋은가 봅니다.」
　네이선이 말했다.
「난 아무렇지도 않아요.」
「오늘은 너무 조용하구나. 더워서 그러니?」
　노라가 걱정스러운 얼굴로 물었다.
「아니에요. 그저 이런 저런 생각을 하고 있었을 뿐이에요.」
　사라가 한숨을 내쉬며 대답했다.
「무슨 생각을 했는데?」
　노라가 물었다. 사라는 계속 네이선을 응시했다. 네이선은 왜 그러나는 듯 눈썹을 치켜올렸다. 노라가 다시 말을 꺼내는 바람에 두 사람의 눈싸움 대결은 싱겁게 끝났다.
「너도 이번 기회에 수영하는 법을 배우면 좋겠다고 그랬단다.」
「내가 가르쳐주지.」
네이선이 나섰다.
「말이라도 고맙네요. 하지만 배우고 싶은 생각이 별로 없어요. 배워야 할 필요도 없고…….」
「필요가 없긴 왜 없어?」
네이선이 반색을 하며 물었다.
「배우고 싶지 않다니까요. 그럴 필요도 없구요.」
「그게 무슨 말이야? 수영도 배워둘 필요가 있어.」
「왜요?」
「수영을 할 줄 알면 익사할 위험도 적어지니까 그렇지.」
「그런 건 걱정 안 해요.」
「젠장, 내 말대로 해.」
사라는 네이선이 왜 그렇게 사소한 일에 흥분하나 싶었다.
「나에겐 익사할 일이 없어요.」
「그건 또 무슨 소리야?」
「당신이 있으니까요.」
사라가 미소지었다.
네이선은 손으로 양쪽 무릎을 꽉 누르면서 앞으로 몸을 숙였다.
「맞는 말이야. 내가 있는 한, 당신이 익사하게 놔둘 순 없지.」
사라는 고개를 끄덕였다.
「그것 보세요, 이모. 수영할 필요가 없…….」
「하지만 내가 옆에 없을 땐 어떻게 할 거야?」
네이선이 사라의 말을 가로막았다.
「물가 근처엔 얼씬도 안 하면 돼요.」
사라는 네이선을 살짝 흘겨보면서 대꾸했다.

「잘못해서 물에 빠지기라도 하면 어쩌려고?」
「어디서 많이 들어본 얘기 같다 했더니······. 전에 나한테 호신술을 배우게 하려고 써먹었던 수법이잖아요. 당신이 계속 그런 질문을 하는 속셈을 모를 줄 알아요?」
「당신 때문에 걱정하기가 싫어서 그래. 당신은 내 말대로 수영을 배우면 돼, 알았어? 더 이상 왈가왈부할 것 없어.」
네이선이 단호하게 내뱉었다.
「이모도 보셨죠? 이 사람은 허구헌 날 나한테 소리만 질러대요.」
「괜히 날 끌어들일 생각일랑 말아라. 난 누구 편도 안 들 테니까.」
침묵에 잠긴 부부는 부두에 도착할 때까지 아무 말이 없었다.
「와, 이모, 너무 멋있어요. 사방이 온통 초록빛이에요. 전보다 훨씬 수풀이 무성해지고 푸릇푸릇해진 것 같아요.」
침묵을 지키던 사라가 부두에 서서 주위 경관에 관심을 보였다. 열대 낙원은 다채롭고 선명한 빛깔을 자랑했다. 야자수 사이로 비친 햇살이 산등성이에 흐드러지게 피어 있는 진홍색 꽃잎 위에 부서지고, 항구가 내다뵈는 나지막한 언덕들을 배경으로 파스텔 색조의 예쁜 집들이 옹기종기 모여 있었다. 사라는 눈앞에 펼쳐진 풍경을 스케치북에 옮기고 싶었지만, 실물이 전해주는 느낌과 감동을 고스란히 화폭에 옮길 자신이 없었다. 한숨만 쉴 뿐.
네이선이 옆에 와서 섰다. 대자연에 대한 경이감이 그녀의 얼굴에 가득 했다. 아무런 가식 없이 감정을 드러낸 얼굴. 네이선은 그런 사라의 모습에 놀라움을 느꼈다.
「왜 그래, 사라?」
사라의 눈에 고인 눈물을 보고 네이선이 물었다.
「정말 숨이 막힐 정도로 아름답지 않아요?」
사라는 눈앞에 펼쳐진 정경에서 시선을 떼지 않은 채 말했다.
「뭐가 숨이 막힐 정도로 아름답다는 거야?」

「꼭 한 폭의 수채화 같지 않아요? 저기 저 햇살이 부서지는 언덕을 봐요. 사방으로 빛나는 햇살이 꼭 액자처럼 보이잖아요. 장관이라는 말이 딱 어울리는 것 같아요.」

네이선은 눈앞의 경치 대신 사라를 한참동안 내려다봤다. 가슴속에서 치솟은 따뜻한 열기가 영혼까지 도달하는 느낌이 들자 그는 자신도 모르게 손등으로 사라의 뺨을 부드럽게 어루만졌다.

「숨이 막힐 정도로 아름다운 건 당신이야.」

절절한 감정이 느껴지는 쉰 목소리에 사라는 놀라서 말문이 막혔다.

「진심으로 하는 말이에요?」

사라가 몸을 돌려 속삭이자 네이선의 태도가 돌변했다. 괜히 쓸데없이 시간 낭비하지 말라고 퉁명스러운 한마디를 내던지는 것이었다. 정말 알다가도 모를 사람이야. 평생이 가도 이해하지 못할 사람. 속으로 중얼거리며 사라는 이모와 나란히 판자 길을 걸어갔다.

「안색이 좋아 보이지 않는구나. 더워서 그러니?」

노라가 물었다.

「아뇨, 제 남편이 얼마나 아리송한 사람인지 곱씹어보던 중이에요. 네이선은 제가 독립심이 강한 여자였으면 하나 봐요. 평상시엔 자기가 시키는 대로만 하라고 강압적으로 나오면서. 솔직히 그 사람 덕에 제가 그 동안 얼마나 의존적으로 살았는지 깨달았어요. 사실 전엔 네이선이 절 돌봐줘야 한다고 생각했거든요. 하지만 지금은 그게 아니다 싶어요. 제 몸은 제가 지켜야겠다는 생각이 들어요. 그런다고 네이선이 저한테 신경을 덜 쓴다거나 무관심해지진 않을 거라고 믿어요.」

「아마 널 자랑스럽게 생각하겠지. 너도 남편에게 복종만 하면서 살고 싶은 건 아니겠지? 엄마를 생각해 보렴. 네 아버지는 네이선처럼 정이 많은 사람은 아니란다.」

혹 네이선이 피도 눈물도 없는 냉혹한 사람이었다면 어쩔 뻔했지? 지금까지 한 번도 그런 생각을 해본 적이 없었다.

「이모 말씀을 듣고 보니 생각할 게 많네요.」

노라는 사라의 손을 토닥거렸다.

「시간이 지나면 자연히 깨닫게 될 게야. 얼굴 좀 피렴. 그러다가 두통이 생길까봐 걱정이구나. 세상에, 오늘 날씨 정말 좋지 않니?」

근처를 배회하는 남자들이 사라를 쳐다보느라고 정신이 없었다. 네이선은 사라에게 노골적인 시선을 던지는 작자들이 못마땅했다. 어떤 자가 대놓고 휘파람을 불자 울컥 화가 치솟아 지나가는 척하면서 남자의 얼굴에 주먹을 날렸다. 그 바람에 남자가 바다에 빠졌고, 사라는 철썩하고 물이 튀는 소리에 고개를 돌렸다. 네이선이 미소를 지어 보이자 사라도 미소로 화답했다. 남자들은 네이선이 지나가면 슬슬 피하기 바빴는데, 유독 한 사내만이 뻔뻔스러움을 보였다. 사팔눈과 살집이 없는 빈약한 코가 특징인 남자였다.

「정말 끝내주는 여자로구먼.」

사팔뜨기가 조심성 없이 말을 뱉어냈다.

「내 여자한테 그런 소리 하지 마!」

네이선은 나지막하게 으르렁대면서 남자를 바다로 밀어버렸다.

「과보호의 징조가 조금씩 나타나는구먼, 애송이. 사라는 다 큰 여자지 어린애가 아니야.」

짐보가 말했다.

「사라는 자기가 얼마나 매력적인지 도통 모르고 있단 말이야. 사내자식들 시선이 어떤지 안다면 저런 식으로 걷지는 못할 거야.」

네이선이 열을 올리며 말했다.

「사라 걸음이 어때서?」

「알면서 물어? 엉덩이를 저렇게 흔들…… 그리고 사라는 그냥 여자가 아니라 내 여자야.」

네이선은 화제를 돌렸다.

이만하면 실컷 약올린 셈이지. 한마디 더 했다간 성질을 돋구겠어.

짐보가 속으로 생각했다.

「여기 분위기를 봐선 돛대 수리 용품을 구하기 어려울 듯한데.」

주위를 둘러보며 짐보가 말했다. 결국 그의 추측은 맞아 떨어졌다. 사라와 노라, 매튜 세 사람을 노라의 집에 보낸 네이선은 짐보와 함께 마을을 둘러봤다. 아무래도 좀더 큰 항구를 찾아봐야 할 것 같았다. 해도를 살펴보니 근방에서 제일 가까운 항구가 이틀 정도 소요되는 거리에 있었다.

2층으로 된 노라의 집은 생각보다 컸다.

사라가 정문 근처 흔들의자에 앉아 있었다.

네이선이 계단을 올라가며 말했다.

「난 내일 선원들 절반을 데리고 떠날 거야.」

「알았어요.」

사라는 동요하는 모습을 보이지 않으려고 안간힘을 썼다. 또 해적질을 하려는 걸까? 이모 말로는 근처에 해적소굴이 있다던데……. 혹시 전에 알고 지냈던 해적들과 접선할 생각은 아닐까? 사라는 심호흡을 했다. 속단은 금물임을 알면서도 자꾸 불길한 생각이 들었다.

「씨 호크를 수선하는데 필요한 용품을 구하러 가는 거야.」

사라는 곧이 들을 수가 없었다. 여기도 어촌이니 필요한 용품은 충분히 구해질 텐데. 하지만 아무 말도 하지 않았다. 네이선이 페이건이라는 사실을 고백하기 전에는 그냥 모른 척하리라.

「알았어요.」

사라의 순순한 반응에 네이선은 당황했다. 사소한 일에도 걸핏하면 대꾸를 하더니 왜 이러지. 돌이켜보니 그날 내내 평상시와는 뭔가 달랐다. 걱정스러운 마음이 든 네이선은 사라가 흔들의자에서 일어나 집 안으로 들어가려 하자 현관에서 그녀를 따라잡았다.

「곧 돌아올 거야.」

여전히 아무 대꾸가 없었다. 2층에 다다르자 네이선은 그녀의 어깨를 붙들었다.
「이봐, 무슨 생각을 그렇게 하는 거야?」
「왼쪽 두 번째 방이 우리가 쓸 방이에요. 선원들더러 내 짐 가방을 여기로 옮겨달라고 해야겠어요.」
「여기 그렇게 오래 머무르지도 않을 건데?」
「알았어요.」
그러다 당신이 죽기라도 하면 어쩔 작정이에요? 사라는 마음속으로 소리를 질렀다. 선장인 당신이 죽은 마당에 그 소식을 전하려 여기까지 와줄 선원이 있겠어요? 사라는 네이선의 손을 치우고 계속 걸어갔다. 네이선도 뒤를 따라갔다.
두 사람이 쓰기로 한 침실에서는 바다가 내려다 보였고, 활짝 열린 이중창으로 흘러 들어온 바위에 부딪히는 시원한 파도 소리가 메아리처럼 큰 방안에 울렸다. 빛깔 고운 이불이 깔린 침대가 창문 사이에 배치되어 있었고, 옷장 옆에는 녹색 벨벳 의자가 놓여 있었다. 의자와 같은 색으로 맞춘 커튼이 시각적인 효과를 냈다.
사라가 옷장에 옷을 거는 동안, 네이선은 문가에서 한동안 그녀를 지켜봤다.
「당신이 왜 이러는지 당장 알아야겠어.」
「아무것도 아니에요.」
사라는 뒤도 돌아보지 않고 떨리는 목소리로 말했다.
젠장, 아니긴 뭐가 아니야.
네이선은 이를 악물었다. 기필코 무슨 일인지 알아내야겠어.
「잘 다녀오세요, 네이선. 잘 갔다 와요.」
「당장 떠나는 게 아니라구. 내일이나 돼야 떠날 거야.」
「알았어요.」
「알았다는 말 좀 그만 할 수 없어? 젠장, 당신의 그 차가운 태도, 맘에 안 들어.」

「이봐요, 내 면전에서 욕설을 쓰지 말라고 몇 번이나 말했어요? 맘에 안 드니까 제발 그만두라고 앵무새처럼 떠들어댔잖아요. 그런데도 당신은 들은 척도 안 했어요, 안 그래요?」

사라가 돌아서며 대들었다.

「여기서 갑자기 왜 그 얘기가 나와?」

네이선은 투덜거리면서도 내심 안도했다. 사라가 본래의 모습을 보이자 비로소 웃음이 나왔다. 사무적이고 무관심한 태도는 어느새 사라졌다. 사라는 그가 미소를 짓는 까닭을 알 수가 없었다. 화를 내는가 싶더니 갑자기 웃는 건 또 뭐야? 아무래도 뙤약볕을 너무 오래 쬐어서 좀 이상해졌나봐.

「하루라도 욕을 안 하면 입에 가시라도 돋아요? 욕을 하면 기분이 좋아지나 보죠? 좋아요, 나도 시험삼아 욕설을 섞어서 말해봐야겠어요. 당신이 어떻게 나오나 두고보게. 자기 아내 입에서 천박한 말이 나오면 기분이 참 좋겠네요.」

네이선은 껄껄 웃었다.

「내가 쓴 욕이라곤 기껏해야 '젠장' 아니면 '제기랄' 정도야. 당신 앞이라 많이 자제하는 거라구.」

「당신하고 선원들이 떠들어대는 유치찬란한 말들을 내가 못 들은 줄 알아요?」

사라의 톡 쏘는 말에 네이선은 다시 웃음을 터뜨렸다.

그때 바깥에서 매튜가 크게 외치는 소리가 들렸다.

「노라가 두 사람더러 응접실로 내려오라는데.」

「당신이 먼저 내려가요. 가운 두 벌만 마저 정리하면 끝나요. 이모한테 곧 내려간다고 전해줘요.」

네이선은 대화가 끊겨 못내 섭섭했다. 한참 재미가 무르익어 가는 중이었건만. 그는 한숨을 쉬며 문가로 걸어갔다.

「이봐요, 네이선, 오늘 날씨 정말 우라지게도 덥네요. 안 그래요?」

사라가 쾌활하게 외쳤다.
「그래, 정말 우라지게도 덥군.」
고개를 돌리며 네이선이 응수했다. 그는 사라가 천한 아낙네처럼 떠들어대는 게 맘에 안 들었다. 하지만 그 말을 했다간 대뜸 '그러니까 당신도 욕 좀 하지 말아요'라는 잔소리를 들을 게 뻔했기 때문에 잠잠하기로 했다.
사라를 시험해 볼 시간은 생각보다 빨리 찾아왔다.
응접실에 내려갔더니 노라 옆에 손님이 앉아 있었다.
네이선은 창문 앞에 서 있는 매튜에게 고개를 한 번 끄덕였다.
「이보게, 네이선, 여기 이 분은 오스카 피커링 목사님이라네.」
노라가 돌아서서 소개를 계속 했다.
「목사님, 이 사람은 제 조카사위, 세인트 제임스 후작이랍니다.」
「성직자시란 말이군요.」
네이선은 애써 웃음을 참아가며 말했다. 사라가 어떻게 나오는지 한 번 봐야겠군. 이런 기회는 흔치 않지.
노라는 전에 그렇게 공손한 네이선의 모습을 본 적이 없었다. 세상에, 목사에게 악수까지 청하다니! 노라는 네이선이 매튜처럼 불편해하진 않을까 내심 걱정했었다. 가엾게도 매튜는 엉덩이에 종기가 난 사람 마냥 안절부절못하고 있었다. 의자에 앉은 네이선은 사라가 응접실에 들어오자 다리를 앞으로 쭉 뻗더니 바보처럼 히죽거렸다.
「오스카는 이번에 마을 대표로 뽑혔어.」
노라가 네이선을 보며 설명했다.
「격 없이 이름을 부르시는 걸 보니, 두 분이 평소에도 친한 모양이지요?」
문가에 서 있는 사라를 흘낏 쳐다보며 네이선이 물었다.
「아뇨, 이모님과도 초면입니다. 하지만 제가 그냥 오스카라고 부르시라 말씀드렸지요.」

사라는 손님 앞에서 공손하게 절을 했다. 오스카란 사람은 마른 체구에 둥근 안경을 끼고 있었다. 검정 윗도리와 바지, 빳빳하게 풀을 먹인 흰색 스카프 차림의 그는 전체적으로 엄격해 보이는 인상이었다. 고개를 약간 쳐들고 흘러내린 안경 아래로 응시하는 시선이 왠지 오만하게 느껴졌다. 네이선을 힐끗 쳐다보는 오스카의 시선에는 그에 대한 경멸감이 노골적으로 드러나 있었다. 사라는 대번에 오스카란 남자가 밉살스러워졌다.

「애야, 여기 이분은······.」

「오스카라고 마을 대표로 일하시는 분이야.」

네이선이 노라의 말을 가로챘다. 그는 일부러 '목사님'이라는 호칭을 생략했다.

「오스카, 여기 이 아리따운 아가씨는 내 조카 사라예요. 네이선의 안사람 된답니다.」

오스카는 고개를 끄덕이더니 사라더러 네이선의 옆자리에 앉으라는 시늉을 했다.

「뵙게 돼서 기쁩니다.」

사라는 억지 미소를 지어 보였다. 왜 저렇게 콧소리를 내지? 안경이 코를 꽉 조여서 저러나.

「미리 허락을 구하고 방문을 했어야 하는데, 산책을 나와 보니 여기서 시끌벅적한 소리가 나더군요. 호기심을 누르기 힘들어서 이렇게 찾아뵈었습니다. 그나저나 베란다에 상스러운 복장의 남자들이 어슬렁거리던데. 그런 천한 사람들과는 어울리시지 않는 게 좋습니다. 내쫓아버리는 게 어떨는지요?」

오스카는 못마땅한 얼굴로 매튜를 힐끗 쳐다보면서 말했다. 그의 오만불손한 태도에 사라는 기가 막혔다.

교양 있는 척은 혼자 다 하고 있네. 내가 객실에 들어올 때 일어서지도 않았으면서. 그런 간단한 예의조차 모르는 걸 보면 교양의 '교'자도 모르는 사람이란 얘기야. 흥분을 참을 수가 없어 사라는 탁자에서 부채를 집어들어 '휙' 소리가 나게 펼쳤다. 그러고는 보란 듯이 얼굴 가까이 대고 부채질을 시작했다.
「그 사람들을 쫓아내는 일은 없을 겁니다.」
네이선이 심드렁하게 내뱉었다.
「네이선 밑에서 일하는 선원들이거든요.」
노라가 중재에 나서자, 사라는 일부러 보란 듯이 매튜 옆에 섰다. 매튜에 대한 의리를 보여주는 양. 사라의 의도를 파악한 매튜가 살짝 윙크하자 그녀도 빙긋 미소를 지었다.
「여기 날씨가 꽤 덥군요. 아까도 우리 집사람이 한 말이 있었는데……, 아까 당신이 뭐라고 그랬지?」
네이선은 사라에게 의미심장한 미소를 보냈다.
「기억이 안 나요.」
순간 네이선의 얼굴에 '내 그럴 줄 알았다'는 식의 표정이 떠올랐다. 약이 오른 사라는 대뜸 생각을 바꿨다.
「어머, 내 정신 좀 봐. 이제야 기억이 나네요. 날씨 한번 우라지게 덥다고 했었죠.」
오스카의 안경이 '툭'하고 코끝으로 떨어졌다.
매튜도 놀라서 입이 쩍 벌어졌고, 네이선 역시 미소를 거두었다.
「너무 더워서 망할 놈의 두통이 자꾸 도지네요.」
네이선은 사라에게 위협적인 시선을 보냈다.
홍, 여기서 만족할 순 없지. 다신 저 입에서 욕설이 나오지 못하게 만들 거야. 속으로 다짐하면서 사라는 이모가 자신의 '수치스러운 행동'을 이해해주기만 바랐다. 그녀는 크게 한숨을 내쉬면서 창턱에 등을 기대섰다.
「휴우, 정말 더럽게 짜증나는 날씨네.」
네이선이 자리에서 벌떡 일어났다.

「방금 뭐라고 했어?」
「왜요? 날씨 한번 더럽게 짜증난다고 했어요.」
의기양양한 목소리로 사라가 대답했다.
「그만하면 됐어!」
더 참을 수 없는지 네이선은 소리를 버럭 질렀다.
노라는 웃음을 참으려고 기침하는 시늉을 했다. 오스카가 자리에서 벌떡 일어나더니 황급히 방을 가로질러 갔다. 양손에 책 한 권을 꼬옥 붙들고서.
「벌써 가시게요?」
부채로 웃음을 가리면서 사라가 물었다.
「이제…… 가야 합니다.」
오스카는 어찌할 바를 모르고 더듬거리며 대답했다.
사라는 부채를 내려놓고 그의 옆으로 다가갔다.
「세상에, 왜 그렇게 서두르세요? 거시기에 불이라도 붙었…….」
네이선이 갑자기 손으로 입을 '홱' 틀어막는 바람에 말이 끊겼다.
사라는 그의 손을 치우며 투덜댔다.
「왜 그래요? 여기서 거시기는 다리를 말하는 거라구요.」
「허, 다리라고? 행여나 그러겠네.」
네이선이 코웃음을 쳤다.
「도대체 왜 그러는 거니?」
노라가 목소리를 높이자, 사라는 재빨리 이모 곁으로 다가갔다.
「죄송해요, 이모. 네이선이 욕하는 걸 하도 좋아해서 버릇 좀 고치려고 그랬어요. 그 마을 대표란 사람이 별로 맘에 안 들었기도 했구요. 하지만 이모가 정 원하신다면 가서 사과할게요.」
「나도 그 사람은 별로야.」
노라도 솔직하게 털어놨다.
「그나저나 오스카 씨가 들고 간 책은 뭐예요? 이모가 빌려주신 건가요? 그랬다가 안 돌려주면 어쩌려구요. 그다지 신용 있어 뵈는 사람은 아니던데.」
「성경책이란다. 너한테 빨리 귀띔을 해줄 걸 그랬구나.」
「무슨 얘기를요? 아아, 아까 그 건방진 남자가 성경책을 항상 들고 다닌다는 얘기요? 가식적인 행동이라는 생각밖에 안 드는데요.」
「얘야, 목사님들은 원래 성경책을 들고 다니잖니.」
「목사라뇨? 새로 뽑힌 마을 대표라고 하셨잖아요.」
「그래, 하지만 오스카 씨는 우리 마을에 단 한 분인 목사님이기도 하단다. 우리더러 이번 주 예배에 참석하라고 들르신 거야.」
「어떻게 해, 이 일을 어쩌면 좋아.」
어쩔 줄 몰라 하던 사라는 네이선이 계속 쏘아보자 얼굴을 붉혔고, 옆에서 노라는 웃음을 참느라 안간힘을 썼다.
「이젠 사라 때문에 더럽게 짜증난다고 해야겠군.」
매튜가 굵직한 목소리로 말했다.
「말조심 해, 매튜.」
네이선은 명령조로 말하면서 사라의 손을 잡아 일으켰다.
「이번 주 일요일 날 목사님이 어떤 설교를 할지 상상이 되는구나.」
노라는 눈물이 나도록 웃음을 터뜨렸다.
「세상에, 네가 그렇게 아무렇지도 않게 말을 하니까……..」
「지금 이 상황에서 웃음이 나옵니까?」
네이선이 노라의 말을 가로챘다.
「당신은 알았어요?」
사라가 네이선에게 따지듯이 물었다.
「뭘?」
네이선은 아무것도 모르는 척 시치미를 뗐다.
「오스카라는 사람이 성직자라는 사실을 알고 있었냐구요?」
네이선은 천천히 고개를 끄덕거렸다.

「이게 모두 당신 탓이에요. 당신이 내 성질을 건드리지만 않았어도 이렇게 망신당하지는 않았잖아요? 이젠 내 의도를 좀 파악하겠어요? 앞으로 또 욕설을 할거냐구요?」

사라가 소리를 지르자 네이선은 그녀의 어깨에 팔을 두르며 옆구리를 끌어당겼다.

「집사람이 함부로 입을 놀린 점에 대해선 제가 대신 사과 드리지요, 이모님. 그나저나 말씀하셨던 폭포가 어딨습니까?」

네이선은 사라에게 시선을 돌렸다.

「수영 강습을 받을 준비나 해. 그리고 한 번만 더 욕설을 했다간 당신이 익사하든 말든 아무 상관 안 하는 줄 알아.」

노라는 두 사람을 집 뒤쪽으로 데려가서 길을 일러줬다. 도시락을 챙겨가라고 권유했지만 네이선은 이를 거절하고 사과 두 개를 집어들어서 하나를 사라에게 건네줬다. 그는 가기 싫다며 버티는 사라를 억지로 뒷문으로 끌고 갔다.

「수영하기엔 너무 더운 날씨잖아요.」

네이선은 아무 대꾸도 안 했다.

「수영하기에 적당한 복장이 아니라구요.」

사라는 계속 버티었다.

「안됐군.」

「머리가 젖으면 어떻게 해요」

「물에 들어가면 젖는 게 당연하잖아.」

사라는 더 이상 버티기를 포기했다. 네이선이 한번 마음을 먹은 이상 아무리 설득을 해봤자 소용이 없음을 알기에. 사라는 네이선의 셔츠에 매달려 꽁무니를 따라갔다. 슬슬 걷기가 지겨워질 무렵 어디선가 폭포 소리가 들려왔다. 사라는 이모가 낙원이라고 표현했던 멋진 경치를 빨리 보고 싶어서 네이선을 앞질러 갔다. 달콤한 야생화 냄새가 진동을 했고, 나뭇잎 색은 푸르다 못해 눈이 시릴 정도였다. 정말 이렇게 선명한 녹색은 처음이야. 물론 네이선의 눈동자보다는 못하지만. 사라는 감탄하면서 속으로 중얼거렸다. 분홍, 노랑, 주홍의 꽃들이 흐드러지게 피어 있는 광경은 에덴 동산이 따로 없다는 생각이 들게 했다. 그러다 보니 불현듯 뱀이 떠올랐다.
「뱀이 나오면 어떻게 하죠?」
사라가 걱정스럽게 물었다.
「내가 알아서 할 테니까 걱정 마.」
「뱀한테 물리면 어쩌려구요?」
「나도 콱 물어주면 되지.」
사라는 하도 어이가 없어서 웃음이 나왔다.
「당신은 그러고도 남을 사람이에요.」
사라는 가다 말고 멈춰 서서 크게 숨을 내쉬었다.
「정말 여긴 너무 아름답네요.」
폭포수가 매끌매끌한 바위들을 거쳐 물웅덩이로 낙하하면서 거품을 일으켰다. 네이선은 사라의 손을 잡고 폭포 뒤로 갔다. 그곳에 동굴과 비슷한 장소가 있었다. 안에 들어가서 바깥쪽을 보니 물줄기가 커튼처럼 드리워졌다.
「당신은 옷을 벗고 있어. 난 수심이 얼마나 깊은지 알아보고 올 테니까.」
네이선이 신발을 벗으면서 말했다. 사라는 사과 두 개를 바위에 올려놓고 흐르는 물에 손을 살짝 대봤다. 생각만큼 차갑지는 않았다.
「여기 앉아서 물에 발이나 담그고 있을까봐요.」
「옷을 벗으라니까.」
사라가 뭐라고 하기도 전에 네이선은 옷을 훌훌 벗어 던지고서 폭포 아래 웅덩이 속으로 들어갔다. 사라는 네이선의 옷을 개켜놓은 뒤, 속옷만 남기고 옷을 모두 벗었다. 그러고서 바위 턱에 걸터앉아 폭포수에 발을 적시고 있는데 네이선이 갑자기 발을 잡아 물 속으로 끌어당겼다. 기분이 너무나 상쾌해서 저항할 마음도 없었다. 뜨겁게 내리쬐는 태양 아래 네이선의 그을린 피부에 맺혀 있는 투명한 물방울들이 반짝거렸다.

네이선의 가슴까지 닿은 물은 바닥이 보일 정도로 맑고 투명했다. 그의 근육질의 허벅지가 대번에 사라의 시선을 끌었다. 체격 하나는 끝내주는 사람이야……. 그때 마침 네이선이 부드럽게 사라를 품에 안았다. 사라는 그의 허리를 끌어안고 뺨을 어깨에 댔다.

「똑바로 서봐. 물이 어디까지 오는지 보게.」

사라는 네이선이 시키는 대로 했다. 물은 입까지 찼지만 고개를 뒤로 젖히면 그런 대로 숨을 쉬기에는 지장이 없었다.

「정말 시원해서 좋네요.」

네이선은 수영 강습에 몰두하려고 애썼지만 허사였다. 물에 젖어 달라붙은 속옷이 사라의 몸매를 그대로 드러내주고 있었다.

젠장, 사라가 옆에 있으면 늘 이런 식이라니까.

「우선 물에 뜨는 법을 배워야 해.」

사무적인 목소리.

사라는 네이선이 왜 자꾸 얼굴을 찌푸리는지 알 수가 없었다.

「알았어요.」

「계속 그렇게 날 붙들고 있으면 안 돼.」

네이선은 손을 놓자 균형을 잃고 비틀거리는 사라의 허리를 붙잡아 들어올리고는 누운 자세로 물에 떠보라고 일러줬다. 몇 번 연습을 하고 나자 사라는 금새 혼자서도 물에 뜰 수 있었다. 그러자 네이선이 사라보다도 더 좋아하며 박수를 쳐줬다.

「오늘은 이 정도로 충분해요.」

사라는 네이선의 팔을 붙들고 몸의 균형을 잡았다. 이제 그만 돌아가자는 말을 하려는데 갑자기 네이선이 그녀를 끌어안아 얼굴에 붙은 머리카락을 부드럽게 떼어주었다. 사라의 부드러운 가슴이 네이선의 단단한 가슴에 닿자, 그는 천천히 사라의 속옷을 허리춤까지 끌어내리면서 저항하려는 그녀의 입술을 키스로 막았다. 네이선의 나지막한 신음소리는 폭포수 소리에 묻혀버렸다. 키스가 깊어갈수록 사라의 다리에서는 힘이 빠져나갔고, 네이선의 혀는 그녀의 입 속을 끊임없이 탐했다.

「당신을 안고 싶어.」

네이선이 사라의 눈을 들여다보며 말했다.

「지금 여기서요?」

사라의 눈이 동그래졌다.

「그래, 지금 당장. 도저히 참을 수가 없어.」

네이선은 쉰 목소리로 말하면서 사라의 다리를 들어올려 허리에 감았다. 그러고는 다시 정신없이 키스에 빠져들었다. 사라 역시 몸을 떨면서 키스에 몰입했다. 네이선은 천천히 그녀의 몸 안으로 들어갔다. 두 사람의 혀가 얽히는 순간 네이선의 몸은 사라의 몸 깊숙한 곳에 자리를 잡았다. 하마터면 물에 가라앉을 뻔했지만 두 사람은 아랑곳하지 않고 절정까지 이르렀다.

꼼짝할 수 없을 만큼 기운이 빠진 사라를 네이선은 폭포 뒤 바위로 안고 가서 그 위에 앉혔다. 그가 옆에 자리를 잡고 앉아 머리에 입을 맞추자 사라는 등을 바위에 기대고 눈을 감았다.

「우리가 사랑을 나눌 때마다 정말 멋지고 신비스러운 일이 벌어지는 것 같아요, 안 그래요?」

네이선은 속삭이는 사라의 눈을 응시하면서 부드럽게 가슴을 어루만졌다. 바위에서 올라오는 뜨거운 열기가 행복한 기분에 빠진 사라의 한기를 몰아내 주었지만, 네이선의 애무에 그녀는 부들부들 떨었다. 그는 입술과 혀로 사라의 가슴을 애무하다가 천천히 손을 아래로 미끄러뜨렸다.

「당신이 이렇게 젖은 건 나 때문이야, 그렇지?」

대답하기가 민망한지 사라가 손을 치우려고 했지만 네이선의 힘을 당해낼 재간이 없었다. 다시 고개를 숙여 입술과 혀로 사랑의 고문을 시작한 네이선은 얼마 후 사라의 몸 깊숙한 곳으로 들어갔다. 사라는 곧바로 절정에 이르렀고 네이선도 금새 뒤를 따랐다. 사라의 몸 위로 쓰러진 그는 잠시 후 그녀가 힘들까봐 몸을 일으켜 팔꿈치로 버텼다.
「지금 우리가 물 속에 들어갔다가는 분명히 익사할 거야.」
네이선은 사라의 멍한 표정을 보며 미소를 지었다. 사라는 눈물이 가득 고인 눈으로 미소를 지으며 네이선의 입술을 어루만졌다.
「내일 떠나야 돼요?」
「응.」
「알았어요.」
네이선이 듣기에도 쓸쓸한 목소리였다.
「뭘 알았다는 거야?」
사라가 고개를 돌리려고 하자 네이선이 턱을 잡고 치켜올렸다.
「사라?」
해적질 하러 가는 거냐고 묻지 못할 바엔 아무 말도 안 하는 편이 나아. 사라는 속으로 생각했다.
「내가 가면 보고 싶어질까봐 그래?」
부드러운 음성으로 네이선이 물었다.
「그래요, 많이 보고 싶을 거예요.」
사라가 속삭였다.
「그럼 나랑 같이 가.」
「방금 같이 가자고 했어요? 하지만…… 역시 내가 너무 성급하게 생각했나봐요. 당신은 벌써 손 씻었는데 말이에요.」
「지금 무슨 소리를 하는 거야?」
「당신이 날 데려간다고 하니까 기뻐서 그래요. 이젠 같이 안 가도 상관없어요. 당신한테 그럴 맘이 있다는 걸 알았으니까 됐어요.」

사라가 몸을 일으키면서 말했다.
「횡설수설은 그만하면 됐어. 그나저나 아까는 왜 그렇게 기분이 저조했어? 무슨 일 때문이었는지 솔직히 얘기해봐.」
「당신이 이번에 떠났다가 날 데리러 오지 않으면 어쩌나 걱정했어요.」
사라는 거짓말을 했다.
「다른 거라면 몰라도 당신을 데리러 오는 일을 잊어버릴 리가 없지. 하지만 난 그 전의 일을 물어본 거였어.」
「그 전의 일이라뇨?」
「내가 내일 떠나야 한다고 말하기 전부터 이상하게 행동했잖아.」
「이모랑 헤어질 생각을 하니까 마음이 울적해져서요. 여길 떠나면 이모가 많이 보고 싶을 거예요.」
오후 늦게까지 폭포에서 지낸 네이선과 사라는 들고 갔던 사과 맛을 음미하면서 산을 내려왔다. 사라는 등이며 어깨가 따끔거렸고, 얼굴도 사과처럼 빨갛게 달아올라 있었다. 네이선이 어깨에 팔을 두르자 그녀는 아프다고 비명을 질렀다. 자기 탓이 크다고 생각한 네이선은 금새 후회하는 마음이 들었다.
두 사람은 주방 앞에서 노라와 마주쳤다.
「지금 저녁 준비를…… 세상에나, 사라! 얼굴이 빨개졌구나. 쓰라려서 밤에 잠도 못 자면 어쩐다니.」
「그래도 무척 재밌었어요.」
사라가 쾌활한 목소리로 말했다.
「뭐 하느라 그렇게 오랫동안 있었니? 계속 수영만 했어?」
「아뇨.」
사라가 올려다보자 네이선이 대신 대답했다. 그는 사라에게 빙긋 웃어 보이더니 노라에게 시선을 돌렸다.
「솔직히 말씀드리자면 우린……」

천상의 선물 *247*

「시원해서 물위에 둥둥 떠 있었어요. 저기, 이모, 옷 갈아입고 바로 내려올게요.」

사라가 황급히 계단으로 걸어가자 네이선은 계단 꼭대기까지 그녀를 쫓아와서 고개를 치켜올리고 천천히 입을 맞췄다. 그는 한 번도 다른 사람들 앞에서 애정표현을 한 적이 없었다. 네이선답지 않은 행동이었다. 그는 사랑을 나누고 싶거나 사라가 말을 못하게 입막음을 해야 할 때만 키스를 했다. 지금은 너무 지쳐서 사랑을 나누고 싶어하는 눈치는 아닌 듯하고, 그렇다고 말다툼하는 상황도 아니었다. 그렇다면 결론은 하나! 네이선의 순수한 애정표시였다.

「오늘 우리가 오후 내내 했던 건 '사랑을 나누는 일'이 아니었나? 그걸 굳이 '물위에 둥둥 떠 있는 일'이라고 하고 싶다면, 그렇게 하지 뭐. 난 어떻게 부르든 상관없으니까 당신 맘대로 해.」

네이선이 몸을 숙여 사라의 귀에 속삭였다. 다행히 그녀는 얼굴이 붉게 그을려 있는 터라 수줍음을 들킬 염려가 없었다. 사라는 미소를 지었다. 말장난을 다 하다니, 세상에, 네이선에게도 유머감각이 있긴 있었나 봐. 사라는 가슴이 벅찼다.

네이선이 윙크를 하자 사라는 너무 행복해서 천국에 온 기분이었다. 이젠 주위에 구경꾼이 있어도 아무 상관이 없었다. 사라는 네이선의 팔에 안겨 '쪽' 소리가 나게 입을 맞췄다.

「당신을 정말 사랑해요.」

벅찬 마음에 사라가 큰소리로 외쳤다. 네이선은 평상시처럼 투덜거리기만 했다. 사라처럼 '사랑한다'고 외치지도 않았지만, 그렇다고 별다른 반응을 보이지도 않았다. 아직 자기 마음을 솔직하게 고백할 준비가 안 돼서 그래. 사라는 그렇게 생각했다. 워낙 고집불통이어야 말이지. 한 6개월쯤 지나면 사랑한다는 말을 들을 수 있을까? 그때까지 꾹 참고 기다리자. 원래 난 끈기도 있고 이해심도 많잖아. 어쨌든 네이선은 분명히 날 사랑하고 있어. 아직 그 사실을 인정하지 못해서 문제시만.

　사라는 그날 저녁 식당에 내려오지 못했다. 네이선의 도움을 받으며 간신히 옷을 벗고 보니 몸이 온통 퉁퉁 부은 느낌이 들었다. 가뜩이나 쓰라리고 얼얼한데 옷을 다시 입어야 한다니, 생각만으로도 비명이 나올 지경이었다. 그래서 결국 그날 저녁식사는 건너뛰었다.

　네이선은 노라가 가져다 준 초록색 고약을 사라의 등과 어깨에 발라줬다. 약을 바르는 동안에도 사라는 내내 아프다며 지독하게 비명을 질러댔다. 다행히 앞쪽은 데이지 않아서 그날 밤은 배를 깔고 잤다. 자다가 한기를 느낀 사라는 네이선의 몸을 침대 삼아 그의 체온을 느끼며 잠에 들었다.

　다음날 네이선은 사라에게 작별 인사를 하면서 기분 나쁜 소리라고는 한마디도 안 했다. 초록색 고약을 가면처럼 뒤집어 쓴 사라의 얼굴을 보고도 애써 못 본 척 시치미를 뗐다.

　사라는 이틀 동안 이모와 함께 시간을 보냈다. 그 동안 잠깐 들른 오스카 피커링 목사는 전보다 훨씬 예의를 지켰다. 사라는 그때 욕설을 쓸 수밖에 없었던 이유를 자세히 설명했다. 오스카는 사라의 고백에 안도한 듯 웃음을 터뜨렸다. 목사로부터 다음날 아침에 영국으로 떠나는 배가 있다는 정보를 전해들은 사라는 재빨리 엄마에게 편지를 썼다. 자신이 지금 얼마나 행복한지, 그리고 네이선이 얼마나 친절하고 사려 깊으며 사랑스러운 남편인지, 자랑을 실컷 늘어놨다. 오스카 목사는 자진해서 사라의 편지를 선장에게 전해줬다.

　다음날 네이선이 돌아오자 사라는 너무 기뻐서 울음을 터뜨리고 말았다. 평온한 마음으로 함께 시간을 보낸 두 사람은 그날 밤 서로 꼭 끌어안고 잠이 들었다. 실감하기 어려울 정도로 가슴 벅찬 행복감을 만끽하는 사라에게는 매순간이 천국이었다. 이 세상 어떤 것도 우리 사랑을 갈라놓진 못해. 사라는 기쁜 마음으로 그 말을 되새겼다.

　어느 날 저녁, 사라는 노라와 매튜에게 '다들 자기처럼 행복했으면 좋겠다'는 말을 했다. 세 사람은 베란다 의자에 앉아서 얘기를 나누었고, 네이선은 잠깐 볼일을 보러 나가고 없었다.
「누구나 사랑을 하면 너처럼 행복해지는 거란다. 그리고 우리처럼 나이를 먹은 사람이라고 예외일 수는 없지.」
노라가 말했다.
「브랜디나 좀 마셨으면 좋겠는데.」
매튜가 노라에게 미소 띤 얼굴로 말했다.
「제가 가져다 드릴게요.」
사라가 나섰다.
「아직 몸도 성치 않은데 그냥 있거라. 내가 갔다올 테니까 매튜하고 얘기나 나누렴.」
노라가 나가자 매튜는 기다렸다는 듯이 입을 열었다.
「노라는 나한테 너무 과분한 사람이야. 하지만 포기하진 않을 거야. 일이 정리가 되는대로 여기 돌아와서 노라와 여생을 보낼 생각이야.」
사라는 양손을 모아 쥐었다.
「정말 잘 생각하셨어요, 매튜. 그럼 영국으로 떠나기 전에 결혼식을 치르는 게 좋겠네요. 다른 사람도 아니고 이모 결혼식을 놓칠 순 없죠.」
「내가 언제 결혼한다는 말을 했었나?」
매튜가 불안한 얼굴로 말하자 사라는 자리에서 벌떡 일어났다.
「지금이라도 늦지 않았으니까 결혼한다고 말하는 게 좋을 거예요. 그렇지 않으면 다신 여기 발도 못 붙일 줄 아세요. 애들처럼 하룻밤 불장난도 아니고, 여생을 떳떳치 못하게 살아야 한다면 이모 평판이 어떻게 될지 좀 생각해 보세요!」
「그래서 더 결혼을 못하는 거야. 난 노라와 결혼할 자격이 없어.」
매튜는 자리에서 일어나 바다를 응시했다.
사라가 그의 옆에서 옆구리를 쿡 찔렀다.

「그만하면 자격이 충분해요. 괜한 자기비하는 하지 말아요.」
「난 그 동안…… 평탄치 못한 삶을 살았어.」
매튜가 더듬거리며 말했다.
「그래서요?」
「그리고 난 뱃사람이야.」
「돌아가신 이모부는 마부였어요. 매튜 못지 않게 평탄치 못한 인생을 사신 분이라구요. 그래도 두 분이 얼마나 행복하게 사셨는데요. 아마 이모는 평범한 남자들에겐 매력을 못 느끼나봐요. 솔직히 말해보세요. 이모를 사랑하시죠? 잠자리를 허락한 걸 봐선 이모도 매튜를 사랑하는 게 틀림없어요. 네이선한테 전에도 말했지만 지금 이 상황에선 결혼이 최선의 방법이에요. 헨리 삼촌도 매튜가 곁에 있으면 함부로 어찌지는 못할 테니까요. 그리고 저도 매튜가 이모부가 되면 굉장히 뿌듯할 거예요.」
「좋아, 노라한테 청혼하겠어. 대신 노라가 거절하면 아무 소리 않겠다고 약속해야 돼, 알았지?」
사라는 매튜의 목을 꽉 끌어안았다.
「절대 거절은 안 하실 거예요.」
「이봐, 지금 뭣들 하는 거야, 빨리 떨어지지 못해?」
사라와 매튜는 네이선의 출현을 무시했다. 매튜의 뺨에 입을 맞춘 다음에야 사라는 뒤로 물러서며 네이선을 보고 배시시 웃었다.
「우린 빨리 위층으로 올라가야 돼요. 매튜가 이모한테 할말이 있대요.」
사라가 네이선의 손을 끌어당기는 사이, 그는 무슨 연유로 둘이 껴안고 있었는지 말하라며 계속 다그쳤다.
「방에 가서 설명할게요.」
계단 앞에서 두 사람은 노라와 마주쳤다. 안녕히 주무시라는 인사를 한 뒤 위층으로 올라간 사라는 이모가 과연 매튜의 청혼을 받아들였는지 궁금해서 견딜 수가 없었다. 양탄자가 닳도록 정신없이 왔다갔다 하는 그녀를 네이선이 보다 못해 붙들어다 침대에 쓰러뜨리고는 열정적인 사랑을 나눴다. 그날도 두 사람은 서로를 꼭 끌어안은 채 잠이 들었다.

다음날 아침 노라는 매튜의 아내가 되겠다는 선언을 했다. 사라는 행복감에 빛나는 이모의 얼굴을 보면서 이미 그 말이 나오리라 짐작을 했다.

매튜는 정리할 일도 있고 집도 팔아야 하겠기에 일단은 영국에 돌아가기로 했다. 하지만 함께 갔다가 윈체스터 집안에게 무슨 수작을 당할지 모르는 노라는 그냥 남아있기로 했다. 매튜는 떠나기 전에 결혼식을 치르고 싶었다. 출항 날짜가 일 주일 남짓 남은 까닭에, 식은 그 다음주 일요일에 치러졌다. 결혼식은 조촐하고 소박하게 진행됐다. 사라는 예식 내내 눈물을 흘렸고, 네이선은 옆에서 눈물을 닦아주느라 정신이 없었다. 이렇게 분통터지게 하는 여자가 또 있을까, 생각하면서 그는 자그맣고 사랑스러운 아내가 이모와 즐겁게 속닥거리는 모습을 지켜봤다. 그러면서 사라가 다른 사람들에게 얼마나 기쁨을 주는 존재인지를 깨달았다.

사라는 상기된 얼굴로 '자기들처럼 행복한 결혼생활을 하라'고 매튜에게 열변을 토했다. 그 말을 듣고 네이선은 웃음을 터뜨렸다. 사라는 정말이지 못 말리게 낭만적인 여자인데다가, 우스꽝스러울 정도로 정이 많았다. 또한 말도 못 할 정도로 순진하고.

사라는 그야말로…… 완벽한 여자였다.

12

사라의 낙원에도 뱀들이 기어다니고 있었다. 사라가 영국에 돌아오기만을 기다리는 뱀들이……

하지만 런던으로 돌아오는 항해는 순조로웠다. 아이번이 수프 만드는 법을 가르쳐주려고 사라를 조리실에 데리고 갔지만, 그녀는 아이번의 노력에도 불구하고 간 하나 제대로 맞추지 못했다. 아이번을 비롯해서, 맛있다는 칭찬을 아끼지 않았던 모든 선원들은 사라가 등을 돌리자마자 약속이라도 한 듯 한꺼번에 수프를 바다에 쏟아버렸다. 그들에게는 한 끼 식사보다도 사라의 기분이 더 중요했다.

기분이 좋아진 사라는 비스킷을 만들어보겠다고 나섰다. 나무상자 안에 보관된 비스킷에는 작은 벌레들이 들끓었다. 평상시에 선원들은 비스킷을 바닥에 몇 번 내려쳐서 벌레들을 떨어버리고 그냥 먹으면 그만이었다.

사라는 오전 내내 비스킷을 만들었다. 다들 잘 먹겠다고 떠들어댔지만 비스킷은 돌덩이처럼 딱딱했다. 잘못 씹었다간 이가 부러질지도 모를 지경이었다. 결국은 먹기를 포기했다.

어느새 사라의 추종자가 된 체스터는 다른 선원들을 못마땅한 얼굴로 바라봤다. 그러고는 비스킷이 부드러워지라고 하룻밤을 꼬박 럼주에 담가놨지만, 다음날 아침, 패배를 시인하고 말았다. 비스킷은 여전히 씹어도 이가 박힐 정도로 딱딱했다. 남은 비스킷들을 대포알로 써먹어도 되겠다는 매튜의 농담에 네이선은 껄껄 웃음을 터뜨렸다. 두 사람의 대화를 무심코 엿들은 사라는 분통이 치밀어 그날 저녁 네이선에게 복수를 했다. 식문화(食文化)가 생긴 이래 가장 구역질날 만한 구색을 갖춘 음식을 그의 앞에서 보란 듯이 우적우적 씹어먹었던 것이다. 딸기잼을 잔뜩 바른 오이 절임. 그걸 본 네이선은 뱃전으로 달려가서 저녁에 먹은 음식을 몽땅 토하고 말았다. 사라는 강철같은 위장의 소유자 같았다. 좋게 말하자면 편식을 안 하는 거고, 짓궂게 말하면 못 먹는 게 없다고나 할까.

어느새 사라의 일거수 일투족을 쫓게 된 네이선의 마음속에도 그녀가 곁에 있어서 얼마나 즐거운지 모른다는 생각이 자리를 잡았다. 그는 사라의 웃음소리가 듣기 좋았다.

어느덧 시간이 흘러서 일행은 런던에 도착했다. 네이선은 하선하기가 무섭게 사라를 에메랄드 선박회사의 사무실로 데려갔다. 한시라도 빨리 콜린에게 사라를 보여주고 싶었기 때문이었다.

오전도 중반을 향해 치닫고 있을 무렵 부두는 사람들로 북적거렸고, 따가운 햇볕에 얼굴을 찡그리고 다니는 사람들이 많았다. 바람이 들어오도록 사무실 문도 활짝 열려 있었다. 사무실 입구에서 얼마 떨어지지 않은 곳에서 네이선은 사라에게 귓속말을 했다.

「콜린을 만나면 절대 다리를 전다고 뭐라고 해선 안 돼. 그 문제에 관한 한 콜린은 굉장히 민감하거든.」

「다리가 불편한 모양이군요. 세상에, 어쩌다가 그렇게 됐대요?」
「상어한테 물렸어.」
「정말 살아 남은 것만도 천만다행이네요.」
「그래, 그러니까 당신도 아무 말 않겠다고 약속해줘.」
「날 뭘로 보고 하는 소리예요? 내가 그렇게 예의도 없는 무식한 여자로 보여요?」
「전에도 내 등을 보고 비명을 질렀잖아.」
「이봐요, 그때랑 지금이랑 사정이 다르잖아요.」
「어떻게 다른데?」
「당신은 내가 사랑하는 사람이니까 다르죠.」

사라가 얼굴을 붉히면서 대답했다. 정말 분통터지게 하는 여자로군. 네이선은 속으로 중얼댔다. 물론 들어서 기분 나쁜 얘기는 아니지만. 그 동안 사라가 하도 '사랑한다'는 말을 자주해서 이젠 면역이 될 정도였다.

「콜린의 다리에 대해선 사전에 알았으니까 당신이 놀랄 일도 없겠지. 그러니까 절대 엉뚱한 얘기를 해서 콜린의 심기를 불편하게 하면 안 돼, 알아들었어?」
「정말 사람을 무시해도 너무 무시하네요.」

사라는 고개를 끄덕이면서도 못내 아쉬운지 한마디 덧붙였다. 사라의 입술에 살짝 입을 맞춘 네이선은 어느새 그녀를 품에 안고 정신없이 키스를 퍼부었다. 거리 한복판에 있다는 사실도, 지나가는 사람들이 쳐다본다는 사실도 모두 잊은 듯 두 사람은 키스에 열중했다. 뒤따라온 짐보와 매튜가 그 광경을 목격했고, 짐보는 한심하다는 듯 대놓고 코방귀를 뀌었다.

「이봐, 정신차려. 벌건 대낮부터 부인을 집적거릴 생각이나 하고 말이야, 쯧쯧. 그러다가 오늘 처리해야 할 일도 못 끝내겠어.」

네이선은 마지못해서 사라를 놔주었다. 사라는 기운이 빠져서 네이선의 품에 축 늘어졌다. 하지만 구경꾼들을 의식하는 순간, 이내 열정이 싹 식어버렸다.
「정신이 반쯤 나간 사람처럼 보이네요.」
사라가 네이선에게 속삭였다.
「피차 일반이야.」
「좀 있으면 당신 동업자를 만나야 되잖아요. 그러니까 정신 산만하게 하지 말아줬으면 좋겠어요.」
사라는 네이선이 대꾸할 기회도 주지 않고 몸을 돌리고는 머리를 어깨 뒤로 넘기면서 짐보와 매튜에게 미소를 지었다.
「두 분도 저희랑 같이 가실 건가요?」
두 사람이 동시에 고개를 끄덕였다.
「그럼 절 에스코트해 주세요. 매튜도요.」
사라가 매튜의 팔을 붙들며 덧붙였다.
「저 사람 친구를 빨리 만나보고 싶어요. 네이선과 친구가 될 정도라면 분명히 인격적으로 빼어난 사람일 테지요? 자, 그럼 가볼까요?」
네이선은 못마땅한 얼굴로 세 사람의 뒤를 따라갔다.
「절대로 콜린 앞에서 불편한 다리 얘기는 하지 말아야 돼요. 그 얘기만 나오면 예민해지니까요.」
네이선의 귀에도 사라가 짐보와 매튜에게 하는 말이 들렸다.
「콜린을 한 번도 만난 적이 없잖습니까?」
짐보가 물었다.
「그렇긴 한데 네이선이 미리 귀띔을 해주더라구요. 자기 친구 마음이 상할까봐 얼마나 마음을 쓰는지 몰라요. 나한테도 그렇게 신경을 써준다면 고맙다고 넙죽 절이라고 할 텐데…….」
「이봐, 더 이상 내 심기를 건드리지 마. 내가 분통 터뜨리는 꼴을 보고 싶어서 그래?」
네이선은 짐보를 밀쳐내더니 사라의 손을 붙잡아 앞으로 휙 잡아끌었다. 사라는 기분이 상했지만 꾹 참기로 했다. 성질 나쁜 사람은 어쩔 수 없다니까…….

책상 앞에 앉아서 산더미처럼 쌓인 서류 더미를 들척이던 콜린은 사라와 네이선이 사무실로 들어서자 자리에서 일어났다. 네이선의 친구는 눈에 띄게 잘생긴 사람이었고, 성격도 아주 좋아 보였다. 웃을 때마다 갈색 눈동자가 장난스럽게 반짝거렸다. 잘생기긴 했지만 네이선보다는 못해. 키도 네이선이 더 크고 체격도 더 좋아. 사라는 속으로 중얼거렸다. 물론 콜린 역시 키가 큰 편이라서 올려다봐야 했지만 네이선을 바라볼 때처럼 목이 아프진 않았다.

아무 말도 안 하고 빤히 쳐다보고만 있으면 어떻게 해, 실례잖아, 라는 생각이 든 사라는 뜨끔해서 황급히 절을 했다.

「이제야 네이선의 신부를 만나게 됐군요. 먼발치로 봤을 때보다 훨씬 더 아름다우십니다.」

인사를 마친 콜린은 사라의 손등에 입을 맞췄다. 사라는 그의 예절 바른 행동에 감명을 받았다. 하지만 네이선은 사정이 달랐다.

「젠장, 콜린, 괜히 연극할 필요 없어. 그런다고 사라가 기분 좋아할 줄 아나?」

「난 기분 좋은데요.」

「정말 놀라운 걸. 돌핀이 저렇게 멋있게 행동할 때도 있다니……, 안 그래?」

짐보가 껄껄 웃으면서 매튜의 옆구리를 찔렀다.

「나도 저런 모습은 생전 처음이야.」

매튜가 고개를 끄덕이며 맞장구를 쳤다.

콜린은 사라의 손을 계속 붙들고 있었다. 사라도 뿌리치지 않고 가만히 있었다.

「콜린, 그 손 어서 놔.」

네이선이 명령하듯 말했다.

「제대로 소개를 시켜주면 그렇게 하지.」

콜린이 네이선에게 대꾸하면서 살짝 윙크를 던지자 사라의 얼굴이 붉어졌다.

얼굴만 예쁜 게 아니라 매력도 물씬 풍기는 여자로군. 콜린은 속으로 생각했다. 자기가 행운아라는 걸 네이선은 알기나 할까?

「소개 안 시켜줄 거야?」

콜린이 다그치자 네이선은 팔짱을 낀 채 창턱에 등을 기대고 섰다.

「이봐, 이쪽은 콜린이야. 콜린, 이쪽은 우리 집사람이야. 콜린, 한 대 얻어터지고 싶지 않으면 고분고분 손을 놓아주는 게 좋을 거야.」

네이선의 말에 사라는 질겁을 했지만 콜린은 그저 웃기만 했다.

「고작 손만 잡았을 뿐인데 왜 그리 신경을 쓰지? 알다가도 모를 일이로군.」

콜린은 사라의 손을 계속 붙든 채 네이선에게 시선을 고정시켰다. 안절부절못하는 표정이 역력했다.

「네이선은 원래 뭐든 못마땅하게 생각한답니다.」

사라가 미소를 지으며 말했다.

「그럼 부인은 어떻게 생각한답니까?」

「물론 네이선은 절 아주 좋아한답니다.」

사라는 아무렇지도 않게 대답했다. 손을 빼려고 해봤지만 콜린은 여전히 놔주지 않았다.

「지금 네이선을 약올리려고 일부러 그러시는 건가요?」

콜린이 고개를 끄덕였다.

「우리 두 사람은 뭔가 통하는 면이 있나봐요. 저도 네이선 약올리는 데엔 일가견이 있거든요.」

사라의 장난스러운 말에 콜린은 고개를 젖히며 큰소리로 웃고는 그제야 손을 놔줬다. 사라는 콜린한테 또 붙들릴까봐 재빨리 양손을 등 뒤로 돌렸다. 그걸 보며 기분이 좋아진 네이선이 미소를 지었다.

「결국 이렇게 될 걸 괜히 미적거릴 필요도 없었잖아. 차라리 빨리 손을 썼으면 좋았을 걸 그랬지?」

콜린이 심술궂게 말했다.

「쓸데없는 얘기는 하지 마.」

네이선이 단호하게 말했다. 그는 콜린이 무슨 말을 하려는지 알고 있었다. 사실 콜린은 전에 네이선이 신부를 데려오기 귀찮아하며 어떻게든 막판까지 버텨보려고 하던 사실을 상기시키고 있었다.

「전에 만나 뵌 적이 있었던가요? 먼발치에서 절 보셨다고 하시는 걸 보면…….」

사라의 물음에 콜린은 고개를 내저으며 대답했다.

「어느 화창한 오후에 부인을 만나볼 기회가 있었지요. 하지만 그때 상황이 좀 복잡해서 제 모습을 드러낼 처지가 아니었답니다. 중요한 임무를 수행하던 중이었거든요. 어떤 물건을 창문 틈 사이로 빼낼 수 있을지 알아보려고 크기를 재느라 바빴답니다.」

「하나도 재미없어, 콜린.」

네이선이 투덜거리는데, 콜린은 뭐가 그렇게 재미있는지 씩 웃었다.

「그러지 말고 앉으세요. 제가 의자 위에 올려놓은 서류들을 대강 치울게요. 어디 이번 항해가 어땠는지 얘기 좀 들어봅시다.」

「그다지 즐거운 얘기는 아니야, 돌핀.」

의자가 없어 벽에 기대고 서 있던 짐보가 불쑥 끼여들었다.

「재난이 연거푸 터졌으니까.」

「정말 평온 무사한 멋진 여행이었어요. 짐보, 남이 얘길 하는데 코웃음을 치면 어떻게 해요? 남과 의견이 다르다고 그렇게 예의에 벗어난 행동을 하면 안 되죠.」

「평온 무사라고? 늘 복병이 도사리고 있었는 걸.」

매튜가 되물으며 씩 웃었다.

「아, 그 끔찍한 해적들을 말씀하시는 거죠?」

사라는 자기 얘기를 하는 줄도 모르고 되물었다.
「그것 말고도 많이 있었지.」
매튜가 말했다.
「해적들한테 습격을 당했지만 금새 쫓아냈답니다. 그 외엔 별다른 일없이 순탄하게 항해를 했지요. 안 그래요, 네이선?」
「내 생각은 좀 다른데. 설마 양산 사건을 잊은 건 아니겠지?」
네이선은 심드렁하게 대꾸했다.
「그게 무슨 말이야?」
콜린이 물었다.
「해적들보다도 더 무서운 대상이 사라의 양산이었죠. 양산이 모두 세 개가 있었는데…… 아니 네 개였나? 잘 기억이 안 나는군. 원래 난 별로 안 좋았던 일은 잘 잊어버리거든. 생각만 해도 오싹해지는군.」
「무슨 얘긴지 자세히 좀 설명해봐.」
콜린이 답답하다는 듯 다그쳤다.
「그다지 중요한 일은 아니에요. 매튜가 농담 삼아 해본 말이랍니다. 그렇죠, 네이선?」
사라가 황급하게 나섰다.
네이선의 시선이 애처로움이 가득 담긴 사라의 눈동자에 머물렀다.
「그래, 농담 삼아 한 말이야.」
네이선은 길게 한숨을 내쉬며 마지못해 대꾸했다. 콜린도 안도해하는 사라의 얼굴을 보며 뭔가 있구나 눈치챘기 때문에, 네이선과 단 둘이 있을 때 양산에 얽힌 사연을 듣기로 작정했다.
콜린은 의자 위에 쌓인 서류 더미를 사무실 구석에 있는 캐비닛 위에 올려놓고는 의자에 앉아서 책상 모서리에 양쪽 다리를 올렸다. 사라는 저도 모르는 새 그의 행동을 유심히 관찰하고 있었다. 콜린은 전혀 다리를 절고 있지 않았다.
「어머, 네이선, 콜린은 전혀……」

「사라!」

「제발 부탁이니까 친구 분 앞에서 목소리 좀 높이지 말아요.」

「내가 어떻다고요?」

콜린이 끼여들어 묻자, 사라는 옷 주름을 펴면서 미소를 지었다.

「성미가 고약한 분이 아니라고 말하려던 참이었어요. 그런데도 제 남편과 친하게 지내신다니……, 저로선 믿기가 힘드네요. 네이선하고는 정말 많이 다르세요.」

콜린이 빙그레 웃었다.

「부군(夫君)보다는 좀더 예의가 갖춰진 사람이라는 말을 하고싶으신 건가요?」

「제 남편에게 욕이 될까봐 선뜻 동의는 못하겠지만, 그렇다고 아니라고 부정하기에는 양심상 좀 그러네요.」

콜린은 사라가 말하는 동안 잠시도 그녀에게서 눈을 떼지 못하는 네이선의 모습을 놓치지 않았다. 그토록 다정함이 담긴 네이선의 눈빛을 목격하기는 처음이었다.

「앞으로 날 그냥 콜린이나 돌핀이라고 불러요.」

콜린이 화제를 바꾸며 말했다.

「그럼 전 부인을 어떻게 불러야 하죠? 부인이라고 하면 너무 격식을 차리는 것 같고……, 네이선이 특별한 애칭을 지어주진 않던가요?」

콜린은 장난기 어린 시선을 네이선에게 던졌다.

별 웃기는 질문을 다 하는군. 저 녀석은 왜 저렇게 사라한테 아양을 떠는 거야? 속으로 투덜대면서도 사실 네이선은 콜린을 전적으로 믿고 있었다. 더구나 질투를 할 이유는 하나도 없었다. 그런데도 한편으로는 이상하게 기분이 꼬였다.

「자네도 나처럼 사라를 '이봐'라고 부를 참인가?」

「그럴 순 없지. 어떻게 된 사람이 자기 부인한테 애칭도 하나 안 지어줬나?」

천상의 선물 *261*

콜린은 의자에 등을 기대면서 느긋하게 말했다.
「애칭이라뇨?」
사라가 물었다.
「내 사랑, 여보, 아니면…….」
「젠장, 콜린, 말장난은 이제 그만 집어칠 수 없어?」
네이선이 참지 못하고 내뱉었다. 사라는 어깨를 꼿꼿이 세우며 그를 흘겨봤다. 욕을 해서 그런가 보다 싶어 네이선은 사과를 하려다가 멈칫했다.
「아뇨, 콜린, 저 사람은 한 번도 절 그렇게 불러준 적이 없답니다.」
애처로운 말투였다. 또 시작이로군. 네이선은 '휴우' 소리를 내면서 천장을 올려다봤다.
「설령 내가 사라를 그런 낯간지러운 애칭으로 부른다고 쳐. 그런다고 자네까지 덩달아 사라를 '내 사랑' 이니 '여보'라고 부를 순 없잖나?」
「뭐 그러면 좀 어때?」
콜린이 너스레를 떨었다.
그래, 이제야 감이 잡히는군. 내가 사라를 어느 정도로 생각하는지 알고 싶어서 저러는 거야. 그런 생각을 하면서 네이선은 콜린을 위협적으로 쏘아봤다.
「하긴 네이선이 절 부를 때 쓰는 특별한 애칭이 따로 있긴 하답니다. 앞으로는 절 그 애칭으로 부르셔도 돼요.」
「그래요? 어떤 애칭인데요?」
되려 놀라는 네이선의 표정이 콜린의 호기심을 부추겼다.
「젠장, 사라.」
「지금 뭐라고 했습니까?」
자기 귀를 의심한 콜린이 되물었다.
「네이선은 절 부를 때 보통 '젠장, 사라'라고 해요. 그렇죠, 네이선?

그러니까 그렇게 부르세……」
「젠장, 사라, 적당히 해둬. 난……」
 미리 각본이라도 짠 듯한 네이선의 한마디에 다들 웃음을 터뜨렸다. 화를 내려던 네이선조차 웃음을 참지 못했다. 그때 매튜가 그날 처리해야 할 사업 얘기를 꺼내는 바람에 농담은 거기서 끝이 났다. 콜린은 네이선이 부재중에 진척된 사업에 관해서 얘기했다. 인도로 가는 화물 선적 계약을 다섯 건이나 따냈다는 얘기를 듣고 사라는 미소를 지었다.
「네이선, 그럼 이젠 우리도……」
「아니야, 부자가 되려면 아직 멀었어.」
 네이선은 딱 잘라서 말했다.
「좀더 쉬운 방법이 있잖아. 당신이 한시라도 빨리……」
「나도 나한테 주어진 의무가 뭔지 알아요. 그러니까 괜히 큰소리로 떠들어댈 생각은 하지 말아요.」
「도대체 그 의무라는 게 뭡니까?」
 콜린이 물었다.
 사라가 얼굴을 붉히는 걸로 봐서는 아무래도 사적인 문제인 듯했다. 콜린은 문득 네이선이 했던 말이 떠올랐다. 언젠가 네이선은 사라가 아이를 낳지 못하면 국왕에게 받기로 한 선물도 도로아미타불이 된다는 얘기를 했었다. 사라가 눈에 띄게 불편해하는 기색을 보였기 때문에 콜린은 더 이상 캐묻지 않기로 했다.
「이제 잡담 좀 그만할 수 없어? 여길 한시라도 빨리 뜨고 싶어서 미치겠어, 콜린. 이번 주말까지 처리해야 할 일들이 많단 말이야.」
 매튜가 투덜거렸다.
「왜? 어딜 가려고?」
 콜린이 물었다.
「세상에, 매튜, 콜린한테 아직 노라 이모 얘길 안 했잖아요!」

천상의 선물 **263**

신이 난 사라가 열심히 수다를 떨기 시작했다.
「결혼을 서두르게 된 자세한 연유는 말씀드릴 수가 없네요, 콜린. 이모의 명예를 실추시킬 순 없으니까요.」
수다를 마친 사라가 마지막으로 덧붙인 말이었다.
「있는 말, 없는 말 다 해놓고 새삼스럽게 뭘 그래?」
네이선이 심드렁하게 말했다.
마침 그때 콜린이 앉아 있는 자리에서 검은색 마차가 사무실 근처에 멈춰 서는 모습이 내다보였다. 말을 탄 장정 다섯 명이 마차를 호위하고 있었다. 콜린은 마차의 문에 새겨진 문장(紋章)을 단번에 알아봤다. 다름 아닌 윈체스터 가문의 문장이었다. 그가 네이선에게 눈에 띌 듯 말 듯 고개를 끄덕이자 네이선은 재빨리 짐보와 매튜에게 신호를 보낸 뒤 바깥으로 나갔다.
사라는 이모가 매튜를 진심으로 사랑하지 않았으면 정열의 희생양이 되지 않았을 거라며 열심히 콜린에게 변명하느라 세 사람이 나간 줄도 몰랐다. 재잘거림을 마친 사라는 자신이 부주의하게 발설한 비밀을 다른 사람에겐 절대 비밀로 해 달라고 신신당부했다. 콜린이 그러마고 약속하는데 사라가 갑자기 고개를 돌리려고 했다.
「사무실을 둘러본 소감이 어떤지 얘기 좀 해봐요.」
콜린은 재빨리 사라의 주의를 돌리려고 질문을 던졌다.
「제 말 듣고 기분 상하시면 안 돼요. 솔직히 말해서 사무실 분위기가 너무 단조로워요. 그렇다고 전혀 가능성이 없다는 얘긴 아니에요. 벽을 새로 칠하고 커튼만 달면 확 달라질 걸요. 그 정도 일은 제가 맡아서 해드릴 수 있답니다. 벽이나 커튼을 분홍색으로 통일하면 멋있을 것 같지 않아요?」
「아뇨.」
콜린의 목소리가 유쾌했기 때문에 사라는 일언지하에 반대하는 대답에도 기분이 상하지 않았다. 약간 불쾌하긴 했지만.

갑자기 콜린은 서랍에서 권총을 꺼냈다.

「분홍색은 여자들에게 어울리는 색이지요. 우리 같은 남자들은 원래 시꺼멓고 흉측한 색깔들을 좋아한답니다.」

싱글거리면서 콜린이 말했다.

웃는 걸 봐선 농담이 분명한데……. 설마하니 분홍색이 맘에 안 든다고 총을 쏘려는 건 아닐 테지. 사라는 콜린의 손에 들린 총을 보며 중얼거렸다. 그랬다간 네이선이 가만히 있을 리가 없지. 이런 세상에, 별 생각을 다하는군. 그나저나 네이선은 어디 갔지?

사라는 자리에서 일어나 창문가로 갔다. 네이선이 짐보, 매튜와 함께 검은색 마차 앞에 서 있었다. 짐보의 커다란 몸집에 가려서 마차에 새겨진 문장은 볼 수가 없었다.

「네이선이 지금 누구랑 얘기하고 있죠?」

「사라, 이리 와서 앉아요.」

그때 마침 짐보가 움직여서 윈체스터 가문의 문장이 사라의 눈에 들어왔다.

「저건 우리 아버지 마차잖아요! 내가 런던에 도착한 걸 어떻게 벌써 아셨담?」

사라는 놀라움에 소리를 지르며 콜린이 대답할 기회도 안 주고 바깥으로 뛰어나갔다. 콜린은 권총을 주머니에 끼우고 헐레벌떡 뒤를 쫓아갔다. 사라는 가다가 말고 잠깐 멈칫했다. 어쩌면 좋아, 아버지랑 네이선이 별 마찰 없이 잘 지냈으면 했는데. 그나저나 마차 주위를 둘러싼 저 남자들은 누구지? 에이, 쓸데없는 걱정은 그만두자. 사라는 속으로 다짐하면서 심호흡을 하고 마차가 서 있는 곳으로 달려갔다. 그때 마침 아버지가 마차에서 나오는 모습이 보였다.

윈체스터 백작은 나이를 무색하게 할 정도로 용모가 특출난 사람이었다. 숱이 많은 은발머리, 날씬한 체구, 키는 180센티미터에 육박할 정도의 장신이었다. 갈색 눈동자를 제외하면 사라와 닮은 구석이 없었다. 얼굴을 찡그릴 때마다 백작의 눈은 단추 구멍처럼 작아졌다. 입술은 하도 얇아서 꾹 다물면 실처럼 입매가 가늘어졌다.

사라는 아버지가 무섭지는 않았지만, 무슨 행동을 할지 예측하기 힘든 분이라 걱정이 됐다. 사라는 애써 그런 내색을 감추며 아버지를 포옹했다. 네이선은 백작의 몸이 눈에 띄게 굳어지는 걸 알아챘다.

「제가 런던에 도착했다는 건 어떻게 아셨어요? 아직 짐을 내리기도 전인데, 소식 한번 빠르네요.」

사라는 뒤로 물러나 네이선의 팔을 붙잡았다.

「네가 떠나고 나서 아래 것들한테 부두를 감시하라고 시켰지. 자, 사라, 당장 아버지랑 같이 집으로 돌아가자, 어서.」

윈체스터 백작이 성난 목소리로 말하자, 사라는 무의식적으로 네이선에게 몸을 밀착시켰다.

「집이라뇨? 아버지, 전 네이선과 결혼한 몸이에요 이젠…….」

사라가 말을 끝내기도 전에 마차 문이 열리면서 벨린다가 나왔다. 미소를 짓고 있었다. 별로 안 좋은 징조였다. 평소에 벨린다는 좋지 않은 일이 생길 때만 기분이 좋아지는 괴상한 습성이 있었다. 그럴 때면 입가에서 미소가 떠나지 않았다.

못 본 사이에 벨린다는 몸이 많이 불어 있었다. 입고 있는 드레스의 솔기가 여차하면 우두둑 뜯어질 것만 같았다. 사실 어렸을 땐 벨린다도 예쁘다는 소리를 들었다. 은색이 도는 금발머리, 귀여운 보조개, 그리고 사랑스러운 초록색 눈동자. 하지만 나이가 들면서 보조개는 투실투실 살이 오른 뺨에 묻혀버렸고, 머리카락도 칙칙한 갈색으로 변했다. 사람들의 관심 대상에서 제외되자 벨린다는 먹는 것으로 스트레스를 풀었다.

그에 반해 사라는 별로 눈에 띄지 않는 아이였다. 깡마른 체구에 삐뚤삐뚤하게 난 치아. 입만 벌렸다 하면 침을 뱉는 괴상한 버릇을 없애는데 소요된 기간만 해도 1년……, 사라를 예뻐한 사람은 엄마와 유모

밖에 없었다. 사라는 혈육을 사랑하지 않으면 죄가 된다고 생각했고, 오로지 그 이유 하나 때문에 벨린다를 사랑했다. 수도 없이 실망하고 또 실망하면서 벨린다의 잔인한 구석을 인정하게 됐음에도 불구하고 사라는 되도록 언니를 이해하려고 노력했다. 그리고 사실 벨린다도 기분이 좋을 때면 싹싹하게 굴곤 했다.

「별일 없었지, 벨린다 언니? 언니를 다시 보니까 정말 좋네.」

사라는 밝은 목소리로 인사를 했다.

「나도 네가 돌아와서 기뻐, 사라.」

벨린다는 네이선을 무례하다 할 정도로 빤히 쳐다보면서 대꾸했다.

「엄마도 같이 오셨어?」

사라가 물었다.

「네 엄마가 있을 곳이 집 말고 또 있더냐? 빨리 마차에 타지 못하겠니? 아무도 네가 후작과 같이 간 걸 모르니까……」

윈체스터 백작이 대신 대답했다.

「어머, 아빠, 무슨 말씀을 하시는 거예요? 사라가 후작과 도망쳤다는 걸 모르는 사람이 어딨어요? 그 동안 친지들한테 받은 위로 편지가 어디 한두 통인가요?」

심술궂은 어조로 벨린다가 끼여들었다.

「입 다물어! 어디서 말대꾸를 하는 게냐?」

백작이 소리를 버럭 지르자, 사라는 네이선이 말릴 사이도 없이 벨린다 앞을 막아섰다.

「참으세요, 아버지.」

「난 내 딸이 시건방지게 구는 건 참을 수가 없어. 그리고 사라, 네가 가문을 욕보였다는 걸 아는 사람은 다행히 얼마 없어. 항간에 추문이 돌기 전에 내가 뒤에서 손을 쓰면 다들 알아서 입을 다물고 있을 게야. 설혹 최악의 상황이 와도 내가 직접 나서서 해결하면 될 일이야.」

「추문이라니 무슨 말씀이세요? 네이선과 전 혼인계약서에 적힌 대로 따랐을 뿐인데요.」

사라가 걱정스러운 얼굴로 물었다.

「내 앞에서 계약서 얘기는 꺼내지 마라. 자, 어서 마차에 타. 설마하니 대낮에 총격전이 벌어지는 꼴을 보고 싶은 건 아니겠지?」

사라는 가슴이 울렁거렸다. 난생 처음 아버지의 뜻을 거스를 작정이었다. 전에도 가끔 엄마나 언니 문제로 반항을 하긴 했지만 자기 자신의 문제로 그래보기는 처음이었다. 사라는 천천히 뒷걸음질쳐서 네이선 옆에 다가섰다.

「실망시켜 드려서 죄송해요, 아버지. 전 제 남편과 같이 있겠어요.」

백작의 표정은 격분 그 자체였다. 남들 앞에서 딸한테 무시를 당하다니, 굴욕적인 노릇이었다. 백작이 사라의 따귀를 때리려고 손을 올리자 네이선은 재빨리 그의 손목을 잡아챘다. 마음 같아선 뼈를 부러뜨리고 싶었지만, 사라가 그만 하라는 듯이 네이선의 팔에 손을 댔다. 그러고는 기운이 빠졌는지 몸을 축 늘어뜨리면서 네이선에게 기댔다. 네이선은 윈체스터의 손을 놓고 사라를 부축했다.

「어디 사라를 데려갈 테면 데려가 보시지.」

네이선의 음성은 냉랭했다. 말이 떨어지기가 무섭게 백작의 심복들이 그에게 총을 겨눴다. 사라는 심장이 덜컥 내려앉으면서, 반사적으로 네이선 앞을 가로막아 그를 보호해야겠다는 생각이 머리를 스쳤다. 하지만 네이선의 힘에 눌려서 꼼짝도 할 수가 없었다. 아버지를 응시하는 그의 입가에 미소가 서렸다. 도대체 무슨 배짱인지 알 수가 없었다. 사태의 심각성을 깨닫지 못하는 걸까?

「이봐요, 너새니얼.」

사라는 일부러 '너새니얼'이라고 불렀다. 싸울 준비를 하라는 신호였다.

「다들 권총을 갖고 있단 말이에요. 당신이 일방적으로 몰릴 상황이라니까요.」
 네이선은 귓속말을 하는 사라를 내려다봤다. 불리한 건 이쪽이 아니었다. 완전 무장한 선원들이 아까부터 사라의 뒤편에 죽 늘어서 있었던 것이다.
「저 사람들한테 총을 치우라고 해주세요, 아버지. 폭력을 쓴다고 해서 해결될 일이 아니잖아요.」
 사라의 간곡한 애원에도 윈체스터 백작은 눈 하나 깜짝하지 않았다.
「제발 그러지 마세요. 네이선은 제가 사랑하는 사람이란 말이에요!」
 사라의 목소리가 격앙되었다.
「걱정하지 말아요. 네이선에게 손을 대는 즉시 머리통을 날려버릴 테니까.」
 콜린이 뒤에서 외쳤다. 사라는 고개를 돌려 그를 쳐다봤다. 느긋한 자세와 입가에 어린 미소는 아까 전의 모습과 다를 바가 없었지만 눈빛은 너무나 차갑게 변해 있었다.
 심복들에게 무기를 도로 넣으라는 신호를 보낸 백작은 사라의 마음을 돌리기 위해 새로운 계략을 동원했다.
「벨린다, 네 동생한테 엄마 얘기를 해봐라. 사라가 집에 안 가겠다고 하니 사실대로 털어놔야 할 것 같구나.」
 백작이 벨린다의 팔을 슬쩍 찌르면서 말했다.
「우리랑 같이 집으로 돌아가자.」
 벨린다가 눈짓을 하자 백작이 고개를 끄덕였다.
「엄마가 많이 편찮으셔. 그래서 같이 못 오신 거야.」
「엄마가 널 얼마나 보고 싶어하는 줄 아니? 너 때문에 그렇게 속을 태우고도 그럴 마음이 있다는 게 신기할 따름이야.」
 백작이 옆에서 한마디 툭 내던지자 사라는 고개를 흔들었다.
「그럴 리가 없어요. 절 데리고 가시려고 지어낸 말씀이시죠?」

「난 한 번도 네 엄마를 그런 식으로 욕되게 한 적이 없다.」
백작이 성난 목소리로 말했다. 네이선은 백작이 슬쩍 벨린다의 팔꿈치를 찌르는 걸 봤다. 두 사람이 미리 각본을 짰음이 분명했다. 벨린다가 한 발자국 앞으로 나섰다.
「네가 떠나고 나서 엄만 바로 앓아 누우셨어. 네가 바다에 빠지진 않았을까, 혹시나 해적들한테 살해되진 않았을까 노심초사 하셨다구.」
「그래도 언니, 엄마는……..」
사라는 말을 하다가 멈칫했다. 떠나기 전에 엄마에게 남겨둔 메모 - 노라 이모를 집까지 모셔다 드리겠다는 - 를 아버지가 봤을지도 모를 일이었다. 그리고 노라 이모의 집에서 보낸 편지도 엄마가 아버지한텐 비밀로 했을지도 몰랐다.
「런던에 돌아오기 전에 엄마한테 편지를 보냈어요. 아마 지금쯤이면 받아보셨을 거예요.」
「편지는 언제 썼어?」
네이선이 놀라며 물었다.
「당신이 선박 수리에 필요한 용품을 구하러 가는 바람에 이틀 동안 떨어져 지냈잖아요. 그때 썼어요.」
「그래, 네가 보낸 편지 두 통 모두 잘 받았다.」
불쑥 백작이 말을 꺼냈다. 사라가 편지는 한 통밖에 보내지 않았다는 말을 하려는데 그는 계속 말을 이었다.
「네가 정보를 줘서 이 애비는 아주 기뻤다.」
「정보라니, 무슨 정보를 말씀하시는 거예요?」
사라가 어리둥절해서 물었다.
「내 앞에서 연극하지 않아도 된다.」
백작은 어깨를 꼿꼿이 펴더니 마차 문을 활짝 열었다.
「자, 이젠 엄마를 보러 가야지.」
사라는 네이선을 쳐다봤다.

「엄마한테 데려다줄래요? 아무래도 엄마를 직접 봐야 마음이 놓일 것 같아요.」
「나중에.」
네이선은 짤막하게 응수했다.
「네이선이 일을 마치는 대로 찾아 뵙겠다고 전해주세요.」
윈체스터 백작은 사라를 후작과 떼어놓은 후에 계획을 실행할 작정이었다. 직접적인 충돌은 백작도 원치 않았던 것이다. 그보다는 상대편이 불시에 당해서 어쩔 줄 몰라하는 모습을 보고 즐기는 편이 훨씬 나았다. 더구나 위험 부담도 훨씬 적어서 일석이조였다. 하지만 후작한테서 대뜸 '볼일이 끝났으면 가보시지'라는 투의 말을 듣자 참고 있던 분노가 폭발했다.
「이젠 섭정 왕세자께서도 아시는 일이야. 오래지 않아 네놈이 계약을 깨뜨렸다고 선언하실 게다. 어디 내 말대로 안 되나 두고보라구.」
백작이 소리를 버럭 질렀다.
「지금 무슨 소리를 지껄이는 거요? 내가 계약을 깨뜨렸다니, 제정신으로 하는 소리요? 난 지금까지 쭉 아내와 잠자리를 같이 했소 그런 마당에 지금 와서 우리 결혼이 무효이라는 말을 할 참이오?」
네이선이 백작에게 따지고 들자 백작은 화가 나서 얼굴이 시뻘개졌다. 사라도 아버지가 저렇게 화내는 모습은 처음이었다.
「아버지, 제발 고정하세요. 그러다 병이라도 나면 어쩌시려고.」
사라는 애원하며 매달렸다.
「도대체 지금 당신 아버지가 무슨 얘길 하고 있는 거야?」
네이선이 물었다.
「나도 모르겠어요.」
네이선은 사라의 팔을 잡아끌었다. 두 사람이 돌아서서 떠나려고 하자 백작이 다시 입을 열었다.
「우리끼리 할말이 있으니까 저쪽으로 가서 대기하고들 있게.」

백작이 심복들에게 지시했다.

「자네 사람들도 다들 물러가라고 하시지. 내가 이제부터 하는 말을 남들이 들어서 좋을 게 없을 테니까.」

「난 아무 상관없으니까 맘대로 떠들어 보셔.」

네이선은 심드렁하게 대꾸했다.

「아버지, 제가 대신 설명하겠어요.」

벨린다가 미소를 지으며 앞으로 나섰다. 그녀는 백작의 심복들이 자리를 뜰 때까지 기다렸다가 네이선에게 몸을 돌렸다.

「사라가 편지를 쓰지 않았으면 아무것도 모를 뻔했답니다.」

「무슨 얘길 하는 거야?」

사라가 물었다.

「얘, 이제 와서 왜 내숭을 떠니?」

벨린다는 코웃음을 치며 말했다.

「사라한테 후작님 아버지 얘길 들었답니다. 그 덕에 우리도 웨이커스필드 백작이 무슨 짓을 했는지 알게 됐어요.」

「언니, 갑자기 그게 무슨……」

사라가 소리를 질렀지만 벨린다는 이를 무시했다.

「사라한테 들은 정보를 토대로 아버지가 조사를 하셨답니다. 친구분이 그쪽 분야에 전문가시거든요. 그 덕에 저희도 자세한 사정을 알게 되었답니다. 결국 저희 아버지가 입만 여시면 후작님 아버지가 역적이었다는 사실이 백일하에 드러날 거란 얘기지요.」

백작은 역겹다는 듯이 코방귀를 뀌었다.

「그런 추잡한 과거를 계속 덮어둘 수 있을 거라고 생각했나? 네 녀석 애비란 작자는 정부를 전복시키려고 했었어. 그러니 이제 그 대가는 네 녀석이 치러야 할 게다. 넌 이제 끝장이야.」

「아버지, 그만두세요. 왜 맘에도 없는 말씀을 하세요?」

사라가 소리를 질렀다.

「섭정 왕세자께서 내 딸을 너 같은 역적 놈과 살게 하실 것 같은가?」

백작은 사라의 제지를 무시했다. 너무 놀라서 말문이 막힌 네이선의 마음속에 광포한 분노가 휘몰아쳤다. 저 망할 자식이 어떻게 아버지에 관해서 알게 됐지? 그 소문이 퍼지면 제이드 입장은 어떻게 되는 거야?

네이선의 마음을 읽기라도 한 것처럼 백작이 입을 열었다.

「네놈 여동생을 생각해야지. 제이드는 케인우드 백작과 혼인하지 않았던가? 잘 어울리던 한쌍이더군. 하지만 오래 갈까? 소문이 퍼지면 네놈 여동생도 사교계에서 발을 떼야 할 걸. 어디 두고봐.」

사라는 가슴이 덜컥 내려앉았다. 아버지가 어떻게 웨이커스필드 백작에 관해서 아셨지? 정부 기밀문서로 보관되어 있다고 하던데……, 설마 내가 네이선을 배신한 것처럼 보이게 하려고 저러시는 걸까? 사라는 고개를 저었다. 그럴 리가 없어. 내가 네이선 아버지에 관한 얘기를 들었다는 걸 아버지가 어찌 아셨겠어?

「어떻게 아셨는진 모르지만…….」

「네가 말해줬잖아. 이젠 내숭 떨지 않아도 돼. 네 편지를 보시고 아버지는 네가 하라는 대로 친구 분에게 조사를 맡겼단다. 그러니 이젠 너도 자유로워진 거야. 너한테 어울리는 신사 분과 결혼만 하면 되겠구나. 안 그래요, 아버지?」

벨린다가 가로채어 말했다.

「계약서가 무효로 처리되는 즉시 락턴샤이어 공작과 혼인을 하면 된다. 공작은 기꺼이 널 아내로 받아주시겠다더라.」

윈체스터 백작이 말했다.

「하지만 그분은 언니와 약혼했잖아요.」

「벨린다보다는 네가 더 맘에 든다 하니 어쩌겠냐.」

「언니, 그래서 거짓말을 하는 거야? 공작하고 결혼하기 싫으니까 아버지한테 협조하기로 한 거지, 안 그래?」

사라의 목소리가 떨렸다.

「난 거짓말 한 적 없어. 네가 준 정보 덕을 얼마나 많이 봤는데 그래. 아버지는 후작이 물려받은 재산을 몰수하라고 탄원을 하실 작정이야. 조사가 마무리되면 후작은 알거지가 되는 셈이지.」

벨린다의 입가에 비웃음이 스쳤다. 사라는 고개를 세차게 내저었다. 어느새 눈물로 뺨이 홍건하게 젖은 그녀는 잔인하기 짝이 없는 두 사람의 행동 때문에 고개를 들 수가 없었다.

「언니, 제발 부탁이니까 그만해. 도대체 왜 이러는 거야.」

네이선은 아무 말 없이 사라의 어깨에 두른 팔을 쓰윽 내렸다. 그 광경을 본 백작은 승리감에 젖어 중얼거렸다. 세인트 제임스 후작은 원래 의심도 많고 고지식한 면이 있다고 하더니, 소문대로군.

사라는 네이선의 입에서 '당신을 믿어'라는 말이 나오기만을 바랐다. 그의 표정만으로는 진심이 뭔지 감을 잡을 수가 없었다.

「당신도 내가 엄마한테 당신 아버지가 저지른 죄에 대해서 얘기했다고 믿는 거예요?」

「우리 아버지에 관해서 알고 있었어?」

대답 대신 네이선은 반문했다. 사라는 하마터면 거짓말을 할 뻔했다. 지루하고 무심한 표정을 짓고 있긴 했지만 분노에 찬 목소리가 그의 마음의 진실을 말해주고 있었다. 그는 사라가 자신을 배신했다고 믿고 있었다.

「그래요, 이모한테 들어서 알고 있었어요.」

사라는 솔직하게 말했다. 그 말이 나오기가 무섭게 네이선은 사라한테서 떨어졌다. 사라는 마치 뺨을 한 대 얻어맞은 기분이었다.

「내가 당신을 배신했다고 생각하는 거죠? 어떻게 그럴 수가 있어요? 나한테 어떻게 그럴 수가 있냐구요!」

「그럼 달리 어떻게 설명을 하겠습니까? 그 동안 쉬쉬했던 비밀을 터뜨릴 사람이 또 누가 있어서……」
 콜린이 끼여들었다.
「콜린도 내가 비밀을 발설했다고 생각해요?」
 사라는 콜린의 말을 자르며 날카롭게 물었다.
「오래 알고 지낸 사이가 아니라 잘 모르겠지만, 부인도 어쨌든 윈체스터 아닙니까. 핏줄이 어디 가겠어요?」
 잔인하다 싶을 정도로 노골적인 말이었다. 콜린은 네이선의 안색을 살폈다. 무표정한 얼굴을 하고 있었지만 그가 속으로 얼마나 괴로울지 능히 짐작이 갔다. 감정을 숨기는데 도가 튼 친구……, 과거에도 한 여자로 인해 마음의 문을 닫아버린 경험이 있는데, 이제 또 다른 여자에게 배신을 당했으니 불신의 골은 더 깊어지리라.
 그에 반해 사라의 얼굴엔 괴로운 감정이 고스란히 드러나 있었다. 자포자기하는 심정과 패배감이 짙게 깔린 얼굴. 콜린은 혹 자신이 섣불리 판단을 내렸나 하는 생각이 들었다.
「네이선한테 다시 한 번 물어보면 어떨까요?」
 한결 부드러운 목소리로 콜린이 물었다.
「저 사람은 내가 자기를 절대 배신하지 않는다는 사실을 여태 모르고 있어요. 결국 날 믿지 못한다는 얘기겠죠. 그런 사람한테 뭘 기대하겠어요? 똑같은 질문을 반복한다고 달라질 건 아무것도 없어요.」
 사라의 목소리에는 힘이 하나도 없었다.
「어서 마차에 타라.」
 백작의 명령이 떨어지자 사라는 획 돌아서서 그를 똑바로 쳐다봤다.
「이모 말씀이 옳았어요. 그 동안 아버지가 저지른 악행을 목격하고도 덮어줄 생각만 했다니……, 제가 정말 한심했어요. 아버지도 삼촌들과 똑같아요. 헨리 삼촌을 방패삼아 남들의 비난을 피해왔을 뿐이죠. 제 말이 틀렸어요? 다시는 아버질 보고 싶지 않아요. 앞으론 절 딸이라 생각지도 마세요.」

사라는 가쁜 숨을 몰아쉬며 좌절감을 터뜨렸다.

「오늘 언니가 했던 거짓말은 밤새도록 무릎꿇고 빌어도 용서받기 힘들 거야. 난 아빠와 언니가 집에 없을 때를 골라서 엄마를 찾아뵐 거야.」

벨린다에게 일침을 가한 사라는 팔을 붙잡으려는 콜린을 뿌리치며 사무실 쪽으로 걸어갔다. 다들 그녀가 사무실로 들어가서 문을 쾅 닫는 모습을 지켜봤고, 윈체스터 백작은 쉽게 물러날 생각을 안 했다. 얼마간 거센 말다툼이 오간 후에, 갑자기 백작은 목에 시퍼렇게 핏줄이 돋아날 만큼 카랑카랑한 소리로 사라를 부르면서 사무실로 가려는 몸짓을 보였다. 네이선이 앞을 막아서자 결국 윈체스터 백작은 포기하고 돌아섰고, 그의 심복들도 마차 뒤를 따랐다. 뒤에 남은 사람들은 약속이라도 한 듯 한마디씩 했다.

「아마 무의식중에 말이 튀어나왔겠지. 나와 함께 노라 얘기를 하면서도 그랬었잖아.」

매튜가 먼저 나서서 사라를 옹호했다.

「그게 아니야. 난 사라가 비밀을 발설했다고는 생각지 않아.」

짐보가 팔짱을 낀 채 콜린을 노려보면서 말을 이었다.

「자네가 일을 더 그르쳤어, 돌핀. 사라를 옹호하는 말을 한마디만 해줬어도 네이선이 그렇게 나오진 않았을 거야.」

「전에도 어떤 여자를 옹호했다가 하마터면 네이선을 죽게 만들 뻔했어.」

콜린이 대꾸했다.

「그때 네이선은 너무 어리고 미련해서 당한 거야.」

매튜가 말했다.

「그건 지금도 마찬가지야. 워낙 의심이 많아서 언젠가는 사라가 배신할 거라고 믿고 있었겠지 뭐, 안 그래?」

짐보가 비꼬며 말했다. 하지만 네이선은 두 사람의 말은 안중에도 없이, 백작의 마차가 골목 저편으로 사라지는 모습을 지켜보고 있었다. 정신을 가다듬으려 머리를 몇 번 흔들더니 그는 걸음을 옮겼다.
「어디 가는 거야?」
매튜가 소리쳤다.
「이젠 정신을 좀 차렸나봐. 그래서 사라한테 사과를 하러 간 건지도 몰라. 아까 사라 표정 봤어, 매튜? 괴로워하는 모습을 보니까 내 가슴이 다 찢어지더라구.」
「네이선은 사과하지 않아. 사과하는 방법조차 모르는 친구야.」
콜린이 말했다.
사라는 짐보와 매튜가 자신을 옹호하고 나섰다는 사실을 까맣게 모르고, 다들 자신을 책망하고 있으리라 생각했다. 마음이 답답해서 사무실 안을 왔다갔다하는 사이 머리 속에서는 네이선의 얼굴에 떠올랐던 표정을 지울 수가 없었다. 네이선의 아버지에 관해서 알고 있었다고 시인했을 때 그가 지었던 바로 그 표정. 쓰디쓴 배신감이 드러난 얼굴. 사라는 세상에 혼자 떨어진 기분이었다. 어딜 가야 할지, 누굴 의지해야 할지, 그리고 뭘 해야 할지 갈피를 잡을 수가 없었다. 사랑하는 사람과 낙원에서 행복하게 사는 소박한 꿈, 아니 환상은 이제 산산 조각나고 말았다. 친척들의 말이 옳았다. 네이선은 그저 왕에게 받을 선물에만 관심이 있었을 뿐, 애당초 사랑하는 마음은 없었나 보았다. 전엔 네이선을 싫어하게 만들려고 친척들이 꾸민 거짓말이려니 생각했었지만, 모두 사실이었다. 왜 그렇게 세상물정을 몰랐을까. 너무 마음이 아파서 아무 생각도 하고 싶지 않았다. 문득 아버지가 제이드에 대해 위협했던 말이 떠올랐다. 아무래도 제이드에게 미리 경고를 해줘야 할 것 같았다. 아직까지 한 번도 만난 적이 없는 그녀였지만 마음이 쓰였다. 어찌됐든 제이드는 네이선의 여동생이었으므로.
사무실 밖에서는 다들 떠드느라고 정신이 없었다. 밖으로 나온 사라는 골목을 돌아서자마자 냅다 달렸다. 저쪽에서 마차의 손님이 지갑에서 동전을 꺼내며 내리려는 모습이 눈에 띄자 재빨리 그리로 달려갔다. 사실 수중에는 땡전 한푼 없었고, 제이드가 사는 집의 주소도 몰랐다. 그렇다고 포기할 순 없는 노릇이었다.
「케인우드 백작의 집까지 가주세요」
사라는 마차 안에 들어가서 몸을 깊숙이 수그렸다. 혹 네이선이 쫓아올까 겁이 났기 때문이었다. 마부는 지나가는 사람들에게 물어 물어 주소를 알아냈다. 사라는 마차 안에서 떨리는 마음을 진정시키려고 심호흡을 계속 했다.
한편 사라가 사무실에 없다는 사실을 까맣게 모르는 네이선은 마음이 좀 진정되면 그녀와 대면할 작정이었다. 더 이상 사라의 기분을 나쁘게 하고 싶지 않았다. 사악하기 이를 데 없는 피붙이들 틈에서 사라가 그 동안 어떻게 살았을지 생각만 해도 끔찍했다.
짐보는 옆에서 계속 잔소리를 해댔다.
「사라를 탓하는 게 아냐. 진작부터 사라의 결점은 잘 알고 있었으니까. 그러니까 날 좀 그만 괴롭혀. 가서 모든 걸 용서했다고 하면 되잖아, 이제 됐지?」
네이선은 귀찮다는 듯이 대꾸했다.
짐보가 고개를 끄덕이자 네이선은 사무실 안으로 들어갔다. 하지만 사라가 없었다. 창고에도 없었다. 심장이 오그라들 것만 같았다. 아버지와 같이 떠난 것이 아니라면…… 그렇다면 혼자 거리로 나갔다는 얘기였다. 혼자서 위험천만한 거리를 헤매는 사라의 모습이 머리를 스치자 그는 온 동네가 떠나가도록 괴성을 질렀다. 당장 찾아야 했다. 사라에겐 자신이 필요했다.

13

 마차 안에서 사라는 내내 울었다. 얼마나 지났을까, 마차가 케인우드 백작의 저택 앞에 서자 눈물을 대강 훔쳐내고 호흡을 가다듬었다.
「금방 돌아올 테니까 기다려주세요. 갈 곳이 또 있거든요. 대신 삯은 두 배로 쳐드릴게요.」
 울어서 잔뜩 가라앉은 목소리로 사라가 말했다.
「기다리고 있을 테니까 염려 말고 천천히 일 보세요.」
 마부의 대답이 끝나기가 무섭게 사라는 뛰다시피 계단을 올라가서 문을 두드렸다. 혹여 근처를 지나는 친척들한테 들키기라도 하면 큰일이었다. 이윽고 문이 열리더니 키가 큰 남자가 나왔다. 평범한 용모였지만 눈빛이 따뜻해 보이는 사람이었다.
「실례지만 무슨 일이신지요, 아가씨?」
 집사가 물었다.

「케인우드 백작부인을 뵈러 왔는데요.」
사라는 재빨리 뒤를 돌아봤다. 다행히 아무도 없었다.
「들어가게 해주세요.」
말이 끝나기가 무섭게 안으로 들어 간 사라는 집사에게 빨리 문을 닫으라고 재촉했다.
「백작부인은 집에 계신가요? 제발 그래야 할 텐데. 지금 못 만나면 어떻게 해야 할지 모르겠어요.」
사라는 눈물을 글썽이며 말했다.
「마님께선 집에 계십니다.」
「오, 하나님, 천만다행이에요.」
「마님께 뉘시라고 여쭈면 될까요?」
집사가 미소를 지으며 물었다.
「사라가 왔다고 전해주세요. 부탁인데 되도록 빨리 전해주시겠어요? 급한 일이라서요.」
사라는 집사의 손을 꽉 붙잡고 다급하게 청했다.
집사는 내심 호기심이 생겼다. 무슨 일이길래 저럴까? 어이쿠, 손이 다 얼얼하네. 딱한 사정이 있는 아가씨 같은데, 얼마나 긴장했으면 내 손을 이렇게 꽉 잡을까나.
「그렇게 합지요. 하지만 그 전에 제 손을 놔주시지 않겠습니까?」
정중한 집사의 말에 사라는 깜짝 놀라며 손을 거두었다.
「하도 경황이 없어서……. 무례한 행동, 이해해주세요.」
「괜찮습니다. 죄송하지만 성(姓)자가 어떻게 되시는지요.」
그 말을 듣자 사라는 참았던 감정이 복받쳐 왈칵 눈물을 쏟았다.
「전엔 사라 윈체스터였지만 얼마 전에 사라 세인트 제임스가 됐어요. 하지만 또 얼마 안 있으면 그 이름도 잃게 될 거예요. 당장 내일 아침에 내 성이 뭐가 될지 모른다구요. 할릿(역주: '매춘부'라는 뜻)이 될지도 모르죠. 다들 내가 죄 많은 여자라고 생각하겠지만 사실은 그렇지 않아요, 절대 아니에요.」
　사라는 집사가 건네준 손수건으로 눈물을 훔쳤다.
「차라리 당장 절 사라 할럿이라고 부르시는 게 낫겠어요. 앞으로 그 이름에 익숙해져야 하니까요.」
　사라는 문득 자신이 얼마나 바보같이 굴고 있나를 깨달았다. 혹 집사가 자기를 미친 여자라고 생각하지는 않을까 싶었다.
　서재에서 나오다가 집사인 스턴스가 손님의 성을 묻는 것을 들은 케인우드 백작은 여자의 대답이 하도 괴상해서 걸음을 멈췄다.
「여길 오는 게 아니었어요. 차라리 편지를 보낼 걸 그랬나봐요.」
　사라는 흠뻑 젖은 손수건을 집사에게 돌려줬다.
「스턴스, 손님을 꼭 붙들게.」
　백작이 큰소리로 외쳤다.
「그렇게 하지요.」
　집사는 사라의 어깨를 붙들었다.
「이젠 어떻게 할까요?」
「이쪽으로 돌려보게.」
　스턴스가 돌려세우기도 전에 사라는 스스로 돌아섰다.
「케인우드 백작님이신가요?」
　계단 난간에 기댄, 키가 훤칠하고 잘생긴 남자에게 사라가 물었다.
「제 주인님이신 케인우드 백작님이십니다.」
　집사가 깍듯이 예의를 갖춰서 인사를 시키자 사라는 기계적으로 절을 했다. 장기간의 연습을 통해 저절로 몸에 배인 행동이었다.
「주인님, 사라 할럿 양이십니다.」
　집사가 덧붙인 그 한마디에 사라는 앞으로 고꾸라질 뻔했다. 스턴스가 옆에서 부축해줘서 다행히 넘어지진 않았다.
「제가 실없는 농담 한 번 해봤습니다.」
「절 그냥 케인이라고 부르셔도 됩니다.」

제이드의 남편이 씩 웃으면서 말했다.
「전 네이선의 아내 되는 사람이에요.」
「그러리라 생각은 했습니다. 얼마 전에 세인트 제임스가 되셨다고 하는 말을 들었거든요. 한식구가 돼서 정말 기쁩니다.」
케인은 부드럽게 미소를 지으며 사라의 손을 꼭 잡았다.
「집사람이 아주 반가워할 겁니다. 이보게, 스턴스, 가서 제이드를 불러오게. 그 동안 응접실에서 잠깐 얘기나 나눌까요?」
「하지만 백작님, 오늘은 인사드리려고 찾아뵌 게 아니에요. 제가 왜 왔는지를 아시면 두 분 다 절 당장 쫓아내려고 하실 거예요.」
「우릴 그렇게 매정한 사람들로 취급하다니, 섭섭한데요.」
케인은 사라에게 윙크를 하며 자기 옆으로 끌어당겼다.
「그리고 우린 이제 한가족이니까 케인이라고 불러요. 어색하게 백작님이 뭡니까?」
「얼마 안 있으면 남남이 될 텐데요 뭐.」
사라가 힘없이 중얼거렸다.
「자, 자, 울지 말아요. 설마 그렇게까지 심한 일일라고요. 혹시 네이선을 고자질하러 온 거 아닙니까? 무슨 짓을 했는지 궁금한데요.」
장난으로 한 말인데, 사라는 네이선의 이름만 듣고도 왈칵 눈물이 쏟아졌다.
「그 사람은 아무 짓도 하지 않았어요. 그리고 그 사람이 아무리 기분 나쁜 짓을 해도 고자질 따위는 안 해요. 아내로서 할 도리가 아니니까요.」
「아내로서의 도리를 중요하게 생각하는군요.」
「네, 하지만 배우자를 믿는 것도 중요한 일이에요. 물론 안 그런 사람들도 있지만요.」
「그럼 네이선을 못 믿는단 말인가요?」
「전엔 믿었지만 지금은 아니에요. 이번 일을 겪으면서 생각이 달라졌어요.」
 케인은 무슨 얘긴지 도통 알 수가 없었다.
「전 오늘 네이선 얘기를 하러 온 게 아니에요. 그리고 저희 결혼은 어차피 오래 지속되지 못할 거예요. 그 점은 분명히 짚고 넘어가야겠네요.」
 케인은 웃음을 참았다. 결국 부부싸움을 했다는 얘기로군.
「네이선은 원래 조금 까다로운 편이에요.」
「맞아요.」
 뒤에서 갑자기 들리는 소리에 두 사람은 몸을 획 돌렸다. 제이드가 방안에 들어오고 있었다.
 제이드처럼 아름다운 여자는 사라에게 난생 처음이었다. 불꽃처럼 빛나는 적갈색 머리, 네이선과 똑같은 녹색 눈동자, 잡티 하나 없이 깨끗한 피부, 사라는 주눅이 들었다. 지금 내가 용모를 따지고 있을 때냐. 사라는 제이드가 자기 오빠처럼 까다롭지 않기만을 빌었다.
「나쁜 소식을 전하러 왔어요.」
 사라는 솔직히 털어놨다.
「음, 나쁜 소식이라……, 네이선과 결혼했다는 얘긴 벌써 했잖습니까? 아마 제수 씨한테 그 이상 나쁜 일도 없을 걸요. 정말 안 됐다는 말 밖에 드릴 말이 없군요.」
 케인은 느긋하게 농담을 던졌다.
「어쩌면 그렇게 무정한 말을 아무렇지도 않게 해요?」
 짐짓 케인을 나무라는 제이드의 입가에도 미소가 어렸다.
「사실 케인은 오빠를 굉장히 좋아해요. 그 사실을 인정하기 싫어서 저렇게 심통을 부리는 거예요.」
 그렇게 말한 후 제이드는 사라에게 다가가서 뺨에 입을 맞췄다.
「언니는 내가 상상했던 이미지와 많이 다르네요. 천만다행이에요. 어머, 나 좀 봐, 아직 인사도 제대로 안 했네. 조금 늦은 감이 있지만,

이렇게 만나게 돼서 정말 기뻐요. 그나저나 오빠는 어디서 뭐하고 있대요? 조금 있다가 온다고 하던가요?」
 사라는 고개를 흔들면서 의자에 털썩 주저앉았다.
「다시는 그 사람을 보고 싶지 않아요. '다신 만나기 싫다'는 말을 하려면 천상 한 번은 더 만나야겠지만요. 어쩌죠? 어디서부터 설명을 해야 할지 모르겠어요.」
 케인은 제이드와 시선을 교환하면서 소리 없이 입술 모양으로 '부부 싸움'이란 신호를 보냈다. 제이드가 고개를 끄덕이며 의자에 앉자 케인도 옆에 와서 앉았다.
「네이선이 무슨 짓을 저질렀는지 모르겠지만, 두 사람이 합심하면 충분히 해결을 볼 수 있을 겁니다.」
 케인이 말했다.
「결혼하고 나서 처음에는 저도 이 사람하고 종종 싸웠어요.」
 제이드가 옆에서 거들었다.
「내 사랑, 말은 똑바로 하자구. 결혼 전에만 싸웠지 결혼하고 나선 안 그랬잖아.」
 제이드가 말도 안 된다고 응수하려는 참에 사라가 입을 열었다.
「전 저희 결혼생활에 대해서 말씀드리려고 온 게 아니에요. 전……, 아까 저보고 상상했던 것과는 많이 다르다고 하셨나요? 그건 무슨 뜻이었어요?」
 제이드가 미소를 지었다.
「난 언니가 감정을 좀처럼 내보이지 않는 사람이면 어쩌나 걱정했어요. 원래 신분이 높은 여자들은 이중적인 면이 좀 있잖아요. 왜, 다들 무관심하고 냉정한 척하려고 무진 애를 쓰잖아요. 그에 비해 언니는 솔직해 보여서 좋아요.」
「네이선한테 화도 대놓고 팍팍 낼 것 같은데요?」
 케인이 말했다.

「네이선 얘긴 하고 싶지 않아요. 두 분 모두 마음의 준비를 해두셔야 할 일이 있어요. 그 말씀 드리려고 찾아 뵌 거예요.」
 소곤거리듯 작은 목소리인지라 케인은 몸을 앞으로 내밀었다.
「마음의 준비를 해둘 일이라……, 그게 뭔가요?」
「저희 두 사람이 결혼할 때 체결된 혼인계약서에 관해서 아세요?」
 사라는 양손을 깍지 끼어 무릎에 올렸다.
「지금은 물러나신 조지 국왕폐하께선 세인트 제임스와 윈체스터 집안간의 불화를 종식시키고 싶어하셨어요. 그래서 네이선과 절 억지로 맺어주셨지요. 국왕께선 회유책으로 금과 영지를 하사해 주시기로 하셨어요. 사실 금보다는 영지 쪽이 구미가 끌리는 조건이었죠. 산에서 내려오는 물이 국왕께서 주시기로 한 영지를 거쳐서 두 집안의 영지로 흘러가거든요. 결국 그 영지를 얻으면 상대편 가문이 물을 얻지 못하게 할 수 있단 얘기가 돼요. 계약서엔 네이선이 저와 동거를 하면 자동적으로 금은 그 사람 소유가 된다고 나와 있어요. 그리고 제가 아이를 낳으면 영지는 우리 두 사람 몫이 되구요.」
「조지 국왕 때 일이라니……, 그럼 도대체 몇 살 때 결혼을 한 겁니까?」
 케인이 놀라움을 감추지 못하며 물었다.
「제가 네 살 때 일이었어요. 아버지가 저 대신 계약서에 서명을 하셨죠. 네이선은 그때 열네 살이었구요.」
「그래도 좀…… 상식적으로 이해하기 힘든 일이군요. 그게 과연 법적으로 효력이 있을까요?」
 케인이 의심스럽다는 투로 말했다.
「그럼요. 국왕께서 친히 '합법적'이라고 선언하신 걸요. 주교님께서도 저희 결혼을 축복해 주셨구요.」
 본론으로 들어가야겠는데, 차마 두 사람을 똑바로 쳐다볼 수가 없어서 사라는 고개를 떨구었다.

「제가 계약을 어기면 네이선이 모든 걸 얻게 돼요. 반대로 그 사람이 어기면 제가, 아니 저희 가족이 모두 갖게 돼죠.」
「국왕께서 꽤나 머리를 굴리셨군요. 두 사람을 인질 삼아 양쪽 집안을 조정해보시겠다는 의도가 아니고 뭡니까?」
케인은 심드렁하게 대꾸했다.
「그렇기야 하죠. 하지만 전 국왕 폐하께서 순수한 의도로 하신 일이라고 생각해요. 모든 사람들이 사이좋게 지내길 바라셨던 거죠. 어떻게든 두 집안 모두에게 이득이 되는 일을 하고 싶으셨겠죠.」
케인은 사라의 말에 반박하고 싶은 마음을 참았다.
「저 때문에 말이 딴 데로 흘렀군요. 아까 하려던 말이 뭐였죠?」
케인이 친절한 목소리로 물었다.
「네이선은 3개월쯤 전에 절 데리고 항해를 나갔어요. 방금 전에 런던에 돌아왔는데, 하선한 지 얼마 안 돼서 아버지가 저희를 찾아오셨어요.」
「그래서 어떻게 됐습니까?」
사라가 머뭇거리자 케인이 나서서 재차 물었다.
「아버진 저더러 같이 집에 돌아가자고 하시더군요.」
「그래서요?」
케인이 재촉했다.
「이봐요, 언니가 윈체스터 백작을 따라 갔으면 어떻게 여기 와 있겠어요? 그렇게 뻔한 질문 좀 하지 말아요. 그나저나 왜 윈체스터 백작이 언니를 도로 데려가려고 하는지 이해가 안 가네요. 언니가 계약을 어기면 오빠한테만 이득이잖아요. 더구나 두 사람은 벌써 정상적인 부부생활을 했을 텐데 지금 와서 뭘 어쩌려고 그러는지…….」
「이봐, 우선 사정 얘기를 끝까지 들어보자구.」
케인이 제이드의 말을 잘랐다.
「저희 아버진 계약을 어기고도 국왕 폐하의 선물을 받을 수 있는 방법을 알아냈어요.」
「그 방법이 뭔데요?」
제이드가 물었다.
「네이선의 아버님에 관한 비밀을 알아냈거든요. 아버님에 관한 얘기를 아세요?」
놀라는 기색이 역력했지만, 제이드는 아무 말이 없었다.
「비밀이란 게 도대체 뭐랍니까?」
케인이 심각한 표정으로 물었다.
「아버님…… 그러니까 웨이커스필드 백작이 반역행위를 했다는 사실이요.」
한동안 침묵하던 케인이 아내를 위로하려고 어깨에 팔을 둘렀다.
「이런 얘기 드리고 싶지 않았어요. 하지만 전후사정을 모르는 상태에서 아버님만 탓해선 안 될 것 같아요.」
사라는 무슨 말을 더 해야 할지 몰랐다. 얼굴에 핏기가 가신 제이드는 당장이라도 기절할 듯 보였다. 사실 사라도 비슷한 심정이었다.
「어차피 한 번은 터질 일이었어요.」
케인이 침묵을 깨뜨리고 말했다.
「그럼 벌써 알고 계셨단 말씀이에요?」
사라가 물었다.
「벌써 오래 됐어요. 하지만 윈체스터 백작이 어떻게 그걸 알아냈죠? 내가 알기론 거의 불가능한 일인데.」
제이드가 말했다.
「그래요, 어떻게 알아냈답니까? 정부 기밀서류라 함부로 손댈 수가 없었을 텐데, 이상하군요.」
케인이 물었다.
「네이선은 제가 우리 가족에게 편지를 쓰는 바람에 그렇게 됐다고 믿어요. 물론 직접 듣지는 않았지만, 그 사람이 어떤 생각을 하는지 전 알 수 있어요.」

사라의 목소리는 떨리고 있었다.

「그럼 언니도 알고 있었어요?」

「오빠도 나한테 똑같은 질문을 하더군요.」

「언니도 알고 있었느냐구요? 그 애긴 어떻게 알게 됐죠?」

제이드가 거듭 물었다.

「그래요, 알고 있었어요. 하지만 어떻게 알았는지는 말씀드릴 수가 없어요. 누군가를 배신하는 일이 되니까요.」

「배신이라구요? 자기 식구들한테 비밀을 몽땅 발설해 놓고 이제 와서 그런 말이 나와요? 바로 그런 행동을 두고 배신이라고 하는 거예요. 어떻게, 도대체 어떻게 그럴 수가 있죠?」

제이드가 흥분하며 비난을 퍼부어도 사라는 변명할 마음이 전혀 없었다. 남편이란 사람도 믿지 못하는데, 하물며 그 여동생은 오죽할까.

「가족들을 대신해서 사과드릴게요. 하지만 가족들과는 의절하기로 벌써 마음먹었어요. 이런 말씀 드린다고 해서 화가 풀리진 않겠지만요. 제 말을 들어주셔서 고마워요.」

그 말을 하고서 사라는 일어나 문으로 걸어갔다.

「어딜 가려구요?」

큰소리로 외치며 일어나는 케인을 제이드가 도로 앉혔다.

「엄마가 괜찮으신지 확인한 다음 집으로 가려구요.」

대답을 마친 사라는 집을 나섰다.

「의절? 퍽이나 그러겠다. 그냥 가게 놔둬요, 케인. 다신 꼴도 보기 싫어요. 그나저나 오빠를 빨리 찾아야 할 텐데. 얼마나 괴로워하고 있을지 눈에 선해요.」

「지금 무슨 소리를 하는 거야? 남들이 뭐라고 떠들어대든 당신 오빠가 눈 하나 깜짝할 성싶어? 원래 세인트 제임스 가문엔 남들한테 망신을 당하면 당할수록 피가 끓어오르는 사람들만 모였잖아. 당신도 생전 남들 시선을 의식하지 않으면서 새삼스럽게 왜 그래?」
 케인은 잔뜩 못마땅한 기색이었다.
「지금도 당신 외엔 남들이 뭐라고 생각하든 아무 관심 없어요. 하지만 사라는 오빠를 배신했다구요. 그러니까 오빠가 괴로운 건 당연하잖아요.」
「당신도 사라한테 책임이 있다고 결론을 내렸군.」
「그건 오빠 생각이죠. 사라가 한 말을 잊었어요? 오빠는 사라가 배신했다고 믿고 있다잖아요.」
「말은 똑바로 하라고. 짐작이 그렇다는 얘기였지, 네이선이 직접 그런 말을 했다고는 안 했어. 결국 네이선한테 직접 물어보기 전엔 확실히 모르는 일이잖아. 의심 많기로 유명한 당신 오빠는 그렇다고 쳐도, 왜 당신까지 그러는 거야?」
 케인이 답답하다는 투로 하는 말에 제이드는 눈이 동그래졌다.
「어떻게 해요, 케인. 내가 너무 성급했나봐요. 더구나…… 사라는 아무런 변명도 안 했잖아요.」
「변명해야 할 이유가 없잖아.」
「그럼 집에 간다는 말은 뭐죠? 가족들하고 의절했다면서……, 당신은 사라한테 아무 죄가 없다고 믿는군요, 그렇죠?」
「한 가지는 확신할 수 있어. 사라는 네이선을 사랑하고 있어. 난 얼굴만 봐도 알겠던데 당신은 눈치 못 챘어? 더구나 당신 오빠한테 아무 감정이 없으면 뭣 하러 여기까지 오는 수고를 감수했겠어? 그러니까 손 좀 놔줘. 빨리 가서 다시 데려와야지.」
「마차는 벌써 떠났습니다, 주인 어른.」
 스턴스가 현관에서 외쳤다.
「왜 그냥 가게 놔둔 건가?」
 케인은 밖으로 뛰어나갔다.
「솔직히 두 분 말씀을 엿듣느라 정신이 없었거든요. 그리고 주인님께서 아가씨를 붙들어두고 싶어하실 줄은 미처 몰랐지요.」

집사는 솔직하게 말하고 나서 제이드에게 시선을 돌려 말을 이었다.

「올케 되시는 분께 돈을 좀 드렸는데……, 괜찮겠지요? 다음 행선지까지 가려면 마차 삯이 필요하다고 하시더군요.」

갑자기 문 밖에서 쿵쾅거리는 소리가 들렸다. 누구냐고 물어보기도 전에 문이 벌컥 열리더니 네이선이 성큼성큼 집안으로 들어왔다. 스턴스는 본래 겁이 없는 편이었지만 세인트 제임스 후작은 예외에 속했다. 집사는 네이선이 지나가게 재빨리 옆으로 비켜섰다.

「내 동생은 어딨어?」

네이선이 인사도 없이 대뜸 물었다.

「오랜만이로군. 웬일로 여기까지 납셨나? 혹 우리 딸을 보러 왔나? 이거 어쩐다, 올리비아는 지금 잠들었는데. 하긴 처남이 그렇게 고래고래 소리를 질러대니 곧 깨겠지.」

케인은 느긋하게 농담으로 인사말을 대신했다.

「지금 이럴 시간 없어. 그나저나 올리비아한텐 별일 없지?」

네이선의 물음에 답이라도 하듯 위층에서 자지러진 아기 울음소리가 들렸다. 스턴스는 네이선에게 못마땅한 시선을 던지며 위층으로 올라갔다.

「제가 가서 한번 달래보지요. 올리비아 아가씨는 제가 안고 몇 번 흔들어줘야 잠이 듭니다.」

케인이 고개를 끄덕였다. 한가족이나 다름없는 집사는 올리비아를 돌보는 일을 맡고 있었다. 올리비아가 고사리 같은 손으로 집사의 손을 꼭 잡고 있는 모습은 그렇게 정겨워 보일 수가 없었다. 그런 생각을 하다가 문득 돌아선 케인은 깜짝 놀랐다. 놀랍게도 네이선이 겁에 질린 얼굴을 하고 있었던 것이다. 전엔 한 번도 본 적이 없는 표정이었다.

「제이드는 응접실에 있네.」

네이선이 방안에 들어서자 제이드는 벌떡 일어났다.
「마침 잘 왔어, 오빠. 안 그래도 오빠를 만나려던 참이었어.」
「그렇게 서 있지 말고 앉아. 잘 들어, 윈체스터 쪽에서 아버지에 관해서 알게 됐다. 그러니 너도 망신당할 준비나 해둬, 알았지?」
제이드가 고개를 끄덕이자, 네이선은 그대로 돌아서서 방을 나가려고 했다.
「잠깐만 기다려, 오빠. 할 얘기가 있단 말야.」
「그럴 시간이 없어.」
네이선은 고개만 돌린 채 말했다.
「자네는 말을 너무 아껴서 탈이야. 그렇게 서두르는 이유가 뭐야?」
케인이 물었다.
「집사람이 행방불명 됐으니까 그렇지.」
네이선이 큰소리로 대꾸했다.
「방금 전에 여기 왔었는데……」
집을 나서려던 네이선은 케인의 말에 멈칫했다.
「사라가 여기 왔었다고?」
「입만 벌렸다 하면 버럭버럭 소리를 질러대는군. 여기 귀먹은 사람 없어. 거기 서 있지 말고 빨리 들어오기나 해.」
위층에선 올리비아가 다시 울음을 터뜨렸고, 그와 동시에 여봐란 듯 문을 '쾅'하고 닫는 소리가 들렸다. 스턴스가 보내는 무언의 경고였다.
「사라가 여기까지 뭐 하러 왔대?」
「우리하고 얘길 나눴지.」
「왜 그냥 보냈어? 젠장, 도대체 이 여자가 어딜 간 거야?」
케인은 응접실 안으로 네이선을 먼저 들여보내고 문을 닫았다.
「사라도 우리한테 조심하라고 알려주러 왔었어. 물론 자네처럼 대놓고 망신당할 준비나 해두라는 식의 말은 안 했지만.」
케인의 어조는 담담했다.

「어디 간다는 얘긴 없었어?」

제이드가 대답하려고 하자, 케인은 단호하게 고개를 저으며 그녀를 말렸다.

「먼저 우리랑 얘기를 하기 전엔 가르쳐주지 않을 거야. 사람이 좀 예의를 갖춰봐.」

「지금 이럴 시간이 없다니까. 사라가 어디 갔는지 말해. 그 팔을 부러뜨리기 전에 어서 말하지 못해?」

「사라는 안전하니까 걱정하지 마.」

윈체스터 백작이 자기 새끼마저 물어 죽이는, 짐승만도 못한 인간이라면 사정이 달라지겠지만. 케인은 속으로 그렇게 중얼거렸다.

「왜 그러고 섰어, 어서 앉으라니까. 내 질문에 대답을 안 해주면 사라가 어디 갔는지 절대 말 안 해.」

케인이 냉정하게 나오자 네이선은 더 이상 저항할 마음이 사라졌다. 케인을 쓰러 눕혀봤자 좋을 게 하나도 없었다. 싸움에 관한 한 실력이 엇비슷한 사람들이라 네이선이 얻어맞지 말라는 법도 없었다. 더구나 싸움이 끝났다고 해서 케인이 입을 열 가능성도 없으니, 결국 황금 같은 시간만 낭비하는 셈이었다.

「젠장, 콜린하고 형제면서 왜 그렇게 달라? 제이드, 넌 결혼 상대를 잘못 골랐어. 콜린은 자기 형보다 백 배 천 배 성격이 좋은 녀석이라고.」

「그래도 내가 사랑하는 사람은 콜린이 아니라 케인이야.」

제이드가 웃으면서 말했다.

「오빠가 이렇게 흥분하는 모습은 처음 봤어요, 안 그래요?」

제이드는 케인을 올려다보면서 물었다.

「시간 없어. 빨리 질문이나 해봐.」

네이선이 케인을 다그쳤다.

「윈체스터 쪽에서 장인어른에 대한 비밀을 어떻게 알아낸 거야?」

「어떻게 알아냈든 이제 와서 그게 무슨 상관이야?」
「상관이 없다니, 말도 안 되는 소리를 하는군.」
「사라가 가족들한테 알렸다고 생각하는 거야? 하긴 그럴지도 모르지.」
「왜 그렇게 생각하는데?」
제이드가 물었다.
「여자니까 그렇지.」
네이선은 이내 자신이 얼마나 한심한 소리를 지껄였는지 깨달았다.
「나도 여자야. 여자라서 그렇다니…… 갑자기 여기서 그런 말이 왜 나와?」
제이드는 어처구니가 없었다.
「넌 좀 달라. 행동거지가 보통 여자들하고는 많이 다르잖니.」
칭찬인지 욕인지 종잡을 수 없는 말이었지만, 케인은 그 말을 듣고 화가 잔뜩 난 표정을 지었다.
「이봐, 지금껏 사라하고 같이 지내면서 여자들에 대해서 배운 게 그렇게도 없었나?」
「난 사라를 탓하지 않아. 아직도 화가 안 풀리긴 했지만, 그건 사라가 나한테 거짓말을 했기 때문이지 다른 이유는 없어. 사라도 여자니까…….」
「저도 모르게 입을 놀렸단 말이지?」
케인이 말을 가로챘다.
「여자들을 그렇게 무시하다니, 정말 오빠한테 실망이야. 그러지 말고 솔직하게 말해봐. 새언니가 윈체스터 집안 출신이라 못 믿는 건 아니야?」
저도 모르게 언성을 높이는 제이드의 모습에 케인은 코웃음을 쳤다.
「뭐 묻은 개가 뭐 묻은 개 나무란다더니……, 그럼 사라도 네이선을 믿어야 할 이유가 없잖아. 네이선은 윈체스터 가문이 죽어라 혐오하는 세인트 제임스 가문 출신인데.」
「그런 실없는 소리는 하지 마. 사라는 날 믿고 있어. 아까도 말했지만 사라가 무슨 일을 저질렀던 간에 아무 탓도 안 한다니까.」
애기가 계속될수록 네이선의 마음은 점점 불편해졌다. 지금까지 당연하게 여겨왔던 생각들이 와르르 무너지는 느낌이었다.
「또 한 번 여자라서 그랬다느니 어쩌느니 했다간 가만 안 둘 줄 알아, 오빠.」
사뭇 위협적인 어조였다.
「이렇게 아무 의미도 없는 얘길 해봤자 시간 낭비일 뿐이야.」
네이선이 일어서려는데 케인이 갑자기 입을 열었다.
「만약 사라가 그런 게 아니라면 어쩔 거야? 사라가 아닌 다른 사람 짓이라면?」
「무슨 말을 하고 싶은 거야?」
「누군가가 자네 아버지에 관한 기밀문서를 빼돌렸을지도 모른단 얘기야. 그런 짓을 하다니, 대범하기 그지없는 작자로군. 결국 국가 기밀 사항이 모두 그 녀석 손아귀에 들어갈 수도 있다는 말이 아닌가? 자네하고 나 그리고 콜린의 행적이 낱낱이 기록된 기밀문서들도 무사하긴 힘들 거야.」
「확실한 것도 아니잖아.」
「그럼 당신이 빨리 알아봐요.」
제이드가 말했다.
「당연히 그래야지.」
케인은 네이선을 똑바로 쳐다보며 말했다.
「사라는 집에 간다고 했어. 엄마를 뵙고 나서 집에 간다고 하는데, 어디를 얘기하는 건지 알 수가 있어야지.」
「가족들하고 의절을 하겠다는 말도 했어. 아무래도 오빠하고도 의절하겠다는 말처럼 들리던 걸.」

제이드가 덧붙였다.
 네이선은 벌써 성큼성큼 나가고 있었다.
「어디 사라를 숨겨놓기만 해봐. 내가 윈체스터 놈의 집을 몽땅 때려부수는 한이 있어도 꼭 찾아낼 거야.」
 네이선은 소리를 버럭 질렀다.
「나도 갈 테니까 기다려. 윈체스터 녀석들이 여럿 버티고 있으면 곤란하잖아.」
 케인이 재빨리 나섰다.
「도움 따윈 필요 없어.」
「자네가 뭐라고 하든 상관없어. 도움을 주면 고맙게 받을 일이지 무슨 잔소리가 그렇게 많아?」
「젠장, 내 일을 남한테 떠맡길 생각은 없어.」
「피라미 새끼들은 나한테 맡기고, 더 중요한 일이나 혼자서 잘 해보라구. 아무튼 이번엔 뒤따라 갈 테니까 그리 알아.」
「더 중요한 일이라니, 갑자기 무슨 말이야?」
 네이선이 문을 활짝 열면서 물었다.
「사라의 마음을 돌리는 것만큼 중요한 일이 뭐가 있어? 앞으로 자네도 고생 깨나 할 걸.」
 그렇게 말하면서 케인은 네이선의 뒤를 따랐다.
 네이선은 솟아나는 불안감을 애써 지우려고 했다.
「젠장, 목소리 낮춰. 올리비아가 또 깨겠어.」
 목소리를 높인 사람이 누군데!
「이봐, 난 자네가 사라한테 톡톡히 당했으면 소원이 없겠어. 용서해 달라고 무릎을 꿇고 싹싹 비는 꼴을 봤으면 좋겠다고!」

 네이선은 윈체스터 백작의 집을 몽땅 때려부수지는 않았다. 그저 잠긴 문 몇 개를 발로 차서 부수었을 뿐. 네이선이 집안을 샅샅이 뒤지는 동안 케인은 현관에서 망을 봤다. 다행히 백작과 벨린다는 집에 없었다. 사라를 찾으러 나갔음이 분명했다. 설령 두 사람이 집에 있었던들 네이선을 막기엔 역부족이었으리라.

사라의 엄마도 네이선을 말리지는 않았다. 불면 날아갈 듯 약해 보이는 빅토리아 윈체스터는 응접실을 서성대고 있었다. 사라가 벌써 떠났다고 한마디만 하면 그만인 것을, 그럴 용기를 못 내고 있었다. 케인과 네이선이 떠나려는 참에 빅토리아는 비로소 입을 열었다.

「사라는 20분쯤 전에 여길 떠났네.」

사라를 찾는데 정신이 팔린 네이선은 빅토리아의 존재에 대해서 까맣게 잊고 있었다. 그가 다가오자 빅토리아는 흠칫 놀라며 뒤로 물러섰다.

「사라가 어딜 간다고 하던가요?」

네이선은 부드러운 음성으로 물으면서 한 발자국 앞으로 나섰다가 멈춰 섰다.

「무서워하지 않으셔도 돼요. 전 그저 사라가 걱정돼서 빨리 찾고 싶을 뿐입니다.」

「사라는 왜 찾으려는 건가? 사라 말로는 자네가 그 애를 좋아하지 않는다던데.」

「사라는 내가 자길 좋아한다는 말을 입에 달고 다녔는 걸요.」

고개를 내젓는 빅토리아의 눈이 너무 슬퍼 보였다. 겉으로 봐서는 노라와 비슷했지만 생기가 없었다. 잔뜩 겁에 질린 데다가 인생마저 자포자기한 사람처럼 보였다.

「사라를 찾으려는 이유가 뭐지?」

「이유가 뭐라뇨? 사라는 제 아내니까 당연히 찾아야지요.」

「국왕 폐하께 하사 받을 영지와 금 때문에 그러는가? 사라는 어떻게 해서든 영지와 금이 모두 자네에게 돌아갈 방법을 찾아보겠다고 했네.

그리고 자네한테 더 이상 아무것도 기대하지 않는다는 말도 했지.」

빅토리아의 눈에 눈물이 가득 차 올랐다.

「자네는 내 딸의 순수한 마음을 짓밟았어. 그 아이는 지금까지 자네를 철석같이 믿었네. 나나 자네나 그 아이한테 몹쓸 짓을 했어.」

「사라는 장모님에 대해서 좋은 말만 했습니다. 그런 말씀하신 걸 알면 사라가 펄쩍 뛸 걸요」

「난 그 아이를 중재자라고 부르곤 했지. 철이 들면서부터는 내 대신 싸워주곤 했거든.」

「대신 싸우다니, 그게 무슨 말입니까? 」

「윈스턴은 부부간에 사소한 말다툼을 하면서도 걸핏하면 헨리를 끌어들였어. 사라는 어떻게든 형평을 맞추려고 내 편에 서곤 했지.」

빅토리아는 어깨를 똑바로 펴고서 네이선을 노려봤다. 기가 완전히 죽은 건 아니었군. 네이선은 속으로 중얼거렸다.

「사라는 행복하게 살 권리가 있어. 나처럼 살게 할 순 없네. 사라는 이젠 여기 오지 않을 거야. 우리 모두한테 실망을 했으니까.」

「부탁이에요, 장모님. 전 사라를 찾아야 됩니다.」

네이선의 괴로워하는 목소리가 빅토리아의 마음을 움직였다.

「걱정이 되긴 되는 모양이군.」

네이선은 고개를 끄덕였다.

「당연하죠. 사라한테는 제가 필요합니다.」

빅토리아는 미소를 지었다.

「그리고 어쩌면 자네한테도 사라가 필요하겠지. 사라는 집에 간다고 했네. 런던을 떠나기 전에 처리해야 할 일들이 몇 가지 있다면서.」

「사라는 절대 런던을 떠나지 않을 겁니다!」

네이선은 격앙된 음성으로 내뱉었다.

「혹시 자네 집에 간 건 아닐까?」

케인이 끼여들어 물었다.

「집이라고는 불에 홀딱 타버렸는데 무슨 소릴 하는 거야? 아버지와 한패였던 녀석들이 그렇게 만들었잖아, 그새 잊었어?」

「젠장, 그럼 어디를 갔다는 말이야? 집이라니, 도대체 어느 집을 말하는 거냐고.」

케인이 답답해하며 말했다.

「도와주셔서 고맙습니다. 사라를 찾는 대로 연락 드리겠습니다.」

네이선의 말에 빅토리아는 또 눈물을 그렁그렁했다. 그 모습을 보니 네이선은 사라가 떠올라 미소를 지었다. 걸핏하면 우는 습성은 엄마한테 물려받았군.

빅토리아는 네이선의 팔을 잡고 문까지 배웅했다.

「사라는 어릴 때부터 자네를 사랑했어. 물론 나한테만 살짝 털어놨지. 그 애길 주변 사람들에게 했으면 모두 비웃었을 테니까. 사라는 늘 공상에 잠기길 좋아했지. 그 아이한테 자네는 백마 탄 기사였네.」

「백마가 아니라 당나귀겠죠.」

케인이 농담을 던졌다.

「말씀 고맙습니다.」

네이선은 케인의 말을 무시하며 빅토리아에게 작별인사를 했다. 그의 부드러운 목소리에 놀란 케인은 공손하게 절까지 하는 모습에 눈이 휘둥그래졌다. 두 사람이 집을 나와서 계단을 반쯤 내려가는데 빅토리아가 뒤에서 속삭였다.

「루서 그랜트야.」

「방금 뭐라고 하셨습니까?」

네이선이 걸음을 멈추고 물었다.

「자네 아버지에 관해서 알아낸 자 말일세. 내 남편이 그 사람한테 돈을 줘서 기밀문서를 뒤지게 했어. 내가 들은 건 그게 전부라네. 어떻게 도움이 될진 잘 모르겠네만……」

네이선은 놀라서 말문이 막혔다.

「덕분에 시간이 많이 절약됐어요, 고맙습니다.」
 케인이 대신 인사말을 했다.
「왜 그걸 우리한테 말씀해주시는 겁니까?」
「윈스턴이 너무 심한 짓을 한다는 생각이 들었어. 내 남편은 자기 욕심을 챙기기만 하면 남들이야 어떻게 되든 신경을 안 쓰는 사람이야. 윈스턴 때문에 더 이상 사라를 희생시킬 순 없어. 하지만 부탁이니 내가 말했다는 얘긴 아무에게도 하지 말아주게. 그럼 내가 힘들어져.」
 빅토리아는 두 사람이 대답할 기회도 안 주고 문을 닫았다.
「자네 장모님은 남편을 너무 무서워하는군. 눈이 어찌나 슬퍼 보이던지, 차마 쳐다볼 수가 없더라구.」
 케인이 속삭이는 말에 네이선도 고개를 끄덕였다. 그러나 마음은 온통 사라에 대한 생각뿐이었다.
「사라를 어디서 찾지? 도대체 어딜 간 거야? 사라한테 무슨 일이 생겼으면 어떻게 하지? 이젠 사라가 곁에 있는 게 익숙해졌단 말이야.」
 이제야 속마음을 내보이는군. 케인은 속으로 중얼거렸다. 그렇긴 해도 저 고집불통이 자기가 사라를 사랑한다는 사실을 인정하려고 들까?
「찾을 수 있을 테니까 걱정하지 마. 일단은 부두로 돌아가 보는 게 좋겠어. 혹여 콜린이 무슨 소식을 들었을지도 모르니까.」
 케인의 제안을 듣고 네이선은 한 가닥 가느다란 희망에 매달렸다. 부두에 당도할 때까지 그는 한마디도 안 했다. 두려움 때문에 신경이 가닥가닥 끊어질 것만 같았고 머리 속은 하얗게 비는 느낌이었다.
 해가 질 무렵 사무실 안에 들어서는 두 사람을 보고 콜린은 자리에서 벌떡 일어났다. 하도 서두르는 바람에 가뜩이나 아픈 다리가 경련을 일으켰다.
「아직도 사라를 못 찾았어?」
「사라가 우릴 찾아냈어.」
 콜린이 대답했다. 통증 때문에 심호흡을 하는 그의 이마에 땀이 송

천상의 선물 **299**

글송글 맺혀 있었다. 케인과 네이선은 못 본 척 가만히 있었다. 두 사람 모두 콜린이 얼마나 자존심이 강한지 잘 알고 있었다.
「우릴 찾아냈다니, 그게 무슨 말이야?」
콜린의 안색이 나아지는 기미가 보이자 네이선이 물었다.
「아까 사라가 여기로 왔어.」
「지금은 어딨는데?」
케인이 물었다.
「집에 데려다 달라길래 짐보와 매튜가 같이 갔어. 지금 씨 호크에 있어.」
「결국 사라가 말한 집은 씨 호크였군.」
케인이 안도의 한숨을 내쉬며 말했다.
긴장이 풀리자 네이선은 식은땀을 흘렸다. 그는 콜린의 조끼 주머니에 꽂힌 손수건을 잡아채 이마를 닦았다.
「우리가 함께 지낸 곳이니까 집이라고 해도 틀린 말은 아니지.」
네이선이 쉰 목소리로 중얼거렸다.
「사라가 그렇게 삐치지는 않았나 보군.」
케인은 책상에 기대서서 콜린을 보며 씩 웃었다.
「안타까운 걸. 난 사실 네이선이 연습하는 걸 구경하고 싶었는데.」
「갑자기 무슨 연습을 한다는 거야?」
콜린이 물었다.
「무릎을 꿇고 사라한테 싹싹 비는 연습.」

14

　네이선은 아무 말 없이 사무실을 나와서 씨 호크에 올라탔다. 사라가 괜찮은지 직접 눈으로 확인을 해야 마음이 놓일 것 같았다. 아직까지도 뛰는 가슴을 진정시키기가 힘들었다.
　선원들은 대부분 승선해 있었다. 하선하는 날 밤이면 선원들은 의례 부두에서 진탕 마시고 놀았지만 그날은 예외였다. 갑판에서 망을 보는 선원이 있는가 하면, 해먹을 매달아 놓고 그 위에서 자는 선원들도 있었다. 만약을 대비해서 가슴엔 칼을 올려놓고서. 평상시라면 날씨가 나쁠 때나 갑판 바닥이 차가울 때만 해먹을 매달았다. 하지만 그날 날씨는 굉장히 후덥지근했다. 결국 선원들 모두 사라를 보호하겠다는 생각 하나로 갑판에 나와 있다는 얘기였다.
　선실 문은 열려 있었다. 들어가 보니 네이선의 베개를 꼭 끌어안고 곤히 잠들어 있는 사라가 바로 눈에 들어왔다. 책상 위에 촛불을 켜둔 채 그냥 잠이 들다니, 저러다가 불이라도 나면 어쩌려고. 나중에 한마디 해줘야겠군. 누누이 얘기했건만 또 잊어버렸어. 조용히 문을 닫은 네이선은 한동안 가만히 서 있었다. 놀란 가슴이 차츰 진정되면서 호흡도 편안해졌다.

딸꾹질을 하는 것을 보니 사라는 울다가 지쳐서 잠이 든 모양이었다. 네이선은 문득 죄책감이 들었다. 이제 사라가 없는 삶은 상상조차 할 수 없었다. '사라를 좋아한다'는 사실을 인정하고 보니 생각보다 괴롭지는 않았다. 케인의 말처럼, 그 동안 미련한 곰처럼 굴었나보다. 어쩜 그렇게도 눈이 멀 수가 있었는지……. 눈이 있으되 진실을 보지 못한다는 말이 딱 맞았다. 사라는 남편을 속일 여자가 아니었다. 그녀는 적이 아니라 동료였다. 혹 재난이 생겨서 사라한테 다시는 고함칠 일도 없이 여생을 살아야 한다면……, 생각만 해도 끔찍했다. 사라만 곁에 있으면 어떤 난관도 극복할 자신이 있었다. 세인트 제임스와 윈체스터 일족들이 한꺼번에 덤벼들어도 이겨낼 자신이 있었다.

어떻게 하면 사라를 기쁘게 해줄 수 있을까? 다시는 사라한테 소리를 지르지 말아야지. 그래, 뱃도 없는 녀석들이 자기 아내를 부를 때 쓰는 낯간지러운 애칭, 그 애칭으로 불러주면 아주 좋아할 거야.

선실 안은 어수선했다. 사라의 드레스는 네이선의 셔츠와 한데 섞여서 벽 고리에 걸려 있었다. 어느새 살림집으로 바뀌어버린 선실. 상아빗과 브러시, 그리고 형형색색의 머리핀들이 네이선의 책상 위에 흩어져 있었고, 방안에 매달아 놓은 밧줄에는 빨아놓은 속옷들이 매달려 있었다.

젖은 속옷에 얼굴이 닿지 않게 고개를 숙이면서 네이선은 셔츠를 벗었다. 사라에게 사과를 하긴 해야 할 텐데 무슨 말을 해야 할지 고민이었다. 남한테 미안하다는 말을 한 번도 해본 일이 없는 터라, 네이선에게는 고문이나 다름없는 일이었다. 그렇다고 어설픈 사과로 사라의 기분을 망칠 수는 없었다.

네이선은 부츠를 벗고 몸을 일으키다가 사라가 임시로 만든 빨랫줄에 부딪혔다. 그 바람에 속옷 하나가 툭 떨어졌다. 속옷을 걸려고 보니 빨랫줄로 쓰인 밧줄이 어디서 많이 본 물건이다 싶었다.

「이건 내 채찍이잖아! 이걸 빨랫줄로 쓰다니, 당신 제정신이야!」

버럭 소리를 지르다가 문득 아차, 이러지 않기로 했는데, 하는 생각이 들었다. 다행히 사라는 깨어나지 않았고, 잠결에 뭐라고 투덜거리더니 반대편으로 돌아누웠다. 네이선의 입가에 미소가 어렸다. 내일 아침에 일어나면 자기 전에 꼭 촛불을 꺼야한다고 잔소리를 좀 해야지. 그리고 저 채찍은 내가 제일 아끼는 거니까 저렇게 하찮은 일에 쓰지 말라고 단단히 타일러야겠어.

네이선은 옷을 마저 벗고 사라 옆에 누웠다. 마음고생이 심했던 탓인지 녹초가 된 사라는 네이선이 팔을 두르는데도 꼼짝달싹 안 했다. 네이선은 그녀를 끌어안을 수가 없었다. 몸이 닿으면 안고 싶어질 게 분명했으니까. 하지만 욕구불만은 점점 커져만 갔다. 사라에게 괴로움을 안겨주었던 만큼 그 정도 고통은 감수해야 한다고 스스로 타이르면서 그는 밤새도록 한 가지 생각에만 골몰했다. 내일은 사라한테 행동으로 보여주겠어, 내가 자기를 얼마나 좋아하는지……

동틀 무렵에야 네이선은 잠이 들었다. 몇 시간 후에 잠에서 깨어 사라를 안으려고 팔을 뻗었지만 그녀는 없었다. 네이선은 부츠를 신고 사라를 찾으러 갑판에 올라갔다.

「사라는 어딨어? 설마 취사실에 있는 건 아니겠지?」

매튜에게 물었다.

「아침 일찍 콜린이 서류뭉치를 들고 사무실로 갔어. 사라하고 짐보도 같이 따라갔고.」

매튜는 부두 쪽을 가리켰다.

「왜 날 안 깨운 거야?」

「사라가 깨우지 말라고 했거든. 죽은 사람처럼 곤히 자고 있으니까 그냥 놔두라고 했어.」
「사라가 날 생각해서 그랬단 말이지…….」
네이선이 중얼거리는 소리를 듣고 매튜는 고개를 내저었다.
「나는 자네를 피하려는 행동으로 밖에 해석이 안 되는데? 그리고 사실 어제 사라가 부두에 돌아왔을 때 다들 돌아가면서 싫은 소리를 한마디씩 했거든. 그래서 오늘은 사라가 하고 싶은 대로 하게 놔뒀지.」
「그게 무슨 소리야?」
「어제 사라가 마차에서 내리자마자 짐보가 제일 먼저 잔소리를 퍼부어댔어. 여자 혼자서 위험하게 돌아다니면 되느냐고.」
「그래서?」
「콜린이 또 잔소리를 했지. 그 다음엔 체스터가, 아니 아이번이었나? 잘 기억이 안 나는군. 이봐, 애송이, 자넨 엄청난 광경을 놓쳤지 뭔가. 선원들이 죽 늘어서서 차례로 돌아가며 사라한테 잔소리를 해대는 모습을 봤어야 하는데.」
네이선의 입가에 미소가 어렸다.
「다들 사라한테 충성심이 대단한 걸.」
네이선은 계단을 내려가려다가 갑자기 멈춰 섰다.
「오늘 아침 사라 기분은 어때 보였어?」
매튜는 네이선을 노려보며 대답했다.
「울지는 않더군. 하지만 너무 딱해 보였어.」
네이선은 성큼성큼 걸어서 매튜 앞에 섰다.
「그게 무슨 소리야?」
「인생 다 포기한 사람처럼 보이더라구. 자넨 사라의 마음을 짓밟았어, 애송이.」
매튜는 단호하게 말했다.
네이선은 사라의 엄마가 떠올랐다. 빅토리아 역시 인생을 다 포기한 사람처럼 보였다. 남편 윈스턴의 책임이 컸다. 그럼 나도 윈체스터 백작 못지 않게 몹쓸 인간이란 말인가? 네이선은 덜컥 겁이 났다. 매튜는 네이선의 표정을 보고 깜짝 놀랐다. 네이선이 저렇게 약한 모습을 보일 때도 있었나?

「이젠 어떻게 해야 되지?」

네이선이 중얼거렸다.

「일을 이렇게 망쳐놨으면 원상복구도 자네가 해야지.」

「내가 무슨 말을 해도 사라는 곧이 들으려 하지 않을 거야. 뭐 내가 한 짓을 생각하면 그래도 싸지만…….」

「아직도 우리 사라를 그렇게 못 믿어?」

매튜가 답답하다는 듯 말했다.

「그건 또 무슨 소리야?」

네이선은 매튜를 노려보면서 물었다.

「사라는 어려서부터 지금까지 자네를 사랑했어. 그런 맘이 갑자기 획 돌아설 것 같은가? 아무리 자네가 비열한 짓거리를 했다손 쳐도 그래. 자네는 사라한테 믿음의 확신만 심어주면 돼. 꽃은 밟으면 죽는 법이야. 사라 마음도 꽃이나 다를 바 없어. 애송이, 자네가 사라한테 상처를 준 건 사실이니까 어떻게 해서든지 사라를 생각하는 마음을 보여주는 게 좋을 걸. 그걸 못하겠다면 그냥 놔줄 생각을 하던가. 사라는 나한테 노라가 사는 곳까지 같이 따라가겠다는 말도 했어.」

「사라가 가긴 어딜 간다는 거야!」

「아직 내 귀는 성하니까 그렇게 소리지를 필요 없어.」

매튜는 간신히 웃음을 참았다.

「자기가 떠나면 자네가 싫어할 거란 말도 하더군.」

「그럼 사라도 내가 자길 남다르게 생각한다는 걸 안단 말인가?」

네이선은 갑자기 수줍음 많은 철부지 사내아이가 된 기분이었다.

매튜가 코웃음을 쳤다.

「그게 아니야. 사라는 자네가 영지와 금에만 관심이 있는 줄 알아.

사라가 뭐라고 한 줄 알아? 자기는 국왕의 선물에 곁다리로 붙은 짐짝이라는 거야.」

　사실 처음 만났을 땐 그런 마음도 없지 않았다. 하지만 언제부턴가는 사라가 그까짓 금이나 영지하고는 비교도 할 수 없이 중요한 존재가 돼버렸다. 그런데 이제 마음의 상처를 입고 떠나려 하다니. 어떻게 해야 그 마음을 돌려놓을까……. 지금이야말로 전문가의 조언이 필요한 때. 그는 옷을 갈아입고 여동생의 집을 향했다. 아직 무슨 말을 해야 할지 확신도 서지 않는 마당에 당장 사라를 만나봐야 일을 더 악화시킬 게 틀림없었다.

「무슨 수로 그렇게 빨리 새언니를 찾아냈어?」

　문을 열어 주면서 제이드가 물었다.

「케인하고 할 얘기가 있어.」

　네이선은 황급하게 응접실로 들어섰다.

「케인은 어딨냐? 혹시 외출한 건 아니겠지?」

「서재에 있어. 오빠, 왜 그래? 새언니 때문에 걱정돼서? 언니는 지금 손님방에 잘 모셨으니까 걱정하지 마.」

　갑자기 네이선이 획 돌아섰다.

「사라가 여기 있다고? 어떻게…….」

「콜린이 억지로 데려왔어. 오빠, 제발 목소리 좀 낮출 수 없어? 방금 전에 올리비아를 간신히 재웠단 말이야. 이번에 또 깨우면 스턴스가 가만 안 있을 걸.」

「미안하다.」

　네이선은 씩 웃더니 목소리를 낮추었다.

「새언니한테는 경솔하게 굴어서 미안하다고 사과했어. 물론 오빠도 사과했겠지?」

　제이드가 네이선의 뒤를 쫓아가면서 말했다.

「경솔하게 군 점에 대해서 사과했느냐고?」

「아니, 오빠는 새언니가 배신했다고 믿었잖아. 그러니까 당연히 사과해야지. 나도 지금은 언니가 그럴 사람이 아니라는 걸 알아. 언닌 오빠를 사랑해. 그래도 여전히 새언닌 오빠 곁을 떠날 생각인가 봐.」
「내가 사라를 보낼 줄 알아!」
네이선이 버럭 고함을 질렀다.
서재에 있던 케인도 쩌렁쩌렁 울리는 그의 목소리를 들었지만 신문을 읽는 척하며 가만히 있었다. 네이선은 노크도 없이 벌컥 문을 열더니 구두 뒤축으로 '쾅' 소리가 나게 문을 닫았다. 이윽고 자지러지는 아기 울음소리가 터져 나왔다.
「할말이 있어서 왔어.」
케인은 네이선이 마음을 가라앉힐 시간을 주고싶어서 일부러 천천히 신문을 접었다. 그러고는 네이선에게 의자에 앉으라고 손짓을 했다.
「브랜디라도 한 잔 줄까?」
네이선은 됐다고 한마디하더니 정신없이 방안을 왔다갔다했다.
「할말이 있다고 했잖아.」
케인이 말문을 열었다.
「그래.」
그러고서 5분이 지났지만 네이선은 여전히 말이 없었다.
「할말이 있으면 해 보라니까.」
「말하기가…… 좀 어려워.」
「자네 하는 행동을 봐선 그래 보여.」
네이선은 고개만 한 번 끄덕이고는 계속 방안을 왔다갔다했다.
「젠장, 안 앉을 거야? 계속 그러고 있으니까 정신 사나워 죽겠어.」
네이선은 케인의 책상 앞에 떡 버티고 섰다.
당장이라도 덤벼들어 싸울 기세로군. 케인은 속으로 중얼거렸다.
「날 좀 도와줘.」
네이선의 얼굴은 현기증을 일으키는 사람처럼 창백했다.

「알았어, 최대한 힘을 써줄 테니까 내가 어떻게 도와줬으면 좋을지 얘기해봐.」
「내 말을 듣지도 않고 무조건 도와주겠다는 거야?」
네이선이 놀란 얼굴로 물었다.
케인은 길게 한숨을 내쉬었다.
「여지껏 남한테 도와달라고 부탁한 적 없었지, 안 그래?」
「물론이지.」
「그러니까 남한테 부탁하는 게 그렇게 힘들 수밖에.」
「다른 사람들한테 의존하면 안 된다고 배웠으니까 그렇지. 하지만 지금은 도저히 혼자서 어떻게 해볼 도리가 없어.」
「우린 한가족 아닌가. 가족끼린 서로 돕는 게 당연해.」
네이선은 창가로 가서 밖을 내다봤다.
「사라는…… 이젠 날 전폭적으로 믿지는 못할 거야.」
꽤나 완곡한 표현을 쓰는군. 그래도 아직은 사라한테 자기에 대한 믿음이 남았을 거라 생각하는 모양이지? 케인은 그런 생각이 들었다.
「그럼 전처럼 자네를 전폭적으로 믿게 만들면 되잖나.」
「어떻게?」
「사라를 사랑하긴 해?」
「좋아는 해. 얼마 전부터 사라는 적이 아니라 내 동료라는 생각이 들더라구. 그리고 나한테는 사라가 제일 중요해. 사라한테 내가 제일 중요하듯이…….」
케인은 어처구니가 없어서 천장을 올려다봤다.
「적이 아니라 동료라니……, 그럼 콜린하고 다를 게 뭐가 있어?」
네이선이 침묵을 지키자 케인은 말을 이었다.
「사라하고 계속 같이 살고 싶어? 아니면 그저 왕의 선물을 받기 위해서 억지로 떠맡은 성가신 존재일 뿐인가?」
「이젠 사라 없이 혼자 살 수는 없어.」

격앙된 목소리로 네이선이 대답했다.
「그럼 사라를 그저 동료라고 하기엔 뭔가 부족하단 생각이 드는군, 안 그래?」
「당연하잖아. 사라는 내 아내야. 콜린은 내 동료이고.」
두 사람은 한동안 침묵을 지켰다.
「난 누군가를…… 좋아하는 것이 이렇게 짜증나는 일인 줄 몰랐어. 이제 어떻게 해야 할지 모르겠어. 내가 모든 걸 망쳐놨으니…….」
「사라가 자네를 사랑하긴 한대?」
「물론이지. 아니…… 전엔 그랬어. 거의 날마다 사랑한다는 말을 했으니까.」
네이선은 말을 하다가 긴 한숨을 내쉬었다.
「매튜 말이 맞아. 사라는 지금까지 나한테 사랑을 주기만 했어. 난 꽃이나 다름없는 사라의 마음을 짓밟아버린 거야.」
케인은 입가에 피어오르는 미소를 서둘러 감추었다.
「꽃이나 다름없다고? 이봐, 지금 혹시 더위라도 먹었나? 자네가 쓰는 말 치곤 표현이 너무…… 시적인데.」
네이선은 케인의 말을 못 들은 척했다.
「사라는 자길 국왕의 선물에 곁다리로 붙은 짐이라고 생각해. 처음엔 나도 그런 생각을 했지만 지금은 아냐.」
「그러지 말고 사라한테 자네 심정을 솔직히 털어놔.」
「사라는 마음이 너무 약해. 나 같은 놈한텐 과분한 여자야. 하지만 다른 놈이 손가락 하나 건들기라도 하면 참지 못할 거야. 상처를 준 사람은 나니까 내가 해결해야 돼. 내가 짓밟아버린 사라의…….」
「그 말은 아까도 했잖아. 자네가 사라의 꽃을 짓밟았다면서.」
케인이 네이선의 말을 잘랐다.
「사라의 마음이지 꽃이 아니야. 젠장, 사라의 꽃이라니, 그게 말이나 되는 소리야? 말은 똑바로 해.」

네이선의 투덜거리는 모습을 보며 케인은 슬그머니 미소를 지었다.
「그래서 어떻게 할 작정이야?」
침묵 속에 5분이 또 지나갔다.
갑자기 네이선이 어깨를 펴더니 몸을 돌렸다.
「사라가 다시 날 전적으로 믿게 만들 거야.」
10분 전에 케인이 했던 말이었다.
「잘 생각했어. 구체적으로 어떻게 할건지 얘길…….」
「그래 바로 그거야. 왜 진작 그 생각을 못 했지?」
네이선은 혼자 중얼거렸다.
「나한테도 얘기를 해줘야 좋은 생각인지 어쩐지 판단을 해줄 거 아닌가.」
「이봐, 케인, 조언을 좀 해줘. 자넨 여자에 관한 한 전문가잖아. 제이드처럼 까다로운 애가 반할 걸 봐도 그렇듯이.」
케인은 씩 웃었다. 하지만 네이선이 다음에 하는 말을 듣자 웃음은 사라졌다.
「하지만 어떻게 그럴 수가 있는지 아직까지도 이해하기가 힘들단 말이야. 제이드만 아는 무슨 숨겨진 재능이라도 있나 봐?」
케인은 그의 노골적인 장난에 대꾸할 기회조차 없었다.
「루서 그랜트 녀석을 처치하게 좀 도와줘.」
「젠장, 이봐, 왜 자꾸 이랬다 저랬다 하는 거야? 나더러 여자에 관한 전문가라고 하더니 갑자기 그랜트 얘기를 하면…….」
「그랜트 녀석하고 대질 심문을 해야 돼.」
네이선의 태도는 고집스러웠다.
케인은 의자에 등을 기댔다.
「녀석을 찾아내기만 하면 되잖아.」
「벌써 딴 데로 튀었을지도 모르지.」
「괜히 사서 걱정하지 마. 그 전에 찾아낼 수 있을 테니까.」

「무슨 수를 쓰더라도 판마운트 무도회가 있는 날까진 자백을 받아야 해. 결국 이틀 남았다는 얘기야.」

「그럼 그 전에 자백을 받아내면 되잖아. 그런데 굳이 판마운트 무도회를 기한으로 잡은 이유가 뭐지?」

「다들 그 무도회엔 꼭 참석하니까 그렇지.」

「자넨 한 번도 참석 안 했잖아.」

「올해는 달라.」

「사실 판마운트 무도회는 볼거리가 많아서 좋아. 인간성 좋기로 유명한 세인트 제임스 일가가 참석하는 유일한 무도회니까.」

「우리 친척들이 초대받는 무도회라곤 그거 하나잖아.」

네이선은 창턱에 등을 기대며 케인에게 미소를 지었다.

「다들 자네 삼촌 던퍼드의 희생자가 될까봐 무서워서 무도회에 가길 꺼려한다더군. 그러면서도 볼거리를 놓치긴 싫어하지. 던퍼드 삼촌이 그만큼 재미있게 해주니까. 정장을 입고 있으면 꼭 아틸라가 떠오른다니까. 그건 자네도 마찬가지야, 네이선.」

네이선은 케인이 하는 말을 한 귀로 흘리면서 방금 전에 떠오른 계획에만 온통 정신을 팔고 있었다.

「무도회엔 섭정 왕세자도 참석하실 거야.」

생각에 잠겨 있던 네이선이 불쑥 입을 열었다.

케인의 눈동자가 빛났다.

「그래, 윈체스터 일가도 빠짐없이 참가하겠지.」

「내가 관심 있는 윈체스터는 하나야. 윈스턴 윈체스터.」

「백작이 판마운트 무도회 때 장인어른의 일을 폭로할 거라고 생각하는군, 그렇지? 그날처럼 기회가 좋은 때도 흔치 않으니까.」

케인이 말했다.

「리처즈 경과 만날 수 있게 운을 좀 때주겠어? 가능한 한 빠른 시일 내에 의논을 좀 하고 싶어.」

「국장님도 그랜트에 관해서 알고 있어. 오늘 아침에 내가 얘기를 했거든. 지금쯤이면 그 망할 자식을 심문하고 있을 거야.」
「놈이 도망치지 않았다면 그렇겠지.」
「그랜트 놈이 우리가 자기에 대해서 알았다는 걸 짐작이나 하겠어? 사서 걱정은 집어치우고 어떻게 할 계획인지나 얘기해봐.」
네이선은 고개를 끄덕였다.
그의 설명이 끝나자 케인의 얼굴에 미소가 떠올랐다.
「잘하면 내일 오후쯤에 조촐하게 자리를 가질 수 있겠어.」
「그래, 그리고 이번 일이 해결될 때까지 사라를 곁에서 보호해줄 사람도 있어야 돼. 내가 정신을 파는 사이에 윈체스터 놈들이 납치라도 하면 곤란하니까. 사라한테 무슨 일이 생기기라도 하면 난…….」
네이선은 말을 끝까지 잇지 못했다.
「지금 주방에서 식충이처럼 먹어대고 있는 짐보가 있잖아. 그 친구가 알아서 사라를 보호할 테니까 걱정하지 마. 제이드하고 나도 계속 사라를 지켜볼 테고. 자넨 이따 어두워서야 돌아오겠지?」
「글쎄, 두고봐야 알겠지. 콜린하고 먼저 얘기를 좀 해봐야겠어. 그 친구한테 동의를 구하고 일에 착수해야 될 것 같아.」
「미련한 질문 같아서 좀 그렇지만, 그랜트 놈을 잡는데 콜린의 동의가 왜 필요해?」
「지금 그랜트 얘기를 하는 게 아니야, 이 미련한 친구야. 사라 얘기를 하는 거라고 말 좀 새겨들을 수 없나?」
「알았어, 알았다고.」
케인은 길게 한숨을 내쉬었다.
「도와줄 일이 한 가지 더 있어.」
「뭔데?」
「자넨 제이드를 부를 때 그…… 낯간지러운 애칭들을 사용하잖아, 안 그래?」

「낯간지럽다구? 제이드는 그 애칭들을 아주 좋아하는 걸.」
「내 말이 바로 그거야. 사라도 분명히 좋아할 거야.」
네이선이 기다렸다는 듯 고개를 끄덕이면서 말했다.
「그럼 나더러 사라를 제이드처럼 '내 사랑'이나 '여보'라고 부르라고?」
케인이 어처구니없다는 투로 대꾸했다.
「말 같지도 않는 소리 집어쳐. 내 말은 그 낯간지러운 애칭들을 종이에 적어달란 얘기야.」
「그건 왜?」
「그래야 그 망할 애칭들이 도대체 뭔지를 알 거 아냐? 젠장, 더럽게 짜증나게 하는군. 아무 소리 말고 적어놓기나 해, 알았어? 내가 나중에 볼 수 있게 책상 위에 놔두란 말이야.」
네이선이 버럭 소리지르며 하는 말에 케인은 차마 웃지도 못하고 미소만 지었다. 종이에 적은 애칭을 달달 외워서 사라한테 써먹는 모습이라니, 상상만 해도 웃음이 절로 나왔다.
「알았어, 이따가 책상 위에 둘게.」
네이선이 쏘아보자 케인은 얼른 대답했다.
볼일을 마친 네이선은 서재를 나가려고 했다.
「사라도 안 보고 갈려구?」
「아직은 안 돼.」
네이선은 고개를 저으며 대답했다.
케인은 불안감이 깃든 그의 목소리가 마음에 걸렸다.
「자네 진심을 솔직하게 털어놓기만 한다면 그런 애칭 따윈 몰라도 상관없어.」
네이선은 아무 말 없이 침묵을 지켰다.
「아직은 사라를 대면할 자신이 없는 거로군, 안 그래?」
「말도 안 되는 소리 집어쳐. 이왕이면 제대로 준비를 끝낸 다음에 만나고 싶어서 그러는 거야.」

 제이드는 서재를 지나치다가 케인의 웃음소리를 들었지만 고작 엿들은 몇 마디 말 갖고는 무슨 얘기를 하는지 감을 잡기가 힘들었다. 네이선은 방금 전에 무슨 수를 써서라도 자기가 짓밟은 꽃을 살릴 작정이라고 했다. 그 방법을 모색할 시간이 필요하단 말도 했다. 난데없이 꽃이라니, 오빠가 도대체 무슨 말을 하는 거지? 제이드는 어리둥절해 하며 중얼거렸다.

15

 사라는 그날 오후 내내 손님방에 틀어박혀 있었다. 창가의 의자에 앉아서 제이드가 가져다준 책을 읽고 있었지만 글이 눈에 들어오지 않았다. 결국 시선을 돌려 정원을 물끄러미 쳐다보고 있었는데 머리 속엔 온통 네이선에 대한 생각뿐이었다. 네이선 같은 사람을 사랑하다니…… 미련스럽기가 짝이 없지.
 도대체 그 사람은 왜 날 사랑하지 못할까? 생각하기에도 괴로운 질문을 수도 없이 되풀이해도 적절한 답은 나오지 않고, 미래는 암담하기만 했다. 사라는 계약을 어기고 윈체스터 가문이 국왕의 선물을 받을 수 없게 할 작정이었다. 하지만 네이선의 아버지에 관한 비밀이 폭로된다면, 그랬다간 국왕이 하사하기로 한 선물을 네이선 역시 받지 못하게 될지도 모른다. 윈체스터 백작이 네이선을 어떻게 해볼 속셈으로 비열한 수단까지 동원했기 때문에 사라는 가만히 앉아있을 수가 없었다. 사라는 자신을 사랑하지도 않는 남자와 여생을 보내고 싶진 않았다. 그래서 자유를 담보 삼아 네이선과 거래를 할 생각이었다. 국왕의 선물을 포기한다는 각서를 써주는 대신 매튜를 따라서 노라 이모한테 가게 해준다는 약속을 받아낼 작정이었다.

섭정 왕세자는 조지 3세가 승하하면 왕위에 오르기로 되어 있었다. 조지 3세가 미쳤다는 사실이 공식적으로 발표되면 바로 국왕의 자리에 오를지도 모른다는 소문도 있었다. 섭정 왕세자의 장점이라고는 잘생긴 용모와 교육을 많이 받았다는 사실 밖에 없었다. 사라는 왕세자가 끔찍하게 싫었다. 명색이 섭정 왕세자란 사람이 쾌락만 추구하느라 나라 안팎의 일은 관심도 없었다. 최악의 단점을 꼽자면 변덕이 죽 끓듯 한다는 점이었다. 왕세자는 본래 대중들에게 인기가 없었다. 몇 달 전에는 성난 민중들이 왕세자의 마차에 돌을 던져서 유리창이 깨졌다는 소문도 들었다. 그때 왕세자는 의회에 참석하려고 마차를 타고 이동하던 중이었다.

사라는 왕세자에게 면담을 요청하는 편지를 썼다. 스턴스에게 편지를 맡기려고 나갔다가 마주친 케인이 저녁식사를 하러 가자고 했지만 사라는 정중히 거절했다. 하지만 케인은 '남자는 본래 여자들이 싫다는 말을 곧이곧대로 받아들이지 않는다'면서 사라를 식당 쪽으로 이끌었다. 사라는 짐보에게 왕세자가 기거하는 칼튼 하우스에 편지를 전해 달라고 부탁했다. 케인은 잽싸게 짐보의 손에 들린 편지를 잡아챘다.

「이 편지는 내가 아랫사람을 시켜서 전하면 돼요. 이봐, 짐보, 사라를 식당에 데리고 가게.」

두 사람이 시야에서 사라지자 케인은 편지를 읽은 다음 주머니에 찔러놓고서는 1, 2분 가량 시간을 죽이다가 식당으로 갔다.

사라 옆에는 짐보가, 바로 앞에는 제이드가 앉아 있었다. 케인은 상석에 앉아서 하인들에게 식사를 준비하라는 신호를 보냈다.

「얼핏 겉봉을 보니 섭정 왕세자 전하 앞으로 보내는 편지더군요」

케인이 말문을 열었다.
「무슨 질문이 그래? 칼튼 하우스에 왕세자 말고 누구 다른 사람이 살고 있었나?」
짐보가 우습다는 듯이 물었다.
「누가 그걸 몰라서 물어? 사라가 왕세자와 개인적으로 친분이 있는 줄은 꿈에도 몰랐다는 얘기지.」
「전 왕세자 님과 개인적인 친분은 없어요. 게다가 그분을 별로 좋아하지도…….」
사라는 말을 하다 말고 얼굴을 붉혔다.
「죄송해요. 전 원래 뭐든지 맘에 담아두지 못하는 성격이거든요. 그리고 왕세자 전하한테 편지를 띄운 건 내일 오후에 면담을 하고 싶어서였어요.」
「왜요? 왕세자 전하는 윈체스터 집안을 편애하신다고 하던데요.」
제이드가 끼여들었다.
「맞아요. 왕세자 전하가 왕세자비인 캐럴라인과 이혼하겠다고 했을 때 윈체스터 백작이 몸소 나서서 지지를 해준 일이 있었어요.」
케인도 한마디 덧붙였다.
「설마하니 공적인 일에 사적인 일을 개입시키진 않으시겠죠.」
케인은 사라가 너무 순진하단 생각이 들었다.
「왕세자는 원래 자기 이득만 먼저 챙기는 사람이에요. 언제 마음을 바꿀지 알 수가 없어서 약속을 해도 믿을 수가 없어요. 신하로서 불충한 말이라는 건 알지만 솔직히 말하는 편이 사라한테 좋겠다는 생각이 들었어요. 이번 일은 그냥 눈 딱 감고 네이선이 처리하게 놔둬요.」
사라는 고개를 저었다.
「난 전에 수영을 배우지 않으려고 했어요. 그땐 물에 빠져도 네이선이 구해줄 거라고 생각했거든요. 생각을 잘못해도 한참 잘못했죠. 다시는 남에게 의존해서 살지 않을 거예요. 그런데 지금 와서 나더러 네이선한테 모든 걸 맡기라고요? 그건 싫어요. 난 강해지고 싶단 말이에요.」

열정적으로 연설을 마친 사라는 얼굴이 벌개졌다.

「제가 말을 가리지도 않고 함부로 했네요, 죄송해요.」

한동안 어색한 침묵이 흐르자 짐보가 분위기를 띄우려고 항해 중에 겪었던 일들을 화제로 올리는 사이 하인들이 후식 접시를 거둬갔다.

「우리 예쁜 딸은 아직 안 보셨죠?」

사라를 식탁에 좀더 오래 잡아두고 싶어서 제이드가 던진 질문이었다. 올리비아 얘기가 나오자 사라는 미소를 지었다.

「올리비아는 아직 못 봤어요. 고맙게도 스턴스가 오늘 저녁엔 올리비아를 안아보게 해주겠다고 약속했답니다.」

「방실방실 웃을 때면 얼마나 귀여운지 몰라요. 아직 어리지만 굉장히 영특하구요.」

제이드는 3개월 된 딸 자랑을 한참이나 늘어놨다. 제이드가 한마디 할 때마다 케인도 덩달아서 고개를 끄덕였다.

「엄마 아빠한테 그렇게 사랑을 받다니, 올리비아는 축복 받은 아이네요.」

사라가 미소를 지으며 말했다.

「오빠도 아주 좋은 아빠가 될 거예요.」

제이드가 넌지시 한마디했다.

사라는 아무 말 없이 침묵을 지켰다.

「당신도 그렇게 생각하죠?」

제이드는 케인을 돌아보며 물었다.

「고함치는 습관만 버린다면.」

제이드는 사라에게 미소를 지으면서 식탁 아래로 케인의 다리를 한 번 찼다.

「오빠는 장점이 아주 많은 사람이에요.」

사라는 네이선 얘기는 되도록 피하고 싶었지만, 예의상 약간이나마 흥미를 보여줘야겠다고 생각했다.
「그래요? 어떤 장점들이 있는데요?」
제이드는 말을 하려다가 멈췄다. 무슨 말을 하고 있었는지 까맣게 잊어버린 사람처럼.
「당신이 내 대신 오빠의 장점을 설명해봐요」
제이드는 케인에게 도움을 청했다.
「당신이 해.」
케인이 비스킷을 집으면서 대꾸했다. 제이드가 다시 다리를 차자 그는 못마땅한 얼굴로 아내를 쳐다봤다.
「네이선은 믿을 만한 사람이에요」
「그럴지도 모르죠. 하지만 그 사람은 다른 사람들을 믿지 못해요」
사라가 냅킨을 접으면서 말했다.
「그리고 배짱도 있지.」
짐보가 싱글대면서 한마디를 툭 던졌다.
「그리고 오빤…… 꽤 단정한 편이에요」
제이드는 오빠를 칭찬하면서도 내심 그 말이 맞는지 의심스러웠다. 사라가 계속 침묵만 지키자 아무래도 제이드의 수법에 문제가 있다고 판단을 내린 케인이 아내의 손을 잡고는 슬쩍 윙크를 했다.
「네이선처럼 고집 센 사람은 아직 한 번도 못 봤어요」
케인이 내뱉었다.
「물론 고집이 좀 세긴 하지만, 그렇다고 나쁜 사람이라고 할 순 없어요」
사라는 즉각적으로 반박하면서 제이드에게 시선을 돌렸다.
「네이선을 생각하면 아름다운 조각상이 떠올라요. 겉으로 봐선 너무나 잘생기고 완벽한 사람이지만 마음속은 대리석처럼 차가우니까요」
제이드는 미소를 지으며 대꾸했다.

「오빠가 아름답다는 생각은 한 번도 안 해봤어요.」
 케인은 아내의 손을 다시 한 번 꼭 쥐고 나서 말했다.
「말도 안 되는 얘기지. 다들 알다시피 네이선은 추악하게 생겼어. 등만 봐도 흉터 자국이 셀 수 없이 많잖아.」
 사라가 놀라며 외마디소리를 지르자 케인은 내심 만족스러운 미소를 지었다. 이제야 본심을 드러내는군.
「네이선의 등을 그 지경으로 만든 건 어떤 여자였어요. 그 사람 마음에 상처를 준 것도 그 여자였구요.」
 사라는 격앙된 목소리로 말하면서 냅킨을 식탁에 '탁' 내던지고는 벌떡 일어났다.
「네이선은 절대 추하지 않아요. 전 그 사람처럼 잘생긴 사람은 아직 한 번도 본 적이 없어요. 그리고 어떻게 다른 사람도 아니고 처남한테 그런 모욕적인 말을 할 수가 있어요? 정말 이해하기가 힘드네요. 죄송하지만 전 이제 위층에 올라가 봐야겠어요.」
 짐보는 케인을 째려보고는 사라의 뒤를 따라 나갔다.
「이봐요, 새언니를 화나게 하면 어떻게 해요?」
 제이드가 남편을 타박하는 사이 짐보가 헐레벌떡 식당으로 들어왔다.
「사라는 지금 올리비아를 보러갔어. 이봐, 케인, 아까 편지는 왜 빼앗았어? 설마하니 내가 사라의 부탁대로 왕세자한테 편지를 전해 줄까봐서?」
「편지 내용을 좀 보려고 그런 거야.」
「케인, 그건 사생활 침해…… 뭐라고 적혀 있었어요?」
 제이드가 끼여들어 물었다.
「혼인계약서 문제로 왕세자한테 알현을 요청한다는 내용이야.」
「난 아무래도 애송이한테 따로 계획이 있다는 생각이 들어.」
 짐보가 한마디 툭 던졌다.

「맞아, 계획이 있긴 있지.」

케인이 대꾸했다.

「아까 사라가 말한, 네이션 등의 흉터가 여자 때문에 생겼다는 말은 뭔 소리야? 감옥 안에서 화재가 나는 바람에 그렇게 된 건데.」

「아리아만 아니었으면 감옥에 들어가지도 않았어. 그럼 등에 화상도 입지 않았을 테고.」

「그렇긴 해. 하지만 너무 오래 전 일이라 지금은 네이션이 별다른 감정을 품고 있을 것 같진 않아. 내 생각엔 이젠 좀 담담하게 그때를 돌아볼 만한 여유가 생긴 것도 같아.」

짐보가 말했다.

「처리해야 할 일이 있어서 나가야겠어. 늦지는 않을 거야. 리처즈 경하고 해야 할 얘기가 있거든.」

「당신이 정보부 국장하고 할 얘기가 뭐예요? 케인, 설마 또 정부에서 첩보 일을 맡긴 건 아니겠죠? 다신 그런 일 안 하겠다고 약속 했......」

「그게 아니야. 네이션을 도와주려고 잠깐 만나는 것 뿐이야. 난 이제 완전히 그쪽 세계에 발 끊었어. 지금 와서 스파이 짓을 다시 하라고 하면 내가 얼씨구나 할 것 같아?」

케인은 안도하는 제이드에게 키스를 했다.

「당신을 사랑해.」

「잠깐만요, 아까 새언니를 일부러 화나게 한 이유가 뭐예요? 오빠 욕을 하면 언니가 맞장구라도 칠 줄 알았어요? 새언니가 오빠를 얼마나 사랑하는데......」

제이드가 주방을 나가는 케인을 황급히 붙들고서 물었다.

「그래서 일부러 네이션 욕을 한 거야. 네이션을 얼마나 사랑하는지 사라 스스로 깨닫게 하려고.」

케인이 씩 웃으면서 대답했다.

「방금 전에 애칭이 또 몇 가지 떠올랐어. 잊어버리지 않게 나가기 전에 적어놔야지.」

케인은 휘파람을 불면서 짐보와 제이드를 뒤로 한 채 주방을 나왔다.

한편 사라는 올리비아에게 푹 빠져서 한동안 네이선에 대한 생각에서 벗어날 수 있었다. 올리비아는 사랑스러운 아기였다. 침을 뚝뚝 흘리며 방실거리다가도 어느새 요란하게 소리를 질러대곤 했다. 눈동자는 엄마처럼 녹색이었고, 솜털처럼 부드러운 검은 머리카락은 아빠에게 물려받은 게 분명했다. 사라가 아기를 안고 있는 동안 스턴스가 내내 주위를 맴돌았다.

「우리 예쁜 아가씨가 아무래도 네이선 삼촌을 닮은 것 같습니다. 소리를 지를 땐 영락없이 삼촌하고 똑같아요.」

스턴스가 미소를 지으며 말하는데 올리비아가 보채기 시작했다.

「아무래도 배가 고픈 모양인데요. 엄마한테 가볼까, 우리 예쁜 천사 아가씨.」

스턴스가 흥얼대며 아기를 달래는 동안 사라는 아쉬워하며 자기 방으로 돌아갔다. 방안에 들어서자마자 걱정이 밀려왔다. 마음고생을 하느라 지칠 대로 지친 나머지 그날 밤은 꿈도 안 꾸고 깊이 잠들었다. 잠결에 네이선이 옆에 와 눕는 것을 느꼈지만 아침에 눈을 떠보니 그는 자리에 없었다. 사라는 네이선이 화가 안 풀려서 자기를 안 깨웠다고 짐작했다. 아직도 내가 배신했다고 믿고 있어. 새삼스럽게 다시 화가 치밀었다.

어젯밤에 숙면을 취하고 목욕까지 했는데도 기운이 하나도 없었다. 눈 밑은 거뭇거뭇하고 머리카락은 힘없이 늘어져 있었다. 사라는 어떤 옷을 입어야 할지 한참동안 고민했다. 왕세자를 만났을 때 흠을 잡히긴 싫었다. 그래서 결국 택한 옷은 깃을 높이 세운 수수한 분홍색 드레스였다. 점심식사도 건너뛴 채 방안에 틀어박힌 사라는 왜 섭정 왕세자한테서 아무 소식이 없을까 조바심이 났다. 케인의 말처럼, 왕세자한테는 아무 기대를 해선 안 되는 걸까?

그때 케인이 노크를 했다.

「사라, 같이 좀 가야할 곳이 있어요.」

「어디를요? 지금은 좀 곤란한데요. 섭정 왕세자 전하한테 소식이 올지도 몰라요.」

「내 말대로 해요. 지금 길게 설명할 시간이 없으니까 어서 서둘러요. 네이선하고 정보부 국장 사무실에서 30분 뒤에 만나기로 했거든요.」

「왜요?」

「네이선한테 직접 물어보세요.」

「정보부 국장 사무실에서 뭘 하려구요?」

케인은 구렁이 담 넘어가듯 대답을 얼버무렸다.

제이드는 올리비아를 안고 현관에서 기다리고 있었다.

「모든 일이 잘될 거예요.」

제이드가 올리비아의 등을 토닥거리면서 말했다. 아기가 갑자기 큰 소리로 트림을 하는 바람에 모두들 한바탕 웃음을 터뜨렸다. 케인은 제이드에게 키스를 하고 사라를 살짝 앞으로 밀었다.

「언니가 외출한 동안 드레스들을 다리미질해서 옷장 안에 걸어 둘게요.」

「괜찮아요. 하룻밤만 더 지내면 여길 떠날 텐데요 뭘.」

「오빠하고 같이 어디 가시려구요?」

사라는 아무 말 없이 집을 나왔다.

케인이 마차 문을 열고 기다리고 있었다. 케인은 어떻게든 말을 붙이려고 했지만 사라가 비협조적이었다. 하는 말이라고는 '네', '아니오'가 고작이었다.

정보부 건물 안으로 들어서자 케케묵은 곰팡이 냄새가 코를 찔렀다.

케인은 사라를 이층으로 안내했다.

「리처즈 경의 사무실에서 만나기로 했어요.」
「리처즈 경은 어떤 분이시죠?」
「정보부 국장으로 일하고 계세요.」
케인은 국장실 문을 열고 사라에게 먼저 들어가라고 손짓했다.
키가 작고 배가 튀어나온 남자가 책상 뒤에 서 있었다. 회색 머리와 매부리코에 혈색 좋은 얼굴을 한 남자의 시선이 읽고 있던 서류를 떠나 사라와 케인에게 머물렀다.
「이제야 오셨군. 저하고는 초면이시지요, 후작부인? 반갑습니다.」
리처즈 경이 사라에게 정중하게 인사를 하며 악수를 했다.
「네이선을 사로잡다니 정말 대단한 분이란 생각이 드는군요.」
「네이선한테 사라가 붙들렸다고 해야 옳겠지요.」
케인이 웃으면서 농담을 던졌다.
「아뇨, 네이선은 국왕 폐하께 받을 선물 때문에 절 붙잡아두려고 하는 거예요. 하지만 난 어떻게든……. 」
「알았어요, 네이선이 어딨는지 알고 싶단 말이죠?」
케인은 일부러 중간에서 말을 가로챘다.
「네이선은 어딨습니까?」
케인이 리처즈 경에게 물었다.
「서류를 받으러 갔네. 내 보좌관이 금새 처리해줄 거야.」
「제가 왜 여기 있어야 하는지 잘 모르겠네요. 전…….」
갑자기 사라는 말을 멈췄다. 옆문이 열리면서 네이선이 들어서는 모습을 보자 그녀는 자신이 무슨 말을 하고 있었는지 까맣게 잊어버렸다. 가슴이 답답하고 숨쉬기가 힘들었다.
네이선은 사라에게 아는 척도 하지 않고 책상 위에 서류를 내려놓았다. 그는 창가 옆에 서서 사라를 가만히 응시했고 사라도 네이선의 시선을 피하지 않았다. 어쩜 저렇게 예의라곤 눈곱만치도 없을까. 사라는 속으로 중얼거렸다.

노크소리가 나더니 검은 제복을 입은 남자가 들어왔다.
「섭정 왕세자 전하께서 도착하셨습니다.」
사라는 계속 네이선만 쳐다보고 있었다. 네이선은 왕세자가 도착했다는 말을 듣고도 전혀 놀란 기색 없이 벽에 기대고 서서 사라만 바라보다가 갑자기 이쪽으로 오라는 듯이 손가락 하나를 까딱거렸다. 어쩜 저렇게 뻔뻔스럽지? 사라는 화가 치밀었다. 리처즈 경과 케인은 뭔가 심각한 얘기를 나누고 있었다. 네이선이 다시 손가락을 까딱거렸다. 자기가 손가락 하나만 까딱하면 얼씨구나 하고 달려갈 것 같아? 네이선이 손을 또 까딱거렸다. 사라는 할 수 없이 그가 서 있는 곳까지 가서 멈춰 섰다. 네이선은 웃지도, 그렇다고 험상궂은 표정을 짓지도 않았다. 그저 심각한 표정이었다.

어쩜 좋지, 눈물이 나올 것 같아. 날 철저히 괴롭히겠다고 작정한 사람 같아 보이잖아. 어쩜 저렇게 기분 좋아할 수가 있지? 하긴 왜 안 그러겠어? 손가락 한 번 까딱한다고 쪼르르 달려가는 나 같은 바보 천치가 있으니 기분이 나쁠 리가 없지. 사라가 멀찍이 돌아서려고 하자 네이선은 그녀를 가까이 끌어당겨 어깨에 팔을 둘렀다.

「남편을 좀 믿어 봐.」

네이선이 속삭이는 말을 듣고 사라는 너무 놀라서 멍하니 쳐다봤다. 농담으로 하는 말인가? 하지만 농담이라고는 할 줄도 모르는 사람이잖아. 이내 사라의 마음속에 분노가 치솟았다. 아직도 나더러 이래라 저래라 하다니……. 그래도 난 자길 맹목적으로 믿었어. 아니, 얼마나 믿었으면 그렇게 당하고도 아직까지 믿는 마음을 버리지 못하겠어?

네이선은 사라의 턱을 치켜올렸다.

「당신은 날 사랑해……, 젠장.」

네이선은 아무 말 없이 서 있는 사라의 눈동자를 한참동안 들여다봤다.

「당신이 날 사랑하는 이유가 뭔지 알아?」

「몰라요. 솔직히 말해서 왜 당신 같은 사람을 사랑하는지 알 수가 없어요.」

성난 목소리로 사라가 말했다.

「난 세상 모든 여자들이 바라는 최고의 남편감이니까 그렇지.」

네이선은 사라의 뺨에 흐르는 눈물을 닦아냈다.

「그렇게도 날 비웃고 싶어요? 내가 했던 말을 그대로 흉내내는 이유가 뭐예요? 아무리 굳건한 사랑도 스러지기 마련이에요. 원래 연약하고…….」

「아니, 당신은 약하지 않아. 그리고 날 사랑하는 마음도 그렇게 쉽게 사라지지 않아. 나한텐 당신 마음이 제일 소중해. 절대 당신을 비웃으려고 한 말이 아니야.」

네이선은 부드럽게 사라의 뺨을 쓰다듬었다.

「이젠 상관없어요. 당신이 날 사랑하지 않는다는 걸 아니까요. 부탁이니 그렇게 걱정하는 표정 짓지 말아요. 그렇다고 당신을 원망할 생각도 없어요. 어쩔 수 없이 당신은 저하고 결혼을 했으니까요.」

사라의 목소리는 떨리고 있었다.

네이선은 괴로워하는 그녀의 모습을 지켜보기가 힘들었다. 당장이라도 끌어안고 '당신을 얼마나 사랑하는지 모른다'고 속삭이고 싶었다. 하지만 사라에게 믿음을 주려면 먼저 해야 할 일이 있었다.

「나중에 얘기하자고. 당장 급한 일은 따로 있으니까. 하지만 한가지만은 명심해둬. 날 포기하겠다는 생각은 버려.」

그때 문이 열리고 섭정 왕세자가 국장실 안으로 들어왔다. 사라는 옆으로 물러나서 고개를 숙였다. 중간키에 검은머리, 잘 생긴 용모, 왕세자의 풍채는 오만한 성격을 고스란히 내보이고 있었다. 사라가 맨 마지막으로 왕세자에게 절을 했다.

「제 청을 들어주셔서 감사합니다, 전하.」

왕세자는 무슨 소린지 모르겠다는 표정으로 사라에게 고개를 끄덕인 다음 의자에 앉았다. 호위병 두 명이 왕세자 뒤에 버티고 섰다.

케인은 혹시 사라가 편지 얘기를 꺼내지 않을까 마음에 걸려 그녀의 옆으로 다가가 말했다.

「편지는 왕세자 전하께 전해드리지 않았어요.」

왕세자는 리처즈 경의 말을 듣느라 두 사람에겐 신경도 쓰지 않았다.

「깜빡 잊어버리셨어요?」

사라가 작은 소리로 물었다.

「아뇨, 이 편지 때문에 네이선의 계획이 망쳐질까봐 그랬어요.」

「그럼 네이선이 오늘 모임을 주선했단 말이에요?」

케인은 고개를 끄덕이며 의자를 가리켰다.

「그렇게 서 있지 말고 앉아요, 사라.」

네이선은 사라가 어떻게 행동할지 궁금했다. 건너편 자리에 놓인 안락의자와 네이선 옆에 놓인 긴 의자, 둘 중에 사라가 어디에 앉을지도 자못 궁금했다. 사라는 안락의자를 한 번 힐긋 쳐다보더니 네이선 옆으로 갔다. 본능적으로 그의 곁에 있고 싶어하는 게 틀림없었다. 네이선은 흡족한 마음으로 의자에 앉은 다음 사라를 옆에 앉혔다. 사라는 왕세자 앞에서 내외가 딱 붙어 있는 모습을 보일 순 없다는 생각에 몸을 조금씩 옆으로 뺐다. 하지만 네이선은 주위 시선에 아랑곳하지 않고 거칠게 사라를 다시 옆으로 끌어당겼다.

「이제 시작해도 좋네.」

왕세자의 말이 떨어지자, 리처즈 경은 문 옆에 서 있던 호위병에게 손짓을 했다. 호위병이 문을 열자 사라의 아버지가 사무실 안으로 뛰어 들어왔다. 사라는 무의식적으로 네이선에게 딱 달라붙었고, 네이선은 그녀의 허리에 팔을 둘러 꽉 끌어안았다.

왕세자에게 인사를 끝낸 윈체스터 백작은 방안에 있는 사람들을 둘러보며 얼굴을 찡그렸다. 백작이 왕세자에게 단독면담을 요청하려는데 왕세자가 먼저 말문을 열었다.
「그러지 말고 앉게, 윈스턴. 나는 되도록 빨리 이번 일을 처리하고 싶네.」
백작은 왕세자와 마주보는 자리를 택해서 앉았다.
「제가 보내드린 증거물을 검토해보셨는지요?」
「그랬네. 윈스턴, 자넨 리처즈 경과는 초면이지?」
윈스턴은 리처즈 경에게 몸을 돌리고 고개를 한 번 끄덕였다.
「전에 한두 번 뵌 적이 있습니다. 하지만 리처즈 경이 무슨 이유로 이 자리에 나왔는지 알 수가 없군요. 일개 혼인계약서에 관한 일에 정보부가 관여할 까닭이 없잖습니까?」
「그럴 만한 이유가 있소. 왕세자 전하와 나는 백작이 어떻게 웨이커스필드 백작에 관한 정보를 얻었는지 궁금해하던 차였소. 그럼 설명을 좀 부탁드려도 될까요?」
「나한테 정보를 준 사람이 다칠 수도 있기 때문에 그건 곤란합니다.」
일부러 한동안 사라를 응시한 백작은 다시 왕세자에게 몸을 돌렸다.
「정보를 얻은 경로는 사실 중요한 게 아니질 않습니까? 전하께서도 제 여식이 반역자의 아들과 살길 바라시진 않겠지요. 후작 때문에 아무 죄 없는 제 여식까지 사회에서 매장 당할 겁니다. 부디 이런 말도 안 되는 계약에서 제 여식을 자유롭게 풀어주시길 바랍니다. 그리고 사라가 겪어야 했던 정신적인 고통과 수치심에 대한 대가로 계약서에 제시된 국왕 폐하의 선물을 그 아이한테 넘겨주셨으면 합니다.」
「죄송한 말씀이지만, 네이션의 아버지에 대한 정보를 어디서 얻었는지 알아야겠습니다.」
리처즈 경은 계속 물고 늘어졌다.
「그 질문엔 답을 하고 싶지 않습니다만.」
윈스턴은 도움을 청하는 눈길로 왕세자를 쳐다봤다.

「대답을 하게.」

왕세자는 단호하게 명령했다.

「제 여식이 편지로 알려줬습니다.」

윈스턴은 어깨를 축 늘어뜨리면서 마지못해 대답했다.

사라는 아무 말이 없었다. 네이선은 그녀의 어깨를 살짝 잡았다가 놓았다. 지금 날 위로하려는 건가? 자기도 내가 그런 편지를 썼다고 믿었으면서……. 그러면서도 사라는 가만히 있었다.

백작은 사라가 정보를 발설할 수밖에 없었던 이유를 늘어놓기에 바빴고, 사라는 아버지의 입에서 나오는 거짓말들을 듣기가 피로웠다.

왕세자가 아랫사람을 시켜서 문을 열자 키가 작고 마른 남자가 사무실 안으로 들어왔다.

「이 사람은 누굽니까?」

윈체스터 백작이 물었다.

「루서 그랜틉니다. 백작께서도 전에 이 사람을 만난 적이 있을 텐데요. 루서는 과거에 우리 정보부 소속 직원이었는데 아주 믿을 만한 사람이었지요. 국가 기밀문서를 지키는 게 이 사람 임무였습니다. 하지만 이젠 자기가 들어갈 감방이나 지키는 신세가 되겠지요.」

리처즈 경이 냉정하게 말했다.

「게임은 끝났소, 백작. 그랜트는 당신에게서 네이선에 관한 정보를 캐달라는 부탁을 받았다고 자백했소. 그랜트 말로는 당신이 네이선의 약점을 찾을 수가 없어서 그의 아버지에게로 관심을 돌렸다고 하더군.」

케인이 말했다.

「정보를 어떻게 손에 넣었든 그게 무슨 상관인가? 중요한 건…….」

백작은 계속 거드름을 피웠다.

「당연히 중요한 일이지요. 백작, 당신은 반역죄를 범했소.」

리처즈 경이 백작의 말을 가로챘다.

「사형에 처할 죄던가?」

왕세자가 물었다. 왕세자의 표정만 봐서는 아버지를 괴롭히려고 한 소린지, 아니면 정말 몰라서 묻는 건지 사라는 알 수가 없었다.

「그렇습니다. 극형에 처할 죄가 됩니다.」

리처즈 경이 대답했다.

「전 왕가에 불충한 일을 저지른 적이 없습니다. 다른 사람들이 모두 전하를 비웃어도 전 계속 전하 곁에 있었습니다. 왕세자비를 내쫓으려고 하실 때도 전하 편을 들어드리지 않았습니까? 그런데 제 충성심에 대한 대가가 겨우 이런 겁니까?」

윈체스터 백작이 격분하며 내뱉는 동안 왕세자의 얼굴은 새빨개졌다. 다른 사람들의 조롱거리라느니, 왕세자비를 내쫓으려고 했다느니, 그런 말을 들었으니 기분이 좋을 리가 없었다.

「감히 누구 앞이라고 그런 얘기를 하는가?」

「죄송합니다, 전하. 미천한 여식의 운명이 걸린 일이라 해선 안 될 말까지 하고 말았습니다. 하지만 세인트 제임스 후작은 사라의 지아비가 되기엔 부족한 사람입니다. 부디 그 점을 양지해주시기 바랍니다.」

「난 그렇게 생각하지 않네. 아버지의 잘못을 그 아들이 책임질 필요는 없어. 그건 옳지 않은 논리야. 내 아버님의 일만 봐도 그래. 아버님의 병환까지 그 아들인 내가 책임져야겠나?」

왕세자가 반박했다.

「물론 그런 건 아니지만.」

「바로 그거야. 그래서 난 후작이 그 아비의 잘못에 책임을 질 필요가 없다고 생각하네. 후작이 저지른 일이 아니니까. 그리고 리처즈 경이 준 자료를 검토한 결과, 후작은 국가를 위해서 너무 많은 일을 했다는 결론을 내렸네. 국가 기밀이라 어쩔 수 없지만 그 동안 후작이 세운 공헌을 생각하면 기사 작위를 내려주고 싶을 정도야. 리처즈 경 말로는 케인우드 백작도 후작 못지 않은 공헌을 세웠다고 하더군.」

한동안 침묵이 흘렀다.

사라가 아버지를 보면서 몸을 떨자 네이선은 괜찮다고, 겁먹지 않아도 된다고 위로해주고 싶었다.

왕세자가 다시 입을 열었다.

「리처즈 경은 이 두 사람이 세운 공헌에 대해선 밝히지 않는 편이 좋다고 했네. 나도 리처즈 경의 말에 따르기로 결정을 봤고 그래서 난 윈스턴 자네하고 거래를 할 생각이야.」

왕세자는 리처즈 경에게 시선을 돌렸다.

「윈스턴이 네이선의 아버지에 대한 비밀을 지킨다면 처벌을 안 해도 되지 않을까?」

「전 극형에 처하는 편이 좋다는 생각이 들지만……, 전하의 말씀을 따르겠습니다.」

리처즈 경이 대답했다.

「자네 집안 사람들이 이 일에 대해 알고 있다고 들었네. 그 사람들 입 단속을 단단히 시키도록 하게. 조금이라도 소문이 퍼지면 반역죄로 체포될 테니. 알아듣겠나?」

왕세자의 단호한 명령에 백작은 고개만 끄덕였다. 너무 화가 나서 말도 나오지 않을 지경이었다. 불쾌감이 잔뜩 드러난 왕세자의 표정을 보니, 앞으로 중요한 모임엔 끼지도 못할 것이 뻔했다. 일단 왕세자의 눈밖에 나면 다른 사람들한테 푸대접을 받는 건 시간 문제였다. 아버지의 격분을 사라는 짐작할 수 있었다. 갑자기 속이 매슥거렸다.

「물 한 잔만 갖다줄래요?」

네이선이 물을 뜨러 나가자 케인도 루서 그랜트를 데리고 나갔다.

「그랜트 말만 믿고 이래도 되는 겁니까?」

윈스턴은 리처즈 경에게 따지며 물었다.

「안됐지만 다른 증거가 또 있습니다.」

리처즈 경이 대답했다.

「그래요? 루서에 대해선 어떻게 알아냈습니까?」

윈체스터 백작이 자리에서 일어나자 왕세자가 말했다.

「자네 부인이 말해줬네. 딸을 위해서 그런 거야, 윈스턴. 명색이 아버지란 사람이 딸을 망치려고 들다니……. 그만 가보게, 꼴 보기도 싫으이.」

윈체스터 백작은 왕세자에게 절을 하고서 잠깐동안 사라를 쳐다보다가 이내 국장실을 나갔다. 저렇게 화가 난 아버지의 모습은 난생 처음이었다. 엄마한테 분노의 화살을 돌리기라도 하면 어쩌나 사라는 걱정이 돼서 심장이 터질 것 같았다.

「잠깐 나가봐도 될까요?」

왕세자가 고개를 끄덕이자 사라는 밖으로 뛰어나갔다. 얼마 뒤 네이선이 물 잔을 들고 케인과 함께 들어왔을 때, 왕세자는 벌써 떠나고 없었다.

「사라는 어딨습니까?」

네이선이 물었다.

「화장실에. 휴우, 난 일이 이렇게 잘 풀릴 줄은 짐작도 못했어.」

리처즈가 의자에 털썩 주저앉으면서 대답했다.

「왕세자 전하가 맘을 바꾸진 않을까요?」

케인이 물었다.

「그럴 가능성은 거의 없어.」

「왕세자한테 나나 네이선에 대한 기밀문서까지 보여줄 생각을 하다니, 믿기 힘든데요.」

케인이 리처즈의 책상에 몸을 기대며 말했다.

「그럼 믿지 말게. 자네들이 해낸 일 중에서 비교적 시시한 것들만 골라서 간략하게 말씀드렸네. 그나저나 네이선, 좀 가만히 있을 수 없나? 자꾸 그렇게 왔다갔다하니까 물이 다 쏟아지잖아.」

「화장실 갔다면서 왜 이렇게 오래 걸리는 거야?」

「아무래도 기분이 안 좋은 것 같았네. 그만 안달하고 잠시 혼자 있게 내버려둬.」

네이선은 한숨을 쉬며 다시 잔에 물을 채우러 나갔다.

그후로 10여분이 흘렀지만 사라는 돌아오지 않았다.

「도대체 화장실이 어디 붙어 있습니까? 아무래도 사라한테 가봐야겠습니다.」

인내심이 한계에 도달한 네이선이 조바심을 치며 묻자 리처즈 경은 화장실 위치를 일러줬다.

「서류는 제대로 준비해 왔어?」

네이선이 나가려는 찰나, 케인이 물었다.

「책상 위에 뒀어. 사라를 데려오면 바로 처리할 수 있을 거야.」

「네이선이 이렇게 로맨틱한 남자일 줄이야…….」

네이선이 밖으로 나가자 케인이 느린 투로 말했다.

「그러게 말이야. 네이선이 사랑에 빠질 줄 누가 알았겠나?」

케인은 씩 웃었다.

「네이선 같은 친구와 살아주려는 여자가 있을 줄 누가 알았겠습니까? 네이선도 네이선이지만 사라도 네이선을 사랑하고 있습니다. 그 친구, 처음부터 다시 시작하겠다는 결심이 확고하더군요.」

「좋을 때야. 사라도 네이선의 생각을 알고 나면 좋아하겠지. 아까도 많이 힘들었을 거야. 왕세자 전하께서 '엄마' 얘길 했더니 안색이 창백해지더군. 잔뜩 겁을 먹은 것 같았어. 그걸 보고 있자니 딱해서 등이라도 토닥거려주고 싶더군.」

「왕세자 전하가 언제 사라의 엄마 얘길 했습니까?」

케인이 어리둥절한 표정으로 물었다.

「자네하고 네이선이 나갔을 때 들은 얘기로 기억되네만.」

리처즈가 대답했다.

「사라는 화장실에 없어! 젠장, 도대체 어디로 간 거야?」

네이선이 문가에서 고함을 치는 소리가 들렸다.
「아무래도 문제가 생긴 것 같은데요. 리처즈 경, 왕세자 전하가 구체적으로 어떤 말을 하셨습니까?」
케인이 걱정스러운 투로 물었다.
「윈스턴은 누가 그랜트에 대한 얘기를 왕세자께 올렸는지 물었네. 그래서 전하께선 사라의 엄마한테 들은 얘기라고 말하셨지.」
네이선과 케인은 그 즉시 밖으로 달려나갔다.
「윈체스터 백작이 설마 자기 아내나 딸한테 손을 대겠나?」
리처즈 경이 두 사람 뒤를 쫓아가면서 다급하게 물었다.
「지금 사라가 엄마한테 갔다고 생각하는 거지? 이봐, 찰스, 마차를 대기시키게.」
리처즈 경이 고개를 돌려 외쳤다. 네이선과 케인이 계단을 다 내려왔을 때 그는 위층 계단 모퉁이를 돌고 있었다.
「이보게, 네이선, 윈체스터 백작은 자기 아내나 딸한테 손을 대진 않을 게야.」
네이선은 문을 벌컥 열고 전속력으로 달렸다.
「자기가 직접 손대진 않을 겁니다. 지저분한 일은 동생한테 떠넘기는 비겁한 놈이니까요. 젠장, 사라는 자네 마차를 타고 갔어, 케인. 어떻게 하든 헨리보다 먼저 사라를 찾아야 하는데.」
때마침 마차 한 대가 지나갔다. 국장이 대기시킨 마차를 기다릴 시간이 없었기 때문에 네이선은 마차가 지나가는 길에 뛰어들어 말고삐를 움켜잡았다. 그러고서 어깨를 힘껏 말 옆구리에 디밀자 '끼익' 소리가 나면서 마차가 멈췄고, 그 반동으로 마부의 몸이 붕 떴다가 마차 지붕 위로 '쿵' 떨어졌다. 마부는 욕설을 퍼부으면서 다시 자리를 잡고 앉았고 마차 안에 있던 손님은 무슨 일인가 해서 밖을 내다봤다. 네이선은 마차 문을 획 열어 남자를 밖으로 내던지고는 마부한테 어디 어디로 가자고 외쳤다. 옆에서 리처즈 경이 땅에 쓰러진 손님을 일으켜 세웠다. 그러다가 마차가 출발하려고 하자 남자를 다시 바닥에 떠다밀고는 케인이 문을 닫기 일보 직전에 마차 안에 뛰어들었다.

마차 안에 침묵이 흘렀다. 네이선은 극도의 불안감 때문에 몸이 떨렸다. 지금껏 살아오면서 스스로에게 홀로 서기를 강요해 왔지만 지금은 달랐다. 이제는 사라가 필요했다. 사라에게 무슨 일이 생긴다면……, 사라를 얼마나 사랑하는지 보여줄 기회를 영영 놓친다면……, 네이선은 머리 속이 하얗게 비는 느낌이었다. 견디기 힘든 긴 시간, 네이선은 기도하듯 간절한 마음이 들었다. 어릴 적에 배운 기도문이 하나도 기억나지 않았기 때문에 그저 하나님께 도와 달라는 간청만을 되풀이했다.

사라는 조금씩 마음이 가라앉았다. 생각보다는 덜 불안했다. 아버지보다 집에 일찍 도착할 자신이 있었기 때문이었다. 헨리 삼촌의 집에 들렀다 오려면 최소한 20분은 소비해야 할 터였다. 삼촌을 화나게 만들려면 설명을 죽 늘어놓아야겠고……, 그럼 15분 정도가 소요되겠지. 사라는 머리를 굴렸다. 평소대로라면 삼촌은 지금쯤 거나하게 술판을 벌이고 있을 거야. 그러니까 술을 깨고 옷을 갈아입을 시간도 필요하겠지.

'날 포기하겠다는 생각은 버려.'

갑자기 네이선이 했던 말이 떠오르자 사라는 화가 났다. 어떻게 내가 자길 포기한다고 생각할 수 있어? 어떻게……. 하지만 화를 내야 할 이유는 없었다. 정말 마음은 네이선을 포기한 걸까? 그건 절대 아니야. 사라는 고개를 저었다. 네이선이 날 사랑한다면 얼마나 좋을까?

그래도 그는 곧잘 사라에게 마음을 써주었다. 생리통 때문에 고생할 때도 한참동안 아랫배를 문질러주었고, 사랑을 나눌 때도 다정한 모습을 잃지 않았다. 물론 사랑한다는 말은 한 번도 안 했지만, 어떻게 해서든지 사라를 배려하고 인내하려는 모습을 보여줬다. 그래서 사라는 네이선과 사랑을 나눌 때 무섭다는 생각을 해본 적이 없었다.

네이선은 사라가 자립할 수 있게 호신술을 비롯한 여러 가지를 가르쳐줬다. 전엔 네이선이 사라를 돌보기가 귀찮아서 그런 거라고 생각했다. 사랑하는 엄마와 이모를 보호하는 게 자신의 의무라고 생각하면서도 사라는 정작 자신을 보호하는 일은 남편에게 떠맡기려고 했다.

엄마처럼 나도……, 그래, 노라 이모 말씀이 옳았어. 나도 알게 모르게 엄마와 똑같은 짓을 하고 있었어. 남편에게 의존하려고만 들다니. 네이선이 잔인한 사람이었다면 나도 엄마처럼 됐을까? 아냐. 사라는 고개를 내저었다. 엄마처럼 겁을 내며 피하기만 하진 않을 거야. 네이선 덕에 사라는 자신도 몰랐던 내부의 힘을 깨닫게 됐다. 그는 사라를 보호하는 일이 귀찮아서 호신술을 가르쳐준 게 아니었다. 사라에게 나쁜 일이 생기는 걸 바라지 않았기 때문이었다.

생각에 빠져있다 보니 사라는 마차가 서는 줄도 몰랐다. 그녀는 '다 왔다'고 소리를 빽빽 질러대는 마부한테 기다리라고 한 뒤 집안으로 들어갔다. 아버지가 새로 고용한 집사는 엄마가 언니와 함께 외출했다고 말했다. 사라는 집사의 말을 무시하고 위층으로 뛰어 올라갔다. 침실엔 아무도 없었다. 책상 위에 쌓인 초대장들을 훑어봤지만 엄마가 어떤 모임에 가셨는지 실마리를 찾을 수가 없었다. 사라는 아래층으로 내려가서 하인들을 닥달해 보기로 마음먹었다. 층계참에 서 있는데 문이 벌컥 열리는 소리가 들렸다. 엄마가 돌아오셨나 봐. 사라는 서둘러서 계단을 내려갔다. 반쯤 내려갔을까, 헨리 삼촌이 점잖을 빼면서 현관으로 들어왔다.

「내가 이럴 줄 알았어요. 아버지 하시는 일이 늘 그렇죠 뭐. 화가 날 때마다 술 취한 동생을 끌어들일 생각을 하시다니, 정말 한심하기 짝이 없어요.」

사라가 불쑥 내뱉었다.

「네 엄마처럼 수다스러운 여자는 혀를 짤라버려도 시원찮아. 괜히 끼여들 생각 말고 비켜. 이 삼촌은 네 엄마하고 할 얘기가 있다.」
 헨리는 자못 위협적으로 나왔다.
「절대 그렇게는 못해요. 앞으로 엄마를 만나실 생각은 하지 마세요. 엄마가 괜찮다고 하셔도 제가 가만있지 않겠어요. 엄마는 당분간 이모하고 같이 지내실 거예요. 아니 어쩌면 다시는 여기 돌아오시지 않을지도 몰라요. 정말 그렇게 됐으면 소원이 없겠어요. 엄마도 행복해질 권리가 있어요. 제가 꼭 그렇게 해드릴 거라구요.」
 사라가 소리를 지르자 헨리는 발로 문을 '쾅' 닫았다. 한 대 후려치고 싶었지만 전에 네이선한테 들은 말이 있어서 엄두를 못 내었다.
「네 서방이라는 그 잡놈한테나 가봐.」
 사라한테 고함을 치고 나더니 헨리는 위층에 대고 다시 소리를 질렀다.
「빅토리아, 당장 이리 안 내려올 거야!」
「엄만 안 계세요. 그러니까 당장 나가요. 삼촌은 보기만 해도 구역질이 날 것 같아요.」
 계단으로 걸어간 헨리는 우산꽂이에 꽂아 둔 지팡이가 눈에 띄었다. 너무 부아가 나서 네이선의 경고도 까맣게 잊었다. 저 망할 계집애 교육을 좀 시켜야겠어. 저걸로 한 대 후려치면 다시는 시건방지게 굴지 못하겠지. 헨리는 지팡이를 잡았다. 이걸로 한 대 후려치면······.

16

 끔찍한 비명소리가 거리에 울려 퍼졌다. 그는 혹시 사라에게 무슨 일이 생긴 게 아닐까 하는 두려움으로 거의 미칠 지경이 되어 비명소리가 남자의 목소리라는 사실도 깨닫지 못했다. 마차가 멈추기도 전에 밖으로 뛰어내린 네이선은 정신없이 계단을 올라가서 몸으로 문을 부수고 들어갔다. 떨어진 문짝이 네이선의 어깨에 부딪혔다가 '퍽' 소리와 함께 헨리 윈체스터의 머리 위로 떨어졌고, 육중한 나무에 눌린 헨리는 더 이상 큰소리를 지르지도 못했다.
 네이선은 코앞에 닥친 무방비 상황에 놀라 갑자기 딱 멈춰 섰다. 그 바람에 뒤따라 달려오던 케인과 리처즈 경이 네이선의 등에 정면으로 충돌했다. 흡사 쇠파이프에 얻어맞은 듯한 충격을 느낀 두 사람은 신음소리를 내지르다가 이내 정신을 수습하여 주위를 둘러봤다. 눈앞의 광경을 어떻게 해석해야 할지 종잡을 수가 없었다. 헨리 윈체스터는 몸을 바닥에 웅크리고 누워서 양손으로 사타구니를 감싸고 있었고, 몸을 이쪽으로 돌리자 피투성이가 된 그의 코가 눈에 들어왔다.

네이선은 층계참에 서 있는 사라를 가만히 응시했다. 다친 데 하나 없이 말짱해 보이는 그녀는 너무 아름답고 차분했다.

사라는 괜찮아. 저 망할 자식이 손을 못 댔어. 그래, 사라는 무사해. 네이선은 마음을 가라앉히려고 똑같은 말을 수도 없이 반복했다. 하지만 여전히 온몸이 덜덜 떨렸다. 괜찮다는 말을 직접 듣기 전에는 숨도 제대로 쉬지 못할 것 같았다.

「사라?」

쉰 목소리가 나왔다. 소리가 너무 작아 사라가 못 들었을 거라는 생각이 들어 한 번 더 목소리를 쥐어짰다.

「사라, 다친 덴 없어? 당신…… 괜찮은 거지?」

떨리는 네이선의 목소리를 듣자 사라는 눈물이 차 올랐다. 네이선의 눈가에도 눈물이 맺혔고, 그의 표정을 본 사라는 가슴이 아팠다. 뭔가에 잔뜩 겁을 먹은 모습, 꼭 상처받기 쉬운 어린아이처럼 보였다. 무엇보다도 사라에 대한 애정이 고스란히 담겨 있었다.

그래, 이 사람은 날 사랑하고 있어.

사라는 당장이라도 '당신은 날 사랑해요'라고 소리치고 싶었지만 다른 사람들을 생각해서 꾹 참았다. 하지만 자꾸 웃음이 나오려 했다. 그녀는 네이선 쪽을 향하던 발걸음을 멈추고 케인과 리처즈 경에게 공손히 인사를 했다. 케인이 씩 웃었다. 리처즈 경은 맞인사를 하고 나서 물었다.

「지금 이게 어떻게 된 상황입니까?」

「젠장, 사라, 다친 덴 없냐고 물었잖아! 당신 정말 괜찮아?」

그와 동시에 네이선도 아까의 질문을 되풀이했다.

「그럼요, 아무렇지도 않아요.」

대답을 하고 나서 사라는 헨리를 내려다봤다.

「헨리 삼촌이…… 별로 안 좋은 일을 당하셨어요.」

리처즈는 무릎을 꿇고 헨리의 가슴에 놓인 부서진 문짝의 파편을 옆으로 치웠다.

「이봐, 남자가 창피하지도 않나? 그만 울어. 아까 네이선이 부순 문짝에 부딪혀서 넘어진 건가? 그리고 목소리 좀 크게 할 수 없어? 원체스터, 그렇게 징징 짜면서 말하면 알아들을 수가 없잖아.」

케인은 벌써 사태를 짐작하고 있었다. 오른 손등을 자꾸 문지르는 사라, 사타구니를 움켜쥐고 있는 헨리……, 굳이 들어보지 않아도 뻔한 얘기였다.

「삼촌은 문에 부딪히기 전에 바닥에 쓰러지셨어요.」

사라는 경쾌한 목소리로 말하면서 네이선에게 미소를 던졌다. 네이선은 사라가 왜 그렇게 의기양양한지 이해할 수가 없었다. 하마터면 큰일을 당할 뻔한 여자가 왜 저렇게 신이 난 거야? 젠장, 난 아직도 긴장이 덜 풀려서 몸이 덜덜 떨리는데.

「무슨 일이 있었는지 설명해 주시겠습니까?」

몸을 일으킨 리처즈 경이 물었다. 사라는 솔직하게 털어놓으면 리처즈 경이 그녀의 숙녀답지 않은 행동에 분명 경악하리라는 생각이 들어서 사실을 숨기기로 했다. 하지만 네이선은 날 자랑스럽게 생각할 거야. 둘만 있었으면 자세하게 얘기해 줄 텐데…….

「삼촌은 지팡이에 걸려서 넘어지신 거예요.」

사라는 거짓말을 했다.

그제야 주위를 둘러 볼 여유를 찾은 네이선이 사라의 손을 획 붙들어 가까이서 들여다봤다. 손등이 벌겋게 부어 있었다. 네이선의 목구멍에서 으르렁대는 소리가 새어나왔지만 사라의 귀에는 그 소리마저도 사랑스럽게 들렸다. 사라는 당장이라도 누군가를 때려눕힐 기세를 보이는 그의 허리에 팔을 감아 꼭 끌어안았다.

「난 괜찮으니까 걱정하지 말아요.」

사라는 네이선의 가슴에 뺨을 대어 안심시키는 말을 했다. 아직도 분이 가라앉지 않는지, 그의 심장은 팔딱팔딱 거세게 뛰고 있었다.
「지팡이는 당신이 갖고 있었어?」
네이선은 애써 담담한 투로 물었다.
「아뇨, 지팡이는 삼촌이 우산꽂이에서 빼온 거예요. 그걸 들고 절 잡으러 계단 위로 올라왔죠.」
머리 속에서 그 광경이 재현되자 네이선은 사라의 손을 옆으로 치우고 헨리한테 가려는 몸짓을 보였다.
「아무 일도 없었어요. 삼촌은 절 때리지 못했다구요.」
「그래도 당신을 때리려고 했을 거 아냐.」
사라가 끌어안자 네이선의 몸이 긴장감으로 딱딱하게 굳어졌다. 사라는 조각상을 끌어안은 기분이었다.
「그러기야 했죠. 그래서 당신이 가르쳐준 대로 했더니 너무 잘 먹혀들어가서 깜짝 놀랐지 뭐예요. 헨리 삼촌은 호신술을 익힌 여자를 별로 못 봤나봐요. 뒤로 넘어질 때 보니까 굉장히 놀란 표정이던 걸요.」
「이봐, 케인, 사라를 데리고 나가 있어. 리처즈도 나가 있어요.」
세 사람은 동시에 '안 돼'라고 외쳤다. 각자가 서로 다른 이유로. 케인은 시체 처리할 생각을 하니 골치가 아파서였고, 사라는 네이선이 교수대에 오르게 될까봐 걱정이 됐기 때문이었다. 마지막으로 리처즈 경은 조서를 꾸미는 짓을 하기가 싫어서였다. 하지만 네이선은 아직도 분이 안 풀렸는지 계속 사라를 밀어냈고, 그럴수록 그녀는 더 꼭 달라붙었다.
「젠장, 사라, 이렇게 붙들고 있으니까…….」
「안 돼요, 네이선.」
네이선은 길게 한숨을 내쉬었다. 사라가 이겼다는 신호였다. 그녀는 한시라도 빨리 네이선과 단둘이 있고 싶었다. 이번에는 그의 가죽을 벗겨내는 한이 있어도 꼭 사랑한다는 말을 듣고야 말 작정이었다.

「엄마 때문에 걱정이 돼서 계속 여기 있어야 될 것 같아요. 당신하고 빨리 집에 가고 싶긴 하지만요. 당신은 어떻게 하면 좋겠어요?」

하지만 네이선은 아직도 헨리를 손봐주고 싶은 생각에 좀이 쑤셨다. 헨리만 끝장을 내버리면 사라도 엄마 걱정을 할 필요가 없고, 네이선은 분풀이를 할 수 있어서 좋았다. 그는 계속 지팡이를 노려봤다. 저걸로 맞았으면 사라도 분명 크게 다쳤겠지.

「이보게, 네이선, 헨리를 휴가 보내는 게 어떨까? 식민지로 바다 여행을 떠나면 건강이 좀 나아질 것 같은데.」

케인이 제안했다.

「좋아, 자네가 알아서 처리해.」

케인의 말을 듣고 네이선은 기분이 약간 풀린 눈치였다.

「콜린한테 보내서 당장 처리하라고 하지. 짐도 없어서 아주 가뿐하겠구먼. 튼튼한 밧줄 몇 개하고 입을 틀어막을 재갈만 있으면 되니까.」

케인은 헨리의 목덜미를 잡아 일으켰다.

리처즈 경도 찬성한다는 듯 고개를 끄덕거렸다.

「어머님이 오실 때까지 제가 여기 있겠습니다. 어머님껜 헨리가 기약 없는 여행을 떠났다고 설명할 생각입니다. 윈체스터 백작이 돌아오면 해야 할말도 있고 하니, 네이선하고 같이 돌아가세요.」

어느 정도 정신을 수습한 헨리 윈체스터는 벌떡 일어나서 문을 향해 내달렸다. 케인이 일부러 그와 몸을 부딪혀 네이선 쪽으로 힘껏 밀치자, 네이선은 기회를 놓치지 않고 그의 복부에 주먹을 날렸다. 그 충격으로 바닥에 나가떨어진 헨리는 배를 움켜잡고 앓는 소리를 했다.

「이젠 기분이 좀 나아졌어?」

케인이 물었다.

「덕분에.」

네이선은 만족스러운 투로 대답했다.

「자네가 작성한 서류는 어떻게 할 텐가?」
리처즈 경이 네이선에게 물었다.
「오늘밤 판마운트 무도회에 갖고 오시면 됩니다. 우린 9시쯤에 도착할 겁니다.」
「그럼 난 서류를 가지러 사무실로 돌아가야겠군. 혹시 사정이 생겨서 늦을지도 모르니 10시 정각에 만나기로 하세.」
「지금 무슨 얘기들을 하시는지 말씀해 주실래요?」
사라가 끼여들었다.
「안 돼.」
네이선이 딱 잘라서 거절하자 사라는 기분이 좋지 않았다.
「난 무도회에 가고 싶지 않아요. 당신하고 할 얘기가 있단 말이에요.」
「안 돼, 아까 내가 뭐라고 했어? 날 좀 믿으라고 했지? 무슨 여자가 그렇게 말귀가 어두워?」
네이선은 사라를 밖으로 끌어냈다.
「그렇게 짜증나는 말만 하니까……」
억지로 떠밀려서 마차 안으로 들어간 사라의 시선이 가늘게 떨리는 네이선의 손에 머물렀다. 그가 다리를 쭉 뻗자 사라는 그 사이에 끼어서 옴짝달싹도 못하게 됐다. 마차가 움직이자 네이선은 창밖으로 시선을 돌렸다.
「네이선?」
「왜 그래?」
「지금…… 긴장이 덜 풀려서 그래요?」
「아니야.」
사라는 좀 실망이 됐다. 내심 네이선이 아직 긴장 상태이길 바랐던 것이다. 언젠가 네이선이 사라의 긴장을 풀어주겠다며 써먹었던 방법을 시도해보고 싶었기 때문이었다. 나도 참 뻔뻔해졌네. 사라는 그때 일을 떠올리며 얼굴을 붉혔다.

「남자들은 싸움을 하고 나면…… 한동안 긴장이 안 풀려서 고생하지 않나요?」

「다 그런 건 아니야. 당신 앞에서 헨리를 때리질 말았어야 하는 건데.」

네이선은 말하는 동안 계속 창밖을 응시했다.

「내가 거기 없었으면 삼촌을 때리지 않았다는 얘기예요? 아니면 때린 걸 후회하는…….」

「그놈을 안 때리고 어떻게 배겨? 내 말은 당신한테 주먹을 휘두르는 모습을 보이고 싶지 않았단 얘기야.」

「왜요?」

「당신은 내 아내잖아. 그러니까 그런 폭력적인 광경을 봐서는 안 돼. 앞으론 내가 조심…….」

「이봐요, 네이선, 난 정말 아무렇지도 않아요. 폭력을 반대하는 입장이긴 하지만 그렇다고 완전히 배격하는 건 아니에요. 가끔 주먹이 아니면 해결되지 않는 일도 있으니까요. 그리고 솔직히 아까 같은 상황에선 속이 후련해지는 게 사실이에요.」

「해적들을 죽이지 말라고 그렇게 난리를 쳤잖아.」

「그래도 당신이 해적들을 때릴 때 가만히 있었잖아요.」

「당신은 심성이 너무 여려. 그러니까 나도 당신하고 있을 땐 최대한 신사적으로 행동할 거야, 알았지?」

「당신은 원래 나하고 있을 땐 신사적으로 행동하잖아요.」

「내가 언제 그랬어? 두고봐, 나도 개과천선해 보일 테니까. 생각할 게 있으니까 이젠 그만 떠들어.」

「아까 나 때문에 걱정 많이 했어요?」

「젠장, 당연하지!」

네이선이 소리를 버럭 질렀다.

「키스해 줄래요?」
사라는 웃음을 참으면서 물었다.
「안 돼.」
「왜요?」
네이선은 사라를 쳐다보지도 않고 대답했다.
「아직 때가 아니야.」
「그게 무슨 소리예요?」
「지금 당신한테 키스를 했다간 일을 망치게 돼.」
「무슨 소린지 통 못 알아듣겠어요.」
「아까 무슨 일이 있었는지 자세히 설명해봐.」
사라는 가늘게 한숨을 내쉬었다.
「거길…… 쳤어요.」
네이선의 입가에 미소가 어렸다.
「내가 가르쳐준 대로 했어? 주먹 쥐는 방법을 잊지는 않았겠지?」
사라는 네이선이 자신을 쳐다볼 때까지 대답하지 않기로 맘먹었다. 한참만에 네이선이 사라에게 시선을 돌렸다. 그녀를 안고 싶은 충동과 싸워서 이겼다고 생각했고 있는 찰나, 사라가 미소를 지었다.
「당신은 내가 잘했다고 생각하죠? 아마 웬만한 남자들 같으면 제 얘길 듣고 하얗게 질렸겠지만요.」
네이선은 사라를 무릎에 휙 끌어 앉히고는 그녀의 머리카락을 움켜쥐었다.
「난 보통 남자들과는 달라.」
네이선의 입술이 사라의 입술을 덮쳤다. 그의 혀가 사라의 입안을 탐색하고 애무하고 간지럽혔다. 아무리 키스를 하고 껴안아도 사라에 대한 갈망을 채우기엔 부족하고 또 부족했다. 네이선은 사라의 목덜미에 키스를 하면서 드레스 뒤쪽에 붙은 단추를 끌러냈다.
「당신을 쳐다보기만 해도 이렇게 될 줄 알았어.」

네이선의 안중에는 이제 자제심이고 뭐고 없었다. 마차가 섰다는 것도 모를 정도였다. 사라가 단추를 다시 채워달라고 했지만 네이선은 손이 떨려서 단추를 제대로 끼울 수가 없었다.

네이선은 사라를 끌고 집안으로 들어갔다. 제이드는 두 사람이 정신없이 위층으로 올라가는 모습을 보며 미소를 지었다. 침실 앞까지 왔을 때 조금이나마 이성을 되찾은 네이선은 문을 열고 사라를 먼저 들여보냈다. 사라가 침대로 걸어가면서 단추를 끌러내는데 갑자기 문이 '쾅' 소리내며 닫혔다. 한동안 멍하니 있던 사라가 문을 획 열고 아래층으로 달려 내려가자 제이드가 현관 앞에서 그녀를 붙들었다.

「오빤 벌써 나갔어요. 8시까지 외출할 준비를 하라는 말을 언니한테 남겼어요. 언니한테 드레스를 빌려주란 얘기도 했구요. 무도회에 입을 만한 드레스들은 씨 호크에 두고 왔죠?」

「용케 그런 설명까지 다 마치고 자취를 감추다니, 정말 잽싸네요.」

「뭐가 그렇게 급한지 밖으로 뛰어나가면서 얘길 한 거예요. 마차에 오르면서 하는 말을 얼핏 들으니까 사업상 일이 있다던 것 같아요.」

사라는 고개를 흔들었다.

「네이선은 예의라곤 눈곱만큼도 없고, 거만한데다가 인정도 없고, 고집불통이고……」

「그래도 언닌 오빠를 사랑하잖아요.」

사라의 어깨가 축 늘어졌다.

「그래요, 전 네이선을 사랑해요. 어쩌면 네이선도 절 사랑할지 몰라요. 아직 그 사실을 받아들이지 못하는 건지 겁을 내는 건지 잘 모르겠어요. 이젠 판단이 잘 안 서요. 아뇨, 네이선은 절 사랑해요. 어떻게 그걸 의심하겠어요.」

사라는 횡설수설했다.

「저도 오빠가 언니를 사랑한다고 믿어요. 그건 불을 보듯 훤한 사실이에요. 저렇게 수다스러운 오빠 모습은 처음이에요. 원래 말이 없는 사람이거든요. 하지만 요즘은 말도 안 되는 소리를 혼자서 중얼거리는 일이 잦아졌어요.」

사라의 눈에 눈물이 가득 고였다.

「네이선한테 사랑한다는 말을 들어봤으면 좋겠어요.」

동정심이 솟구친 제이드는 사라의 손을 꼭 붙잡고 침실로 데려갔다.

「아무도 나처럼 네이선을 사랑하진 못해요. 그러니까 날 너무 한심하게 생각하지 말아줘요.」

옷장 앞에 서 있던 제이드가 놀란 표정으로 돌아섰다.

「제가 왜 언니를 한심하게 생각해요?」

사라는 선원들이 틈만 나면 자신을 제이드와 비교했다는 얘기를 했다. 그리고 언제나 열등한 쪽은 자신이었다는 말도 함께.

「그러다가 해적들한테 습격 당한 일을 계기로 절 보는 눈이 많이 달라졌어요.」

「그럼요, 다들 언니를 다시 봤을 거예요.」

그렇게 말하면서 제이드는 사라가 입을 드레스를 골랐다.

「네이선은 내가 목까지 올라오는 드레스만 입길 바래요.」

「그래요? 언니 덕에 비밀 하나 알았네요.」

「되도록이면 그 사람 말을 따르려고 노력해왔어요.」

제이드는 사라의 성난 목소리를 듣고 웃음이 나오려는 걸 간신히 참았다. 언니가 또 흥분하기 시작했어.

「내가 너무 양순하게 굴었나봐요. 내가 사랑한다는 말을 하면 네이선이 뭐라고 하는지 알아요? 짜증난다고 투덜거리기만 해요. 이젠 더 이상 가만있지 않을 거예요.」

「앞으론 오빠가 투덜거리지 못하게 하려구요?」

「양순하게 구는 것도 이젠 끝이라구요. 가슴이 제일 많이 파인 드레스를 좀 찾아줘요.」

제이드는 더 이상 참지 못하고 웃음을 터뜨렸다.

「언니가 그런 드레스를 입은 걸 보면 오빠가 펄펄 뛸 걸요」
「바라는 바예요.」
제이드는 사라에게 흰색 드레스를 건네줬다.
「이건 저도 딱 한 번 밖에 못 입어봤어요. 이걸 입고 집밖엔 나가보지도 못했어요. 그랬다간 케인이 가만있지 않을 테니까요.」
사라는 드레스가 맘에 들었다. 그녀는 제이드에게 몇 번이나 고맙다는 말을 했다.
「뭐 하나 물어봐도 돼요?」
「그럼요.」
「전에 울어본 적 있어요?」
「그럼요, 사실은 걸핏하면 울곤 했어요.」
「네이선한테 우는 모습을 들킨 적이 있어요?」
「글쎄요, 오빠가 봤는지 어쨌는지는 잘 모르겠네요.」
사라의 실망한 표정을 보고 제이드는 그녀가 원했던 대답은 따로 있음을 깨달았다.
「지금 다시 생각해보니까 오빠도 제가 우는 모습을 봤어요. 물론 케인이 더 많이 봤지만요.」
「그런 비밀사항을 얘기해줘서 정말 고마워요. 방금 그 말을 듣고 제가 얼마나 위로를 받았는지 모를 거예요.」
신이 난 사라의 모습에 제이드의 마음도 덩달아 뿌듯해졌다. 사라가 왜 그렇게 좋아하는지는 알 수 없었지만.
두 시간 후, 제이드와 케인은 사라가 준비를 마치고 내려오기를 초조하게 기다리고 있었다. 제이드는 소매가 짧은 군청색 실크 드레스를 입고 있었다. 가슴이 아주 약간 파인 옷이었는데도 케인은 못마땅한 시선을 던졌다. 케인은 정장차림이었다. 제이드는 케인이 '당신 오늘 멋있는데'라는 말을 하자 '당신처럼 잘생긴 남자는 세상에 없다'라는 말로 응수했다. 그러자 짐보가 옆에서 사라를 잘 지켜보라고 잔소리를 해댔다.
「그렇게 정신 딴 데 팔고 있다가 사라한테 무슨 일이 생기면 어쩌려고 그래? 네이선이 올 때까지는 두 사람이 사라를 잘 지켜봐야 돼, 알았어?」
벌써 다섯 번째 하는 말이었다.
계단을 내려오는 사라의 차림새는 대번에 일행의 시선을 끌었다.
짐보는 이게 어인 일이냐는 듯 휘파람을 불었다.
「네이선이 우리 사라를 보면 펄펄 뛰겠는 걸.」
드레스는 순결을 상징하는 흰색이었지만 가슴이 V자로 깊이 파여 있었다. 케인도 그렇게 야한 드레스는 난생 처음이었다. 물론 제이드가 언젠가 한 번 입었던 옷이라는 건 아직까지 기억하고 있었지만.
「당신 옷을 벗기면서 분명히 찢어버렸던 것 같은데.」
케인이 제이드의 귀에 대고 속삭였다.
「당신이 좀 서둘렀다 뿐이지 찢어지진 않았어요.」
제이드가 얼굴을 붉히면서 말했다.
「당신 오빠가 저걸 보면 분명히 찢어버릴 걸. 아무래도 좋은 생각이 아니지 싶어. 무도회에 온 남자들이 모두 사라를 보고 침을 줄줄 흘릴 텐데, 그럼 당신 오빠는 분명히 길길이 날뛸 거야.」
「그렇겠죠.」
사라는 층계참에 서서 구경꾼들에게 인사를 했다.
「그렇게 격식 차리지 않아도 돼요.」
케인이 말했다.
「그게 아니라, 절할 때 드레스가 벗겨지진 않는지 시험하느라구요.」
사라가 미소를 지으면서 말했다.
「절할 때 안 벗겨진다고 안심할 일이 아닐 걸. 네이선한테 목을 졸리는 와중에 벗겨질지도 몰라.」

천상의 선물 *349*

짐보가 심드렁하게 한마디를 던졌다.

「내가 가서 위에 걸칠 외투를 가져올게요.」

케인이 나섰다.

「오늘 같이 더운 날씨에 무슨 소리예요?」

제이드는 그를 막았다.

판마운트 공작의 집은 런던에서 1킬로미터 정도 떨어진 곳에 있었다. 집의 규모도 어마어마할 뿐더러, 인공적으로 잘 손질된 관목들과 잔디밭이 시선을 끌었다. 하인들은 횃불을 밝히며 죽 늘어서 있었다.

「소문을 듣자하니 왕세자 전하가 판마운트 저택을 사려고 하신다던데.」

「그렇대요.」

제이드는 케인의 말에 건성으로 대꾸하면서 사라를 유심히 살폈다.

「안색이 별로 안 좋아 보여요, 언니.」

「내가 보기엔 괜찮은데.」

케인은 그렇게 말했지만, 사실 사라는 괜찮지가 않았다. 아무래도 근심이 사라지지 않았다.

「오늘 우리 친척들도 모두 무도회에 참석할 거예요. 물론 공작님과 공작부인이 계신 앞에서 소란을 피우진 않겠지요. 하지만 세인트 제임스 일가가 왜 유독 판마운트 무도회에만 참석하는지 이해가 안 돼요.」

사라가 입을 열었다.

「세인트 제임스 일족이 초대를 받는 모임은 판마운트 무도회 말고는 없거든요.」

케인이 씩 웃으며 설명했다.

마차가 저택 정문 앞에 당도했다. 무도회장은 4층 꼭대기에 마련되어 있었고, 무도회장까지 이어지는 각 층마다 싱싱한 꽃과 촛불을 밝힌 촛대들이 즐비했다. 케인은 무도회장 입구에 서 있는 집사에게 초대장을 건네고, 새로운 손님이 도착했다는 신호로 종이 울릴 때까지 기다렸다. 하지만 초청객들은 왈츠를 추느라 바빠서 관심도 없었다.

「케인우드 백작님과 백작부인이십니다.」

집사가 쩌렁쩌렁한 목소리로 외쳤다.

사라는 케인에게 받은 초대장을 집사에게 건넸다.

「세인트 제임스 후작부인이십니다.」

갑자기 좌중에 웅성대는 소리가 번졌다. 더러는 사라를 자세히 보려다가 몸을 부딪히기도 했다. 사라는 고개를 똑바로 쳐들고 사람들을 훑어봤고, 케인과 제이드는 양쪽에서 그녀의 손을 꼭 붙들었다.

「무도회장 오른쪽엔 윈체스터가, 왼쪽엔 세인트 제임스가 죽 늘어서 있네요. 다들 두 집안 사이가 안 좋다는 생각을 하겠어요.」

제이드가 장난스럽게 말했다.

「소문을 듣자하니 두 집안 사이가 별로 안 좋대요.」

사라도 맞장구를 쳤다.

「그럼 공평하게 우린 중간에 자리를 잡으면 되겠군.」

케인이 두 사람을 먼저 계단 아래로 내려보내면서 말했다.

「오빠는 아직 안 왔나봐요. 언니, 계속 그렇게 웃어야 해요. 다들 언니를 보느라고 정신이 없잖아요. 내가 봐도 오늘 언닌 숨이 막힐 정도로 멋있어요.」

그로부터 한 시간, 사라에겐 시련이나 다름없는 시간이 지나갔다. 윈체스터 백작은 딸을 보고도 아는 척 안 했고, 친척들도 모두 사라가 쳐다보면 휙 돌아섰다.

던퍼드 세인트 제임스도 사라가 무시당하고 있음을 눈치챘다. 세인트 제임스 일족의 대표 격인 던퍼드는 윈체스터 가문을 향해 크게 코방귀를 뀌고는 조카며느리를 보러 성큼성큼 걸어왔다. 기골이 장대하고 얼굴이 각진데다가, 짧게 깎은 은색 머리에 턱수염을 길게 기른 던퍼드는 입고 있는 정장을 불편해하는 기색이 역력했다.

「이게 뭐야? 네이션 녀석의 마누란가?」
던퍼드가 사라 앞에 서서 떵떵 울리는 목소리로 말했다.
「알면서 뭘 물어보십니까?」
케인이 응수가 있은 후, 사라는 공손하게 던퍼드에게 절을 했다.
「만나 뵙게 되어서 영광입니다.」
「뭐야? 지금 나하고 농담 따먹기나 하자는 거야?」
어처구니가 없다는 듯 던퍼드가 불쑥 내뱉었다.
「죄송하지만 뭐라고 하셨어요?」
이번엔 사라 쪽이 되려 당황했다.
「언니는 원래 예의를 잘 지키는 사람이에요, 삼촌. 세인트 제임스 출신 중에 저런 예의를 갖춘 사람이 있다니 놀랄 일이지요.」
제이드가 웃으면서 말했다.
「세인트 제임스가 된 지 얼마 안 됐잖냐. 네 언닌 세인트 제임스라는 이름을 달 만한 자격이 있다는 걸 나한테 보여줘야 돼. 그러기 전엔 난 인정 못한다.」
눈을 빛내면서 말을 마친 던퍼드는 사라가 다가서자 일순 놀라는 표정을 지었다. 여자들은 보통 던퍼드를 보면 슬슬 피하기 마련이었다. 미소를 짓는 여자들은 더더욱 없었다. 던퍼드는 '이 아이는 좀 다른걸' 하는 생각이 들었다.
「제가 어떻게 하면 되죠? 형제분들한테 총이라도 쏠까요?」
물론 농담으로 한 말이었다. 하지만 던퍼드는 사라의 말을 심각하게 받아들였다.
「글쎄, 어떤 놈을 쏘느냐에 따라 달라지겠지. 내 생각엔 탐을 쏘면 젤로 맘에 들겠구먼.」
「삼촌, 언니는 농담으로 한 얘기예요.」
「그럼 뭣 하러 그런 얘긴 꺼낸 거야?」
「언젠가 삼촌이 작은삼촌을 쏘았을 때의 일을 빗대서 한 얘기죠.」

제이드의 설명에 던퍼드는 웃으면서 수염을 쓰다듬었다.
「너도 소문을 들었단 말이구나. 그래도 탐은 한마디도 불평을 안 했다. 안타까운 일이지 뭐냐. 원래 식구들끼리는 한바탕 싸워야 집안 분위기도 좋아지는 법이야.」
다른 사람이 뭐라고 하기도 전에 던퍼드는 말을 이었다.
「네 남편은 어딨냐? 녀석한테 할말이 있는데 아무리 찾아 봐도 없구나.」
「곧 올 겁니다.」
케인이 얼른 대답했다.
「숙모님은 어디 계세요? 한번 뵙고 싶은데요.」
사라가 물었다.
「만나서 뭐 하게? 지금 주방에서 내가 먹을 음식을 챙기고 있지.」
「왜 저한텐 안부도 안 물어보세요? 아직도 제가 딸을 낳았다고 삐치신 거예요?」
제이드가 앵돌아진 말투로 물었다.
「아직도 소식이 없냐?」
삼촌의 물음에 제이드는 고개를 저었다.
「네가 아들을 낳기 전엔 한마디도 안 할 줄 알아.」
이번에는 케인을 돌아보며 물었다.
「침실에서 제대로 일을 하긴 하는 거야?」
「물론이죠. 시도 때도 없이 하는 걸요.」
케인이 말꼬리를 죽 늘이면서 하는 말에 사라는 민망해서 얼굴이 빨개졌다. 던퍼드는 웃고 있는 제이드를 한 번 노려보고는 사라에게 시선을 돌려 그녀의 엉덩이를 손으로 만졌다.
「지금 뭐 하시는 겁니까?」
케인이 던퍼드의 손을 치웠다.
사라는 순간적으로 너무 놀라서 그의 손만 멍하니 내려다봤다.

「엉덩이가 얼마나 큰지 재봤다. 옆으로 퍼진 치마를 입고 있으니 가늠할 수가 없잖아. 애를 낳으려면 엉덩이가 적당히 펑퍼짐해야 하잖냐. 아무래도 쬐금 부실해 보이는 걸.」

그러더니 이제는 사라의 가슴으로 시선을 돌렸다.

사라는 양손으로 가슴을 가렸다. 또 당할 수는 없는 일!

「애한테 먹일 젖은 충분히 나오겠구나. 아직 애는 안 뺐냐?」

얼굴이 시뻘개진 사라는 던퍼드에게 다가갔다.

「한 번만 더 제 몸에 손을 대시면 가만있지 않겠어요. 원래 그렇게 예의가 없으신 분이세요?」

던퍼드가 '그렇다, 어쩔래' 라는 식으로 버팅기자 사라는 위협적으로 한 발 더 다가섰다. 그녀의 대범한 행동에 제이드와 케인은 깜짝 놀랐고, 던퍼드마저도 한 발 뒷걸음질쳤다.

「펀치 한잔 갖다 주실래요, 던퍼드 삼촌?」

화제를 바꿔볼 참으로 사라가 불쑥 부탁하자, 던퍼드는 싫다는 듯 어깨를 으쓱했다.

「그럼 윈체스터 쪽에 가서나 부탁해야겠네요.」

「그놈들은 펀치에다 침을 뱉고도 남을 놈들이야. 넌 윈체스터가 아니라 우리편이야, 내 말 틀렸냐?」

사라는 고개를 끄덕였다.

그러자 던퍼드가 펀치를 뜨려고 줄을 서 있는 사람들을 옆으로 밀치고는 펀치가 담긴 커다란 유리 그릇을 번쩍 들어올려 벌컥벌컥 들이마셨다. 그리고 나서 테이블 위에 유리 그릇을 '탕' 내려놓더니 한 잔을 따랐다.

「나 같으면 절대로 저 펀치는 안 마시겠어요.」

제이드가 사라의 귀에 속삭였다.

일행에게 돌아온 던퍼드는 손등으로 수염을 쓸어 내리면서 사라한테 컵을 건넸다. 펀치를 마시려고 줄서 있던 사람들은 어느새 사라지고 없었다. 혹 던퍼드가 사라의 옷에 펀치를 쏟기라도 하면 어쩌나 걱정이 된 케인은 냉큼 대신 잔을 받았다.

「네이선한테 할말이 있다고 전해라.」

던퍼드는 그 말 한마디를 남기고 친지들이 있는 곳으로 성큼성큼 걸어갔다. 그가 지나갈 때마다 사람들이 길을 열어주는 광경을 보면서 사라는 '네이선하고 비슷한 분이시네'라는 생각을 했다.

「세인트 제임스 후작이십니다.」

손님들의 시선이 모두 출입구에 집중되었다.

네이선을 보는 순간 사라의 심장은 미친 듯이 고동쳤다. 정장차림을 보기는 처음이었다. 단정하게 묶은 머리에 검은 재킷과 바지를 입은 네이선은 마치 일국의 왕처럼 당당해 보였다. 사라는 저도 모르게 그에게로 다가갔다. 네이선의 이름이 호명되는 순간 손님들이 모두 구석으로 물러났기 때문에 그의 눈에도 사라가 쉽게 들어왔다.

무도회장 중앙에 혼자 서 있는 사라는 너무 아름다웠다. 이국적이고 여성적이고……, 그런데 그 심한 노출이라니! 네이선은 얼른 재킷을 벗어들고 쿵쾅대며 계단을 내려갔다. 위협을 느꼈는지, 윈체스터 가의 사람들이 앞으로 한 발 나서자 세인트 제임스 측에서도 똑같은 반응을 보였다. 만약을 대비해서 권총을 무장한 콜린이 때맞춰서 네이선의 뒤에 모습을 나타냈다. 정작 네이선은 사라를 보는 순간 왜 자기가 재킷을 벗었는지 까맣게 잊어버렸다.

「사라?」

「왜요?」

사라는 네이선의 다음 말을 기다렸다. 애정이 듬뿍 담긴 그녀의 미소를 쳐다보는 네이선은 마음이 뿌듯했다. 나한테는 과분한 여자야. 그런데도 날 사랑하다니…….

식은땀이 흐르자, 네이선은 콜린의 주머니에 꽂힌 손수건을 빼려다가 멈칫 했다. 내가 왜 재킷을 벗었지? 아무리 생각해도 기억이 나질 않아 그는 도로 재킷을 입었다. 팔이 소매에 걸려서 잠깐동안 진땀을 빼는 사이 사라가 그의 옷매무새를 고쳐주고서 뒤로 물러섰다. 네이선은 아직도 입을 떼지 못하고 있었다. 젠장, 제대로 해야 된단 말이야. 사라한테 최소한 그 정도는 해줘야지. 아니야, 제대로가 아니라 완벽해야 돼. 서재로 데리고 가서 서류에 서명을 한 다음…….

「사라, 당신을 사랑해.」

이를 악물고 말하는 네이선의 표정이 마치 못 먹을 것 - 가령, 사라가 만든 수프 같은 것 - 을 먹은 사람 같았다. 사라는 눈물이 그렁그렁한 눈으로 네이선을 바라보며 다시 한 번 말해달라고 청했다.

「사실 나중에 말할 생각이었지만……, 당신을 사랑해.」

불쌍하게도 네이선은 금방이라도 구토를 할 사람의 표정이었다.

「나도 알아요. 그걸 깨닫는 데 오랜 시간이 걸렸지만 이젠 알아요. 당신도 오래 전부터 날 사랑했어요, 그렇죠?」

「그럼 알고 있었다고 얘기를 하지 그랬어? 젠장, 사라, 난 그것도 모르고 혼자서 끙끙 앓았잖아.」

「무슨 소리예요? 날 안 믿은 사람이 누군데요. 그리고 난 당신처럼 진심을 감춘 적이 없다구요. 언제나 사랑한다는 말을 했잖아요.」

사라는 화가 나서 쏘아붙였다.

「언제나 그랬다니? 하루에 한 번 밖에 안 했잖아. 가끔 밤이 될 때까지 얘기하지 않을 때도 있었고 그럴 땐 내가 얼마나 불안했는지 알아?」

쑥스러워 하는 미소가 네이선이 얼굴에 피어올랐다.

「당신도 나한테 사랑한다는 말을 듣고 싶었단 말이군요.」

사라는 감격했음이 분명했다.

「나하고 결혼해주겠어?」

네이선은 고개를 숙여 속삭이면서 사라와 시선을 맞췄다.

「당신이 원한다면 무릎까지 꿇겠어. 물론 그러고 싶지는 않지만.」

그는 잽싸게 덧붙여 말했다.
「아니, 그래도 당신이 해달라고 하면 못 할 것도 없지. 부탁이야, 나하고 결혼해줘.」
네이선이 이렇게 횡설수설하는 모습은 처음이었다. 진심을 고백하기가 그만큼 힘든 모양이었다. 그래서 더욱 사라는 그에 대한 애정이 솟아났다.
「우린 벌써 결혼했잖아요.」
손님들은 이 한 쌍의 아름다운 연인의 모습에 넋이 빠져 있었고, 여자들은 남편에게서 빼앗은 손수건으로 눈물을 찍어내기에 바빴다. 두 사람의 시선에는 서로에 대한 사랑이 넘쳤다. 다행인지 불행인지 네이선은 다른 사람들의 시선을 의식하지 못했고, 어떻게 해서든 빨리 일을 처리해서 사라를 집으로 데려가고 싶은 마음뿐이었다.
「나하고 같이 서재로 가. 계약 취소 서류에 서명을 했으면 해.」
「알았어요.」
사라가 순순히 따라줄 거라고 짐작은 했었지만 이 만큼이나 자신을 믿어준다고 생각하니 네이선은 왠지 숙연해졌다.
「당신을 너무 사랑해서…… 아플 정도야.」
「그런 것 같아요. 지금도 뱃멀미, 아니 구역질이 날 것 같아요?」
「아니, 당신이 서류에 서명을 끝내면 나도 서명할 거야.」
「당신이 왜 서명을 해요?」
「나도 계약을 깰 거니까. 국왕이 주는 선물 따윈 필요 없어. 세상에서 제일 가는 선물을 벌써 받았으니까. 그건 바로 당신이야. 이 세상 어떤 것과도 바꿀 수가 없는 당신. 내가 지금까지 살아오면서 바랬던 모든 것들이 바로 당신 안에 있으니까.」
부드러운 속삭임이 사라의 뺨에 소리 없는 눈물을 흘리게 했다. 네이선이 사라를 품에 안고 입을 맞추자 구경하던 여자들은 약속이라도 한 듯 동시에 낮은 탄성을 흘렸다. 네이선은 사라를 서재로 데려가려고 했지만 사라는 말을 듣지 않았다.

「난 당신 말을 믿어요. 그러니까 괜히 국왕 폐하께서 주시기로 한 선물을 포기하지 말아요. 그런 무리를 하면서까지 날 사랑하는 마음을 증명할 필요는 없어요.」

「당신을 얼마나 사랑하는지 보여주고 싶어. 당신은 오래 전부터 날 사랑했는데 난 당신을 힘들게만 했잖아. 그러니까 이걸로 그 동안의 잘못을 용서받고 싶어.」

「안 돼요, 날 사랑한다는 걸 증명하고 싶다면 선물을 포기하지 말아요.」

「내 마음은 벌써 정해졌어.」

「안 돼요.」

「나야말로 안 돼.」

네이선의 얼굴을 봐서는 결심이 확고해 보였다. 하지만 사라는 자신 때문에 그가 희생당하는 것을 보고 싶지 않았다.

「내가 서명 안 하겠다면 어떻게 할 작정이에요?」

사라는 팔짱을 끼고 네이선을 노려봤다.

내가 이 사람을 얼마나 사랑하는지! 그리고 이 사람 역시! 사라는 속으로 쾌재를 불렀다.

한 대 쥐어박을 듯 노려보는 네이선의 표정을 보자 사라는 저도 모르게 웃음이 나올 뻔했다.

「당신이 서명을 안 하면 당신 가족들한테 모든 게 돌아갈 거야. 그래도 좋아?」

「그건 절대 안 돼요.」

「그러니까 사라…….」

사라는 네이선의 말을 못 들은 척하고 돌아서서 외쳤다.

「던퍼드 삼촌! 네이선이 국왕 폐하가 주시기로 한 선물을 포기한대요.」

「젠장, 사라, 던퍼드 삼촌한테 애길 하다니, 미쳤어?」

사라는 네이선에게 미소를 지어 보였다. 네이선이 싸울 태세로 재킷을 벗어 던지자 옆에 있던 케인과 콜린도 재킷을 벗었다. 그 모습을 보자 사라는 웃음이 터져 나왔다. 세상에, 이런 상황에서 웃음이 나오다니, 벌써 세인트 제임스 일족한테 물들었나봐.

활기가 되살아난 네이선의 시선이 사라의 가슴에 머물렀다. 그는 사라의 어깨에 재킷을 덮어주더니 소매에 팔만 끼워주고서 제대로 입으라고 명령했다.

「다시 그 드레스를 입었다간 그 자리에서 찢어버릴 줄 알아.」

네이선이 사라의 귓가에 대고 속삭였다.

세인트 제임스 가의 남자들은 전쟁에 참가한 병사들처럼 일사불란하게 움직였다.

「제길, 이제들 오는군.」

「사랑해요, 네이선. 주먹을 쥘 때 엄지손가락을 다른 손가락들 밑에 넣으면 안 돼요. 그랬다가 뼈라도 상하면 곤란하잖아요.」

네이선은 사라의 말에 코웃음을 쳤다. 사라가 약이 올라서 혀를 쏙 내밀자 그는 옷깃을 잡아당겨 사라에게 힘껏 키스를 했다.

그날은 잊지 못할 날이었다. 판마운트 공작과 공작부인은 환갑이 다 되도록 이렇게 유쾌한 시간을 보낸 적이 없었다. 그날 일은 두고두고 가십거리로 남음직 했다. 사라는 공작 부부가 와인 잔을 들고 계단 위에 사이좋게 앉아 흐뭇하게 좌중을 지켜보는 모습을 봤다. 주먹싸움이 시작되자 백작은 오케스트라에게 왈츠연주를 지시했다.

싸움이 끝나자마자 사라를 무도회장 밖으로 끌고 나온 네이선은 더 이상 시간을 낭비하기가 싫어서 곧바로 케인의 집으로 갔다. 그러고는 정신없이 사라를 애무했다. 마음이 급하긴 사라도 마찬가지였다. 두 사람은 열정적이고 거친 사랑을 나눴다. 네이선의 몸 위에 쓰러진 사라는 턱을 받치고서 그의 매혹적인 눈동자를 쳐다봤다. 그는 더할 나위 없이 만족스러운 표정으로 부드럽게 사라의 등을 쓰다듬었다. 주위에 관객이 없어서 그런지 네이선의 입에서는 사랑한다는 말도 자연스럽게 나왔다. 그러더니 서랍에서 종이를 꺼내어 사라에게 내밀었다.

「당신 마음에 드는 걸 골라봐.」

사라는 종이에 적힌 애칭들 중에서 '여보', '내 사랑', '이쁜 당신'을 골랐다. 네이선은 그 애칭들을 꼭 외우겠다고 약속했다.

「사실 난 제이드를 조금 질투했어요. 아무리 해도 제이드를 따라가지는 못할 거라고 생각했거든요. 선원들도 툭하면 나와 제이드를 비교했잖아요.」

「난 당신이 다른 사람처럼 되길 바라질 않아. 이 세상에 당신은 당신 한 사람 뿐이야.」

그렇게 속삭이고 나서 네이선은 사라에게 입을 맞췄다.

「당신 사랑이 함께 하는 한, 난 못 할 일이 없을 것 같아, 사라. 너무 늦게 깨달은 감이 있지만 이젠 알아. 그 동안 내가 얼마나 당신 사랑에 의지하고 있었는지.」

「하지만 언제쯤이어야 날 완전히 믿을 수 있겠어요?」

「난 지금도 당신을 완전히 믿고 있어.」

「그러고 보니 당신의 과거에 대해선 한 번도 들어본 적이 없어요. 얘기해 줄래요?」

「나중에.」

네이선은 불안한 표정으로 얼버무렸다.

「지금 해줘요.」

네이선은 고개를 내저었다.

「들어봤자 심란해지기만 해. 내 사랑, 난 사실 별로 좋지 않은 일을 조금 했거든. 당신이 들으면 걱정할 거야. 나중에 차근차근 얘기해 줄게. 그러는 게 좋을 것 같아.」

「내 기분이 상할까봐 차마 말을 못하겠단 얘기예요?」

네이선은 고개를 끄덕였다.

「혹시…… 불법적인 일도 했나요?」

「그렇다고 말하는 사람들도 있겠지.」

네이선의 얼굴에 역력하게 나타난 불안한 기색을 보고 사라는 웃음을 참느라 애를 먹었다.

「그렇게 제 기분을 생각해주다니 정말 고맙네요. 내가 실수로 비밀을 폭로할까봐 걱정이 돼서 말을 안 하는 게 아니란 말이죠?」

사라의 눈에 반짝이는 생기를 보고 네이선은 뭔가 속셈이 있다는 생각이 들었지만 그게 뭔지는 도통 짐작이 안 갔다. 그는 사라의 허리에 팔을 감고 길게 하품을 했다.

「한 5년이나 10년쯤 지나면 내 사랑, 모두 얘기해 줄게. 그때쯤이면 당신도 나라는 사람한테 많이 길들여지겠지.」

졸음이 오는지라 네이선은 눈을 감고 말했다.

이 사람은 아직도 겁이 나나봐. 사라는 네이선이 자신을 사랑하고 믿는다는 걸 알았다. 하지만 누군가를 사랑하고 믿는 일에 익숙지 않은 네이선인 까닭에, 그의 마음이 완전히 열리기까지는 조금 더 기다려야 하리라.

네이선은 촛불을 끄고 사라의 귓가에 속삭였다.

「당신을 사랑해, 사라.」

「나도 당신을 사랑해요, 페이건.」

·끝.

역자 후기

줄리 가우드의 작품을 읽다보면 언제나 마음이 유쾌해진다.
개인적으로는 그녀의 작품 중에서 이 책, 「천상의 선물(*The Gift*)」에 제일 애정이 간다. 몇 년 전 이 책을 처음 손에 잡았을 때 하룻밤을 꼬박 샜다. 첫 장부터 마지막 장까지 웃고 또 웃느라고 새벽이 온 줄도 몰랐다. 1장에 그려지는 어린 신랑 신부의 결혼식 장면만 해도 그렇다. 작가의 의도대로 독자는 1장 마지막에 가서야 신부가 방년 4살의 꼬마임을 알게 된다. 신랑의 목에 침을 뚝뚝 흘리며 잠이 든 신부.

줄거리를 언급하기 전에 「천상의 선물」의 전편인 *Guardian Angel*에 관해서 잠깐 짚고 넘어가는 것이 좋을 듯 하다. *Guardian Angel*은 아직 국내에 소개되지 않은 작품으로서, 「천상의 선물」의 남자 주인공인 네이선의 여동생 제이드와 케인에 얽힌 이야기를 다루고 있다. 해적 우두머리였던 제이드, 사실 악명 높은 페이건은 제이드의 별명이었다. *Guardian Angel*의 마지막에서 제이드는 페이건의 자리를 네이선에게 물려준다. 그로부터 약 1년 뒤, 「천상의 선물」의 이야기가 시작된다.

　세인트 제임스 가문과 윈체스터 가문은 서로 앙숙지간이었다. 그래서 조지 국왕은 두 가문을 화해시키고자 어린 사라와 네이선이 결혼하는 대가로 '선물'을 주기로 한다. 단 신랑 신부가 일정 기간 동거를 하고 상속자를 낳아야만 선물을 받을 수 있다. 두 집안 어른들이 반 강제로 동의한 '혼인계약서'는 두 사람의 사랑에 걸림돌이 된다. 후반부에서는 오히려 두 사람이 서로의 사랑을 확인케 되는 매개가 되기도 하지만.
　장성한 네이선은 윈체스터 집안에서 사라를 내주지 않으려 했기 때문에 그녀를 납치하기로 계획한다. 결국 납치에 성공하여 사라와 함께 항해를 떠난 네이선, 그는 사라가 그렇게나 못 말리는 말썽쟁이에다가 그토록이나 순진한 여자일 줄은 상상도 못했다. 사랑한다고 고백하는 사라에게 '날 사랑할 필요가 없다'고 일침을 놓는 네이선. 하지만 사라는 포기하지 않고 그의 사랑을 얻고자 노력한다.
　런던에 도착한 후 네이선은 사라의 아버지의 계략으로 사라를 의심하게 되고, 그제야 사라는 그가 자신을 사랑하지 않는다는 결론을 내린다. 한편 너무 늦게 사라에 대한 사랑을 깨달은 네이선은 그녀를 되찾기 위해 국왕의 '선물'을 포기하기로 한다. 세상에서 제일 귀중한 선물은 바로 사라였기에.

　이 작품은 사랑이 얼마나 큰 힘을 발휘하는지를 보여준다. 상대방에 대한 사랑으로 인해 변해 가는 두 주인공을 보면서 그런 생각이 들었다.
　과거의 상처로 인해 마음을 굳게 닫은 남자 네이선은 남을 믿기보다는 의심하고 사랑이라는 감정은 사람을 나약하게만 만든다고 생각한다. 반면 사라는 어릴 때 결혼한 네이선에 대한 사랑을 믿는 순진한 여자였다. 남편에게 의존적인 엄마의 영향으로, 그녀는 네이선을 '백마 탄 기사' 쯤으로 여긴다.

하지만 후반부에서 두 사람은 확연하게 다른 모습을 보인다. 네이선은 누군가를 사랑하면 약해지는 것이 아니라 강해진다는 것을 깨닫게 되고, 사라는 남편에게 의존적이었던 나약한 생각을 버린다. 두 사람을 변하게 한 힘은 상대방에 대한 사랑이었다.

사실 전작 만한 후작은 없다는 얘기도 있지만,「천상의 선물」은 예외가 아닐까 싶다. 유머가 훨씬 많이 가미되었을 뿐 아니라 인물들의 개성도 훨씬 강하게 표현됐다. 애정표현에 서툴기만 한 네이선, 감정에 너무 솔직한 사라. 너무나 다른 두 사람이 만나서 나누는 대화들은 보는 사람으로 하여금 웃음을 자아낸다. 개성적인 조역들 역시 재미에 한 몫을 톡톡히 한다.

독자들도「천상의 선물」을 읽으면서 역자처럼 한바탕 웃을 수 있다면 더 바랄 것이 없겠다.

1999년 7월 초입에
장 은 영

JULIE GARWOOD

CASTLES
가 제

뉴욕 타임즈가 선정한 베스트셀러 〈The Secret〉 〈The Prize〉 〈Guardian Angel〉 〈The Gift〉 〈신부〉로 수많은 독자들의 마음을 사로잡았던 줄리 가우드가 다시 한번 숨막히는 열정과 미스터리, 모험과 로맨스가 담긴 〈CASTLES〉로 여러분 곁에 다가갑니다.

내가 꿈꾸는 풍경, 그 안의 그대

작은 왕국의 공주 알렉산드라, 서둘러 영국남자와 결혼하는 것만이 자신을 보호하는 길임을 알게 되지만 결혼할 남자를 찾기가 쉽지 않다. 검은 머리칼의 아름다운 알렉산드라가 런던 사교계에서 유감없이 매력을 발하는 모습에, 그녀의 임시 보호자인 콜린은 흐뭇하기만 하다. 그러나 알렉산드라가 납치될 뻔한 일이 발생하자, 콜린의 마음속에선 알렉산드라를 보호하고 싶은 본능이 일어난다.

단지 알렉산드라를 보호하기 위한 마음 때문이라고 스스로에게 변명하면서, 콜린은 명목상의 결혼을 결심한다. 하지만 알렉산드라의 부드러운 키스는 그의 영혼을 사로잡는다.

예측할 수 없는 위험 속으로 무모하게 돌진하는, 사랑스런 알렉산드라! 콜린은 그녀를 영원히 자신의 여인으로 남게 하리라 확신한다.

사랑스런 천사 알렉산드라를 잃게 될지 모를 위험 앞에서 그는 인생을 건 모험에 뛰어드는데……

10월 여러분의 곁으로 다가갑니다.

아웃랜더 (Outlander) (가제)

Diana Gabaldon

**끊임없이 이어지는 〈아웃랜더〉 신드롬!
전세계가 주목했던 게벌든의 작품이 마침내 한국에서 출간됩니다.**

스코틀랜드의 풍부한 역사와 지식 속에 펼쳐지는
흥미진진하고 가슴 따뜻한 이야기.
—Publishers Weekly

캔버스 위에 그려놓은 열정과 모험의 대서사시.
환상과 모험, 로맨스, 그리고 성적 긴장, 이 모든 요소가 완벽하게 어우러져
한층 더 격조 높은 즐거움과 완벽한 읽을거리를 제공한다.
—San Francisco Chronicle

영국 적십자 간호사인 클레어 랜달과 역사학자인 프랭크 랜달.
2차 대전이 종식된 후 제2의 신혼의 단꿈을 안고 떠난 스코틀랜드 여행.
인버네스에서 발견한 고대 입석의 신비한 힘에 이끌려 클레어가 빨려 들어간 세계는 1743년의 스코틀랜드. 이방인의 땅에서 방향을 잃고 당황해 하는 그녀를 발견한 영국 장교 조나단 "블랙 잭" 랜달은 우연히도 프랭크의 직계조상이며, 잭은 1940년 여름 패션 차림새의 클레어를 강간하려 한다. 이때 맥킨지 일족이 그녀를 구출하여 성에 가둔다.
거슬러 온 현실 속으로 되돌아가길 갈망하는 클레어 랜달은 병사들의 병을 치료하면서 놀라울 정도로 쉽게 변화된 상황에 적응하고, 그러는 동안 또 하나의 사랑이 서서히 마음을 사로잡는다.
영국군에 의해 변절자로 낙인찍힌 스코틀랜드 전사 제이미 프레이저는 조나단 랜달의 대적.
젊은 제이미의 잘생긴 용모와 열정과 사나이다운 기질에 흠뻑 빠진 클레어는 사악한 잭에게 대항하여 새남편을 보호한다. 또한 운명에 대항하지만 결국 역사 속의 불운한 족속들로 남게 되는 사납고 용맹스러운 스코틀랜드 일족들을 지키는 데 모든 기력을 쏟아 붓는다.
양립할 수 없는 두 현실을 살게 된 클레어 랜달의 숨가쁜 모험, 그 안에서 깊어 가는 사랑의 끝은 과연 …….

Diana Gabaldon

작가소개: 다이아나 게벌든(Diana Gabaldon)은 동물학을 전공한 후, 해양 생물학 석사과정을 마치고 다시 생태학 박사과정을 마쳤다. 소설과는 무관한 학문만을 섭렵한 그녀는 12년간 교수 생활을 하다가 지금은 전업 작가로 활동 중이다.
현재 애리조나 주의 스콧데일에서 가족들과 살고 있다.

amazon.com에 최다 독자 평이 올라온 <아웃랜더> !!

이스라엘의 독자, 1999년 8월 23일
1700년대 말 스코틀랜드로의 time-travel은 너무나 매혹적인 설정이다. 수 차례의 여름휴가를 하일랜드(The Highlands)에서 보내면서 Culloden 및 주변지역을 방문했었지만, 이 책을 읽는 동안 내가 그 지역에 대해 얼마나 모르고 있나 하는 것을 깨닫게 되었다. 이 책을 읽고 나서 스코틀랜드에 대한 관심을 새롭게 하게 되었고, 흥미로운 역사를 담고 있는 그곳을 다시 방문하고 싶은 마음 굴뚝같다. 다음 휴가를 기다리며 <아웃랜더> 후속편인 <Dragonfly in Amber>를 읽고 있다.

*편집자 주: <아웃랜더>는 총4부작인 대작으로, <Dragonfly in Amber> <Voyager> 그리고 <Drums of Autumn>으로 이어집니다.

캔사스의 독자, 1999년 8월 5일
한마디로 최고!
보통의 "로맨스" 범주를 능가하는 작품이다. 수많은 책을 가리지 않고 읽어왔지만, 이 책은 단연 으뜸이다.
흥미진진한 등장인물들, 재미를 배가시켜 주는 매혹적인 시공간적 배경, 매 페이지마다 느껴지는 작가의 의도와 이야기 전개의 속도감은 그야말로 대단했다. 뭐니뭐니 해도 다이아나 게벌든의 아름답고도 유려한 문체가 인상적이다. 두서너 문장만 읽어도 주인공들이 숨소리가 느껴지는 생소한 시간과 공간 속으로 빨려 들어가는 느낌이다.
게벌든만큼 나의 관심과 흥미를 사로잡은 작가는 그리 많지 않았다.
다른 독자들도 읽어보시길 바란다. 역사에 대한 특별한 지식이 없어도 된다. 그저 인간이라면 누구나 재미있게 읽을 수 있을 만한 작품이다.

* 10월 출간 예정입니다.

옮긴이 **장은영**

서울 출생. 덕성여대 영문학과 졸업.
번역서로는 『텍사스가 당신을 부를 때』
『신부에게 주는 선물』『남자가 여자를 사랑할 때』
『황금빛 해변』『오월의 궁전』『천년의 약속』 등이 있다.

천상의 선물 (The Gift)

지은이: 줄리 가우드
옮긴이: 장은영
펴낸이: 양장목
펴낸곳: 현대문화센타
       (122-030) 서울시 은평구 대조동 191-1
       전화: 384-0690~1 팩스: 384-0692
       E-mail: hdpub@hanmail.net
출판등록일: 1992년 11월 19일(제3-448호)

초판 1쇄 인쇄일: 1999년 9월 10일
초판 1쇄 발행일: 1999년 9월 13일

값 10,000원

ISBN 89 - 7428 - 121 - X

※ 잘못 만들어진 책은 교환해 드립니다.